촌놈 전성시대

박상호 장편소설

좋은땅

저자의 말

작년에 암 수술을 받고 제가 살아온 50여 년의 세월을 뒤돌아보았습니다. 제 나이대 대한민국 모든 국민들의 삶이 그러하듯 때로는 힘들었고 때로는 즐거웠고 때로는 슬펐던 많은 기억들이 주마등처럼 스쳐 지나갔습니다. 이 기억들을 정리할 수 있는 방법이 없을까 많은 고민을 했습니다. 평범한 필부의 삶이라 자서전은 너무 거창하게 느껴졌고, 그래서 나의 삶을 픽션이 가미된 소설로 만들어야겠다는 결심을 했습니다.

아무리 경험을 바탕으로 한다지만 소설을 창작한다는 건 쉬운 일이 아니었습니다. 맞춤법을 모르는 건 당연하고 글 구성도 이러다간 다큐가 되겠다고 생각한 게 한두 번이 아니었습니다. 그러나 포기하지 않고 미천한 상상력을 총동원하며 글을 마쳤습니다.

지금 은퇴 후 인생 2막을 준비하시는 분들이나 은퇴를 앞두고 계신 분들, 혹은 이미 인생 2막을 살고 계신 분들, 사회생활이 힘들다고 느끼시는 분들이 많으실 겁니다. 저는 그분들에게 꼭 권하고 싶습니다.

본인 인생을 한 편의 소설로 남겨 보시라고.

누구나 피 끓는 청춘이 있었을 것이고 누구보다 치열한 삶을 살아오셨을 것이고 누가 알아주지 않지만 가족을 위해 희생하신 대한민국 모든 아버지 어머니는 자신의 삶을 소설로 승화시킬 수 있는 자격이 충분하신 분들입니다. 저 같은 평범한 소시민도 가능하다는 것은 누구나가 소설책의 주인공이 될 수 있다는 것을 의미합니다.

우여곡절이 많았지만 30년 동안 가정을 잘 꾸리고 딸 둘을 잘 키워 준 아내에게 감사하고 아빠의 조력 없이도 잘 자라 준 두 딸에게도 고맙다는 말을 남기고 싶습니다.

2023. 3.
박상호

차례

제1장

피 끓는 청춘

* * *

“퍽.”

“억.”

“퍽.”

“억.”

“무슨 소리야?”

야간 근무를 마치고 소초로 돌아가던 중 토우 벙커에서 나는 소리다.

“제가 가서 확인하고 오겠습니다.”

같이 근무를 마치고 박광호 병장과 나란히 걷던 추성웅 일병이 말하고 토우 벙커로 뛰어갔다. 얼마 후 추성웅 일병이 박근우 이병과 정지수 이병을 데리고 왔다.

“아침부터 뭔 푸닥거리야?”

“…….”

“누가 내 허락도 없이 푸닥거리하라고 했어?”

박광호 병장이 인상을 찌푸리며 말하고 둘을 둘러보았다.

정지수 이병의 군복 바지 허벅지가 약하게 핑크색을 띠는 게 이미 10여 대 빠따질을 당한 모양이다. 정지수 이병은 소대 전입한 지 2주 정도 된 신병이다. 소대에서 학벌이 제일 좋다. 연세대 정외과 2년 마치고 입대한 친구다.

"필승. 이병 박근우! 정지수 이병을 훈육하고 있었습니다."

박근우 이병이 박광호 병장에게 절도 있게 경례를 붙이면서 말했다. 박근우 이병은 이병 최고참이다. 다음 달에 일병 진급 예정자다. 통상 이병 최고참이 이병들 전체를 관리하고 훈육하는 책임이 있다. 이병 중에 사고 치는 놈이 있으면 박근우 이병이 고참들에게 맞는 것이다.

"무슨 훈육?, 근무도 안 나가는 정 이병이 뭘 잘못했는데?"

정지수 이병은 소대 전입하고 다음 날 바로 4박 5일 휴가를 갔다 온 지 1주일도 지나지 않았기 때문에 아직 야간 근무를 서지 않고 선임하사 따라다니면서 다음 주까지 부대를 익히고 있는 것이다. 쉽게 말하면 수습기간이다.

"그것이……."

박근우 이병이 머뭇거리며 말을 흘린다. 얼굴은 땅을 바라보면서 망설이는 표정이다.

"이 새끼가 박 병장님 아침 식사하셔야 되는데 무슨 일인지 빨리 말 안 해?"

추성웅 일병이 박근우 이병에게 험악한 인상을 지으며 말했다. 추 일병은 박광호 병장 '아들'이다. 소대에서 최고참인 박광호 병장의 '아들'은 24시간을 박 병장과 함께하고 박 병장의 모든 시중을 드는 병사를 말하는데 병장들은 모두 아들로 지정된 이병이나 일병들을 데리고 있다. 박광호 병장이 소대에서 최고참이므로 소대에서 추성웅 일병을 건드릴 수 있는 병사는 없다.

"넵! 말씀드리겠습니다. 정지수 이병이 지난 휴가 기간에 영등포 색시 집에 갔다가 삥 뜯기고 그쪽 깡패들에게 맞았다고 합니다. 그래서 해병 정신을 길러 주고 있었습니다."

박근우 이병이 우렁찬 목소리로 '해병 정신'을 함양하고 있었다고 말했다.

그렇다. 여기는 해병대 2사단 5중대 1소대가 정확한 소속이다. 흔히 사회에서는 청룡부대라고 부르는 해병사단이다. 청룡부대는 김포반도와 강화도를 포함한 서해 도서를 책임지는 서부전선 최전방 부대로 월남전 파병으로 유명해진 부대이기도 하다. 그중 5중대 1소대는 김포 문수산 자락에 위치한 최전방이고 앞으로는 한강과 임진강이 만나서 인천 앞바다로 이어지는 한강 하류가 흐르고 있고 강 건너면 북한이다. 한강이 DMZ, 즉 비무장지대인 것이다.

"지랄하네. 해병 정신은 무슨."

박 병장은 쓴웃음을 지었다. 지금까지 수천 번을 들었던 그놈의 '해병 정신'.

"야! 정 이병, 네가 얘기해 봐."

"넵 이병 정지수! 휴가 첫날 저녁 영등포 색시 집에 혼자 가서 짧은 밤 3만 원 주고 나오려는데 10만 원 뺏기고 항의하다 깡패들에게 맞았습니다."

"자랑이다. 새꺄. 해병대가 맞고 다니는 게 자랑이냐 새꺄?"

추 일병이 철모를 벗어 정 이병 머리를 두 번 치면서 말했다.

"하긴 했냐?"

박 병장이 웃으면서 묻는다.

"네. 하고 나서 당했습니다."

"했으면 됐다. 다음부터는 그런 데 가려면 혼자 가지 말고 다른 해병들과 같이 다녀라. 알겠냐?"

"넵! 알겠습니다."

"필승."

"필승."

소대 주계(해병대 식당을 '주계'라고 말한다.)로 들어서는 박 병장을 향해서 먼저 야간 근무를 마치고 아침 식사 중인 병사들이 차례로 일어나서 경례를 붙였다. 박 병장이 자리를 잡고 앉자 추 일병이 박 병장 앞으로 밥과 반찬 몇 가지, 그리고 소주 한 병을 얹은 추라이(식판을 말한다.)를 가지고 왔다. 소주는 최고참 병사만이 갖는 특권이다. 소대의 오랜 전통이라고 한다.

전방부대의 일과는 아침 식사 후 바로 오침(오전 취침)을 하고 오후 1시에 기상해서 점심 식사 후 오후 2시부터 5시까지 소대 관할구역에서 각종 작업을 하고 저녁 6시부터 야간 근무로 밤을 새우는 일과가 무한 반복된다. 이런 일과가 반복되면 무료할 것 같지만 그렇지 않다. 끊임없이 작업할 곳이 생기고 근무 중에도 끊임없이 일이 생긴다. 그러면서 국방부 시계는 오늘도 잘 돌아가고 있는 것이다.

"오늘은 125초소와 126초소 사이 계단 작업이다."

"이병들은 곡괭이, 일병들은 삽, 상병들은 낫 들고 집합한다. 실시!"

점심 식사를 마치고 소대원이 모두 연병장에 집합해 있었다. 박 병장의 지시가 끝나자마자 소대원들이 각자 작업 연장을 들고 다시 연병장에 집합하는 데 5분도 걸리지 않았다.

지난주 늦은 태풍과 호우로 계단이 일부 붕괴되어 있었던 것이다.

1소대의 관할구역은 116초소부터 125초소까지 10개의 초소를 관할하며 거리로는 약 2킬로미터다. 초소 간 평균 200미터 간격이고 산악지역이라 오르막과 내리막이 반복된다. 그중 가장 고지대가 125초소로 약 150고지이고 124초소로 가는 내리막길의 계단이 무너져서 작업이 필요한 구간이다. 소대 막사에서 125초소까지는 약 500미터로 천천히 걸어도 10분이면 도착한다. 125초소까지 가는 길은 지금이 10월 중순이라 이미 산의 단풍은 없어졌고 길에 떨어진 낙엽들이 여기저기 뒹굴고 있고 넓은 한강의 강바람은 이미 차갑다.

"야! 이병들은 즉시 곡괭이로 무너진 계단 쪽 땅을 파라."

"일병들은 어제 베어 놓은 나무를 가져와서 준비해 놓고 땅을 다져라. 실시!"

"넵!"

작업 현장에 도착하자마자 박 병장이 지시했고, 일병, 이병들이 다 같이 대답하며 일사불란하게 움직였다.

"상병들은 낫으로 나뭇가지 끌어다가 모아 놔라. 계단 위에 뿌리게."

"예!"

박 병장은 작업지시를 하고 담배 한 대를 물었다. 담배연기가 하늘로 날아가고 자연스럽게 하늘을 바라보았다. 늦가을 하늘이 구름 한 점 없이 맑았다.

경북대 재학 중 1학년을 마치고 군대 입대를 하려고 휴학계를 냈지만 입대 대기자가 밀려 입대하려면 10개월을 기다려야 했다. 재학 중에 미리 입대 신청을 했어야 했지만 대학생 노는 문화에 눈을 뜬 신입생이 이를 챙길 겨를이 없었다. 바로 밑에 동생이 고3이라 빨리 군대에 가야 했다. 가난한 시골집에서 대학생을 2명이나 감당할 수 없었기 때문이다. 그래서 찾았던 게 해병대였다. 해병대는 합격만 하면 2달 내에 입대할 수 있다고 해서다.

육군 입대자 대기가 많아서 빨리 입대하려는 사람들이 해병대로 몰렸다. 그래서 해병대 입대 동기들은 경쟁률도 3 대 1이나 되었고 대학교 재학 이상의 학력자도 무려 50%였다. 해병대 역사상 학벌이 가장 좋은 기수라고 훈련소 조교들에게 귀에 못이 박히도록 들었다. 대학생이라 서류전형은 당연히 합격했고 시골 촌놈이라 체력 테스트도 문제없었다. 그렇게 포항에 있는 해병대 훈련소에서 6주간의 훈련을 마치고 부대 배치를 받는데, 당연히 고향이 울산이라 포항 1사단에 배치받을 줄 알았다. 그러나 인생은 역시 나의 예상과는 다르게 흘러갔다. 가장 빡세다는 김포 2사단으로 배치받은 것이다. 그것도 아무 주특기도 없는, 육군이 흔히 말하는 '일빵빵'. 3보 이상 구보해야 하고 몸으로 때운다는 '해병 보병'인 거다. 고생길이 열린 것이다.

"선임하사님이 찾으십니다."

박 병장은 작업 끝나고 세면장에서 씻고 난 후 내무실에 막 들어오는데 뒤에서 뛰어오던 추 일병이 말했다.

"알았다."

"필승! 병장 박광호~"

"됐고, 거기 앉아라."

"무슨 일이십니까? 선임하사님."

"이 새끼가 뭐가 그리 급해? 담배 한 대 피울래?"

조웅천 하사. 우리 소대에 선임하사로 부임한 지 6개월 정도 됐다. 군 생활 5년 차로 작년까지 사단 헌병대에서 잘나가는 하사관이었지만 같은 부대 내 사망사고가 발생해서 여기 최전방으로 밀려온 것이다. 그 때문에 중사 진급도 미끄러졌다. 그래도 성격 좋고 병사들 잘 챙겨 준다. 병과 하사관과의 알력이 있는 부대들이 많지만 조 하사와 박 병장은 나이는 한 살 차이지만 친구처럼 지내는 사이다.

"방금 대대본부에서 전통이 왔다. 다음 주, 그러니까 10월 31일에 '우도 수색작전' 지시가 내려왔다."

전통은 전화 통지의 줄임말이다.

"매년 이맘때쯤 하는 거라 전통 올 때가 됐다고 생각하고 있었습니다."

"박 병장이 작년에도 작전 수행했다며?"

"네."

"야, 너는 아무렇지도 않냐? 그래도 철책선 넘어 적진으로 침투하는 건데?"

"에이 선임하사님도. 적진은 무슨 적진입니까? 그냥 강 가운데 있는 섬인데요."

박 병장이 별거 아니라는 듯 어깨를 움츠리고 말을 이었다.

"작년에 가 보니까 아무것도 없던데요. 그냥 잡초만 우거져 있는 거 제거하고 북한 애들 벙커 같은 토굴 비슷한 거 파 놓은 거, 그것 뭉개고 온 게 다예요. 별거 없어요."

"그래도 나는 겁난다. 내가 책임자로 가야 되는데 무슨 사고라도 생기면 난 좆 되는 거야. 새꺄."

조 선임하사는 아마도 헌병대 있을 때 사고를 생각하는 모양이다. 또 사고가 난다면 군복을 벗어야 될지도 모른다고 걱정하는 말투다.

"선임하사님. 전혀 그런 일 없을 거니까 걱정하지 마세요. 그리고 선임하사님이 책임자로 가시지만 실질적으로 제가 책임지고 안전하게 작업 수행하겠습니다. 어차피 작년에 작전해 본 경험 있는 소대원은 저밖에 없으니까요."

"그럼 네가, 우리 둘 포함해서 소대원 중에서 12명 선발해서 내일까지 나한테 보고해라. 똘똘한 놈들로 선별해."

"이번에도 생명수당 5만 원 주는 거 맞죠?"

작년에 작전 참가자에게 생명수당으로 5만 원씩 주었기 때문이다. 병장 월급이 8,400원이므로 5만 원은 군대에서 큰돈이다.

"이 새끼는 죽느냐 사느냐 하는 판에 돈 챙길 생각이 나냐? 하하하. 이번에는 6만 원 준다고 하더라."

"와! 괜찮은데요? 짧은 밤 두 탕 뛸 수 있는 돈이네요. 아마 애들 돈 벌려고 경쟁률이 셀 것 같은데요? 하하하."

"누구를 데려갈 건데? 생각해 놓은 애들 있어?"

"네. 제가 작년에 가 보니까 이거 순 노가다에요. 잡초들이나 나무 가지치기 엄청 해야 해서 낫질 잘하는 놈이 필요하고, 북한 애들 벙커나 토굴 만들어 놓은 거 부숴야 하니까 삽질 잘하는 놈이 필요해서 이런 놈들 중에서 고참 위주로 데려가려구요. 한마디로 촌놈들 위주로 구성할까 생각 중입니다."

'우도 수색작전'은 말 그대로 우도를 수색하는 작전이다. 우도는 소대 관할구역 내에 있는 한강 중간에 축구장 크기의 조그만 섬이다. 한강 중간에 있어서 남쪽, 북쪽 어디에도 관할권이 없는 중립지역에 있는 것이다. 이 섬을 1년에 한 번 수색하는 것이다. 근데 우리만 수색하는 게 아니다. 북한도 1년에 한 번 수색한다. 북한은 주로 봄에 수색하고 남한은 주로 가을에 수색한다. 북한은 그냥 수색만 하는 게 아니라 진지 구축 작업까지 하는 바람에 우리 작전 시 북한이 만들어 놓은 진지를 모두 부셔야 하는 게 주요 임무다. 그러니 '노가다'라고 하는 거다. '우도 수색작전'은 남쪽이든 북쪽이든 비밀리에 한다. 공식적으로는 이런 작전은 없는 것이다. 군생활 30년 이상 하신 상사들 말로는 10여 년 전까지 비공식적으로 우도를 탈환하기 위해 많은 전투가 있었다고 한다. 월남전 이후 해병대의 실전 경험은 우도에서 쌓았다는 얘기가 전설처럼 내려오긴 한다. 그러나 지금은 남북 모두 수색만 할 뿐이므로 그냥 1년에 한 번 연례행사처럼 작전을 수행해 오고 있다. 우도 수색하다가 북한군과 조우할 가능성은 제로에 가깝기 때문에, 즉 전투의 가능성이 없기에 관할 소대에 우도 수색 임무를 맡기는 것이다.

"배치 붙어!"

"배치 붙어!"

소대장의 지시와 동시에 연병장에 모인 12명의 병사들이 복명복창한다. "배치 붙어"는 고무보트 양옆에 서라는 명령이다.

"동작 봐라. 원위치!"

"원위치!"

"이래서 작전 수행하겠어? 정신들 차려라. 다시 배치 붙어!"

"배치 붙어!"

기민한 동작으로 고무보트 옆에 섰다.

"지금부터 우도 수색작전 명령을 하달한다. 122초소 통문에서 도강 시간은 정확히 00시 정각, 우도에서 출강 시각은 04시 30분, 도착지점은 동일한 122초소 통문, 도강 및 출강 예상시간은 30분이다. IBS에 모터는 달지 않고 페달링으로 도강한다. 알겠나?"

"넵!"

IBS는 고무보트를, 페달링은 노를 젓는 것을 말한다.

무릇 해병대라면 IBS와는 애증이 함께하는 친구와 같은 존재이다. 120킬로의 무게로 6명이 운영하는 게 기본적 전술이다. 6개월마다 4주씩 받는 IBS 훈련은 지옥의 4주라 불린다. 해병대 출신 중에 대머리가 많은 것은 IBS를 하도 머리에 이고 훈련을 많이 했기 때문이라는 이야기가 전역자들 사이에서 농담으로 전해지고 있었다.

"전체 차렷!"

"소대장님께 대하여 경례!"

"필승!"

선임하사가 11명의 병사를 보고 서서 우렁찬 목소리로 신고를 한다.

"조응천 하사 외 11명은 우도 수색작전을 명 받았습니다. 이에 신고합니다. 필승!"

"필승! 사고 없이 무사히 귀대하기 바란다. 이상!"

소대장의 짧은 말에 모든 병사들이 미소진 얼굴을 보였다.

12명의 병사들은 2개 조로 IBS 2대에 나누어 있다. IBS에는 낫, 삽, 곡괭이, 폐달이 어지럽게 실려 있는 것이 모르는 사람이 본다면 고무보트 타고 농촌 일손 돕기 하러 가는 모습이 틀림없다. 1조는 박 병장이 리더이고 박 병장 포함해서 수색조 병사 6명으로 구성되어 있다. 2조는 선임하사가 리더로 통신병 한 명이 포함된 예비 조 6명이다. 병사들은 개인화기(개인화기는 M16이다.)와 단독군장으로 무장하고 있으며 평소와 다른 것이 있다면 대검을 차고 있다는 것이다. 길이 50센티의 대검은 우도 수색시 각종 잡초 제거용으로 대대본부에서 별도 제작해서 보내준 것이다. 그리고 수색조 6명은 야간투시경이 철모에 장착되어 있다.

"뭔가 분위기가 좆같습니다."

"지랄하고 있네."

"박 병장님은 긴장 안 되십니까?"

"시발놈아! 그냥 1주일 동안 훈련한 대로만 하면 되니까 주둥이 닥쳐라."

강동수 상병이 박 병장 뒤에서 IBS를 한 손으로 들고 걸어가면서 계속 중얼거린다. 강 상병은 상병 최고참으로 촌놈이면서 주먹세계에서 놀다 왔다는 놈이다. 물론 본인 피셜이고 확인된 건 없다. IBS 2대를 나누어 들고 12명이 소초를 출발한 지 10분이 지났다. 그믐이라 달그림자도 없어 한 치 앞도 보이지 않지만 이미 수없이 왔다 갔다 한 길이기에 눈 감고도 알 수 있는 길이다. 앞에는 넓은 한강이 보이고 남쪽 철책선에는 30미터 간격으로 불을 밝히고 있는 해안등이 평상시 같으면 장관으로 보일 것이다.

"현재 시간 11시 30분. 여기서 30분간 쉬고 12시 정각에 도강 시작한다."

IBS를 들고 걸어서인지 122초소 통문까지 평소보다 조금 더 걸렸다. 선임 하사가 낮게 중얼거리듯 말했다. 여기서부터는 불빛도, 큰소리도, 복명복창도 안 된다. 담배도 당연히 필 수 없다.

"담배 당기는데 말입니다."

"시발놈아. 죽을래?"

"알고 있습니다."

강 상병이 주절댄다.

"추 일병. 약물 가져왔냐?"

박 병장이 뒤를 돌아보며 강 상병 뒤에 앉아 있는 추 일병에게 묻는다. 약물은 소주를 말한다.

"네. 주계병이 챙겨 줘서 수통에 담아 왔습니다."

"줘 봐. 한 모금 마시고 들어가야겠다."

"넵!"

추 일병이 수통을 꺼내 뚜껑을 열고 건넸다. 소주의 알콜이 목젖을 타고 내려가는 것이 긴장을 완화시켜 주는 느낌이다."

"저도 한 모금만 하겠습니다."

강 상병이다.

"그래. 너도 한 모금 해라. 그리고 추 일병도 한 모금 하고 다른 애들도 한 모금씩 해라. 긴장이 조금 풀어질 거다."

조원들이 모두 수통을 건네받고 차례로 소주 한 모금씩 목을 적셨다.

"박 병장님. 이번 작전 끝나면 소대에서 제대로 회식 한번 하는 게 어떻습니까?"

"이미 선임하사가 주계병에게 짬밥 아저씨 통해서 소주 박스로 갖다 놨어. 인마."

"아~ 그렇습니까."

"작전 성공하면 포상휴가는 없겠죠?"

"시발놈아. 제초작업 잘했다고 휴가 주는 군대가 어딨냐?"

강 상병이 자꾸 말을 거는 이유는 불안하기 때문이다. 박 병장은 그런 그에게 긴장을 풀어줄 단어가 필요했다. 그래서 이 작전을 '제초작업'으로 격하시켜서 그냥 일상의 작업 정도로 여기라는 의미일 것이다. 122초소 주변은 칡흙 같은 어둠이다. 강바람은 벌써 쌀쌀하게 느껴진다. 125초소 앞에 있는 우도를 건너가기 위해서는 122초소에서 출발해야 한다. 그래야 인천 앞바다에서 밀물로 밀려오는 조류를 따라 페달링 해야 쉽게 건널 수 있다. 조류가 만조 일 때를 택해 날을 잡은 것도 그믐의 어둠과 만조를 이용하기 위해서다. 나올 때는 썰물일 때를 맞춰 나와야 쉽게 페달링 하여 나올 수 있다. 그게 4시 30분~5시까지이다. 만약 이 시간을 놓치면 섬에서 탈출이 불가능하다. 썰물 때는 강바닥이 보일 정도로 강물이 없기 때문이다.

"지금부터 우도 수색작전을 개시한다. 1조부터 도강한다. 실시!"

선임하사의 낮고 간결하고 깔끔한 명령이 떨어졌다. 시간이 정각 12시를 가리킨다.

1조 6명은 열려 있는 122초소 통문을 신속히 통과했다. 각자 로프가 달린 IBS를 들고 10미터가량 무릎걸음으로 내달렸고 강물과 만났을 때 신속히 IBS에 올라탔다. 3명, 3명씩 IBS 양쪽에서 페달링을 시작한 것이다. 강물은 밀물이라 바닷물만큼은 아니지만 조그만 파도가 일었다. 페달링은 이미 익숙해져 있는 대원들이라 무리가 없었다. 그러나 6명의 페달링 속도나 강도가 일치해야만 IBS가 똑바로 간다.

"야! 왼쪽 뒤! 페달링 똑바로 안 해? 왼쪽으로 기울잖아. 개새끼야."

박 병장이 뒤쪽을 보며 낮게 소리친다. IBS가 왼쪽으로 15도 방향을 벗어났기 때문이다. 페달링은 물과 페달의 부딪치는 소리를 최소화하기 위해서는 페달을 물에 깊게 찌르고 힘껏 뒤쪽으로 당겨야 한다. 해병대 상륙작전 시 페달링의 기본 교육 사항이다. 1미터 이상의 깊이로 페달을 물에 내려야 하는데 아마 그렇지 않은 모양이다. 박 병장의 일갈 후 바로 IBS의 머리가 본래 방향으로 회복되었다. 박 병장이 고개를 돌려 뒤쪽을 바라보니 약 5미터 뒤에 2조가 탄 IBS가 따라오고 있었다. 예상보다 10분이나 빨리 도착했다. 바닷물보다 파도가 훨씬 적었던 이유도 있지만 물이 들어오고 있는 방향으로 전진하는 것이라 페달링이 쉬웠던 것이다. 도착하자마자 한 명은 IBS를 근처 나무에 고정시켰고 세 명은 IBS에 있는 각종 작업도구들을 내렸고 두 명은 전방에서 사주경계를 했다. 곧이어 2조도 도착했다.

"지금부터 수색조가 먼저 출발한다. 수색은 2인 1조로, 박 병장 조는 우도 중앙으로, 강 상병 조는 우측, 최 상병 조는 좌측을 맡는다. 수색 마치고 돌아오는 데까지 시간은 30분이다. 시간 엄수하기 바란다."

12명의 병사가 선임하사를 중심으로 자세를 낮추고 둘러앉아 있고 선임하사의 수색 지시가 떨어졌다.

"2조의 통신병을 제외한 4명은 사주경계를 철저히 하도록!"

"자, 수색조 출발!"

선임하사의 지시가 끝나자마자 수색조는 출발했다. 우도 수색작전은 수색조가 우도 전체를 수색해서 사람이나 동물이 있는지를 먼저 확인하고 난 후, 아무 이상이 없다고 확인된 후에 잡초 제거나 진지 파괴 작업을 개시하는 것이다. 박 병장은 추 일병과 함께 조심스럽게 낮은 자세로 출발했다. 우도는 남쪽 해안선과 북쪽 해안선까지 폭이 100미터밖에 안 되기 때문에 뛰어가면 3분이면 되지만 우거진 잡초와 섬 중앙의 늪지대 등으로 되어 있어 이동이 쉽지 않다. 더구나 사람의 발길이 닿지 않은 원시의 숲이고 그믐의 캄캄한 밤이라 수색이 더욱 조심스러울 수밖에 없다. 박 병장은 야간 투시경으로 좌우를 살피며 조금씩 전진했다. 박 병장은 왼쪽, 추 일병은 오른쪽을 주시한다. 야간투시경이 눈으로 보는 것보다야 낫지만 그렇다고 100%를 볼 수 있는 것은 아니다. 그때 추 일병이 갑자기 낮은 포복 자세를 취하면서 나에게 손짓을 한다. 엎드리라는 신호다. 섬 3분의 2 지점에 도달했을 때다.

"뭐냐?"

박 병장이 낮은 목소리로 물었다.

"2시 방향 전방에 움직임이 있습니다."

"무슨 움직임?"

"그림자 같은 것이 움직이는 게 사람인지 동물인지 모르겠습니다."

추 일병이 잔뜩 긴장한 채로 얘기했다. 밤에는 본래 사물 구별이 쉽지 않고 야간투시경을 처음 착용한 거라 더욱 사물 판단이 어려울 것이다. 더구나 지금 긴장감이 최고조에 달해 헛것을 봤을 수도 있다. 박 병장이 추 일병 옆으로 낮은 포복으로 이동 후 2시 방향을 봤다. 그림자인지 나뭇가지인지는 모르지만 흔들림이 있는 건 맞다. 강바람이 있기에 나뭇가지가 흔들리는 것일 수도 있다. 박 병장도 투시경으로는 확인하기 힘들었다.

"넌 여기서 대기해라. 내가 가서 확인한다."

박 병장이 조심스럽게 낮은 포복으로 앞으로 나아갔다. 전방이 지금 위치보다 약 10도 정도 낮은 경사여서 포복해서 전진하기는 불편하지만 위에서 내려다볼 수 있어서 시야는 좋았다. 약 5미터 정도 포복으로 전진했을 때 박 병장은 숨을 멈췄다. 사람이 있었다. 그것도 2명!

박 병장은 주위를 살폈다. 2명은 2미터 정도의 급경사지 밑에 앉아 있었다. 옆에 총이 놓여 있었고 작업용 삽이나 곡괭이는 보이지 않았다. 무슨 얘기를 하는지, 아니면 작업을 하는지 모르지만 주위가 북쪽으로만 개방되어 있고 남쪽 동쪽 서쪽 방향이 완벽하게 은폐되어 있는 지형구조다. 혹시 사람이 더 있는지를 확인하기 위해 시야를 넓혀 좌우로 더 살펴보았지만 다른 움직임은 없었다.

"지금 즉시 예비 조로 돌아간다."

박 병장이 돌아와서 추 일병에게 말했다.

"박 병장님! 확인하셨습니까?"

"사람이다."

"예?"

"지금 즉시 예비 조로 출발한다."

"사람이 있습니다."

"뭐?"

"예?"

박 병장이 예비 조에 도착했을 때는 이미 다른 수색조가 임무완료 후 도착해 있었다. 모두 박 병장의 말을 듣고 깜깜한 밤에 눈만 크게 뜨고 놀라고 있었다.

"자세히 말해 봐."

선임하사가 놀란 눈으로 인상을 구기면서 말했다.

"2명이 있습니다. 직선으로 80미터 지점에 참호 같은 낮은 구릉에 위치해 있습니다."

"음……."

선임하사는 낮은 신음을 내뱉고 있었다. 판단이 서지 않을 것이다. 이미 시간은 수색 예정 시간 30분이 훨씬 지난 상황이었다.

"뭐 하는 놈들인 것 같냐?"

"모르겠습니다."

"북쪽에서 작업하러 온 애들 같냐?"

"글쎄요."

"그럼 간첩?"

"……."

"그럼 귀순?"

"……."

"시발 그럼 뭐야?"

"선임하사님 그걸 제가 어떻게 압니까? 걔들한테 물어보고 올까요?"

박 병장의 말 같지 않은 말에도 웃는 사람이 없다. 모두 심각한 표정으로 선임하사와 박 병장의 얼굴만 쳐다보고 있었다.

"그럼, 작업이고 뭐고 돌아가자."

선임하사가 30초간 고민하던 얼굴을 펴면서 말했다. 얼굴은 잔뜩 겁먹은 표정이다. 아무도 대답하지 않는다. 칠흑 같은 어둠에 12명이 눈만 껌뻑거리고 있다. 그때 박 병장이 선임하사 쪽으로 얼굴을 돌리면서 말했다.

"재들이 만약 간첩이라면, 철책선 넘어서 우리나라에서 활동하다 잡히면 어디로 넘어왔냐고 물어볼 거 아닙니까? 그리고 만약 귀순자라면 3년 전처럼 철책선 넘어 민가에 가서 "나 북에서 왔습니다." 하고 나발 불면 해병대 별이 5개 떨어진 거, 지금 똑같은 상황 아닙니까?"

그렇다. 3년 전 귀순자가 철책선 넘어 민가로 가서 경찰에 신고하는 바람에 '노크 귀순'이라고 언론에 대서특필되고 그 바람에 몇 명 없는 해병대 장군들이 3명이나 군복을 벗어야 했던 사건이 있었다. 그 밑에 초급장교나 근무자가 처벌된 것은 물론이다.

"씨발! 그럼 어떻게 하자는 거야?"

선임하사가 약간 흥분한 얼굴로 인상을 구긴다.

"죽입시다."

"……."

"죽이자구요."

"……."

박 병장이 결심에 찬 목소리로 짧고 절도 있고 낮게 말했지만 아무도 대답이 없었다. 모든 병사들 얼굴이 굳어 있었다.

"저 새끼들 2명밖에 없는 걸로 봐서는 작업하러 온 놈들은 아닌 것 같습니다. 그럼 간첩 아니면 귀순인데 귀순하는 놈들이 총 들고 오지는 않았을 거라 말입니다. 그리고 지금 걔들에게 가서 "니들 간첩이냐? 귀순이냐?" 물어볼 수도 없고, 그리고 걔들이 간첩이든 귀순이든 말했다시피 우리에게 미치는 영향은 똑같습니다. 방법이 죽이는 거 외는 없습니다. 그냥 돌아가면 10년 동안 편히 잠을 잘 수 없을 것 같습니다."

근무자의 면책기간이 10년인 것이다. 그래서 전역하고도 '노크 귀순' 같은 경우가 발생하면 당시 근무자는 구속이다.

"좋다. 그러면 어떻게, 누가 실행할 거냐?"

선임하사의 말에 힘이 없다. 난감함이 얼굴에 묻어 나온다. 괜히 이번 수색작전에 참여했다고 후회가 가득한 얼굴을 하고 있었다.

"제가 말했으니 제가 가겠습니다. 그리고 추 일병과 같이 가겠습니다."

"예?"

박 병장 말에 추 일병이 놀란 얼굴로 박 병장을 쳐다본다.

"너 인마, 경남대 체육과 출신이고 격투기 합이 10단이라며?"

추성웅 일병은 경남대 체육과 2년 마치고 해병대 입대했고 태권도 5단, 합기도 2단 등 격투기 단수가 10단이라고 이미 알려져 있고 키가 187에 몸무게 80킬로에 가까운 체격을 가지고 있는, 해병대에서 보기 드문 체격 조건이라 박 병장이 '아들'로 선택한 놈이다. 해병대에는 이렇게 키가 큰 놈이 거의 없다. 대부분 170 미만이다. 몸매가 짧고 굵은 것이 해병대의 표준이라고 일갈하는 선배도 있었다.

"하지만 사람을 죽여 본 적은 없습니다."

"시발놈아. 나는 사람 죽여 본 적 있는 줄 아냐?"

박 병장의 일갈에 모두가 숨을 죽이고 있었다.

"저하고 추 일병이 위치를 아니까 갈 것이고 한 명 더 필요합니다. 여기서 사격은 안 되지만 만약, 만에 하나라도 우리가 걔들 처리를 못 하고 우리가 당하면 최후의 수단으로 총으로 쏴 죽일 사람이 한 명 필요합니다."

박 병장이 "한 명"이라고 말하자 모두들 고개를 숙이거나 돌렸다. 당연하다. 무서울 것이다.

"강동수 상병! 너 탄창 장전하고 준비해."

"……."

"시발놈아. 빨리 준비해!"

박 병장의 단호한 명령에 움찔하던 강 상병이 탄창집에서 20발이 든 탄창을 꺼내서 M16에 장전했다.

"박 병장! 어떻게 처리할 건데?"

선임하사는 이제 자포자기의 심정인 것 같다. 만약 우리 병사가 죽거나 다치기라도 한다면 그 책임을 고스란히 본인이 다 지는 것이다. 불명예 제대다. 아니 심하면 사법처리의 대상이 될 수도 있다. 결국 본인 신상에 가장 좋은 건 박 병장이 그 두 놈을 잘 처리하는 수밖에 없다.

"여기서는 총질할 수가 없으니까 대검으로 해결해야죠."

"……."

모두가 침묵한다. 무서운 침묵이다. 벌써 시간이 새벽 2시가 넘었다. 4시 반~5시 안에 출발하려면 서둘러야 한다.

"강 상병은 50미터 지점까지 우리와 같이 가고 50미터 지점에서 3시 방향으로 10미터 이동하면 조그만 언덕이 있다. 거기가 잘 보일거야. 그놈들하고 거리도 30미터쯤 될 거니까 거기서 거총하고 조준하고 있어. 30미터면 영점사격 거리니까 눈 감고도 맞추지?"

"넵. 알겠습니다."

"다시 말하지만 우리가 일을 끝내면 바로 내려오고, 실패하면 즉시 조준 사격하고 바로 튀어라. 알았냐? 너 경찰한테 쫓기는 거 많이 해 봐서 튀는 건 잘하지?"

"……."

"자! 출발!"

박 병장이 낮게 소리치자 추 일병과 강 상병도 일어났다. 둘 다 긴장한

탓인지 대답하는 것도 잊었다. 박 병장과 추 일병은 몸을 가볍게 하기 위해 단독군장을 풀고 개인화기도 예비 조에 놓고 장검만 들고 일어섰다. 50미터 지점에 도착한 후 박 병장은 강 상병에게 손짓으로 3시 방향의 구릉을 가리켰다. 그쪽으로 가라는 지시다. 강 상병은 즉시 낮은 포복으로 구릉에 올랐다. 야간 투시경으로 보니 정말 2명이 마주 보고 앉아 무언가 하고 있는 것이 눈에 들어왔다. 숨을 멈추고 M16 개머리판을 어깨에 대고 조준을 해 본다. 30미터 정도는 영점사격 거리로 수없이 사격했던 거리라 큰 어려움은 없을 것이다. 그러나 속으로 본인이 사격하는 일이 벌어지지 않기를 예수님, 부처님 모두를 동원해서라도 간절히 기도하고 싶은 심정일 것이다.

박 병장과 추 일병도 50미터 지점부터 즉시 낮은 포복의 자세로 최대한 낮게, 그리고 조용하게 앞으로 나아갔다. 5미터 전방까지 접근했을 때 그들은 아까 본 것과 똑같은 자세로 둘이서 마주 앉아 뭘 하는지? 아니면 무슨 얘기를 하는지 꼼지락거리는 것이 한눈에 들어왔다. 다행인 것은 그들이 약 2미터 정도 낮은 곳에 위치하고 있어 아래에서 위로 봤을 때는 나무에 가려서 시야 확보가 어려웠다. 위에서 아래는 한눈에 볼 수 있었다. 박 병장은 낮은 포복 상태에서 추 일병에게 오른손을 들어 오른쪽을 가리켰다. 오른쪽에 앉아 있는 놈을 처리하라는 표시다. 이제 구릉의 끝 지점까지 왔다. 10월 말 새벽 시간대의 쌀쌀한 날씨는 잊은 지 오래다. 온몸은 긴장으로 땀이 흥건히 베였다. 손이 땀범벅이었으므로 두 손으로 땀을 닦고 추 일병에게 손짓으로 장검을 가리켰다. 칼집에서 장검을 꺼내라는 표시다. 장검을 빼서 조용히 머리 옆에 오른손으로 쥐고 있었다. 2미터 정도 낮은 곳에 그놈들이 있었기 때문에 몸을 날리면서 뛰어내림과 동시에 장검으로 처리를 해야 한다. 기회는 단 한 번이다. 실수하면 우리가 죽는다. 추 일병은 박 병장의 신호를 기다리고 있었다. 박 병장이 점프하면 동시에 추 일병도 점프할 것이다. 계속 기회를 보고 있었다. 벌써 새벽 3시가 지나고 있었다. 더 이상 시간을 지체하면 섬 탈출이 어려울 수도 있다. 강바람이 순간적으로 많이 부는 타이밍을 노리고 있는 것이다. 그래야 혹시 모를 소음이 발생하더라도 북쪽에 발각될 염려가 없다. 그렇게 숨을 죽이고 기다리기를 30여 분! 30여 분이 10시간처럼 느껴지는 순간! 센바람에 주위 나무가 휘청거렸다. 박 병장은 즉시 몸을 일으켜 공중으로 몸을 날렸다. 그와 거의 동시에 추 일병도 몸을 날렸다.

"수고했어."

"필승! 하사 조응천 감사합니다."

"수고했어."

"필승! 병장 박광호 감사합니다."

다음 날 오전 9시. 좁은 소대 연병장에 헬기가 내렸다. 부사단장이 타고 온 것이다. 부사단장은 준장, 즉 별 1개다. 귀한 해병대 별이다. 그 외 연대장, 대대장도 모두 지프를 타고 왔다. 소대원들은 일렬로 서서 부사단장과 악수를 하고 관등성명을 소리치고 있었다. 그 외 육본의 수사관들이 와서 사체를 검안했고, 사진을 찍었고, 부사단장에게 보고하는 듯하더니 사체를 수거한 앰뷸런스가 출발했다. 그리고 곧 부사단장이 타고 온 헬기도 출발했다. 헬기가 떠나고 나서 연대장과 대대장도 일렬로 도열한 소대원들과 일일이 악수를 나누고 일장연설을 하고 모두 떠났다.

"시발놈들이 소주 한 병이라도 가져와서 격려를 해야지. 시발 해병대는 맨날 주둥아리로만 격려한다니까요. 하하하."

모두가 떠나고 나서 아침 10시가 넘어서야 소대 주계에 앉아서 아침을 먹고 있었다. 박 병장 옆에 앉은 강 상병이 이제야 긴장이 풀리는지 농담을 했다.

"야! 주계병! 여기 소주 2병만 가져와. 짬밥아저씨가 가져온 거 있지?"

선임하사 목소리에 힘이 들어가 있었다. 선임하사 주요 임무가 부식 책임이었기에 주계병은 선임하사의 직속 부하다.

"박 병장!"

"네."

"시발놈아, 너 때문에 간 떨려서 죽을 뻔했다."

"저는 간이 떨어져 나가서 없어졌는데요."

"지랄하네. 자, 한 잔 받아라."

선임하사가 주계병이 갖다 놓은 소주 병뚜껑을 따면서 박 병장에게 소주잔을 앞으로 내밀었다.

"선임하사님도 고생하셨습니다. 한 잔 받으세요."

박 병장이 선임하사에게 술잔을 따르면서 말을 계속했다.

"헌병대 있을 때 보다 여기 있으니까 군대 생활이 아주 버라이어티하시죠?"

"시발놈, 버라이어티 좋아하네? 너 때문에 수명이 10년은 단축됐어. 인마."

"저도 이런 일이 발생하리라고는 꿈에도 생각 못 했습니다. 저도 제가 하는 행동 보고 '저 새끼 미쳤나?' 그랬다니까요. 하하하."

"지랄하네. 독한 새끼. 하여튼 고맙다. 위기 상황에서 무사히 수습했고 결과도 좋게 됐으니까 모든 것이 박 병장 덕분이다."

"아까 온 윗대가리들처럼 말로만 고맙다고 하지 마시고 군하리 가서 오입이나 한번 시켜 주시죠?"

"그러지 뭐."

"약속하신 겁니다."

"알았어. 인마. 술이나 마셔."

선임하사는 소주 2병째 마시면서 흡족한 표정이다. 흡족하다기보다는 안심된다는 표현이 맞을 것 같다. 가난한 집안 장남으로 태어나 고등학교 졸업하자마자 직업군인을 택했기 때문에 군대에서 정년퇴임까지 꿈꾸고 있었던 사람이다.

"선임하사님! 우리가 간첩을 잡았는데 포상휴가 없습니까? 특별진급 이런 건 바라지도 않겠습니다만 그래도 포상휴가는 보내줘야죠. 간첩을 2명이나 잡았는데."

강 상병은 아까부터 휴가 타령이다.

"글쎄, 아마 사단에서 무슨 조치가 내려올 건데. 내가 사단 주임상사님에게 함 알아보지."

"제발 해병대 가난하다는 거 다 아니까, 물질적인 것, 바라지 않습니다. 돈 안 들이고 가장 좋은 거 있잖습니까? 휴가라도 좀 팍팍 챙겨 주십시오."

"알았다. 내가 알아볼게."

"선임하사님. 대대에서 딸딸이 왔습니다."

당직병이 주계로 뛰어들면서 말했다. 딸딸이는 소대에 있는 군용전화를 말한다. 울리는 소리가 '딸딸딸' 해서 딸딸이라는 별칭으로 사용한다.

"알았다."

선임하사는 마시던 술잔을 내려놓고 바로 뛰어갔다.

"우리 휴가 보내 줄 모양입니다. 하하하."

강 상병은 얼굴이 벌써 휴가 가는 얼굴이다.

"시발놈아, 아직 사건 조사도 안 끝났는데 휴가는 무슨?"

박 병장은 그렇게 강 상병을 일갈했지만 본인도 말년휴가가 은근히 기다려지는 건 마찬가지일 것이다.

"4박 5일은 주겠죠?"

"설레발치지 마라. 재수 없다."

박 병장이 웃으며 말했을 때 선임하사가 주계로 뛰어 들어오며 말했다.

"이 시간 이후로 별도의 지시가 있을 때까지 전투배치다."

"아니 갑자기 무슨 전투배치입니까?"

강 상병이 잔뜩 휴가를 상상하다가 전투배치라는 소리에 두 볼에 왕사탕이 하나씩 들어간 것처럼 볼이 부풀려졌다. '전투배치'는 위급상황 시 완전군장을 꾸리고 전방초소가 아닌 방어진지에서 실탄 장전하고 24시간 대기하는 것이다. 88올림픽 기간이나 86아시안게임 기간 내내 전투배치 상황이었다.

"어제 우리가 일으킨 건으로 인해 혹시 모를 북한의 움직임에 대비하라는 지시다. 이건 우리 소대뿐만 아니라 2사단 전체 전방부대에 하달한 사단장 명령이다."

"휴가는 고사하고 전투배치라니."

선임하사의 전투배치 지시에 강 상병이 투덜거렸지만 이미 주계 밖으로 뛰어가고 있었다. 나머지 식사하던 병사들도 모두 식사를 멈추고 일사불란하게 주계 밖으로 뛰어나갔다.

"아니 사실 북에서 움직일 이유가 없잖습니까? 그놈들이 간첩이라면 "우리가 간첩 2명 내려보냈다." 말할 수도 없을 거고, 귀순자라면 북한에서 귀순하다 뒤지든지 말든지 신경 쓸 일이 뭐가 있겠습니까?"

일주일째 방어진지에서 전투배치 상황이 지속되자 박 병장 옆에 있는 강 상병이 짜증 섞인 목소리로 말했다.

"야, 강 상병! 너 많이 똑똑해졌다."

"이게 다 박 병장님께 배운 거 아니겠습니까? 하하하."

"야. 약물 가져왔지?"

"넵!"

"줘 봐. 목이나 축이자."

박 병장이 추 일병에게 소주가 든 수통을 받아들고 소주를 벌컥벌컥 마셨다.

전방 철책선을 따라 구릉 위에 조성된 방어진지에서 1주일째 이러고 있으니 모두들 답답할 것이다. 그래도 어쩌겠는가? 까라면 까는 게 군대라는 조직인데. 또 이런 짓거리 하면서도 국방부 시계는 고장나지 않고 잘 돌아가고 있는 것을.

"박 병장님 딸딸이입니다. 선임하사님입니다."

통신병이 딸딸이 수화기를 웃으며 건네준다.

"통신보안! 병장 박광호입니다."

"전투배치 상황 종료됐다. 주간 근무자 제외하고 전원 소초로 복귀해!"

"네. 알겠습니다."

"그리고 좋은 소식 하나 더. 포상휴가 나왔다."

"예?"

"너 포함해서 우도 수색작전 참가했던 11명 전원 4박 5일 포상휴가다. 이상!"

"선임하사가 뭐랍니까?"

눈치 빠른 강 상병이 궁금해서 미치겠다는 표정으로 박 병장을 바라보면서 말했다.

"응. 전투배치 상황 종료다. 지금부터 주간 근무자 제외하고 전원 소초로 복귀하래."

"전 소대원 들어!"

"넵!"

"이 시간부터 전투배치 상황 종료! 전원 소초 복귀한다. 실시!"

박 병장이 우렁찬 목소리로 명령하자 부대원 전원이 군장을 챙기고 일어섰다.

"야! 강 상병, 추 일병, 휴가 준비해."

"예?"

소초로 걸어가면서 좌우에서 같이 가던 강 상병과 추 일병에게 박 병장이 말했을 때 둘 다 토끼 눈을 뜨고 박 병장을 바라보았다.

"정말입니까?"

역시 강 상병 반응이 가장 빠르다.

"그래. 4박 5일."

"야 시발! 이 맛에 군대 생활하는 거 아닙니까? 하하하."

강 상병의 웃음소리가 북한 애들이 들을 정도로 호탕하고 크게 웃었다.

"선임하사님. 사단에서 내려온 겁니까?"

선임하사실에 들어온 박 병장이 담배에 불을 붙이면서 선임하사에게 물었다.
"응. 방금."
"언제 출발입니까?"
"다음 주 금요일."
오늘이 금요일이니 딱 1주일 남았다.
"아니 근데 선임하사님은 뭐 없습니까? 작전 책임자는 선임하사님인데 너무하네."
"난 1계급 특진이다. 그리고 호봉 수 2개 올려 준단다."
"와! 축하드립니다."
"새꺄! 어차피 내년에 중사 진급 예정이었는데 축하는 무슨? 그래도 2호봉 올려 준 것으로 2년 벌었으니까 이제 동기들하고 같아졌지."
조 하사는 중사 진급이 2번이나 밀렸다. 저번 헌병대 사건 때문이다. 본인은 직접적인 책임이 없지만, 소속 병사이니 당연히 책임을 지는 것이다. 재수 없다고 생각할 수 있지만 팔자소관이다. 내년 중사 진급도 불확실한 상황이었기에 특진과 2호봉 승진으로 조 하사 얼굴에 오랜만에 웃음이 피어오른다.
"와 다시 한번 축하드립니다."
"다 박 병장 덕분이다."
"선임하사님! 부탁이 하나 있습니다."
"무슨 부탁?"
"이번 포상휴가 갈 때 정지수 이병도 데려가게 해 주십시오."
"걔는 신병 휴가 갔다 온 지 얼마 안 됐는데?"
"그러니까 선임하사님께 부탁드리는 거 아닙니까? 1박 2일 외박증 하나 끊어 주십시오. 나갈 때 우리하고 같이 나가게요."

1박 2일 외박은 선임하사 권한으로 충분히 가능하다.

"왜? 정 이병에게 뭔 일 있어?"

"이놈이 영 부대 적응을 잘 못하는 것 같아서요. 애가 눈빛이 흐리멍덩하고 초점이 흐립니다. 저러다 탈영을 하거나 소대 내에서 사고라도 내는 날이면 큰일이죠. 그래서 데리고 나가서 '해병 정신' 좀 함양 시키고 들여보내겠습니다."

선임하사는 '소대 내 사고'라는 말에 흠칫 놀란다. 헌병대에서 있었던 자살사고도 입대한 지 얼마 안 된 신병이었다.

"너 엉뚱한 짓 하려는 거 아니지?"

"선임하사님! 아니 곧 중사님! 제가 신병 데리고 뭔 짓을 하겠습니까? 그냥 나가서 술 한잔 사 주면서 독려해 주려고 그러는 거죠. 부대 내에서 하면 보는 눈이 많아서 좀 그렇잖아요."

'곧 중사'라는 말에 선임하사는 얼굴이 활짝 폈다. 햇볕에 그을려서 까무잡잡한 얼굴에서 웃으니까 가지런한 하얀 이가 더욱 밝게 보인다.

"알았다. 1박 2일 외박증 끊어 줄게. 귀대는 네가 책임져라."

"문수산 애기봉 높은 봉까지."

"천지를 뒤흔드는 젊은 함성들."

"조국과 겨레 위해 이 몸을 받쳐."

"해병아 도요하라 북녘땅까지~~~~~"

청룡버스 안에서 해병 1연대가(歌) 노래가 합창으로 울려 퍼진다. 그렇다. 12명의 해병이 포상휴가를 가는 중이다. 물론 정지수 이병도 포함이다. 통상 정기 휴가는 대대본부에 집합해서 사단에서 제공하는 청룡버스를 타고 가지만 포상휴가나 비정기 휴가는 그냥 각자 알아서 간다. 소대에서 노선버스가 다니는 군하리까지 걸어서 2시간 거리지만 싫다고 휴가 포기하는 놈을 한 명도 본 적이 없다. 그러나 이번 포상휴가는 미니밴 같은 청룡 버스가 소대까지 와서 휴가자를 픽업해서 영등포역으로 가는 중이다. 엄청난 특혜인 것이다. 해병 2사단의 모든 휴가자는 영등포역에 내려준다. 부대에서 가장 가까운 기차역이기 때문일 것이고, 귀대할 때도 영등포역 앞에서 군하리까지 오는 버스가 있어 영등포역은 해병 2사단의 전진기지 같은 역할이다. 넓은 김포평야를 차창 밖으로 구경하고 있는데 버스가 정차했다. 나진 검문소다. 모든 해병 2사단 휴가자는 나진 검문소에 내려서 소지품 검사를 받는다. 실탄이나 탄피 같은 반출이 금지되어 있는 물품을 숨겨서 사회로 가지고 나오는 해병들이 가끔 발각되는 곳이기도 하다.

"지금 실시하면 모든 병사는 즉시 하차해라. 실시!"

차 앞쪽 문이 열리더니 눌러쓴 철모로 얼굴을 반쯤 가린 헌병 한 명이 버스에 올라타더니 명령조로 말했다.

"시발놈이 어디서 반말이야? 너 이 새끼 몇 기야?"

강 상병이 한껏 기분이 고무되어 있는지 명령하는 헌병에게 해병대 기수를 묻는다. 이 버스가 간첩 잡아서 포상휴가자들이 탄 버스이기에 헌병들도 건드리지 않을 거라 믿는 모양이다. 평소 같았으면 헌병에게 끌려가서 죽을 만큼 맞았을 것이다. 헌병이 강 상병 말에 움찔하였지만 별다른 대응은 없었다. 소지품 검사를 받기 위해 모두 버스에서 내렸다.

"김도봉 병장 어딨냐?"

박 병장이 버스에서 가장 먼저 내렸으므로 아까 명령한 그 헌병에게 가서 물었다. 헌병 계급장에 상병 표식이 붙어 있었지만 아마 이병이나 일병일 것이다.

“사무실 안에 계십니다.”

헌병대 사무실 안으로 들어서자 김도봉 병장이 이미 나오고 있었다.

“야! 또봉이 반갑다.”

‘또봉이’는 김도봉 병장 별명이다.

“야! 박 병장 살아 있네.”

서로 격한 포옹을 했다. 김도봉 병장은 훈련소에서 같은 내부반을 사용했고 같은 2사단으로 배치받아서 친해졌다. 6개월 전 보안대에서 불시에 실시한 보안점검에서 내가 불온서적을 소지했다고 보안대에 끌려갔을 때 나를 열심히 변호해서 영창을 모면하게 해 준 놈이다. 그때부터 서로 딸딸이로 연락하며 친해진 해병대 동기다. 이미 나진 검문소 소초장을 하고 있다는 것도 알고 있었다. 고려대 법대 2학년을 마치고 입대한 친구다. 동기 중에 가방끈이 가장 긴 동기다.

“야, 새꺄! 네가 간첩 잡았다는 소식은 들었다.”

“어쩌다 보니 그리됐다.”

“야 2사단에 우리 동기 50명 중에 네가 젤 유명해졌어. 축하한다.”

“시발놈아, 축하는 무슨. 하하하.”

“그리고 조웅천 하사도 이번에 특진한다고 들었는데 잘됐다. 그 양반 사람은 엄청 좋은데 재수 없이 사고 터지는 바람에 힘들어했었는데.”

“아. 선임하사하고 잘 알겠구나.”

“알다 뿐이냐? 같이 근무했었는데.”

"야! 근데 오늘은 영등포 지역에 순찰 안 돌지? 너희들 헌병 애들 말이야."

"아마도! 정기 휴가자들 나가거나 돌아오는 날이 아니니까 순찰 없을 거야."

"그럼 땅개들은?"

'땅개'는 육군을 말하는 은어다. 육군 헌병들이 순찰 도는지를 묻는 것이다.

"시발놈아, 내가 땅개들 활동 일지를 어떻게 아냐?"

"알았다."

"너 영등포에서 사고 치려고 그러지?"

"시발놈아, 사고는 무슨. 그냥 애들 데리고 술이나 퍼먹을 거다. 왜?"

"요새 땅개 쪽에서 사고가 몇 건 생겨서 땅개 헌병들이 좀 예민해져 있다. 조심해라."

"그래 알았다. 나중에 휴가 갔다 와서 딸딸이 하께."

"그래 잘 갔다 와라."

버스에 오르니 이미 나머지 해병들은 모두 탑승해 있었다.

"지금부터 딱 2시간만 술 마신다. 그러고는 한판 놀아 보자. 건배!"

12명의 해병들은 영등포역에 내려서 맞은편 영등포 시장 쪽으로 약 100미터 가면 '유정집'이라는 해병들 단골 방석집에 둘러앉았다. 휴가 나오면 여기 모여서 술을 1차로 마시고 색시집에서 2차전 하고 집으로 가든지 더 놀든지 헤어지는 것이 해병 2사단 휴가자들의 정규 코스다. 박 병장은 상석에 앉아, 왼쪽에 추 일병, 오른쪽에 강 상병이 앉고 나머지 해병들이 해병 기수 순서대로 앉아 있는 모습을 둘러보면서 건배를 외쳤다.

"건배!"

우렁찬 건배 소리가 방안을 울렸다. 오랜만에 민간에 나와서인지 모두 얼굴에 홍조가 가득하다. 술을 마셔도 취하지 않을 정도로 흥이 올라와 있을 것이다. 군인에게 '휴가'란 그런 것이다.

"정지수 이병! 이리로 와서 술 한 잔 받아라."

"넵. 이병 정지수. 감사합니다."

"야 인마, 여기 군대 아니다. 관등성명 빼라."

박 병장은 저 끝머리에 앉아 있는 정 이병에게 부드럽게 말했을 때 정 이병이 재빠르게 박 병장 옆으로 왔다. 이미 술을 몇 잔 마셔서인지 얼굴이 발그스름한 게 귀여운 얼굴이다.

"야, 너 집이 서울이랬지?"

"네! 신촌입니다."

"그럼 여기서 택시 타면 얼마나 걸리냐?"

"차 안 막히면 10분이면 갑니다. 근데 오늘이 금요일이기 때문에 20분은 걸릴 것 같습니다."

"알았다. 자리 가서 술 마셔."

"넵."

이제 관등성명을 안 한다. 정 이병이 부대를 벗어나니까 제법 말도 잘한다. 연대생으로 돌아온 것 같다. 표정부터가 부대에서 찡그리고 우중충하던 표정이 확 바뀌어 있었다. 오늘이 금요일이구나. 일주일 중 유흥가의 최대 대목인 금요일!

"형님, 술 너무 많이 마시지 마십시오. 작전에 차질 생깁니다."

강 상병이 싱글벙글하면서 박 병장을 이제 형님이라 부른다. 박 병장이 사회에 나왔으니 그렇게 부르라고 했기 때문이다.

"시발놈아, 내가 이 나이에 직접 주먹 사용을 해야 되겠냐? 네가 깡패 새끼들 세계에서 좀 놀았다면서? 그럼 네 선에서 끝내야지."

"그래도 형님이 거들어는 주셔야죠. 하하하."

"지랄하네. 상황 봐서."

강 상병이 거들어 달라고 했지만 박 병장 성격에 뒷짐 지고 구경만 할 사람이 아니란 거 안다. 그냥 해 본 소리다.

"추 일병, 자신 있냐?"

"넵."

"시발놈아, 태권도나 합기도 같은 무술하고 개싸움은 달라 인마. 깡패 새끼들은 밥 먹고 개싸움만 하는 놈들이야."

"저도 알고 있습니다."

추 일병은 항상 대답이 짧고 간결하다. 운동한 사람들의 특징이다. 그래서 믿음직스럽다. 추 일병의 대답이 끝났을 때 모두 소주를 2병씩은 마신 것 같다. 상 위에 여기저기 소주병들이 늘 부러져 있었다. 작전시간이 된 것이다.

"버스 타고 오면서 오늘 작전 얘기는 다 했기 때문에 따로 말하진 않겠다. 감히 우리 해병에게 삥 뜯는 깡패 새끼들에게 '해병 정신'을 일깨워 줘야 한다. 알겠나?"

"넵!"

"오늘 작전 수행에서 '링'은 사용하지 않는다. 우리가 쫓기는 상황이 되거나 죽을 것 같은 상황이 되면 그때 사용해라. 지금 즉시 링을 빼서 허리에 찬다. 실시!"

"실시!"

'링'은 헌병들이 바지 주름을 잡기 위해 발목에 차는 것을 말한다. 해병은 부대 내에서는 링 착용이 금지되어 있지만 휴가자 대부분은 링을 차고 나온다. 비상시에는 발목에 있는 링을 풀어 두 개를 연결하면 훌륭한 무기가 된다. 링에 정통으로 맞으면 옷이 찢기고 살점이 떨어져 나간다. 걸음걸이마다 나는 링 소리가 상대에게는 위압감을 준다. 그걸 '가오'로 생각하는 게 해병들이다.

그렇다. 박 병장이 굳이 선임하사에게 아쉬운 소리 하면서 정지수 이병을 데리고 나온 건, 약 한 달 전 영등포 홍등가에서 정 이병이 당한 복수를 해 주기 위함이다. 영등포 홍등가는 해병 2사단 병사들의 안식처다. 모든 휴가자들이 영등포역에 하차하면 거의 50% 이상이 들리는 곳이다. 한 달에 약 500명의 해병 2사단 휴가자가 방문하는 곳으로 그들의 최대 고객인 것이다. 그런 최대 고객에게 린치를 가했다는 건 용납할 수 없다. 정 이병이 이병 계급장을 달고 갔을 것이고 신병인 것을 알고 얕잡아 보고 그랬을 것이다. 신병이든 병장이든 해병이다. 해병을 건드리는 행위는 용납할 수 없다. 영등포 홍등가는 영등포역에서 직선거리로 약 150미터밖에 떨어져 있지 않다. 영등포 시장으로 가는 대로에서 세 블록만 벗어나면 있다. 그러나 대로에서는 찾기 힘들다. 전부 단층으로 이루어진 업소들이어서 주변 고층 빌딩에 가려져 있고 당연히 이정표도 없기 때문이다. 그러나 여기 12명의 해병들은 최소 1번 이상 가 봤기 때문에 가는 길이 익숙하다. 12월 초 영등포 대로변은 사람들로 북적인다. 연말 분위기가 물씬 풍기는 트리 장식들이 여기저기서 거리를 밝히고 있었다.

"나하고 추 일병이 먼저 들어간다. 정 이병도 따라와. 너희들은 양쪽 입구를 막고 있어. 아무도 못 들어오게 해라."

홍등가 골목 입구에 도착했다. 골목은 길이 약 30미터로 길 양쪽으로 약 20개의 업소가 일렬로 쭉 있고 각 가게 앞에는 거의 가릴 곳만 가린 아가씨들이 업소 밖에서 호객행위를 하고 있었다. 각 가게는 전면 유리로 해서 유리 안에는 아가씨들이 3~4명씩 앉아 있었는데 조명이 모두 빨간색이어서 사람만 없다면 꼭 정육점 인테리어다. 오늘이 금요일이라 많은 손님을 기대하고 있을 것이다. 더구나 군인들 10여 명이 골목 입구에 서성거리고 있었기 때문에 호객행위를 위해 나온 각 가게의 에이스 아가씨들 시선이 이쪽으로 집중되고 있었다.

"네가 당한 업소가 어디냐?"

"네. 왼쪽 3번 째입니다."

"추 일병, 가자. 정 이병도 뒤에서 따라와!"

"넵."

2명이 동시에 대답했고 정 이병이 가리킨 업소로 다가갔다. 골목 입구에 들어서자마자 3명의 아가씨들이 팔을 잡으려고 달려들었다. 호객행위를 하려는 것이다. 홍등가 최고의 고객은 군인이다. 오랫동안 여자 냄새도 못 맡다가 휴가 나오자마자 제일 먼저 여기 방문하는 군인들은 휴가비도 두둑할 것이고 시간도 금방 끝나니 최고의 고객이다.

"어디다 손을 대는 거야? 꺼져, 시발년들아!"

앞장서서 걸어가던 추 일병이 팔을 잡는 아가씨를 보고 팔을 뿌리치면서 소리치자 3명의 아가씨들이 움찔한다. 그러자 아가씨들이 뒤에서 알 수 없는 욕을 내뱉고 있었다. 왼쪽 3번째 가게 입구에 도착하자마자 추 일병이 앞장서서 업소 앞에 있던 아가씨를 밀치고 업소 문을 발로 차고 들어갔다. 망설임이 없다.

"어서 옵셔."

업소 안에서 의자에 앉아 출입문을 막 들어가는 추 일병을 보고 인상이 험하게 생긴 사내가 일어서지도 않고, 쳐다보지도 않고, 형식적인 말로 인사말을 내뱉는다. 박 병장과 정 이병도 가게 안으로 들어왔다.

"네가 여기 관리하는 똘마니냐?"

추 일병이 인상 더러운 사내를 보고 소리쳤다.

"뭐? 이런 개새끼가."

"퍽."

"억."

"꿍."

사내의 말이 끝나기도 전에 추 일병이 의자에 앉아 있는 사내에게 오른발로 강하게 가슴을 타격했다. 사내는 신음을 내뱉으며 의자와 함께 뒤로 넘어졌다.

"퍽."

"퍽."

넘어진 사내에게 다가간 추 일병이 그의 멱살을 잡고 일으키더니 주먹으로 얼굴을 강하게 2대나 내리쳤다. 사내는 그대로 바닥에 누워 버렸다.

"정 이병, 이 새끼 맞냐?"

"네. 맞습니다."

박 병장이 사내가 앉아 있던 의자를 일으켜 앉으면서 정 이병에게 말했다. 추 일병은 넘어진 사내의 멱살을 쥐고 박 병장 앞에 꿇어 앉혔다. 상황이 순식간에 일어났으므로 주위에 있던 아가씨들이 잠시 놀라서 가만 있다가 곧 혼비백산하며 각자 방으로 뛰어 들어갔다.

"어디, 군바리 새끼들이 여기서 행패야? 행패가! 그렇잖아도 요즘 손님이 없어 죽겠는데, 너희들 죽고 싶어? 야! 삼촌들에게 전화해. 군바리 세 놈이 행패 부린다고."

나이가 30대 후반은 되어 보이는 아줌마가 우리에게로 다가오더니 고래고래 소리쳤다. 아마 이 가게 주인이거나 마담일 것이다. 여기 담당하는 깡패들에게 전화하라는 지시다.

"야! 대가리 들어! 너 한 달 전에 여기 있는 해병 이병에게 삥 뜯었지?"

"모르겠습니다."

박 병장의 질문에 사내는 이제 존댓말로 대답했다. 박 병장이 주인아줌마의 말에는 눈길 한 번 주지 않고 사내의 대답을 듣자마자 박 병장이 앉은 자세에서 오른발로 사내의 턱을 가격했다. 사내는 또 뒤로 넘어졌다. 입에서는 피가 흐르고 있었다.

"야, 추 일병! 이 새끼 안 되겠다. 죽어 봐야 저승 구경을 할 모양이다. 이 새끼 여기서 저승 구경시켜 줘라."

"넵."

추 일병이 다시 오른손 주먹을 높이 들자 사내가 다급하게 손을 잡으면서 말했다.

"죄송합니다. 죄송합니다. 화대가 3만 원인데, 10만 원 받았습니다. 죄송합니다."

"10만 원 받았습니다??? 시발놈이 삥 뜯어 놓고 그냥 주니까 받았다고?"

"아닙니다. 죄송합니다. 10만 원 삥 뜯었습니다."

사내가 박 병장의 말에 재빠르게 말하고 고개를 숙였다. 다시 맞고 싶지 않다는 표시다.

그때 갑자기 입구에서 여러 명의 발자국 소리가 들렸다.

"어떤 겁대가리 상실한 군바리 새끼들이 여기가 어디라고 행패를 부려?"

아까 추 일병이 발로 문짝을 차 버렸기 때문에 밖이 훤히 잘 보인다. 모두 7명의 사내들이 험악한 인상을 지으며 금방이라도 쳐들어올 기세다. 딱 깡패들 폼이다. 군인 3명이라고 연락을 했을 것이고 그래서 7명이면 충분하다고 생각하고 온 것이다. 그중 대장인 듯한 사내가 앞에서 험악한 인상을 지으며 말하는 것이 우악스럽다.

"어, 왔냐? 네가 여기 똘마니 대장이냐? 나 해병 2사단 박 병장인데 여기 업소가 얼마 전에 우리 소대원 1명에게 집단 구타를 하고 돈을 뺐었다. 그래서 내가 이렇게 친히 방문한 거다. 해병대를 건드렸으면 그만한 대가를 치를 각오를 해야지. 안 그러냐?"

박 병장이 의자의 방향을 밖으로 향하게 바꾸어 앉으면서 전혀 동요하지 않고 침착하게 말했다. 그 사이 이미 추 일병이 박 병장보다 반걸음 앞으로 걸어 나오고 있었다. 만약의 선제공격을 대비하는 것이다.

"이 새끼들이 쳐 돌았나? 어디서 개지랄이야? 좋은 말 할 때 그냥 가라."

"너희들 요새 해병들 여기 안 오지? 내가 여기 못 오게 막았거든. 휴가자들 전부 용산역으로 가라고. 장사 아주 말아먹게 해 줄게. 이 깡패 새끼들아!"

그렇다. 박 병장은 정 이병의 이야기를 듣고 각 부대에 있는 동기들에게 전통을 돌렸다. 휴가자들, 영등포 가지 말고 조금 멀더라도 용산역으로 가라고. 동기들이 각 부대에 최고참급이기 때문에 박 병장의 말은 곧

2사단 전체로 퍼졌고 그 후 영등포에는 해병이 한 명도 보이지 않았던 것이다.

"이 군바리 새끼들이 어디서 약을 팔어! 야, 저 군바리 새끼들 죽여 버려!"

"퍽."

"억."

앞에서 말하는 대장인 듯한 사내가 뒤를 돌아보며 부하들에게 명령하는 순간, 박 병장보다 반걸음 앞에 있던 추 일병이 강력한 돌려차기로 앞에 있던 사내의 얼굴을 강타했다. 사내는 짧은 신음을 내뱉고 몸이 뒤로 넘어졌으므로 뒤에 있던 사내들이 넘어지는 사내를 받치느라 허둥지둥하고 있었다. 이어서 의자에 앉아 있던 박 병장이 일어서더니 출입문 상단 철제를 두 손으로 잡고, 마치 철봉 하듯이 양발을 뻗어 넘어진 사내의 오른쪽 왼쪽에 서 있던 사내 두 명의 가슴팍을 강하게 내리쳤다. 잠깐 순간에 앞에 있던 세 명이 넘어진 것이다. 박 병장과 추 일병이 연이어 주먹을 날리면서 출입문 밖으로 거칠게 나왔다.

"쳐라."

박 병장이 출입문 밖으로 나오면서 소리쳤다. 그러자 이제껏 양쪽 입구를 지키고 있었던 9명의 해병들이 박 병장의 명령이 떨어지자마자 사내들을 둘러싸고 주먹을 날렸다. 순간, 좁은 골목 안은 아수라장이 되었지만 해병들이 입구에서 일반인들의 출입을 차단했기 때문에 다른 남자들은 없었다. 10여 명의 아가씨들이 겁에 질린 표정으로 싸우는 광경을 멀찍이 서서 지켜볼 뿐이다. 싸움은 그렇게 10여분간 진행되다가 곧 조용해졌다.

"네가 대빵이냐?"

박 병장은 방금 전 앉았던 의자를 가게 입구에 가져와 앉았고 사내들은 모두 얼굴이 피투성이가 되어서 꿇어앉아 있었다.

"네."

"추 일병! 삥 뜯은 새끼 끌고 와!"

"넵."

추 일병이 처음 가게에서 맞았던 사내의 목덜미를 잡아 끌고 와서 앞에 무릎 꿇렸다.

"아까 나한테 한 얘기 여기서 똑같이 말해 봐."

"그것이."

"퍽."

"억."

사내가 말을 더듬거리자 추 일병이 그대로 얼굴을 가격했다.

"말하겠습니다. 한 달 전 해병 이병에게 10만 원을 삥 뜯었습니다."

사내가 다급하게 말했다.

"어이, 앞에 있는 놈. 들었냐? 시발놈들아. 네 똘마니 새끼가 우리 해병에게 삥을 뜯었단다."

"죄송합니다. 다시는 이런 일이 발생하지 않도록 관리하겠습니다."

대장이란 사내도 이제 존댓말을 한다. 얼굴에 핏자국이 여기저기 선명해서 표정을 알 수가 없다. 말에도 힘이 없다.

"오늘은 12명이 나와서 해결했지만, 만약 앞으로 또다시 해병에게 삥 뜯는 일이 발생하거나 해병을 구타하는 일이 발생한다면 그때는 1개 중대 병력을 끌고 와서 여기를 초토화시켜 버릴 테니까 너희들 깡패 새끼들 맘대로 함 해 봐."

"다시는 그런 일 없도록 하겠습니다."

이때 홍등가 반대쪽 입구에서 호루라기 소리가 들렸다. 헌병들이다. 몇 명인지 알 수 없는 헌병들의 요란한 발자국 소리에 호루라기를 불며, 링 소리를 내며, 이쪽으로 뛰어오고 있었다. 땅개 헌병들이 주위를 순찰하다 싸움 소리를 듣고 오는 모양이다.

"야! 전부 뛰어!"

박 병장의 명령과 함께 11명의 해병들은 용수철 튀어 오르듯 입구 쪽으로 달렸다.

"박 병장님! 이쪽입니다. 여기 택시에 타시면 됩니다."

정지수 이병이다. 싸움이 시작되면 입구에 택시 3대를 대기시키라고 박 병장이 지시했기 때문이다. 12명의 해병들은 모두 3대의 택시에 올라탔다. 출발하는 택시 뒤쪽으로 헌병들의 모습이 멀어졌다.

"모두 수고했다."

신촌역 앞 한정식집에서 군인들이 먹기에는 진수성찬이 차려진 밥상 앞에서 12명이 둘러앉아 있었다. 택시 타고 여기로 온 것이다.

"야, 추 일병!"

"넵. 일병 추성웅!"

"관등성명은 빼라니까. 새끼가. 너 격투기 10단인 거 인정한다. 찰지게 잘 치더라."

"아닙니다."

"근데 내가 딱 보니까 타법이 무술 타법이 아니던데? 너 진짜 무술만 했냐? 아무리 봐도 조직 세계 타법이던데."

"아닙니다."

추 일병은 혼자서 거의 3명을 상대해서 모두 제압했다. 옆에서 지켜봤을 때 이건 무술로 익힌 타법과 실전 기술이 섞여 있다고 박 병장은 느낀 것이다.

"이번 작전의 성공은 강동수 상병의 공이 컸다. 네가 말한 대로 깡패 새끼들 움직이는 동선을 미리 예측했기 때문에 가능했다. 너, 조직생활 했다는 거 이제 믿어 준다."

그렇다. 강동수 상병이 사회에서 어깨 생활의 경험으로 이런 홍등가에는 10명 전후의 깡패들이 관리하고 있다는 것을 알았고 업소에는 1, 2명의 어깨가 있고 소동이 생기면 나머지가 출동한다는 것, 그리고 다른 업소를 관리하는 깡패들이 추가로 오려면 시간이 많이 걸린다는 사실, 그리고 일반인들의 출입을 막아서 경찰에 신고를 못하게 한 것도 강동수 상병의 작전이었다. 업소의 아가씨나 깡패들은 절대로 살인이 나지 않는 한 경찰에 신고하지 않는다는 것도 강 상병의 생각이었고 맞았다.

"형님도 참. 쑥스럽게 애들 앞에서 왜 그러십니까? 하하하. 그래도 조금만 더 있었으면 헌병이 아니라 깡패들 몇십 명이 더 왔을 겁니다. 타이밍이 좋았습니다."

강 상병이 오랜만에 박 병장 칭찬 듣고 기분이 올라가는 듯 웃음소리가 커졌다.

"정 이병, 만족하나?"

"넵! 박 병장님 감사합니다."

정 이병이 우렁찬 목소리로 대답했으므로 박 병장이 목소리를 낮추라고 손짓으로 말했다.

"근데 형님! 이런 한정식집은 엄청 비쌀 건데 어쩌려고 이런 데를 잡으셨어요?"

"시발놈아, 너 생명수당 6만 원 받은 거 가져왔잖아? 하하하."

"에이, 그 돈은 오늘 못한 오입, 내일 두 탕 해야 하는 돈입니다. 저는 밥 먹는 데는 돈 안 씁니다. 여자 먹는 데만 돈 씁니다. 하하하."

강 상병의 설레발에 방안에 있는 모두가 한바탕 웃는다. 상차림으로 봐서 고급 한정식집 같은데 못해도 1인당 3만 원은 줘야 할 것 같다.

"여기 음식값은 정지수 이병 아버님이 모두 지불하셨다. 그러니 맘껏 먹도록!"

"와!"

모두가 감탄사로 합창을 한다.

"아까 식당 입구에서 내가 아버님을 뵈었는데 해병대 출신이시더라. 그래서 정지수 이병도 해병대에 지원 입대한 거고. 그리고 음식점 옆 여관방도 6개를 잡아 놓으셨다고 하더라. 같이 올라가자고 하니 분위기 깬다고 그냥 가셨다. 여기서 맘껏 먹고 마시고 자고 내일 아침에 TMO 타고 각자 고향으로 가자."

TMO는 군용열차를 말한다.

"자자자, 우리의 일용할 양식과 잠자리를 제공해 주신 정지수 이병 아버님께, 아니 해병대 선배님께 모두 박수!"

강동수 상병의 우렁찬 제창에 모두가 왁자지껄 박수 소리가 밖에까지 들렸다.

말년 병장이라도 휴가를 마치고 귀대할 때 기분은 똑같다. 기분 더럽다. 우울하다. 우울한 기분을 아는지 모르는지 1시간에 1대씩 다니는 강화도행 버스가 영등포를 출발한 지 1시간이 지나자 서울을 벗어나 김포평야를 시원스럽게 달렸다. 어느새 나진 검문소에 도착했다.

"박광호 병장! 잠깐 내려주세요."

"아니 언제부터 청룡버스도 아니고 일반 버스에서도 검문했어?"

버스에 올라온 헌병이 박 병장의 이름표를 확인하고 내리라고 했다. 본래 귀대할 때 일반 버스는 검문하지 않는다. 박 병장은 투덜거리면서 버스를 내렸다. 그냥 일반적인 검문이거니 생각했다. 그러자 버스는 그대로 출발해 버렸고 밑에서 대기하고 있던 헌병 2명이 양쪽에서 박 병장의 팔을 감았다.

"뭐야?"

박 병장이 소리쳤지만 듣지도 않는다. 그리고 한 명의 헌병이 오더니 수갑을 채웠다. 그리고 검문소 옆에 세워둔 헌병대 지프차에 태웠다. 지프는 바로 출발했다.

"이거 뭐 하는 짓입니까? 왜 이러는 겁니까? 예?"

앞자리에 앉은 헌병에게 소리쳤지만, 대답이 없다.

사단 헌병대, 듣기만 했지 가 본 적도 없는 곳이다. 사단 헌병대 본부와 영창이 있는 곳에 도착했다. 2사단에서는 흔히 '마송체육관'으로 불리는 곳이다. 나진 검문소에서 30여 분을 달려왔다. 오후 6시가 가까웠으므로 평소 같으면 귀대 시간이다. 육중한 철문이 열리면서 보이는 헌병대 본부 건물들은 회색빛을 띠는 우중충한 시멘트 건물이다.

"똑바로 서! 시발놈아."

어느 사무실에 들어서며 양팔을 잡고 있는 헌병 중에 한 명이 소리쳤다. 딱 보니 군의관실이다.

"혀 내밀어. 어디 보자, 생생하구만. 눈깔도 이상 없고, 팔 올려 봐, 다리 들어 봐, 앉았다 일어서 봐, 됐어. 어디 아픈 데 없지?"

헌병이 수갑을 풀자 군의관이 박 병장 얼굴을 대충 보고 이것저것 시키더니 책상 위에 있는 서류에 몇 가지 체크하고 사인하면서 옆에 있는 헌병에게 주면서 말했다.

"이상 없다. 데려가."

영창 입소하기 전에 신체검사 받는다더니 이게 신체검사였다. 1분도 걸리지 않았다.

"지금 실시하면 팬티 빼고 다 벗는다. 실시!"

신체검사 후 사방이 막혀있는 방으로 들어오니 소위 계급장을 단 헌병이 말했다. 소위의 말이 끝나자마자 혁대를 풀려고 하는데 구둣발이 박 병장 무릎을 강타했다. 오랜만에 맞아 보는 쪼인트라 무릎이 찢어지는 것 같았다.

"시발놈이 동작 봐라. 원위치."

"다시 실시!"

소위의 말이 끝나기 무섭게 재빠른 동작으로 모든 옷 탈의를 완료했다. 그리고 앞에 있는 바구니에 옷과 소지품을 담았다.

"앞으로 취침!"

"원위치!"

"앞으로 취침!"

"포복. 실시!"

소위가 앉아 있는 책상과 의자가 3미터 앞에 있어 거기까지 포복으로 오라는 말이다. 팬티만 걸친 발가벗은 모습으로 엎드린 박 병장은 포복으로 신속하게 앞으로 전진했다. 간첩 잡을 때 포복보다 더 빠르게 갔다.

"이 새끼, 동작 봐라. 원위치!"

"포복!"

"원위치!"

"포복!"

그렇게 포복과 원위치를 다섯 차례나 반복하고서야 의자에 앉을 수 있었다. 이미 몸은 땀 범벅이고 팔꿈치와 무릎에는 피멍이 들어 있었다.

"너 5일 전 영등포에서 민간인을 폭행했지?"

"아닙니다."

"이 새끼 빨리 끝내려고 했는데 안 되겠네. 대가리 박아!"

"으으으."

소위 말하는 '원산폭격'을 시키는 것이다. 시멘트 바닥에 머리를 박고 뒷짐을 지면 피가 머리로 쏠리면서 고통이 가중된다. 그러나 박 병장에게 그리 힘든 체벌은 아니다. 그렇지만 체벌 받을 때는 체벌 주는 사람을 생각해서 고통이 배가되는 척이라도 해야 빨리 끝난다. 오랜 군대 생활로 터득한 노하우다.

"이 새끼 엄살 피네."

신음 소리 조금 냈다고 옆에 서 있던 헌병이 발길질을 했다. 배에 고통을 느끼고 옆으로 쓰러졌다. 다시 원산폭격 자세를 취했다.

"인정하면 빨리 끝난다. 네가 민간인 팼지?"

"민간인 아닙니다. 깡패 새끼들입니다."

"이 새끼가 돌았나? 군인 아니면 전부 민간인이지. 이 새끼 아직 정신

못 차렸네. 야, 헌병, 이 새끼 조져!"

"넵."

방금 박 병장에게 발길질했던 헌병이 그 후 1시간 동안이나 박 병장 몸을, 난도질을 했다. 원산폭격 자세로 진진, 후퇴를 반복했고 발길질은 수 없이 반복되었다. 그러다 저녁 식사 시간이 되어서야 체벌이 끝났다. 그리고 이름표도 계급장도 없이 52번을 가슴에 단 번호표만 있는 군복을 입었다. 취조실에서 돼지죽 같은 저녁을 먹고는 8시가 다 되어서야 철창에 들어갔다. 철창문을 들어서며 내가 기수를 말하자 모두 일어서서 경례를 붙인다. 해병대는 어딜 가든지 기수 빨이다. 더구나 박 병장 같은 말년 병장한테는 감방에서도 말년 병장인 것이다. 모두가 일어서서 아랫목을 비워 준다. 온몸이 멍투성이라 피곤한지 앉자마자 졸음이 쏟아졌다.

"야! 박광호 병장!"

익숙한 목소리가 철창 건너편에서 박 병장을 불렀다. 김도봉 병장이다. 저녁 9시가 넘은 시간이다.

"야! 철문 열어. 박 병장 나와라."

김 병장이 옆에 있는 헌병에게 지시했다. 김도봉 병장이 일과를 끝내고 내 소식 듣고 면회를 온 모양이다.

"새꺄, 내가 사고 치지 말랬지?"

"야. 사고는 무슨? 그냥 깡패 새끼들 푸닥거리 좀 한 거 가지고."

"박 병장. 우리 이제 말년이잖아. 떨어지는 낙엽도 조심해야지. 인마. 다른 동기들은 밥 먹는 시간 빼고 하루 20시간씩 취침한다더라."

"시발 나도 그렇게 살고 싶다. 근데 뭐냐? 뭐가 어떻게 된 거야?"

"육본 땅개 헌병들이 영등포에서 민간인 폭행사건 조사했다면서 조서를 해병대 헌병대로 이첩해 왔다. 근데 그날 2사단에 휴가자가 너희들밖에 없잖아. 딱 걸린 거지. 그리고 어제 헌병대에서 정지수 이병 1박 2일로 조사 끝냈다고 하더라. 그놈이 다 불었대."

'육본'은 육군본부의 줄임말이다.

"그럼 헌병대에서 우리가 때린 새끼들이 깡패 새끼들인 것도 아는 거네?"

"당연하지."

"정 이병이 깡패들에게 맞아서 우리가 보복했다는 것도 다 아는 거네?"

"그래."

"시발 근데도 영창이야?"

"옛날 같으면 그냥 연병장 몇 바퀴 돌고 끝날 일인데, 이게 육본에서 넘어온 거라서 곤란한 것도 있고 지금 구치소장 소위 놈이 좀 또라이야. 신임 소위인데, 얘가 융통성이 전혀 없어요. 이 건은 에프엠(FM)대로 하면 민간인 집단폭행으로 심하면 구속이고 아무리 약해도 영창 15일이야."

이 정도 폭행, 더구나 해병대의 자존심을 건드린 건에 대해 과거 해병 선배들에게 무수한 무용담을 들었고 오히려 칭찬을 들었지 영창 갔다는 소리는 들은 적이 없었다.

옆에 있는 헌병이 라면을 끓여 왔다. 김 병장이 시킨 것이다.

"저녁 제대로 못 먹었지? 라면 먹어라."

"고맙다."

점심까지만 해도 사회에서 진수성찬을 먹다가 반나절 만에 배고파서 라면 먹는 신세로 전락했다. 박 병장이 라면 먹으면서도 쓴웃음을 지었다.

"야! 김 병장! 조웅천 선임하사에게 연락 좀 해 줘라."

“조 하사님이 이미 헌병대 여기저기 연락하는 것 같은데 별 소용이 없나 봐. 소위 이놈이 신임이라 조 하사를 모르잖아. 해결하는 방법이 있긴 한데.”

“뭔데?”

“이 건은 육본에도 보고해야 해서 그냥 ‘해병 병사가 맞아서 보복해서 때렸다.’ 이렇게 했다가는 해병 2사단 헌병대장이 모가지 날아간다. 그렇게는 할 수가 없고….”

“시발 뭔데? 뜸 들이지 말고 말해.”

“피해자들에게 가서 탄원서나 진술서 같은 거 받으면 넘어갈 수도 있어. 그러니까 ‘우리가 잘못해서 불가피하게 시비가 붙었는데 우리는 다친 사람도 없고 가해자의 처벌을 원하지도 않는다.’ 뭐 이런 내용으로 받으면 그것 첨부해서 육본 넘겨주고 나머지는 해병대에서 알아서 하겠다고 하고 끝낼 수도 있지.”

“야, 걔들 피 터지게 맞았는데 너 같으면 그런 거 써 주겠냐?”

“그러니까 새꺄, 그게 문제 아니겠냐?”

박 병장은 냄비를 들고 라면 국물을 마지막 한 방울까지 마시면서 말했지만, 해결책이 쉽지 않다는 걸 이제야 느끼고 있었다. 여기서 박광호 인생에 빨간 줄이 그어지면 대학이고 나발이고 그냥 아버지 대를 이어 농사나 지어야 하는 신세가 되는 것이다. 아니면 고등학교 때처럼 뒷골목 양아치질이나 하던지, 한숨이 절로 나왔다.

“참, 나머지 부대원들도 잡혀 왔냐?”

“아니. 그 이병이 다 불었기 때문에 너만 처벌받는 거고 나머지 해병들은 모두 자대에 귀대했어.”

"그나마 다행이네."

"야. 여기가 너희들 안방이냐? 이 새끼들 봐라. 전원 매미 붙어!"

다음 날 아침, 그 소위 놈이 출근하자마자 소리쳤다. 아침 식사 후 느긋하게 누워 있다가 철창 안에 있던 사내들 모두가 벌떡 일어나 철창에 붙었다. "매미 붙어."는 철창에 매달리는 체벌을 말한다. 두 손으로 철창 높은 곳을 잡고 10분만 매달려 있으면 온 몸에 땀이 비 오듯 오고 팔에 힘이 빠져 십중팔구 바닥으로 떨어지게 된다. 그럼 무서운 매질이 기다리고 있다. 이걸 1, 2시간씩 하는 거다. 그렇게 "매미 붙어"를 1시간 반이나 하고 나서 소위가 취조실로 데려갔다.

"하루 지났으니까 이제 사제물 좀 빠졌겠지?"

"넵!"

박 병장이 큰소리로 대답했다. 기합 든 척이라도 해야 덜 맞는다.

"다시 시작하자. 너는 지금 '민간인 집단폭행 사건'이 얼마나 심각한 건지 모르나 본데 지금이 옛날 해병대가 아니다. 지금은 민주 군대를 지향해야 하는 해병대의 새로운 정신을 심어야 할 때란 말이다."

이제 해병대 생활 6개월도 안 된 소위가 산전수전 다 겪은 말년 병장에게 해병대 사령관급 훈시를 하는 모양새가 우습다. 이름표에 '김동석'이라고 써져 있는 걸 보니 돌머리가 틀림없다. 나도 모르게 피식 웃음이 났다.

"이 새끼 웃어?"

"아닙니다."

"말년 병장이라고 좋게 좋게 하려고 했는데 안 되겠다. 야. 헌병! 시작해!"

소위가 옆에 부동자세로 서 있던 헌병에게 지시했다. 그리고 이어지는 무차별 폭행. 그렇게 1시간을 또 정신없이 맞았다. 그러나 어제 김도봉 병장이 후임 헌병들에게 언질을 주었는지 타격 강도가 어제보다는 약했다. 그래도 죽을 것 같은 최대한의 제스처는 취해야 한다. 그러고는 다시 취조가 시작되었다.

"민간인 폭행했지?"

"네. 했습니다."

"몇 명?"

"총 8명입니다."

"네가 전부 지시했지?"

"네. 제가 전부 지시했습니다."

어차피 정 이병이 모두 얘기했기 때문에 정 이병이 쓴 진술서의 내용을 확인하는 것이다. 다른 방법이 없다. 모든 사실을 말했고 2일 후 내가 진술한 내용을 적은 종이 4장을 보여 주며 지장을 찍으라고 해서 찍었다. 이후 그렇게 심한 구타는 없었지만 낮에 철창 안에서의 체벌은 하루 종일 이어졌다. 그러다 저녁에 김도봉 병장이 와서 같이 휴식하는 일과가 이후 7일간 계속되었다.

"병장 박광호! 나와!"

철창 밖에 서 있던 헌병이 철문을 열면서 말했다. 또 맞으러 가는 모양이다고 생각했는데 철창문을 나서자 조응천 선임하사가 서 있었다.

"고생했다. 옷 갈아입고 나가자."

선임하사와 구치소를 나서자 앞에 헌병대 지프가 대기하고 있었다. 오늘이 금요일이니 정확하게 1주일을 구치소에서 보냈다. 인생 최고로 기억에 남는 연말을 보낸 것이다.

"타라."

"또 어디로 갑니까?"

"어디긴 새꺄. 소대로 복귀해야지."

"어떻게 된 겁니까?"

천장이 없는 오픈카인 헌병대 지프가 군용도로를 달리니 12월의 찬바람이 얼굴을 친다.

"내가 박 병장 너 때문에 이번에 수명이 20년이나 더 줄어든 것 같다. 새꺄."

"그럼 우도 수색작전에서도 10년 줄었으니 내일모레면 할배 되겠네요."

"이 새끼, 지금 농담이 나오냐? 하하하."

"어떻게 된 거냐니까요?"

"영등포 깡패들이 탄원서를 제출했다."

"예?"

"자기들이 잘못했고 다친 사람 없으니 박광호 병장 잘못은 없다고 썼더라."

"아니 그 깡패 새끼들이 내가 구치소에 있는 건 어떻게 알았대요? 그리고 걔들 죽사발 났는데 탄원서를 냈다고요?"

"그래 인마. 내가 날마다 영등포로 출근도장 찍고 그 보스놈에게 부탁했다."

"……."

"3일째 가니까 써 주겠다고 하더라."

"……."

"그래서 내가 받아서 헌병대에 탄원서 제출했고, 너희들 간첩 잡은 것도 참작했고, 그 꼴통 같은 소위 놈이 말귀를 못 알아먹어서 헌병대장에게 얘기했더니 영창 7일로 처리하라고 해서, 오늘 나온 거다."

"고맙습니다. 선임하사님!"

"고맙긴 시발놈아. 이제 말년인데 조용히 좀 지내자."

"알겠습니다."

"애들은 전부 부대 복귀했죠?"

"그래. 정 이병이 헌병대에서 1박 2일 동안 많이 맞아서 상태가 안 좋았는데 이제 다 나았다."

"다행이네요."

어느새 지프가 소대에 도착했다.

"네가 영창에서 고생한 것 같아서 주계에 몸보신 시켜 주려고 준비해놨을 거다. 주계로 가자."

주계로 들어서자 소대원들이 모두 모여 우렁찬 박수를 치고, 휘파람을 불고, 한바탕 소동이 일었다. 추 일병이 제일 먼저 달려왔다.

"고생하셨습니다. 병장님."

"이 새끼가 안 하던 말도 하고? 고생은 무슨?"

그렇게 말했지만 소대원들이 반가웠다. 추 일병과 인사하고 자리를 찾아 앉으려는데 양복을 차려입은 못 보던 민간인 3명이 앉아 있었다. 어디서 본 듯한 얼굴인데 기억이 나지 않는다. 그러더니 그중 한 사내가 박 병장에게 다가와서 악수를 청했다.

"반갑습니다. 박광호 병장님. 저 모르시겠습니까?"

"예? 누구신지?"

"참 나, 저번에 영등포에서 박 병장님에게 맞아 죽을 뻔한 깡패입니다. 하하하."

"예?"

그렇다. 사내 얼굴을 자세히 보니 그날 맨 앞에 서 있던 깡패들 대장으로 보이는 사내가 틀림없었다.

"아니 여긴 민간인이 못 들어오는 곳인데 어떻게 여기에?"

"한번 오신다고 하길래 박 병장 나오는 날 오는 게 어떻겠냐고 연락했고 내가 통과시켰다. 나도 몇 번 만나 보니까 사람 괜찮더라."

선임하사면 출입시킬 권한이 충분히 있다. 박 병장 때문에 영등포에서 여러 번 만났다더니만 친해진 모양이다.

"정식으로 인사 올리겠습니다. 저 박봉식입니다."

"저는 박광호입니다."

그렇게 서로 통성명하고 자리에 앉았다. 그리고 술을 따르고 주고받았을 때 선임하사가 말했다.

"여기 있는 소주, 맥주 그리고 닭고기 100마리, 박봉식 씨가 가져오셨다."

"아니 이렇게까지 안 하셔도 되는데, 저희들이 그날 너무 심하게 한 거 아닌가 싶은데요."

박 병장이 미안한 표정을 지으며 말했다.

"와! 그날 박 병장님하고 그 일병? 일병 맞죠? 대단하시던데요. 저도 이 바닥 생활 5년이 넘는데 그렇게 센 주먹은 처음입니다. 하하하."

"아이고 죄송합니다. 저 때문에 탄원서도 써 주시고 후배들을 위해 부식 조달도 해 주시고 이거 그날은 제가 너무 죄송했고, 보답해 드릴 수 있는 방법이 없는 게 더 죄송합니다."

박봉식 말에 박 병장은 연신 고개를 숙였다.

"박 병장님! 저희들에게 보답하실 일이 있습니다."

"저희가요? 군바리들이 할 수 있는 게 없습니다."

"사실 그 일 일어나기 전부터 해병들이 저희 업소에 출입을 안 하는 바람에 저희들 매출에 심각한 타격을 입었습니다. 아시겠지만 해병들이 차지하는 비중이 30%가 넘습니다. 그래서 저도 위에서 엄청나게 깨졌고요. 그래서 해병들 출입 금지를 해제시켜 달라고 영등포 오신 하사님께 말씀드렸는데 박 병장님께 말씀드리는 게 맞는 것 같다고 하셔서 이렇게 찾아왔습니다. 박 병장님, 출입 금지 해제시켜 주십시오. 부탁드립니다."

깡패들이 순순히 탄원서를 써 준 것도 이것 때문일 것이다. 정 이병 사건 이후로 약 2달 동안 해병 매출이 없었으니 타격이 클 것이다.

"저 박봉식! 오늘부터 박광호 병장님을 형님으로 모시겠습니다."

박봉식이 벌떡 일어나더니 큰소리로 말했다.

"아니, 나이도 비슷해 보이는데 형님은 무슨? 왜 이러십니까? 앉으세요."

"아닙니다. 저희들은 저보다 주먹이 센 사람은 무조건 형님입니다. 더구나 저하고 같은 '박'씨 아닙니까? 받아주십시오. 형님."

"알았어요. 알았어. 일단 앉으세요. 애들이 보고 있는데."

"말을 놓으셔야 앉습니다."

"알았다. 봉식아. 앉아라."

"감사합니다. 형님!"

그날 각 부대로 전통을 돌려 영등포 출입 금지를 해제시켰다.

그로부터 2개월 후 어느 날 아침 8시. 소대 주계 안에는 주간 근무자 4명을 제외한 소대원들이 모두 모였다. 전방부대는 소대원이 모두 모일 수 있는 건 이렇게 아침 시간밖에 없다. 저녁에는 모두 경계근무 나가기 때문이다. 박 병장이 테이블 중앙에 앉고 좌우로 조응천 중사, 강동수 병장, 추성웅 상병, 정지수 일병 순으로 앉았다. 이제 모두 1계급씩 진급해 있었다. 테이블 위에는 어제 선임하사가 짬밥아저씨에게서 조달해 온 소주가 소대원들에게 1병씩 놓였고 닭을 10마리나 삶아서 백숙이 담긴 쟁반이 10개가 놓여 있었다.

"자자, 앞에 있는 잔에 소주를 채워 주시기 바랍니다."

강동수 병장이 일어서서 말하자 모두가 술잔을 채웠다. 박 병장 술잔은 선임하사가 채워 주었다.

"내일 전역하시는 우리 5중대 1소대의 영원한 히어로, 아니 우리 해병 2사단 청룡부대의 영원한 히어로, 박광호 병장님의 전역을 진심으로 축하드리며 전역 후에도 무궁한 발전과 예쁜 색시를 만나서 결혼하시길 진심으로 바라는 마음에서 건배하겠습니다. 미래 박 병장님의 예쁜 색시를 위하여!"

"위하여!"

강동수 병장이 건배사를 연습한 모양이다. 어려운 말이 섞여 있었다. 다함께 "위하여"를 소리 높이 외쳤다.

"모두들 고맙다. 다른 말 필요 없고 우리 조 중사님 잘 모시고 모두들 전역할 때까지 건강하게 생활하기 바란다. 이상!"

"일병 정지수, 술 한 잔 드려도 되겠습니까?"

어느새 박 병장 옆에 선 정 일병이 박 병장 술잔에 술을 따라 주었다. 정 일병도 신병티를 벗고 이제 제법 해병이 되어가는 모습이 보기 좋았다.

"병장님께서 저 때문에 영창 가신 거, 죄송합니다."

정 일병이 거의 울기 직전의 일그러진 얼굴을 하고 말했다.

"야 인마, 너 때문 아니니까, 걱정하지 마라. 그리고 너도 영창에서 1박 2일 동안 엄청 고생했을 텐데 이겨내고 건강하게 군대 생활하는 거 보기 좋다. 그리고 너 아버님한테도 감사했다고 전해라."

"넵. 알겠습니다."

"중사님 애들 잘 부탁합니다."

"시발놈아. 너나 사회 나가서 잘해 인마. 군대 있을 때처럼 버라이어티하게 살면 인생 좆된다. 사회에서는 조신하게 살아라. 알았냐?"

"하하하."

박 병장은 선임하사의 조언에 호탕하게 웃었다. 그때 누군가 해병 1연대가(歌)를 시작했다. 그러자 모두가 따라 불렀다. 누구는 울면서 부르고 누구는 웃으면서 불렀다.

"문수산 애기봉 높은 봉까지."

"천지를 뒤흔드는 젊은 함성들."

"조국과 겨레 위해 이 몸을 받쳐."

"해병아 도요하라. 북녘 땅까지."

제2장

어쩌다 승진
- 영업소장

* * *

역마살이다. 역마살의 사전적 의미는 '한곳에 머물러 지내지 못하고 늘 분주하게 떠돌아다니도록 된 액운(厄運)'이라고 정의되어 있는데 박광호가 딱 그렇다. '말띠'라서 그런지도 모른다.

전역 후 복학했지만 여전히 공부에는 취미를 붙이지 못했다. 가난한 집안을 일으켜 세워야 된다는 결의 같은 건 애초에 없었다. 장남이 아니기 때문일 것이다. 학기 초 같이 놀 수 있는 친구들을 찾았지만 아무도 없다. 모조리 군 복무 중이었기 때문이다. 4살 차이 나는 같은 학년 후배들은 당연히 근처에도 오지 않았다. 그러던 중 우연히 도서관에서 눈에 띈 '김찬삼 교수'의 세계여행기에 푹 빠져 살았다. 할 일을 찾은 것이다. 역마살이 있는 박광호에게 딱 맞는 소일거리다. 그날부터 닥치는 대로 아르바이트를 했다. 중·고생 과외는 물론이고 일급이 높은 여론조사 알바를 주로 했다. 여론조사 알바는 직접 지정된 행정구역에 가서 설문지를 받아야 했기에 일당과 교통비, 식대를 포함해서 하루에 5만 원이나 준다. 짜장면 2,000원 할 때이니 큰돈이다. 여론조사 알바가 없는 날이면 프로야구장 경비부터 식당 알바까지 악착같이 돈을 모았다. 그렇게 150만 원이 모아졌을 때 미련 없이 방콕행 비행기를 탔다. 세계 일주 배낭여행을 떠난 것이다. 물론 혼자다. 해병대를 전역한 지 6개월 되었을 때 떠났으니 군인 티도 덜 벗었고, 겁나는 것도 없었다. 영어도 모르면서 영한사전, 한영사전 2권만 챙기고 떠났다. 그렇게 동남아 국가들을 거쳐 서유럽과 동유럽 국가들을 섭렵하고 귀국해서 학기 중 또 알바해서 중동, 아프리카까지 약 80개국을 여행했다. 그렇게 배낭여행은 나에게 많은 영감을 주었지만 여행 후 학교생활에 적응할 수가 없었다. 항상 마음은 스위스 융프라우에 가 있었고 상상은 태국의 조그만 섬 코사멧 식당 주인 딸과 즐겁게 놀던 생각이 가득 차 있었으니 공부가 될 리가 없었다. 공부한 거 없이 어영부영하다 4학년 2학기가 되어서야 큰일 났다고 느꼈지만 이미 늦었다.

부랴부랴 취업 자리를 알아보던 중 울산에서 유일한 백화점 채용공고를 발견하고 아무 생각 없이 지원해서 아무 생각 없이 합격했다. 백화점은 대형 브랜드 백화점이 아닌 조그만 향토 백화점이다. 그러니까 박광호가 합격했을 것이다. 연수 후 첫 근무부서가 '판촉과'였는데 판촉과는 백화점의 모든 행사를 총괄하는 부서로 백화점 광고 제작, 광고 전단지 제작, 세일 행사 기획, 사은품 기획, 집행 등 백화점의 핵심 부서다. 힘 있는 부서였다. 명절이면 부서 내 창고에 협력업체 선물이 한가득 채워졌다. 박광호가 맡은 일은 세일 행사 기획 및 집행, 사은품 관리 및 집행이었다. 말은 거창하지만 실제는 새벽 3시에 출근해서 5시까지 울산 시내 있는 모든 신문지국을 돌면서 광고행사 전단지가 신문에 끼워지는 걸 확인해야 했다. 그리고 5시부터 8시까지 8톤 트럭으로 들어오는 사은품을 내리고 정리하는 업무였다. 한마디로 '노가다'다. 세일 행사가 보통 10일간 하니까 10일간은 이런 노가다를 계속해야 한다. 그나마 좋았던 건 사은품 나눠 주는 조그만 권한으로 아는 친구나 친인척들 백화점 오면 영수

증 확인 없이 사은품을 맘껏 줄 수 있었다는 거다. 그러나 육체적으로 힘든 것보다 더 힘들었던 것은 백화점은 저녁 8시에 문을 닫는다. 8시에 문 닫고 정리하면 9시가 넘는다. 9시 넘어서 퇴근하면 친구들과 만날 수가 없다. 매일 같이 근무하는 사람들과 술자리를 하는 것이 사회 초년생에게는 너무 고역이었다. 한참 친구 좋아할 나이의 20대 청년에게는 너무 가혹한 형벌이나 마찬가지였다. 아무리 술을 마셔도 또 다음 날은 새벽 3시에 출근해야 한다. 이런 생활이 너무 싫었다. 그래서 5개월 만에 백화점을 그만두었다. 지나고 보니 철없는 판단이었다.

"박광호 씨! 국장실로 들어와."

"네. 과장님."

조병석 관리과장이 국장실 문을 빼꼼히 열고 불렀다.

"부르셨습니까?"

"그래. 거기 소파에 앉아."

"예?"

"괜찮아. 앉아."

국장실에 들어섰을 때 과장은 소파를 지목해서 박광호는 당황했다. 보통 국장실에 들어오면 국장책상 앞에 서서 지시를 받거나 보고를 했었다. 쇼파에 앉아 본 적은 한 번도 없었다. 상석에 국장이 앉아 있고 맞은편에 관리과장이 앉아 있는데 표정들이 웃고 즐기는 표정이 아니다. 내가 쇼파에 앉자 약간 미간을 찌푸리며 울산영업국의 넘버원인 윤기홍 국장이 입을 열었다.

"박광호 씨. 우리 국에 온 지 얼마나 됐지?"

"네. 4개월 차입니다."

이제 수습 딱지는 뗀 것이다. 국장은 탁자에 놓인 서류를 보면서 말을 이었다. 아마 박광호 씨 신상명세서일 것이다.

"그래 영업국 생활은 할 만해?"

"네. 괜찮습니다."

"고향이 울산이구만."

"네."

"고등학교도 여기서 졸업했고?"

"네."

"대학도 좋은 데 나왔네."

"아닙니다."

"그동안 영업국에서 통계 뽑고 회의자료 만드느라 고생했어."

"……."

"새울산영업소 소장이 공석인 거 알고 있지?"

"네. 알고 있습니다."

새울산영업소 소장이 저번 달 말에 퇴사해서 현재 소장이 공석이다.

"박광호 씨가 다음 달부터 '새울산영업소' 소장을 맡아라."

"예?"

"자네도 알다시피 영업소장 자리는 오래 비워 둘 수가 없는 자리야. 영업국에 남자 총무가 박광호 씨 밖에 없기도 하고, 외부에서 사람 받으려고 해도 내년까지는 기다려야 할 것 같아서 관리과장하고 상의해서 그리 결정했어."

"……."

"인사발령은 다음 달 1일 날 거야. 그리 알고 준비하도록!"

"……."

"박 소장 축하해. 네 입사 동기들 중에 네가 최초의 소장 승진일 거다."

윤기홍 국장 말에 당황해서 아무 말도 못 하고 있는 박광호에게 조 과장이 설레발을 풀면서 분위기를 밝게 하려고 했다. 뜬금없이 소장 승진이라니? 보통 보험회사에서 영업소장은 대리 진급과 동시에 나가는 게 불문율이었다. 4년 동안 보험 업무를 충분히 익히고 영업관리자가 되라는 것이고 회사 내에서도 거의 그렇게 지켜져 왔던 것이다. 근데 4년이 아니라 4개월 만에 '영업소장'이라니. 박광호는 두려웠다. 아직 보험에 대해서도 모르지만 영업 프로세스는 더더욱 모른다. 이런 상황에서 억세다는 보험설계사들을 관리하는 영업소장을 할 수 있을까? 의문이었다.

"걱정할 것 없어. 여기 조 과장이 옆에서 많이 도와줄 거고, 어려운 일 있으면 언제든 나한테로 와. 국장실은 언제든 열려 있다."

박광호가 근심 가득한 얼굴이 되자 국장이 안심시키듯 말했다.

"나가서 여사원들에게 업무 인수인계 해 주고 있어."

"네."

관리과장의 말을 듣고 그렇게 국장실을 나왔다.

그렇다. 박광호는 백화점을 퇴사하고 여기저기 채용공고를 찾아다녔다. 가난한 시골집에 대학을 졸업한 놈이 백수로 빈둥거릴 수는 없었다. 빨리 직장을 찾아야 하는 것이다. 그러나 이미 채용 시즌이 끝물이라 원서를 넣을 수 있는 회사가 많지 않았다. 그중 몇 곳 입사원서를 넣었고 그중 '동아생명'에 합격했다. 많은 회사들 중 그래도 보험회사가 월급이 많았기에 보험의 '보'자도 모르면서 일단 입사했다. 불러주는 것만 해도 감사할 일이다. 입사 동기 100명이 한 달 동안 서울에서 연수를 받았다. 박광호는 서울 본사에 발령을 받고 싶었다. 서울로 취업해서 여의도 쌍둥이 빌딩에 근무하는 친구가 부러웠다. 그래서 열심히 연수 받았다. 서울 소공동 본사에 근무할 날을 꿈꾸면서. 연수성적이 좋은 순서대로 본사에 근무한다는 소문을 들은 것이다. 그러나 연수 끝나 갈 무렵 나온 평가 결과는 100명 중 45등, 그냥 보통이었다. 난생처음 접하는 보험 용어들이 너무 어려웠다.

그렇게 울산영업국으로 발령받아서 영업국에서 근무했다. 울산영업국은 동아생명 60개 영업국 중 하나로 울산지역에 총 15개의 영업소를 관리하는 곳이다. 울산 신정동 사거리 코너에 위치한 자가 사옥 건물로 총 6층 중 1층 앞쪽은 고객들이 출입하는 출납 창구로 여직원 2명과 교육과장이 근무했고 뒤쪽은 영업국 사무실로 사용했다. 2~5층은 모두 9개의 영업소가 있었고 꼭대기 층인 6층은 교육장으로 사용하고 있었다. 새울산영업소는 3층에 위치해 있었다. 새울산영업소는 3개월 동안 꼴찌를 벗어난 적이 없는 영업소였다. 박광호가 영업국에 발령받은 때부터 회의자료를 작성해서 안다. 작년 회의자료를 찾아봐도 12개월 동안 항상 신계약 꼴찌 영업소였다. 이런 영업소라면 경험 많은 소장을 전보시킬 수도 있었을 텐데 굳이 신입사원인 박광호를 소장으로 발령 내는 건 그냥 회생 가능성이 없다고 판단한 것 같다.

"박 소장, 내 자리로 와 봐."

어느새 국장실에서 나온 조병석 관리과장이 뒤에서 부른다. 조병석 관리과장은 울산영업국의 넘버2지만 영업을 총괄하는 실질적인 넘버1이다. 울산영업국에 입사해서 울산영업국 산하에서 쭉 영업해 온 터줏대감이다. 윤기홍 영업국장은 직급이 차장으로 본사에서 울산영업국 국장으로 내려와 2년 경력을 쌓으면 다시 본사로 돌아갈 것이기 때문이다. 어느새 자연스럽게 '소장'이라고 부른다.

"네."

"얼떨떨하지? 처음은 다 그렇게 시작하는 거다. 회의자료에서 새울산영업소 통계를 봐서 알겠지만 박 소장이 크게 걱정 안 해도 될 거다. 어차피 바닥인데 더 내려갈 게 있겠어? 그리고 내가 울산영업국에서 마감 120회 한 거 알고 있지? 내가 도와줄 테니까 걱정하지 말고 편안하게 생각해."

"……."

'마감 120회'는 보험회사에서 영업소장의 마감 횟수를 말한다. 한 달이 1회 마감이니 120회 마감은 10년을 영업소장으로 근무했다는 뜻이다. 엄청난 경력이다. 바닥 밑에는 지하실이 있고 그 지하실은 곧 '영업소 폐쇄'가 있다고 말하고 싶었지만 참았다. 보험회사에서 '영업소 폐쇄' 경력이 있으면 퇴사해야 한다. 사회에서 전과 기록과 같은 것이다.

"이왕 이렇게 된 거 열심히 해 보겠습니다. 과장님께서 많이 도와주십시오."

"그래 그래. 박 소장. 그 패기면 뭐든지 할 수 있어. 설계사 몇 명 되지도 않는 영업소인데 네가 현상 유지만 해. 너 고향이 울산이니까 지인들 많잖아. 영업국에서 많이 바라지도 않는다. 너 3년만 소장 계속하면 대리 진급은 내가 알아서 시켜 줄 테니까 걱정 말고."

"네. 알겠습니다. 과장님만 믿겠습니다."

"그리고 내일모레 29일 날 마감회의 있는 거 알지? 경주 코오롱호텔에서 하는데 외곽지역 소장들도 모두 참석할 거야."

자가 사옥 내에 9개의 영업소가 있고 울산 외곽지역에 나머지 6개의 영업소가 있었다.

"네. 알고 있습니다."

"박 소장도 참석해. 이번 달은 소장 아니지만 그래도 선배 소장들하고 인사도 하고 마감 회의 분위기도 익히면 좋잖아."

"네. 참석하겠습니다."

매달 말일 D-2일에 영업국 마감회의가 열린다. 참석자는 국장, 관리과장, 교육과장, 15명의 소장이 모두 참석한다. 여기서 그달의 예상 마감업적을 영업소별로 분배하고 영업국의 목표업적을 정한다고 들었다. 박광호는 참석해 본 적 없어 주위에서 그렇게 한다고 주워들었다. 다시 자리에 앉아 지난 3개월간 새울산영업소의 업적 통계를 살폈다. 참담했다. 새울산영업소에 위촉된 설계사는 15명이나 되었는데 재적인원 15명이면 영업소 규모가 중상 위치다. 그런데 신계약 업적을 한 건이라도 한 설계사는 5명뿐이었다. 10명이 3개월 동안 한 건의 신계약도 없는 것이다. 그리고 신계약 업적도 3개월 평균 월납보험료 250만 원이다. 5명이 250만 원 했으니 1인당 평균 50만 원이지만 1명이 월평균 150만 원을 하고 나머지 4명 합쳐서 100만 원을 하는 것이다. 거의 폐쇄 직전 영업소였다.

"야 마셔. 마셔, 아~ 참. 술 마시기 전에 다음 달부터 새울산영업소 소장으로 발령날 박광호 소장이다. 선배들인 여러분들이 많이 도와줘라.

박 소장, 인사해!"

"박광호입니다. 잘 부탁드립니다."

관리과장의 소개로 얼떨결에 인사했고 모두가 박수로 환영했다. 여기는 경주 코오롱호텔 꼭대기 층 스위트룸이다. 넓은 거실에 모두 모여서 술판이 벌어졌다.

"모두 잔을 들어라. 이번 달 성공적인 마감을 위해서 건배하자. 울산영업국 월납 1억 달성을 위하여!"

"위하여!"

'월납'은 최초 납입되는 월 납입보험료의 준말이다. 영업 평가의 가장 기초가 되는 평가 지표다.

박 소장의 인사말에는 거의 관심을 보이지 않고 관리과장의 선창에 모든 사람들이 "위하여!"를 외쳤다. 국장은 술 몇 잔 마시더니 슬그머니 빠져서 골프 방송을 시청하고 있었고 나머지는 방바닥에 수북이 쌓여 있는 술병들을 비우기 시작했다.

"박 소장, 집이 웅촌이라며? 나는 서창이야. 거의 동향이네. 내가 소장 친목회 회장이니까 어려운 일 있으면 나한테 말해. 우리 영업소가 새울산영업소 바로 옆이야. 나 신울산 영업소장이다. 소장 발령 축하해."

김석구 신울산 영업소장. 소장들 중에서 제일 고참이다. 그래서 소장 친목회 회장을 맡고 있고 울산영업국 15개 영업소 중에서 최고의 업적을 하는 소장답게 목소리에 자신감이 묻어 있다. 더구나 다음 관리과장을 노리고 있다는 소문도 있다. 그만큼 울산영업국에서 인정받는 최고의 영업관리자인 것이다. 그런데 하필 새울산영업소 바로 옆이라니. 제일 잘 나가는 영업소와 제일 못 나가는 영업소가 같은 층에 붙어 있는 것이다.

"네. 감사합니다. 앞으로 많은 지도편달 부탁드립니다."

"지도편달은 무슨? 술 마시자."

박광호는 잔뜩 긴장해서인지 술을 마시지만 잘 취하지는 않는다. 그러나 15명의 소장들은 여기 마감 회의하러 온 것인지 술 마시러 온 것인지 모를 정도로 다들 술에 취할 정도로 마시는 분위기다.

"박 소장. 축하해. 나 신정 영업소장이야."

"네. 감사합니다. 잘 부탁드립니다."

신정영업소 소장 이영범. 고려대 출신이라 학벌이 좋다. 본사 기획실에 근무하다가 대리 진급과 동시에 신정 영업소장으로 발령받았다. 서울에서 영업소장할 수도 있었지만 고향에 지인들이 많기 때문에 서울보다 울산에서 영업하는 게 나을 것이라 판단해서다. 서울 본사로 복귀하려면 2~3년 동안 영업을 잘해야 복귀가 가능하다. 영업 못하면 본사 복귀는 고사하고 여기서도 낙오될 수 있다. 아무리 고대 출신이라도 영업을 말아먹는다면 미래는 없다. 영업 세계는 그만큼 학벌에 대한 차별 없이 오로지 영업 업적만으로 평가받는 무림 지대나 마찬가지다. 서울 물을 먹어서 그런지 얼굴이 하얗고 안경을 낀 게 영업할 사람 같지 않아 보인다.

"소장님. 마감회의는 언제 합니까? 이렇게 다들 술에 취해서, 하긴 합니까?"

"하하하. 그렇게 보이냐? 기다려 봐. 곧 마감회의 할 거다."

회의는 안 하고 다들 술만 마시기에 박광호가 신정영업소 소장에게 물어보았다. 그렇게 1시간 넘게 술을 마시고 모두가 취기가 많이 올랐을 때 관리과장이 자리를 고쳐 앉고 말했다.

"지금부터 마감회의 시작하겠다. 이번 달 영업국 목표가 1억인데 오늘까지 각 영업소 업적을 감안해서 목표를 불러 주겠다."

모든 소장들이 취해 있음에도 눈을 크게 뜨고 관리과장을 주시했다.

"신울산영업소 1,700만 원."

"울산영업소 1,500만 원."

"방어진영업소 1,300만 원."

"신정영업소 1,200만 원."

관리과장은 그렇게 15개 모든 영업소의 이번 달 마감 목표를 불렀다. 제일 마지막 새울산영업소의 이달 마감 목표는 250만 원이었다.

"과장님, 저희는 이번 달 1,700 못 합니다. 오늘까지 1,100 했는데 영업소 탑인 하영옥 설계사가 지금 가족 여행 중이라 마감 끝나고 출근합니다. 200만 빼 주세요."

관리과장의 말이 끝나자마자 신울산영업소 소장이 말했다.

"김 소장 사정은 알겠는데 다른데 200만 원을 메꿀 만한 영업소가 없어."

"울산영업소가 오늘까지 1,200 했던데 조금 올릴 수 있을 것 같은데."

"소장님 뭔 소리요? 우리는 이번 달 영업체력 최대로 끌어모아서 이 수치인데, 오히려 방어진이 좀 여유가 있어 보이구만."

"선배님들, 지금 방어진도 똥줄 타면서 하는데 뭔 소리요? 대형점포에서 마감 업적 몸 사리지 말고 좀 합시다. 후배들에게 떠넘기지 말고."

"뭐? 야. 방어진? 너 업적 좀 올랐다고 말 함부로 한다."

관리과장이 말하자 신울산 소장과 울산 소장, 방어진 소장이 언성을 높이면서 마감 업적 조정이 계속된다.

"알았다. 알았어. 다들 그만해! 신울산영업소는 100 빼 주께. 1,600 해라. 나머지 100만 원은 울산 하고 신정이 50만 원씩 더 해라."

관리과장이 그렇게 말하고 방금 말한 내용을 적은 A4용지를 소장들에게 내밀었다. 각 영업소 목표 숫자 뒤에 사인하라는 거다. 신울산 소장은 웃으면서, 울산과 신정 소장은 씩씩거리면서 사인을 했다.

"야, 술상 치우고 포커 돌려라."

신울산영업소 소장이 말하자 박광호는 술상을 정리를 했고 7명의 소장들은 둘러앉아서 포커를 돌렸고 나머지는 술을 마시고 곯아떨어졌다.

"지금부터 새울산영업소 박광호 소장 취임식을 시작하겠습니다."

관리과장이 소장 취임식 사회를 보고 있다. 사옥 내 소장들 9명은 물론이고 국장도 참석했으며 보험설계사도 15명이나 참석해 있었다. 국장은 젊은 소장이니 새로운 기운을 새울산영업소에 불어 넣기를 기대한다고 축사를 했다. 나름 '새'라는 글자로 네이밍을 한 것이다.

"다음은 소장의 취임사가 있겠습니다. 모두 힘찬 박수 부탁드립니다."

관리과장의 부름에 박광호는 단상 앞으로 나아갔다. 오늘 취임식이라고 양복도 한 벌 새로 해 입어서인지 깔끔했다.

"저는 오늘부터 새울산영업소의 소장이 아니라 설계사분들의 도우미이자 여러분들을 모두 부자로 만들어 드리기 위한 머슴이라고 생각하겠습니다. 새울산영업소 모든 식구들이 부자가 되는 그날까지 최선을 다하겠습니다. 감사합니다."

취임사가 끝나자마자 설계사 한 분이 꽃다발을 소장에게 주었고 참석한 모든 사람들이 우레와 같은 박수를 치면서 그렇게 소장 취임식은 간단하게 30분 만에 끝났다. 모든 사람들이 돌아간 뒤 영업소를 둘러보았다. 출입문 앞에는 이미영 총무의 자리가 있었다. 영업소 여직원이다. 총무 자리 건너편에 약 4평 정도 되는 소장 룸이 있었다. 소장 룸은 소장 책상과 책상 앞에 5명이 앉을 수 있는 소파가 놓여 있었다. 소장 방 앞에는 칠판과 조회를 할 수 있는 조회대가 있었고 정면에는 5명이 앉을 수 있는 책상 3개가 나란히 놓여 있었다. 소장실에서 창밖을 보며 생각에 잠겨 있는데 소장실 문이 열리는 소리가 들렸다.

"소장님, 저 이미영입니다."

이미영 총무가 커피잔을 들고 서서 말했다.

"앉아요."

"네."

이미영 총무는 입사 13년 된 나이 33세의 노처녀다. 영업국 여사원들 중 최고참이다. 콧날이 오똑한 것이 얼굴은 미인 상이지만 키가 작고 통통한 편이다. 그래서 항상 미니스커트를 입는다고 한다. 그래야 키가 커 보인다고. 오늘도 꽃무늬 원피스 정장을 입고 왔다. 나름 옷차림에 신경 쓴 흔적이 보인다. 소장과 첫 대면이어서 그럴 것이다.

"미영 씨가 앞으로 많이 도와줘야 할 것 같아요. 내가 도대체 뭘 알아야지. 일단 설계사들 신상명세서부터 주세요. 이름이랑 얼굴이랑 매치하는데 시간이 좀 걸릴 거요. 내가 사람 얼굴 기억하는 게 좀 느립니다."

"네. 소장님. 고맙습니다."

"잉? 내가 고맙다고 인사 들을 만한 짓을 한 게 없는데?"

"다른 소장들은 전부 저에게 '미스 리'라고 부르거든요. 근데 소장님은 이름을 불러주시니 왠지 좋아서요."

영업국이든 영업소 총무든 여사원들에게 소장들은 모두 '미스 ○○'로 호칭되고 있는 걸 박광호도 알지만, 본인보다 나이가 5살이나 많은 누님

뻘에게 그렇게 부르기는 어색했다.

"하하하. 그런가요?"

"영업소 일상적인 업무는 제가 알아서 할 테니까 걱정하지 마시고 천천히 설계사들하고 친분을 쌓으세요. 소장님은 설계사들만 빠른 시간 내에 익히시면 됩니다. 설계사들과 친해지시면 업적은 자동으로 따라옵니다."

"고맙습니다. 역시 듣던 대로 보험 짬밥이 묻어 있는 조언이네요. 그런데 아까 취임식 때 보니까 설계사분들이 15명이나 앉아 있던데, 이렇게나 많았나요?"

"하하하. 소장님! 취임식에 자리가 썰렁하면 안 되잖아요. 그래서 제가 다른 영업소 설계사분들 오시라고 한 겁니다. 사실 우리 영업소 설계사는 1명밖에 없었습니다."

"한 명요?"

"네."

"그럼 나머지는 새로운 소장이 취임하는데도 출근을 안 했다???"

"네. 그래봐야 출근 안 한 설계사는 4명밖에 안 됩니다."

"……."

"혹시 '신임소장 길들이기'라고 들어 보셨어요?"

"예? 처음 듣는 소리입니다."

"그러니까 새로운 소장이 부임하면 초기에 설계사들이 출근을 잘 안 합니다. 그래서 영업이 어려워지면 소장이 본인들에게 읍소하면서 찾아오고 그러면 못 이기는 척 다시 출근합니다. 지금 출근 안 한 할머니 설계사들 전부 마찬가지지만 김옥녀 할머니가 대장이니까 그 할머니만 출근시키면 나머지는 출근할 겁니다."

"아~ 한 달에 150만 원씩 업적 한다는 김옥녀 씨? 회의자료에서 봤습니다."

"네. 그 할머니 맞아요."

"그럼 내가 어떻게 해야 돼요?"

"김옥녀 할머니는 바로 찾아가면 역효과니까 하루 이틀 지나서 소고기 한 근 사들고 찾아가서 설득하셔야죠. 방법은 그것밖에 없습니다. 할머니들도 여자인지라 질투도 많고 소장님이 자기에게만 관심을 주기를 원할 겁니다. 참고로 올해 72세고 아들 가족과 같이 살고 있습니다. 집도 옥동에 사니까 가깝습니다."

"이런 정보 많이 알려 주세요."

"네. 소장님. 시간 될 때마다 알려 드리겠습니다. 그럼, 설계사 신상명세서 갖다 드릴게요."

그렇게 말하면서 미영 씨가 커피잔을 들고 나갔다. 미영 씨가 가져다준 설계사 신상명세서를 보니 5명밖에 없다. 나머지 10명은 없는 인원인 모양이다. 5명 평균 나이가 60세가 넘었다. 가장 나이 많은 설계사가 방금 얘기한 김옥녀, 다음이 이복례 70세다. 가장 나이 어린 설계사가 39세 오선숙 씨다. 오늘 유일하게 출근하신 설계사다. 앞이 캄캄했다. 뭐부터 해야 할지도 모르겠고 멍하니 창밖을 바라 보는 시간이 늘어났다.

"어이. 박 소장. 뭐해?"

"네. 설계사 신상명세서 보고 있었습니다."

신정영업소 이영범 소장이 소장실로 들어와 쇼파에 앉으면서 말했다.

"막막하지? 하하하."

"네."

"한 달쯤 지나면 익숙해질 거야."

"근데, 소장님. 설계사 4명이 출근을 안 하고 있는데, 미영 씨는 찾아가라네요. 이것 참."

"당연히 찾아가야지. 그 할매들 맨날 그래. 저번, 저저번 신임소장 부임할 때도 그랬어. 너무 걱정하지 마. 찾아가면 출근할 거야."

"……."

"소장 역할이 뭔 줄 아냐?"

"영업 잘하는 거 아닙니까?"

"그러니까 어떻게 영업을 잘할 거냐고?"

"……."

"소장은 말이야. 어떡하든지 설계사들 엉덩이를 살살 두드려서 그 사람들이 계약을 물고 오게 하는 것이 소장의 역할이야. 그런 거 가장 잘하는 사람이 옆에 신울산 김석구 소장이잖아."

"……."

"그 양반 노하우는 뭐냐 하면, 설계사 앞에서 맨날 우는소리 하는 거야. 신계약 부족해서 국장에게 깨졌다. 수금 부족해서 깨졌다. 증원 인원 부족해서 깨졌다. 이렇게 죽는소리하면 설계사들이 우리 소장 불쌍하다고 계약을 물어 온다니까. 하하하."

'증원'은 새로운 설계사 리크루팅을 말한다. 이것도 중요한 평가 지표다.

"……."

"근데 나는 그렇게는 낯간지러워서 못하겠더라. 그것도 영업 능력이야."

"……."

"어쨌든 영업을 잘하려면 설계사들이 업적을 많이 해서 수당을 많이 타고 만족하면 자연히 주변에서 같이 돈 벌자고 새로운 사람을 데려오고, 그러면 그 사람들이 또 신계약을 물어 오고 그러면 설계사 숫자 늘어나고 신계약 업적 늘어나고 영업소가 커지는 거지."

"결국은 지금 있는 설계사들이 돈벌이가 돼야 하는 거네요."

"그렇지. 역시 머리가 빠르네. 그래야 리크루팅도 적극적으로 할 거고 사람 늘어나면 신계약이야 자동으로 많아지는 거고. 지금 새울산은 5명이잖아. 할머니든 뭐든 간에 신계약만 많이 해 오는 년이 장땡이야. 근데 아무래도 할머니들은 리크루팅 능력은 조금 떨어지거든. 리크루팅은 30~40대 젊은 아줌마들이 아는 사람도 많고 잘하지."

"여러 가지로 고맙습니다."

"그래그래. 신정영업소도 놀러 와. 4층이다."

"미영 씨, 오선숙 씨 들어오라고 해 주세요."

"네."

유일한 출근자 오선숙 씨와 면담을 진행하려고 불렀다.

소장실 문을 조심스럽게 열고 들어오는 오선숙 씨는 올해 39세. 새울산에서 가장 젊다. 보험영업은 이제 9개월 차다. 남편과는 몇 년 전에 이혼했는지는 모르지만 혼자이고 중학교 다니는 아들 한 명과 초등학교 다니는 딸이 있다고 했다. 얼굴은 상당히 미인형인데 옷차림이 평범해서 생활이 넉넉하지 않음을 짐작할 수 있었다.

"오선숙 씨. 반갑습니다. 박광호입니다."

"잘 부탁드립니다. 소장님."

오선숙 씨가 수줍어하면서 손을 내밀어 악수하고 소파에 앉았다. 영업소 통계자료를 보면 한 달 평균 업적이 30만 원 정도로 업적이 부진한 설계사에 속한다. 9개월 동안 퇴사하지 않은 것이 용하다.

"오늘 제 취임식에 참석해 주셔서 감사합니다. 앞으로 제가 열심히 서포트할 테니까 많이 도와주십시오."

"새로운 소장님 취임식인데 당연히 참석해야지요."

"저 열심히 할 겁니다. 그리고 취임식에서 말씀드렸다시피 우리 영업소 설계사분들 모두 부자되게 만들 겁니다. 그러려면 저하고 설계사분들도 같이 힘을 합쳐서 노력해야죠."

"소장님. 사실은 저도…."

선숙 씨가 말끝을 흐린다.

"……."

"저도 사실 그만두려고 생각하고 있었습니다."

"예?"

"저도 조그만 가게 하다가 애들 교육하기가 너무 빠듯해서 보험일 하러 나왔는데 생각보다 돈이 안 됩니다. 제가 울산 출신이 아니라서 아는 지인들도 별로 없어서요."

"아. 그러시군요. 그래도 신임소장인 제가 어떻게든 돈 벌게 해드리겠습니다. 다른 분은 몰라도 오늘 유일하게 취임식 참석한 분이잖아요."

"하지만 소장님이 저에게 계약 넣어 주실 것도 아니고 제가 활동을 더 해야 하는데 9개월 동안 친인척들 계약, 이미 다 뽑아먹고 더 계약할 곳이 없습니다."

"오선숙 씨. 정 그러시면 제가 방법을 찾아볼 테니까 딱 3개월만 더 해

봅시다. 그렇게 1년 채우셨는데도 지금 같으면 그때 그만두세요. 제가 책임지고 선숙 씨가 3개월 후에는 월 300만 원 이상 가져갈 수 있도록 방법을 찾겠습니다. 속는 셈 치고 3개월만 속아 주십시오."

"……."

"제가 다른 건 요구하지 않을 테니까 이렇게 10시 전까지 출근만 해 주세요. 딱 3개월입니다."

"네. 그럼 소장님 믿고 3개월만 더 다녀보겠습니다."

이렇게 빨리 수긍하는 것 보면 아마 오선숙 씨도 퇴사 생각이 없는데 신임소장에게 "나에게도 관심을 줘라." 이렇게 생각하는지도 모른다. 그렇게 면담을 마쳤다. 호기롭게 3개월 후면 월 300만 원을 수당으로 받게 해 주겠다고 얼떨결에 말했지만 그런 방법이 어디 있겠는가? 퇴사하려는 설계사 잡으려고 한 말이다. 설계사들은 대부분 '지인영업'으로 업적을 채운다. 지인영업의 반대가 '개척영업'인데 이는 모르는 사람에게 가서 계약하는 것으로 일반적으로 상가 같은 곳에 보험설계사들이 방문하는 영업형태가 개척영업이다. 그러나 개척영업은 시간과 정성이 많이 소요되므로 효율성이 떨어지고 모르는 사람을 대해야 하는 쑥스러움을 이기지 못하면 대부분 하루 이틀이면 포기하고 쉬운 지인영업에 매진하는 게 오랜 영업 관행이다.

그렇게 1주일이 지났다. 김옥녀 할머니에게는 찾아가지 않았다. 모두가 찾아가야 한다지만 워낙 고령이라 모셔오는 게 맞는지 확신이 서지 않았고 그동안 매일 전화를 했지만 받지도 않았다. 조금 짜증이 나기도 했다. 어차피 영업소를 리셋해야 한다고 생각하고 있었다.

"소장님 전화 왔습니다."

미영 씨가 소장실 쪽으로 보고 큰 소리로 말했다.

"네. 전화 바꿨습니다."

"새울산영업소 소장님이시죠?"

"네. 제가 소장입니다."

"네. 반갑습니다. 저는 김옥녀 설계사 아들 되는 사람입니다."

"아~ 네. 근데 어떻게?"

"소장님 잠깐 만나서 드릴 말씀이 있습니다. 영업소 옆에 있는 별다방에 있습니다. 잠깐이면 됩니다."

"네. 바로 내려가겠습니다."

다방에서 만난 김옥녀 씨 아들 김준수는 말끔한 양복 차림에 40대 중후반은 되어 보였다. 받은 명함에는 '현대자동차 상무'라고 적혀 있었다. 소장보다 나이가 20살이나 많았지만 왠지 나이 많은 어른을 만나는 것 같지가 않다. 데리고 있는 설계사 아들이라는 생각이 앞선다.

"소장님, 초면에 불쑥 전화드려서 죄송합니다."

"별말씀을요. 김옥녀 여사님은 잘 계시지요? 제가 취임한 지 일주일이 지났는데 얼굴도 못 뵈었습니다."

"말도 마십시오. 죽겠습니다."

"예? 아니 아드님이 왜?"

"어머니가 출근을 안 하시길래 이번에도 소장이 바뀌었구나 생각했죠. 그러다 며칠 지나서 소장이 모시러 오면 출근하셨거든요. 근데 소장님은 1주일이 지났는데도 집에 방문을 안 하셨잖아요. 오히려 어머니가 스트레스를 며느리에게 푸는 바람에 제가 죽을 지경입니다. 와이프가 제발 어머니 출근시키라고 닦달을 해서요."

"아~ 네. 그런 사정이 있었군요. 사실 저는 김옥녀 여사님이 너무 고령이시고 해서 이참에 해촉하려고 했었습니다. 그래서 안 간 겁니다."

해촉까지는 아니지만 김옥녀 씨 사정 얘기를 듣고 불현듯 머릿속에 떠오른 생각이다.

"아이고 소장님. 무슨 말씀입니까? 누구 이혼 당하는 꼴 보고 싶으십니까?"

"……."

박 소장이 아무 말이 없자 아들은 마시던 커피잔을 내려놓고 몸을 앞으로 다가서며 다급하게 말을 이었다.

"소장님. 우리 어머니, 30년 전 홀로되시면서부터 보험일 하면서 저를 키워 주셨습니다. 감사한 일이지요. 저는 이제 먹고 살 만하니까요. 그래서 몇 년 전부터는 어머니가 연세도 있으시고 활동하시는 게 어려우시니까 그만두신다고 하시길래 그때부터 제가 보험계약을 넣어 주고 있습니다. 그래야 거기서 받는 수당으로 손자들 용돈도 주시고 주위 사람들에게 밥도 사고 하는 게 어머니 낙이시거든요. 그러니까 어머니는 아침에 영업소 출근하시고 같이 근무하시는 분들과 어울리시다 저녁때 퇴근하시는 게 우리 가정의 평화를 위해 절대적으로 필요하니까요."

"……."

아들은 거의 필사적으로 말했다. 그러면서 안주머니에서 봉투를 꺼내 탁자 위에 놓았다.

"소장님. 이거."

"예? 아드님. 이게 뭡니까?"

"100만 원입니다. 오늘 저녁에 저희 집에 오실 때 소고기 3근 사 오시면 되고요. 50만 원은 제 이름으로 새가정복지보험 가입시켜 주시면 됩니다."

소고기 3근에 10만 원이면 충분했다. 50만 원 보험 가입하고 나머지는 박 소장에게 사용하라는 의미다. '새가정복지보험'은 가장 많이 팔리는 보험상품이다. 수익률이 은행의 2배 정도로 좋고 설계사들 수당도 적당한 보험상품이다.

"이러시면 안 됩니다. 저는…."

박 소장이 대답을 계속하려고 하자 다급하게 말을 끊고 아들이 말했다.

"소장님. 제가 영업소 사정을 잘 압니다. 어머니가 시시콜콜한 얘기 다 하시거든요. 영업소에 운영비도 많이 부족한 것으로 알고 있습니다. 이걸로 보태 사용하시구요. 지금 새울산영업소 신계약이 한 건도 안 들어간 것으로 알고 있습니다. 사무실에 가시면 제 이름으로 가입된 보험이 많을 겁니다. 거기 있는 제 개인정보로 50만 원 계약 넣으시면 됩니다. 어머니께 오실 때는 소장님이 50만 원짜리 계약 넣어 주신다고 하면 좋아하실 겁니다. 부탁드립니다. 소장님."

"……."

나보다 영업소 사정을 더 잘 아는 것 같다. 아들 말이 틀린 말이 없다. 현재 신계약이 한 건도 없다. 업적이 '0'인 것이다. 영업소 운영비는 업적 규모에 비례해 지급하는데 이번 달에 30만 원밖에 없어 100% 적자이고, 적자라는 건 결국 소장 돈으로 메꿔야 한다는 것을 뜻한다.

"소장님. 그럼 전 근무 중이라 들어가 봐야 됩니다. 우리 어머니 잘 부탁드립니다."

그렇게 말하고는 일어나서 다방문을 나가 버렸다.

"여러분 반갑습니다. 제가 신임소장 박광호입니다. 나이 30도 안 됐으니 아직 새파란 놈입니다. 그래서 싱싱한 게 잘생겼죠?"

다음 날 조회시간이다. 처음으로 5명이 모두 출근했다. 15개 영업소 중 가장 적은 출근인원이지만 이렇게 조회할 수 있는 것만으로도 한 개의 큰 허들을 넘은 기분이다. 지난 일주일간은 선숙 씨와 소장실에서 차 마시며 차담회를 했었다. 1명만 출근했으니까. 신울산 소장을 본받아 좀 능글능글 맞게 조회를 하려고 하는데 지속될지는 모르겠다.

"네~~ 우리 소장님 잘 생기셨어요."

5명이 합창을 했고 김옥녀 씨가 큰 목소리로 말하자 모두가 웃었다. 김옥녀 씨가 50만 원 신계약 넣어서인지 기분이 좋은 모양이다. 일단 분위기는 잡혔다.

"자, 그럼, 신임소장 취임 기념으로 이번 달 시책을 발표하겠습니다. 간단합니다. 신계약 월납 50만 원 하시면 금반지 1돈을 지급하겠습니다. 김옥녀 여사님은 이미 금반지 1돈을 확보하셨습니다. 100만 원 하시면 2돈, 150만 원 하시면 3돈의 금반지를 손가락 크기에 맞춰서 해 드리겠습니다."

"와!"

모두가 환호성을 질렀다. 금반지 한 돈이 10만 원 정도 하니 대단한 시책이다. 그리고 '금'에 대한 선호도가 여자들에게 먹힐 것으로 예상했었다. 이미 어제 금은방에 가서 1돈 금반지와 2돈 금반지, 3돈 금반지를 영업소 조회대 앞에 진열해 놓았다. 금반지 크기를 비교해서 이왕이면 2돈 이상 금반지를 가져가시라는 욕망을 자극하는 시책인 것이다.

"앞에 금반지 3개가 전시되어 있으니 조회 끝나고 와서 보세요. 금이 아주 반짝반짝합니다. 모두 우리 새울산영업소 식구들이 가져갈 금반지입니다."

그렇게 조회가 끝났고 설계사들은 앞에 있는 금반지 근처로 모여들어서 열심히 구경하고 있었다. 아침 일찍 출근해서 금반지가 빛이 나도록 한 시간이나 닦았다.

"소장님, 잠깐 들어갈게요."

미영 씨가 노크도 없이 소장실 문을 열면서 들어왔다. 얼굴은 약간 열 받은 표정이다.

"소장님, 우리 영업소 이번 달 운영비 30만 원 나온 거 아시죠? 어떡하려고 시책을 저렇게 크게 하셨어요?"

"네. 압니다. 어쩌겠어요. 그래도 소장 부임 첫 시책인데 설계사들이 구미가 당기게 해야 해서 어쩔 수 없어요."

"소장님. 업적 250만 원만 해도 50만 원이나 나가야 되는 시책입니다. 잘못하면 소장님 한 달 급여를 몽땅 쏟아부어야 할지도 모릅니다."

소장 급여가 100만 원이고 소장 수당까지 합쳐도 120만 원이니 미영 씨는 지금 소장이 월급까지 털리지 않을까 걱정하는 거다.

"내가 알아서 할게요. 걱정해 줘서 고맙습니다. 미영 씨."

아침 조회가 끝나자 다른 영업소에도 새울산영업소가 금반지를 시책으로 내 걸었다고 순식간에 소문이 퍼졌다. 이런 시책은 한 번도 없었던 것이다. 다른 영업소 설계사들도 수십 명이 우리 영업소를 방문했고 전시된 금반지를 살피면서 부러움의 시선으로 우리 설계사들과 수다를 떨고 있는 것이 보였다.

"새울산영업소입니다."

"어. 박 소장. 나 신울산이야."

바로 옆에 있는 영업소인데, 걸음으로 10걸음이면 되는데 신울산 소장이 전화를 했다.

"오시지 않고 이렇게 전화를?"

영업소에 많은 신울산 설계사들이 금반지를 구경하고 있어서 그럴 것이다. 신울산 영업소는 출근하는 설계사가 25명이나 된다. 20명 이상이면 대형영업소다.

"됐고, 박 소장, 네가 아직 잘 몰라서 그러는 모양인데 시책을 그렇게 세게 걸면 금방 죽는다. 네가 금방 죽는단 말이야. 인마. 영업 하루 이틀 할 것도 아닌데 초반에 이렇게 시책하면 나중에는 아무리 시책을 많이 걸어도 안 먹힌단 말이야. 지금 그 금반지 시책 취소해."

"소장님. 이미 발표 다 했는데 어떻게 취소합니까? 운영비로 감당 안 되는 거는 내 돈으로 커버해야죠."

"너 시책 한 번 하고 말 거야? 아니잖아. 인마. 시책은 마약 같은 거야. 처음부터 통 크게 나가면 나중에는 감당 못해."

"시책은 마약 같은 것이다"라는 말, 맞는 말이다. 그래서 이 시책을 계속할 생각은 없다.

"네. 알고 있습니다. 그래도 제가 취임 첫 마감인데 이 정도는 감당하겠습니다."

"야 인마. 네가 그러면 다른 영업소가 죽잖아. 새꺄. 이 새끼 생각보다 꼴통이네. 초임이라 도와주려고 했더니만 안 되겠네. 네 맘대로 해. 새꺄."

김석구 신울산 소장이 그렇게 화내면서 전화를 끊었다. 본심이 드러난 것이다. 이제껏 설계사들에게 읍소하는 척하며 영업한 신울산 소장 입장에서는 "다른 영업소가 죽잖아'라는 말에 모든 게 함축되어 있다고 봐야 된다. 이해는 하지만 어쩔 수 없다. 아마 설계사들이 소장들에게 말했을 것이다. "제일 조그만 새울산영업소도 저런 시책을 하는데 우리 영업소는 뭐 하느냐'라고. 그러나 다른 영업소는 월초에 이미 그달 시책을 발표했기 때문에 따라 하긴 힘들 것이다. 그리고 이제껏 영업소들의 시책은 대부분 봉사품(설계사들이 고객에게 전달하는 답례품)을 시책으로 지급해 왔다. 일반적인 봉사품이란 사탕, 볼펜, 휴지 등이고 비싸봐야 우산, 수건, 시계 정도이고 가장 좋은 건 현금 시책이다. 그러나 현금 시책은 영업국에서 많이 사용하기 때문에 영업소 단위에서 현금시책 하는 경우는 드물다. 일정 업적을 하면 이렇게 봉사품을 설계사에게 시책으로 지급하고 그것을 설계사는 고객들에게 전달하는 프로세스로 시책이 전개되어 왔다. 그러니까 설계사 본인 소유가 되는 시책 봉사품은 없었던 것이다. 박 소장은 이를 간파했다.

더구나 설계사들도 여자들이다. 여자들의 '금 가락지' 사랑은 잘 알려져 있지 않은가.

그렇게 2주가 지났을 때 새울산영업소는 이미 이번 달 목표업적 월납 250만 원을 달성했다. 다른 소장들에게 욕먹으면서 얻어낸 업적이다.

"소장님, 시책 빵구 내시는 건 아니죠?"

김옥녀 씨가 말했다. 소장실에서 월 마감 10일 전에 이번 달 목표를 달성한 기념으로 설계사 5명과 커피를 마시고 있었다.

"김 여사님, 빵구라뇨? 금반지 살 돈 없으면 제 몸을 팔아서라도 드릴 테니까. 걱정 마세요."

설계사 호칭은 '여사'로 불러주면 좋아한다고 미영 씨가 말해서 그렇게 통일했다.

"하하하."

젊은 놈이 몸을 팔아서라도 하겠다니까 모두 박장대소한다.

"소장님 너무 무리하지 마세요. 이미 우리 영업소 목표도 달성했는데 지금부터 들어오는 계약은 시책을 좀 내리세요. 그래도 우리가 소장님 이해할 겁니다."

오선숙 씨가 걱정스러운 표정을 지으며 얘기했다. 가장 젊기도 했지만 혼자 출근할 때 소장과 단독 면담을 많이 해서 그런지 소장을 가장 많이 생각하는 설계사다.

"아이고, 우리 오 여사님이 소장을 이렇게 생각해 주시는 줄은 몰랐습니다. 하하하."

"소장님. 선숙 씨만 그렇게 생각하는 게 아니고 우리 5명이 다 그렇게 생각해요. 소장님 맘 아니까 시책 바꿔도 이해합니다."

이복례 설계사. 김옥녀 씨의 꼬봉 역할이지만 본인 역할은 묵묵히 하는 분이다.

"여러분들이 소장 생각하는 맘들, 너무 고맙게 받겠습니다. 그러나 이 시책은 월말까지 계속합니다. 계약 있으신 분들은 더 넣으세요. 금반지 두께가 달라질 겁니다. 다음 달 2일 조회에서 바로 집행하겠습니다."

소장이 그렇게 말했을 때 설계사들은 걱정스러운 표정이면서도 금반지에 대한 욕망 가득한 표정이 모든 사람의 얼굴에 나타나고 있었다.

"그리고 또 한 가지 드릴 말씀이 있는데, 혹시 저하고 같이 전단지영업 해 보실 분 계십니까? 자동차 공장 앞에서 출근시간에 전단지를 뿌릴까 하는데요."

"소장님요. 그런 힘든 걸 왜 합니까? 그냥 사무실에서 우리 설계사들 관리나 잘하시면 되죠. 개척영업해서 돈 벌었다는 설계사 아직 못 봤습니다."

김옥녀 씨가 걱정스러운 표정으로 말했다. 박 소장도 전단지영업이 힘든 걸 왜 모르겠나? 그러나 이번 달에 설계사들이 금반지에 눈이 멀어 다음 달, 다다음 달 계약 예정건까지 모조리 이번 달에 계약 넣는 것을 박 소장이 모를 리 없었다. 이대로 가다간 다음 달부터 업적이 급 추락할 가능성이 100%이기 때문에 방법을 찾아야 하는 것이다. 그래서 생각해 낸 것이 '전단지영업'이다. 거의 모든 설계사들이 이렇게 개척영업, 전단지영업 하는 사람이 없기도 했지만 몇 번 해 본 설계사도 포기한 경우가 대부분이었다.

"선배 소장들 보니까 조회 끝나고 대부분 놀던데 저는 아직 젊은 놈이 빈둥거리는 게 체질에 안 맞아서요. 그리고 우리 영업소 체력이 워낙 적어서 뭐 따로 할 것도 없어요. 영업소 내 업무는 미영 씨가 워낙 꼼꼼하게 잘하니까요. 우리 여사님들이 낮에 발에 땀띠 나도록 고객들 만나고 다니시는데 제가 뭐라도 하고 싶어서요."

"아이고, 젊은 소장이라 그런가 생각하는 게 다르네. 근데 전단지 뿌리는 건 힘만 들고 영업에 도움이 안 되니 그냥 선배 소장님들처럼 하세요. 소장님이 우리 생각하는 맘을 이제 알았으니 우리가 더 열심히 할 테니까."

김옥녀 씨의 말은 오랜 보험영업 경험에서 나오는 충고일 것이다.

"예. 여러분 맘 알겠습니다. 지원자가 없으면 저 혼자 한번 해 보죠. 오 여사님, 저에게 현대자동차 공장 정문하고 후문 위치 좀 알려 주세요."

"네. 그럴게요."

"자자 이상으로 회의를 끝내겠습니다. 오늘도 화이팅 합시다!"

박 소장이 오버해서 큰소리로 말했고, 설계사들은 소장실을 나갔다.

"소장님. 부르셨어요?"

"네. 미영 씨."

"우리 경상비 얼마 남았죠?"

경상비는 영업소의 사무용품비로 사용하도록 매월 내려오는 돈이다. 이것도 업적과 연동해서 지급되기 때문에 얼마 안 될 것이다. 영업소에 지급되는 모든 돈은 업적과 연동이다.

"이번 달 7만 원 나왔는데 2만 원 사용하고 현재 5만 원 남았습니다."

운영비는 소장이 관리하지만 경상비는 영업소 여직원이 관리한다. 모든 돈 관리는 영업소 총무가 하지만 책임이 다른 것이다.

"그럼, 내가 5만 원 줄 테니까 A4 백상지 10박스 주문하세요."

1박스에 1만 원하니까 10박스면 10만 원이다.

"그 많은 백상지 어디다 사용하시게요? 10박스면 10달은 사용할 텐데."

"앞으로는 한 달에 20박스 정도 사용할 거니까 다음 달부터 20박스씩 주문하세요. 경상비에서 모자라는 돈은 운영비에서 당겨서 사용하고."

"예?"

"내일모레부터 제가 전단지영업 하러 갈 겁니다. 그러니 백상지 주문 지금 바로 넣어 주세요."

"소장님, 소장님이 직접 영업 뛰실 필요는 없어요. 그렇게 하는 소장도 없고요. 그리고 이런 말씀 드리는 게 소장님 의욕을 꺾으려고 하는 건 아니지만 전단지영업은 힘만 들고 영업성과는 거의 없을 겁니다."

"저는 그냥 제 맘 가는대로 한번 해 볼랍니다. 해 보고 안되면 할 수 없죠. 그럼 그다음에 다른 방법을 찾아야죠."

"알겠습니다. 소장님."

현대자동차 울산공장은 근로자가 약 3만 명이 근무한다고 들었다. 3만 명이 3교대 근무를 하니까 아침 출근시간에 1만 명이 출근할 것이다. 정문, 후문이 있어서 각각 5천 명씩을 만날 수 있는 것이다. 일단 1천 장의 전단지를 싣고 현대자동차 정문에 도착했다. 자전거를 타고 '현대자동차'가 등에 새겨진 작업복을 입고 출근하는 근로자 행렬이 장관이다.

"부자 되는 목돈마련 저축 상품입니다."

새가정복지보험을 그럴싸한 제목으로 광고 전단지를 만들었다. 그렇게 목청 높여 소리치고 전단지를 나누어 주었으나 전단지 받아 가는 사람은 10명 중 1명도 안 된다.

"어이~ 거기. 여기서 이런 거 하면 안 돼! 빨리 나가!"

10미터 전방에서 경비원으로 보이는 사람이 호루라기를 불면서 뛰어오며 말했다.

"누구 허락받고 여기서 이러는 거야? 누구 잘리는 꼴 보려고 그래? 빨리 나가!"

경비원이 삿대질을 하며 험악한 표정으로 언성을 높였다.

"여기서 전단지 나눠 주는 것도 누구 허락받아야 돼요?"

"이 양반 이거 안 되겠네. 좆도 모르면서 왜 여기서 지랄이야. 당장 나가."

공장 밖인데도 나가란다. 곧 주먹이 날아올 기세다.

"김준수 상무님 허락받고 하는 겁니다. 박광호 소장이라고 하면 알 겁니다."

박 소장도 목소리를 높이며 당당하게 말하자 경비원이 상무라는 말에 움찔하는 게 보인다. 허락은 무슨, 그런 말을 한 적도 없다.

"너, 이 시발놈 거짓말이면 나한테 죽는 줄 알아. 내가 확인하고 올 테니까 여기서 꼼짝 말고 기다려!"

경비원은 거짓말이 확실하다는 표정으로 목소리를 높이면서 경비실로 뛰어갔다. 얼마 후 그 경비원이 다시 뛰어왔다.

"죄송했습니다. 상무님께서 전화 받으시랍니다. 저를 따라오세요."

갑자기 경비원 말투가 공손해졌다. 아마 김옥녀 아들인 상무가 나를 아는 사람이라고 했을 것이다. 모르는 척할 수는 없었을 것이다.

"네. 전화 바꿨습니다."

"박 소장님. 그런 거 하려면 나한테 미리 얘기라도 하시지 않고. 하여튼 내가 경비실에 얘기 해 놓을 테니까 영업활동에 지장 없도록 하겠습니다. 참, 출근하는 사람들은 전단지 나눠줘도 공장 안에서 다 버릴 겁니다. 30분 후에 퇴근하는 사람들 나올 테니까 그 사람들에게 영업하시는 게 훨씬 효과가 있을 겁니다."

"네. 감사합니다. 상무님. 제가 오늘만 할 게 아니라 앞으로 매일 할 거라서요. 편의 좀 부탁드리겠습니다. 그리고 제가 이렇게 영업하는 거 어머니께는 말씀 안 하셔도 됩니다."

"네. 알았어요. 우리 어머니가 요즘 얼굴이 활짝 폈습니다. 모두가 소장님 덕분입니다. 앞으로도 잘 부탁드립니다. 그리고 거기 경비실장 좀 바꿔 주세요."

"네. 알겠습니다. 감사합니다."

전화를 끊고 경비실을 나오자 경비실장이라는 사람이 따라 나오며 경례까지 붙인다. 그러면서 정문 입구에 내가 전단지 나눠 줄 수 있는 좋은 자리까지 지정해 주었다. 그렇게 첫날 약 300장을 나눠 주었다. 다음 날은 400장, 그다음 날은 500장을 나눠 줄 수 있었다. 그러나 역시 문의 전화는 오지 않았다. 보험영업 선배들의 말이 맞는 것 같았다.

"박 소장, 영업할 만해?"

"네. 열심히 하고 있습니다."

사옥 건물 내에 9개 영업소 소장과 관리과장, 국장이 국장실에 모여서 3주차 마감회의를 하고 있었다. 관리과장이 3주차 마감 업적 보고를 모두 마치자 국장이 박 소장에게 질문했다.

"박 소장이 부임하고 새울산영업소가 업적도 많이 올라가고 있고 설계사들 표정도 밝더구만. 그래, 젊은 패기로 열심히 해 봐."

"그렇게 봐주시니 감사합니다."

"근데 요즘 전단지 돌리고 있다며? 소장씩이나 돼 가지고 말이야."

관리과장이 약간 비꼬는 투로 물었다.

"네."

"인마, 그런 거 할 시간에 설계사들 업적 더 할 수 있도록 쪼이기나 해. 왜 시키지도 않는 짓을 하냐?"

"그러게 말입니다. 지난번에는 금반지 시책을 펴서 다른 소장들 곤란하게 만들더니. 박 소장, 적당히 해."

관리과장이 시키지도 않은 짓을 한다고 핀잔을 주더니 신울산 김 소장이 똑같은 소리를 한다. 아마 금반지 시책에서 김 소장이 많이 삐진 것 같다. 박 소장이 전단지영업 하는 것도 김 소장이 관리과장에게 말했을 것이다.

"어차피 출근시간 전에 하는 거라 업무에 지장이 없습니다. 성과가 없으면 종이값만 날리는 거니까 그건 제 사비로 충당할 겁니다. 해 보고 업적 안 나오면 때려쳐야죠. 하하하."

소장 경력 20일 차에 벌써 배짱이 조금 생긴 것 같다.

"젊은 소장이라 패기가 좋은데요. 뭐든지 경험해 보고 본인이 직접 느끼는 게 좋지 않겠습니까? 뭐라 할 일은 아닌 것 같습니다."

신정영업소 이영범 소장이 그래도 박 소장을 두둔하는 말을 했다. 신정소장은 본사 기획실 소속이었기 때문에 소장 경력은 적지만 관리과장이나 다른 소장들도 함부로 하지는 않는다. 그래서 가끔 바른 소리를 잘하는 편이다.

"그래그래. 뭐든지 열심히 하는 모습이 보기 좋구만 뭐. 업적도 많이 오르고 좋잖아. 박 소장, 이번 달에 업적 따블 한번 해 봐. 그리고 젊으니까 이렇게 직접 몸으로 부딪히며 배우는 게 좋은 거야. 박 소장 열심히 해."

"네. 최선을 다해 보겠습니다."

업적 따블을 하라는 건 저번 달 마감이 250만 원이었으니까 500만 원을 하라는 소리다. 그 정도는 예상하고 있었다. 국장은 업적만 오르면 모든 게 좋은 사람이다. 업적 떨어지면 엄청나게 혼낼 것이다. 신임소장이고 뭐고 그런 거 없다. 업적이 올라야 본인이 서울 갈 날이 짧아지는 것이다. 주위 소장들이 씹든지 말든지, 어차피 본인 영업소 계약을 새울산으로 넣어 주지 않을 건데 서로 간섭하면 피곤해진다. 각 영업소가 각자 도생인 걸 소장 1개월도 지나지 않아 박 소장이 깨우친 것이다. 그렇게 아무 소득도 없이 박 소장의 전단지영업은 1주일째를 넘어가고 있었다.

"소장님. 전단지 보고 전화했다는 사람입니다. 연락처 여기 있습니다."

미영 씨가 다급하게 전화번호를 적은 쪽지를 건네주었다. 전단지 보고 전화 오는 고객은 무조건 전화번호만 받아 적어서 박 소장에게 전달하라고 일러두었다.

"미영 씨. 오선숙 씨에게 전화해서 학성공원 앞에 약속다방으로 6시까지 오라고 해 주세요. 화장도 좀 하고 옷도 깔끔하게 입고 오시라고."

"계약하신데요?"

"가 봐야 알지."

"네."

시간이 5시가 넘었으므로 설계사들은 모두 퇴근했기 때문이다. 그렇게 6시에 현대자동차 다니는 고객과 만나 오선숙 씨 코드로 새가정복지보험 50만 원을 계약했다.

"소장님. 저도 전단지영업 하겠습니다."

다음 날 조회가 끝나고 소장실에 들어온 오선숙 씨가 말했다. 전날 50만 원 계약을 오선숙 씨 코드로 넣었기 때문일 것이다. 50만 원 계약이면 수당으로 150만 원이 나온다. 이제껏 100만 원 전후를 받던 오선숙 씨에게는 큰돈일 것이다.

"고맙습니다. 제가 정문에서 전단지 뿌리니까 선숙 씨는 후문에서 뿌리세요. 아무래도 남자인 내가 하는 것보다 여자인 선숙 씨가 하시는 게 효과가 더 좋을 겁니다. 아침에 내 차로 전단지를 후문까지 갖다 드릴게요."

미영 씨가 설계사들 호칭을 '여사'로 통일하라고 했지만 오선숙 씨에게는 '여사'라는 호칭을 붙이기에는 너무 젊은 것 같아서 그냥 이름을 부르기로 했다.

"고맙습니다. 소장님."

"고맙긴요. 하지만 이건 선숙 씨만 알고 계셔야 합니다. 선숙 씨가 아침에 전단지 뿌리는 것도, 선숙 씨 앞으로 계약 들어가는 것도. 아시잖아요. 다른 분들이 알게 되면 말 많아진다는 거. 미영 씨에게도 그렇게 말해 뒀습니다."

"네. 명심하겠습니다."

그 후부터 매일 아침 박 소장이 정문에서 500장, 후문에서 오선숙 씨가 500장, 하루 1,000장의 전단지를 계속 뿌렸다. 한 달 중 주말 빼고 20일을 그렇게 했으니 백상지 20박스를 사용하는 것이다. 10일이 지나면서 계약된 건은 1건, 50만 원이지만 문의전화는 꽤 오는 편이었다. 그리고 문의전화는 계속 증가하고 있었다. 첫 주에 일주일간 2~3건에서 2주 차는 하루 1~2건, 3주 차 접어들자 하루 문의 건수가 3~4건으로 증가하고 있었다. 문의전화가 오면 미영 씨가 전화번호를 받고, 박 소장은 상담을 전담했다. 그리고 추후에 더 상담이 필요한 고객이거나 계약할 가능성이 51%가 넘는다고 판단된 고객은 전화번호를 오선숙 씨에게 공유했다. 필요하다고 판단되면 오선숙 씨에게 방문하라고 지시했고, 때에 따라서는 박 소장이 현장에 같이 가서 상품설명을 했다. 따라서 오선숙 씨는 이제 하루에 1~2명의 현대자동차 고객을 만날 수 있도록 내가 연결해 줬으므로 바쁘게 활동했다.

그렇게 소장 부임 첫 달 마감을 마쳤다. 마감업적은 영업국장이 말한 대로 딱 500만 원에 맞췄다. 김옥녀 씨가 150만 원을 했고 오선숙 씨도 내가 넣어 준 50만 원짜리 계약 포함해서 100만 원의 업적을 했다. 금반지를 못 가져가는 설계사는 없었다. 총 100만 원을 들여서 금반지를 마련했고 모든 설계사에게 지급했다. 모두 금반지를 받자마자 손가락에 끼우고 이리 보고 저리 보느라 난리가 났다. 시책금액 100만 원은 김옥녀 씨 아들이 줬던 40만 원과 영업국장이 신임소장 취임기념 시책금으로 본사에서 50만 원을 받아 줘서 운영비 10만 원만 보태서 해결했다. 본사 시책금은 국장이 박 소장에게 직접 줬기 때문에 아무도 모른다. 그러나 설계사들은 박 소장이 본인 돈을 들여가며 시책을 편 것으로 알 것이다. 소장의 희생을 느껴야 설계사들도 소장에게 잘한다. 이건 신울산 소장에게 배운 것이다. 첫달 마감업적 따블을 달성했기 때문에 이번 달 영업국 시책금도 100만 원을 타 올 수 있었다. 영업소의 자금 사정이 획기적으로 좋아졌다. 그러나 안 좋은 것도 있다. 소장들의 견제가 심해져서 이번 달 마감목표로 700만 원을 받은 것이다. 박 소장 부임 전달에 비하면 두 달 만에 무려 3배나 많은 마감목표가 주어졌다.

"소장님. 계속보험료 수금달성률은 89% 달성했구요. 이번 달 운영비 50만 원에 영업국 시책비 100만 원 해서 150만 원이 소장님 사용하실 수 있는 금액입니다."

월초라 미영 씨가 저번 달 수금마감 현황과 영업소 자금현황 등을 보고하고 소장실에서 커피를 마시면서 얘기했다. '계속보험료 수금달성률'은 2회 이후 납입되는 보험료의 입금률이다. 쉽게 말해서 입금되어야 할 100원 중에 89원이 입금되었고 나머지는 연체가 되거나 실효가 되었다는 뜻이다. 수금은 여직원의 책임으로 정해져 있다.

"그리고 드릴 말씀이 있습니다."

"뭔데요?"

"지금 보험 상담 문의 전화가 많아지고 있습니다. 소장님이 전단지영업 하신 거요."

"나도 알고 있습니다. 좋은 현상이지."

"그래서 말인데요. 비코드를 사용하시는 게 어떠세요?"

"예? 비코드가 뭐죠?"

"비코드는 정식으로 근무하는 설계사 코드가 아니라 소장님들이 운영하는 설계사 코드입니다. 그래서 정식 코드가 아니라고 해서 '비코드'라고 합니다."

"그런 것도 있어요?"

"소장님들 알게 모르게 다 비코드 사용합니다. 영업국에서도 알면서 묵인합니다."

"그런 게 왜 필요한데요?"

"자동차에서 영업하신 거 소장님이 계약하신 거나 마찬가지잖아요. 다른 소장님들도 개인적으로 아는 사람 계약 가져오시면 소속 설계사 코드로 안 넣고 본인이 운용하는 비코드로 계약을 넣는 거죠. 그 코드에서 나오는 수당을 소장이 받아서 영업활동에 사용하시는 거고요."

"그게 가능해요?"

"소장님들 다들 그렇게 하신다니까요. 소장님도 저번 달에 시책비는 충당하셨지만 제가 모르긴 몰라도 설계사분들과 밥 먹고 술 먹고 여러 번 하신 걸로 아는데 소장님 본인 돈을 적어도 50만 원 이상은 사용하신 것 같은데."

맞는 말이다. 설계사들과 점심 먹고 저녁에 술 한잔하는 비용으로 저번 달에만 70만 원 가까이 깨졌다. 월급 120만 원 받아서 그렇게 70만 원 사용하고 나머지 50만 원으로 교통비하고 친구들과 술 한두 잔 먹으면 적자다.

"그래서 어떻게 하면 되죠?"

"그냥 주변에 아는 사람 인적사항과 통장과 도장만 저에게 주시면 만들어 드릴게요. 혹시 없으시면 여기 전 영업소장님이 사용하시던 비코드 있으니까 사용하시면 됩니다."

"전 영업소장이 운영한 비코드가 있어요?"

"그 비코드는 새울산영업소 비코드예요. 그분하고는 아무 상관없습니다. 통장하고 도장하고 모두 제가 가지고 있습니다. 새로 코드 생성하시는 게 부담스러우시면 그 코드 사용하세요."

"그래 주면 고맙죠."

"알겠습니다. 소장님. 그럼 앞으로 현대자동차 고객은 전부 그 코드로 계약을 넣겠습니다."

"아, 전부는 말고 일부는 오선숙 씨 코드로 넣어야 되니까."

"소장님. 오선숙 씨가 혼자서 애들 2명 키우느라 고생하는 건 알지만 동정심에서 너무 많은 계약을 넣어 주시면 안 됩니다. 갑자기 계약을 많이 하면 주변에 설계사들이 의심합니다. 소장님이 오선숙 씨만 이뻐한다고 소문나면 큰일 납니다. 저 할머니들 눈치가 100단입니다. 얼마나 빠른데요."

"그런가요?"

"저번 달에도 소장님이 50만 원 넣어 주셔서 100만 원 했으니까 이번 달 급여 날 수당으로 300만 원을 받을 겁니다. 본인이 투자한 것 하나도 없이 그 정도 받으면 애 둘 교육시키고 생활하기에 충분합니다. 그리고 설계사들은 소장들이 비코드 사용하는 줄 모릅니다. 오선숙 씨에게도 나머지 계약은 소장님 코드로 계약 들어간다고 하면 그렇게 믿을 겁니다."

미영 씨의 말이 일리가 있는 말이다. 보통 설계사들은 보험계약 한 건을 뽑기 위해 수차례 방문하면서 사탕부터 시계까지 온갖 봉사품을 가져다주고 밥 사 주고 술 사 주면서 계약하는 것이다. 한마디로 보험영업 자체가 선투자가 있어야 하는 영업이다. 전단지영업에 들어가는 비용은 모두 박 소장이 부담하고 있다는 걸 미영 씨도 아는 것이다.

"알겠습니다. 그럼, 현대자동차 고객 계약은 미영 씨가 가지고 있는 비코드로 넣는 걸로 하고 그건 미영 씨가 알아서 처리해 주시고, 오선숙 씨는 100만 원까지 넣어 줍시다. 현대자동차 고객에서 나오는 계약은 100만 원까지는 오선숙 씨에게 우선 넣어 주고 100만 원 넘는 건은 비코드로 넣읍시다."

오선숙 씨와 월급 300만 원을 만들어 주겠다는 약속 때문이다.

"알겠습니다. 소장님."

"미영 씨. 고마워요. 마감 끝나면 둘이서 술 한잔합시다."

그러고 보니 한 달 동안 같이 지내면서도 미영 씨와는 밥 한 끼를 같이 하지 않았다. 당연히 술자리도 없었다. 주로 설계사들과 점심을 먹고 저녁에는 동료 소장이나 친구들과 술을 마셨다. 앞에 앉아 있는 미영 씨 모습을 살펴본 건 처음이었다. 여전히 미니스커트 차림으로 앉아 있는 게 치마가 너무 말려서 올라간 게 아닌가 하는 생각이 들 정도다. 매일 그런 모습이었을 테지만 박 소장은 한 달이 지나고서야 그런 미영 씨 모습이 보였다. 이제 영업에 적응을 했거나 긴장이 풀어져서일 것이다.

"선숙 씨, 할 만합니까?"

"네. 감사합니다. 모두 소장님 덕분입니다. 제가 보험일 9개월 동안 하면서 지금이 가장 행복하게 영업활동 하는 것 같아요."

박 소장이 오선숙 씨를 소장실로 불렀다. 저번 달 처음 봤을 때보다 옷차림도 화사해졌고 얼굴에 화장품도 바르는 것 같았다. 박 소장이 전단지 뿌릴 때 정장 차림으로 하라고 했기 때문이다. 보험은 상품을 파는 게 아니고 고객의 신뢰를 얻는 영업활동이기 때문이다. 보험영업을 하는 '사람'에게 가장 먼저 신뢰를 느껴야 그다음 '상품' 상담이 가능한 것이다.

"네. 다행입니다."

"이거 얼마 안 되지만……."

선숙 씨가 쑥스러운 듯 봉투 하나를 탁자 앞으로 내밀면서 말끝을 흐린다.

"뭡니까?"

"소장님이 넣어 주신 계약으로 수당이 150만 원 나왔습니다. 150만 원입니다. 당연히 소장님께 드리려고 했습니다. 저는 금반지 2돈도 받았고 나머지 수당도 평소보다 많이 받았습니다. 감사합니다. 소장님."

"허허. 오선숙 씨. 당장 이 돈은 도로 넣으세요. 저는 받을 수 없습니다. 그건 선숙 씨 수당이에요. 어서요."

박 소장이 단호하게 말하자 오선숙 씨가 움찔했다.

"하지만, 그럼 일부라도……."

"봉투 집어넣으시라니까요."

박 소장의 단호한 말에 오선숙 씨는 봉투를 다시 집었다.

"그렇잖아도 제가 드릴 말씀이 있었는데, 앞으로 자동차에서 나오는 계약은 한 달에 100만 원까지만 선숙 씨 코드로 넣고 만약 100만 원이 초과

하면 그 계약은 이번 달부터 제 코드로 넣을 겁니다. 괜찮으시죠?"

"아이고 괜찮다마다요. 100만 원만 넣어 주셔도 수당이 300만 원인데요. 저는 너무너무 감사하죠. 소장님. 이 은혜 죽을 때까지 잊지 않겠습니다."

"앞으로 계약 입력할 때 미영 씨가 알아서 그렇게 코드 배분을 할 겁니다. 제가 얘기해 놨습니다. 그리고 우리는 전단지영업의 동지입니다. 같은 동지인데 은혜 갚고 그런 거 없습니다. 지금처럼만 열심히 해 주시면 제가 현대자동차뿐만 아니라 울산에 공장 많잖아요. 유공이나 조선소 같은 곳에도 종업원이 현대자동차 공장만큼 되니까 그쪽도 개척해서 영업할 수 있게 해 드리겠습니다. 지금처럼만 열심히 해 주세요. 일단 6개월간 현대자동차 종업원 모두에게 계약한다는 결심으로 해 봅시다. 이제 선숙 씨와 저는 일심동체입니다. 같이 돈 많이 벌어야죠."

"감사합니다. 소장님. 저 진짜 열심히 하겠습니다."

"저, 선숙 씨에게 월급 300만 원 받게 해 주겠다는 약속 지켰습니다. 하하하."

"고맙습니다. 고맙습니다."

박 소장 말이 끝나자마자 오선숙 씨는 거의 울먹이면서 고맙습니다를 연발했다.

벌써 3번의 월 마감이 끝났다. 첫 마감 500만 원에서 세 번째 마감에서는 1,000만 원을 달성한 것이다. 두 달 만에 따블 성장이고 부임 전 업적보다 4배가 성장했다. 현대자동차 전단지영업도 성장을 거듭하고 있었다. 첫 달 오선숙 씨에게 주었던 50만 원 계약에 이어 다음 달에는 오선숙 씨가 100만 원, 소장 비코드로 250만 원이 계약되었고 세 번째 달에는 오선숙 씨 100만 원, 비코드로 300만 원이 계약되었다. 나머지 설계사들의 업적도 떨어지지 않고 현상 유지를 하거나 조금씩 올라가는 추세다. 그동안 김옥녀 씨가 2명, 오선숙 씨가 3명을 리크루팅 해서 새울산영업소 설계사 인원도 드디어 10명을 채우게 되었다. 이렇게 전단지영업이 순조롭게 진행되는 건 이미영 총무의 역할도 컸다. 보험회사 짬밥 13년의 경력으로 박 소장에게 비코드 사용하는 것도 알려 주었고, 영업현장에서 일어나는 웬만한 시시비비는 박 소장을 거치지 않고 혼자 해결했다. 그리고 타 영업소 소장이나 총무들의 뒷담화도 모두 평정하고 있었던 것이다.

저번 달 비코드로 들어간 업적이 250만 원이니까 비코드에서 나온 수당이 750만 원이었다. 그중 복사기와 백상지에 들어간 비용 150만 원을 빼면 600만 원이 남는데 그중에 200만 원을 미영 씨에게 주었다. 남은 400만 원으로 지난달까지 박 소장이 사용한 개인 돈을 모두 충당하고 나니 박 소장에게 남는 돈은 없었다. 그러나 이번 달부터 비코드 업적이 350만 원 이상을 예상하고 있고, 그러면 비코드 수당이 1,000만 원을 넘길 것이다. 소장 부임 3개월 만에 영업이 정상 궤도에 들어서고 있는 느낌이다.

"새울산영업소를 위하여 건배!"

신정동 울산시청 뒷골목에 위치한 고급 일식집이다. 모두 룸으로 되어 있어서 음식값이 비쌀 것 같다. 박 소장과 오선숙 씨, 이미영 총무가 앉아서 건배를 외쳤다. 오선숙 씨나 이미영 씨가 계속 저녁에 술 한잔하자고 요청했지만 박 소장이 이 핑계 저 핑계로 거절했었다. 아무래도 남녀가 1:1로 술을 마신다면 무슨 일이 일어날지 모른다. 술 취한 박 소장 스스로를 못 믿기 때문이다. 그래서 3명이 모이는 자리를 마련했다. 두 명의 여자가 앞에 앉았고 박 소장이 마주 보며 홀로 앉았다. 한 명은 30대 노처녀, 한 명은 30대 돌싱이다.

"소장님, 영업국에 있는 여사원들이 소장님 좋아하는 거 아시죠?"

"네? 나를요? 금시초문입니다."

술이 몇 순배 돌고 나서 미영 씨가 발그스름해진 얼굴을 하고 말했다. 영업국에는 국에 2명, 9개 영업소에 여사원 총무가 1명씩 있으니 11명이 근무한다.

"다른 총무들이 소장님한테 관심 끌려고 꼬리 치는 애들 많은데 제가 막느라고 힘들다니까요. 하하하."

"그래요? 그럼 막지 마세요. 뭐 하러 힘들게 막아요. 저는 오는 여자 안 막고 가는 여자 안 잡습니다. 하하하."

"하하하."

모두가 한바탕 웃었다. 영업소장 취임 후 처음으로 긴장의 끈을 놓고 맘껏 웃어 보는 것 같다.

"미영 씨, 나도 소문 들었는데 미영 씨가 우리 소장님 찍었다고 다른 총무들한테 꼬리치면 죽는다고 했다던데?"

선숙 씨도 대화에 끼어들었다.

"언니?"

미영 씨가 얼굴이 홍당무가 되어서 선숙 씨를 곁눈질로 보았다. 진짜인 모양이다. 사석에서는 미영 씨가 선숙 씨를 언니라 부른다.

"자자, 제가 아까 말했잖아요. 저는 오는 여자 안 막고 가는 여자 안 잡는다고. 저는 새울산영업소 모든 분들의 남자니까 모두들 공동소유 하세요. 하하하."

"그런 게 어딨어요? 소장님 애인 없으세요? 이렇게 잘생기셨는데 애인 있겠죠?"

선숙 씨가 진짜 궁금하다는 듯이 물었다.

"우리 영업소에 계시는 모든 여자가 제 애인입니다. 하하하."

"치~~~"

두 여자가 동시에 비웃었다.

"사석에서는 제가 두 분께는 누님이라고 불러도 되죠? 영업소에서는 안 되지만 이런 자리에서는 누님이라 부르는 게 편한데."

소장과 미영 씨는 5살, 선숙 씨는 11살 차이다.

"싫어요. 누님이 뭐예요? 그냥 이름 불러주세요."

"맞아요. 이름 부르시는 게 좋아요."

"오늘 이 자리는 제가 사는 거니까 소장님 맘껏 드세요."

선숙 씨가 얘기했다. 본인이 술 사겠다고 저번 달부터 노래를 불렀었다.

"어머, 그럼 내가 2차 사야 하나? 소장님. 2차로 노래방 가실래요?"

시계를 보니 저녁 10시가 넘었다.

"저는 너무 늦었어요. 오늘 회식 있다고 애들, 이모 집에서 놀고 있는데 데리러 가야 돼서……."

오선숙 씨가 못내 아쉬워했다.

"날이 오늘뿐입니까? 다음에 노래방 가면 되죠. 선숙 씨 오늘 잘 먹었습니다."

박 소장이 자리를 파하자는 의미로 큰소리로 오선숙 씨에게 머리를 숙이며 인사했다. 밖으로 나오니 밤공기는 쌀쌀했다. 오선숙 씨가 급하게 택시를 타고 먼저 떠났다.

"소장님 우리 노래방 가요. 이렇게 술 취해서 집에 들어가면 부모님께 혼나요. 노래 부르면 술 깨잖아요."

"……."

"바로 옆에 노래방 있네. 가요. 네?"

"나 노래 잘 못하는데, 미영 씨는 노래 잘하나 보네요."

옆에서 박 소장 팔짱을 끼고 노래방 있는 지하로 팔을 당겼다. 박 소장도 내키지 않았지만 따라갔다. 어두컴컴한 노래방에 들어와 둘이 되니 더 어색했다. 박 소장이 얼른 노래를 시작했다.

"우우우, 우우후~~~"

박 소장 18번 「사랑을 위하여」다. 박 소장이 노래 1절을 부르고 있는데 갑자기 미영 씨가 박 소장 목을 두 손으로 두르면서 안겼다. 박 소장도 본능적으로 한 손은 마이크를, 한 손으로 허리를 감았다.

"소장님, 저 소장님 좋아해요."

미영 씨가 목을 당기면서 얼굴을 가슴에 묻고 속삭이며 말했다.

"……."

몸과 몸이 붙어 있어 술에 취한 박 소장의 남성도 부풀어 올랐다. 미영 씨의 몸에 닿았으니 미영 총무도 느끼고 있을 것이다. 20대 불같은 청년이 본능에 가장 충실한 법이다. 그렇게 자연스럽게 두 남녀는 입술을 맞추었고 박 소장의 손은 어느덧 스커트를 들추고 있었다.

"소장님, 저 좀 더 세게 안아 주세요."

"……."

이미 박 소장 노래는 끝났다. 박 소장은 말없이 한 손으로 허리를 당겨

꽉 안았다. 그러고는 스커트 밑에 있는 손을 더 깊이 넣었다. 팬티가 잡혔다. 미영 씨 입에서 조그만 신음이 흘러나왔다. 박 소장은 바로 미영 씨를 의자에 눕히고 블라우스 속으로 손을 집어넣었다. 충분히 성숙한 가슴이 솟아 있었다. 한 손으로 가슴을 만지며 한 손으로 팬티 속으로 손을 넣으려고 했을 때 미영 씨가 몸을 일으켰다.

"소장님 여기서는 싫어요. 나가요."

"네?"

"이런 데서는 좀 그래요."

"아~ 네."

그렇게 둘은 노래방 들어간 지 30분도 지나지 않아 나왔다. 밖으로 나오니 밤공기가 차가웠다. 박 소장은 이제야 정신이 돌아오는 걸 느꼈다. 술이 확 깨는 느낌이다. 미영 씨는 어느새 다가와서 몸을 바짝 붙인 채 박 소장 팔짱을 끼고 있었다.

"미영 씨. 나도 미영 씨가 처음부터 좋았습니다."

"저두요. 저도 첫날 취임식 하는 날부터 소장님 좋아했습니다."

"근데, 오늘은 아닌 것 같습니다."

"예? 왜요?"

박 소장이 말하자 놀란 토끼 눈을 하고 박 소장을 올려다보며 미영 씨가 말했다.

"오늘 선숙 씨가 먼저 갔잖아요. 근데 지금 진도가 더 나가면 선숙 씨가 틀림없이 의심할 겁니다. 그리고 제가 미영 씨 좋아하는 만큼 좀 더 근사한 분위기에서 해야죠. 오늘은 둘 다 술 먹고 이렇게 하는 건 좀 아닌 것 같습니다."

"……."

"제가 미영 씨 좋아하니까, 그리고 맨날 같이 있잖아요. 조만간 제가 날 잡을 테니까 기대하고 기다리세요."

"소장님 생각이 정 그러시다면 알겠습니다. 기다리고 있겠습니다."

그렇게 말하고 미영 씨를 택시 태워 보냈다. 미영 씨가 탄 택시가 시야에서 사라지는 것을 확인하고 박 소장은 포장마차에서 한잔을 더하며 오늘 일을 복기해 봤다. 여자들 많은 집단에서 소장이 처신하기가 쉽지 않다는 걸 새삼스럽게 느꼈다. 그렇지만 같은 사무실에서 일하는 사람과 남녀관계를 맺는다면, 사적 감정이 개입한다면, 영업은 망한다고 봐야 된다. 이것도 앞으로 사회생활 원칙으로 삼아야 한다. 오늘 일은 좋은 경험이라 생각했다.

"소장님 오랜만입니다."

"박 소장, 아래위층에 있는데 왜 이리 얼굴 보기 힘든 거야?"

박 소장이 신정영업소 이영범 소장실을 방문했다. 부임 첫 달에 영업소마다 인사하러 방문하고는 4개월 만에 처음이다.

"죄송합니다. 제가 역마살이 있어서 자리에 붙어 있지를 않네요. 하하하."

"박 소장, 너무 열심히 하지 마. 비교되잖아. 하하하. 요즘 새울산이 업적도 되고 증원도 되고, 보기 좋아. 국장님도 엄청 좋아하시더구만."

"젊은 놈이 먹고살려고 아등바등하는 거죠."

"그럼 나는 늙었냐? 하하하."

신정영업소 소장은 33세다. 박 소장과 5살 차이다.

"신정은 요즘 어떻습니까? 잘되시죠?"

"나야 뭐 이제 1년만 더 버티면 본사로 올라갈 건데 크게 부담 없이 영업하지. 관리과장이 가끔 지랄하지만 영업하면서 그 정도 욕은 먹어 줘야지. 안 그래? 하하하."

대리 진급하고 울산에서 2년 영업했으니 내년에는 서울 본사로 전보된다는 말이다.

"소장님, 본사 가시면 저도 좀 데려가 주세요. 사람은 나면 서울로 보내라는데 촌놈, 서울 물 좀 먹게 해 주세요."

"박 소장은 내가 볼 때 영업에 소질이 있는데 뭐. 이런 추세로 영업하면 본사에 있는 동기들보다 진급이 훨씬 빠를걸?"

"남자가 그래도 큰물에서 놀아야죠. 이런 촌에서 할머니들이랑 아등바등하면서 청춘을 보내는 게 제 체질은 아닙니다."

"지금처럼 하면 박 소장은 영업 스타가 될 거야. 2가지만 조심하면."

"2가지요? 그게 뭔데요?"

"첫째, 소장은 수금을 잘 챙겨야 된다. 소장들 돈 까먹는단 소리 많이 듣지? 그게 모르는 사람은 신계약에서 까먹는 줄 아는데 대부분 수금에서 돈 까먹고 퇴사하는 거야. 신계약은 비코드 사용해서 수당 받으니까 그걸로 퉁 칠 수 있는데 수금은 안 되거든."

"수금이 그렇게 중요합니까?"

"새울산은 미영 씨가 수금을 확실하게 챙기니까, 박 소장이 잘 모르는구만. 나도 저번 달에 수금에서 500만 원 빵구 나서 내가 빵구 때웠잖아. 나중에 200만 원은 받았지만."

"아니, 수금은 총무 책임 아닙니까?"

"1차 책임은 총무가 맞는데, 최종 책임자는 소장이지. 수금처리표 입력하고 500만 원이 미입금되면 어떻게 되는 줄 알아? 보험료 횡령이야. 그럼 총무는 감봉 1개월 먹지만 소장은 감봉 6개월 먹지. 총무들은 승진할 것도 아니니까 그냥 다니는데 소장은 사실상 퇴사해야 돼. 난 영원히 본사 복귀가 물 건너가는 거고."

수금은 설계사들이 총무가 보관하고 있는 수금처리표에서 입금 가능한 처리표를 먼저 입력하면 그 금액만큼 반드시 회사에 입금을 시켜야 하는 것이다. 그러나 세상사 일이란 게 뜻대로 안 되는 거다. 고객이 돈을 준다고 했지만 여러 사정으로 안주는 경우가 많다. 그러면 수금금액이 모자라게 되고 설계사가 그 금액만큼을 회사에 입금해야 한다. 입금 안 되면 해당 설계사는 보험료 횡령이 되는 것이다. 그냥 자동이체하면 될 것을 일을 어렵게 만들어 놓고 있다. 수금의 대부분이 설계사가 고객을 직접 방문해서 수금하기 때문이다. 물론 수금하면서 신계약을 추가로 가입하기도 하기 때문에 설계사들은 방문수금을 선호한다.

"심각한 거네요."

"박 소장은 총무 잘 만나서 행복한 줄 알아. 소장이 수금에 신경 끊고 신계약만 집중해도 되는 건 복 받은 거야."

"또 하나는 뭡니까?"

"그건 말이야, 여자를 조심하라고 선배 소장들이 항상 말씀하시지."

"설계사들이 전부 여자인데 여자 조심하면 영업은 어떻게 합니까?"

"그러니까 설계사들하고는 영업만 하라는 말이야. 여자들 조직에서 '소장이 누구누구하고 그렇고 그런 사이다.'라고 소문만 돌아도 여기서 생활하기 힘들어. 박 소장은 다른 소장들 조회하는 거 못 봤지?"

"네."

"기회 되면 한번 봐봐. 소장 짬밥 좀 된 사람들은 조회할 때 절대 눈길을 한곳에 두지 않아. 설계사들을 두루두루 본단 말이야. 특히 이쁘고 어린 설계사에게는 절대 눈길을 주지 않아. 여자들 소문이 무섭거든. 보험영업하려고 별짓을 다하지? 하하하."

"우리 영업소는 다 할매들이라서 괜찮을 겁니다. 하하하."

"웃기고 있네. 질투는 할머니들이 더 심해. 인마."

"새울산 박 소장, 이번 달 월납 1,500만 원 달성 축하해. 자 새울산의 무궁한 발전을 위해 건배!"

"건배!"

박 소장이 국장과 관리과장, 교육과장 그리고 사옥 내 소장 5명과 룸살롱에서 건배를 외쳤다. 선배 소장들이 국장님 모시고 이런 자리를 마련하라고 해서 하는 것이다.

"박 소장, 대단해! 250만 원짜리 영업소를 6개월 만에 1,500만 원짜리로 만들었으니 말이야. 다음 달에 본사에서 전국 영업국장 회의가 있는데 거기서 새울산을 성공사례로 발표하려고 생각 중이야."

"감사합니다. 국장님. 모두 국장님께서 살펴주신 덕분입니다."

"아냐, 아냐, 박 소장이 진짜 열심히 한다고 들었어. 소장실에 거의 붙어 있지를 않는다면서?"

"이놈 이거 물건입니다. 국장님. 신임소장들 대부분이 1년에 몇천만 원씩 까먹는데 박 소장은 영업해서 돈도 많이 벌었다니까요? 하하하."

신정영업소 이영범 소장이 거든다.

"그래. 나도 박 소장 덕분에 서울 가는 시기가 당겨질 것 같아. 내가 본사 올라가면 새울산으로 본사 시책 많이 많이 내려보내 줄 테니까, 지금 처럼만 해!"

"새울산만 시책비 주신다구요? 저희들도 주셔야죠."

영업국 업적 목표도 6개월 연속 초과 달성하고 있었고 영남지역본부에서는 울산영업국이 목표달성률 1등을 유지하고 있었다. 나머지 소장들이 합창으로 말했다.

"당연한 걸 왜 지랄들이냐. 당연히 울산영업국 전체에 시책비 홍수를 내려주마."

"와. 일동 국장님께 박수!"

"국장님 본사 올라가시기 전까지 제가 이런 자리 자주 마련하겠습니다."

"박 소장, 이 기세로 '점포 분할' 한번 해라. 업적 2,000만 원 이상 3개월 지속하면 점포 분할 조건이 되니까 한번 도전해 봐. 그럼 국장님 서울 가시기 전에 확실한 선물을 드리는 거야."

관리과장이 점포 분할하라고 국장에게 아부하는 것이다.

"박 소장이 올해 안에 점포 분할하면 내가 내년에 본사 가는 것을 확정 짓는 거지. 잘 부탁하네. 박 소장."

영업국장의 말은 압력이나 마찬가지였다. 늦어도 9월부터 2,000만 원 이상 해야 한다는 압력, 못한다면 국물도 없다. 박 소장은 등에서 식은땀이 났다. 최근 영업소를 멋모르고 너무 키웠다는 생각이 들었던 것이다. 조금 속도 조절을 하려고 맘을 먹고 있었는데 힘들게 되었다. 술 사고 업적도 덤으로 받고.

"네. 국장님. 열심히 하겠습니다."

6개월 차에 1,500만 원을 달성하고 영업국 넘버3 영업소가 되었다. 이제 다른 소장들의 견제는 넘어섰다. 울산영업국에서 새울산영업소의 위치는 확고해졌다. 6개월 전 폐쇄 직전의 영업소에서 점포 분할을 얘기할 수준으로 성장한 것이다. 그만큼 박 소장의 영업국내 위상도 높아졌다. 전단지영업도 꾸준히 신계약을 창출하였고 한 달 전에는 김옥녀 씨 아들의 도움으로 현대중공업에서도 전단지영업을 개시하였다. 울산에 수많은 대기업 공장들이 있기 때문에 전단지영업의 성장 전망은 밝았다.

"소장님, 수금에 문제가 생겼습니다."

"무슨 문제?"

"홍영미 씨 수금 입금액이 모자랍니다."

"전화해 봐요."

"전화 안 받아요."

영미 씨가 급하게 소장실로 들어와서 말했다. 홍영미 씨는 새울산 설계사로 61세다. 얼마 전 환갑잔치에도 갔었다. 김옥녀 여사와 먼 친척이라 친하다고 들었다. 조용한 성격이고 많이는 못 하지만 본인 업적은 알아서 하는 설계사다. 오늘이 수금 마감날이다. 지금이 저녁 6시니까 마감시간까지 2시간 남았다.

"모자라는 금액이 얼마죠?"

"500만 원입니다."

"7시까지 연락해 보고 안 되면 알려 주세요."

"네."

6개월 동안 아무 문제없던 수금이 갑자기 문제가 생겼다는 게 미영 총무가 업무를 옛날만큼 챙기지 않는 것이 아닐까 의심이 들었지만 확인할 방법은 없었다.

그날 3인 회식 이후로 박 소장은 미영 총무를 업무적인 것이 아니면 부르지 않았다. 그동안 미영 총무가 계속 눈길을 주었지만 박 소장은 이 핑계 저 핑계를 대며 마감날이 아니면 저녁에 영업소로 들어오지 않았던 것이다. 그렇게 2달이 지나자 미영 총무도 더 이상 약속 잡자는 얘기는 없었다. 7시가 되자 미영 총무가 소장실로 들어왔다.

"계속 연락이 안 됩니다."

"그럼 어떻게 해야 돼요?"

"500만 원을 회사 계좌로 입금해야 됩니다."

"다른 설계사들 수금은 끝났어요?"

"네. 방금 교육과장님 전화 왔었습니다. 500만 원 비는데 어떻게 된 거냐고?"

영업국에서 신계약은 관리과장, 수금은 교육과장 책임이다.

"음~~~"

"소장님 일단 500만 원 주세요. 마감 끝나고 홍 여사에게 받아서 드리겠습니다."

"방법이 그것밖에 없죠?"

"네."

"알았습니다."

박 소장은 6시에 미영 총무 말을 듣고서 은행에서 뽑아온 500만 원이 든 봉투를 미영 총무에게 건네주었다. 비코드에서 월 1,000만 원 이상 수당이 발생하기 때문에 큰 부담은 아니었다. 미영 총무가 그것을 잘 알기 때문에 박 소장에게 달라고 했을 것이다. 그리고 보통 마감 후 해당 설계사가 고객에게 가서 수금해서 돌려받는 경우도 흔하다. 신정영업소 이 소장도 500만 원 빵구나서 메우고 200만 원 돌려받았다고 들었었다.

"500만 원 입금하고 수금 마감하겠습니다."

"네. 수고했습니다."

수금마감이 끝나고, 다음 날, 그다음 날에도 홍영미 여사는 출근하지 않았다. 전화도 받지 않았다. 퇴사 징후가 농후했다. 퇴사해 버리면 500만 원은 떼이는 돈이다.

"홍 여사님, 출근은 하셔야죠? 왜 이러세요? 제가 뭐 잘못한 게 있어요?"

"소장님 죄송합니다."

김옥녀 여사를 추궁해서 홍 여사를 만났다. 말하지 않으려는 김옥녀 여사를 설득하는 게 힘들었다.

"죄송할 거 없고 내일부터 영업소 나오세요. 새울산 잘나가는 것도 다 홍 여사님 덕분입니다. 그러니 내일부터 출근합시다."

"죄송합니다. 저는 보험회사 그만둘랍니다."

"아니, 왜요? 수금 500만 원 때문에요? 천천히 고객에게 수금해서 주셔도 됩니다. 부담 갖지 마세요."

"저는 500만 원 수금 못 합니다. 아니, 할 수가 없습니다."

"예?"

"제가 그 계약들, 이번 달에 실효될 거라고 미영 씨에게 몇 번 말했는데도 미영 씨가 막무가내로 처리표 입력을 해 버렸어요."

'실효'는 보험료를 2달 동안 납부하지 않으면 보험계약이 보험효력이 상실되는 것을 말한다. 즉 홍 여사는 계약을 한 고객들이 형편이 안 돼서 보험 유지가 어렵다고 미영 씨에게 말했고 미영 씨는 그 말을 무시하고 처리표 입력을 해 버렸다는 건, 무조건 입금시켜야 된다는 말이다. 수금률 관리를 위해 이런 경우가 비일비재하다고 들었다. 홍 여사는 약간 흥분했는지 목소리 톤을 높이면서 말을 이어 갔다.

"그리고 저, 저번 달 급여도 못 받았습니다."

"예? 왜요? 홍 여사님 저번 달 300만 원 정도 급여가 나왔던데?"

"미영이가 급여를 안 줍니다."

설계사 급여는 본사에서 내려준 금액을 현금으로 뽑아 영업소 총무가 설계사들에게 직접 지급한다.

"왜요?"

"소장님 진짜 모르세요?"

"무슨 말씀이세요?"

"……."

"말씀해 보세요!"

박 소장이 얼굴을 정색하고 단호한 어조로 말했다.

"미영 총무가 사채놀이를 한단 말입니다. 사채놀이요."

"예? 진짜요?"

박 소장이 '사채놀이'란 말에 놀란 표정으로 눈을 크게 떴다.

"수금마감 때 금액이 모자라면 미영 총무가 설계사들에게 돈을 빌려줘요. 그 돈으로 수금 입금을 하고요. 그러고는 급여 날 이자와 원금을 제하고 급여를 줘요. 한 달 이자가 20%예요. 1년이면 200%가 넘어요. 지금 영업소에 김옥녀 형님 빼고는 미영 씨에게 돈을 안 빌린 사람이 없어요. 이번 500만 원도 빌려주겠다는 걸 제가 싫다고 했어요. 어차피 실효될 계약인데. 지금까지 제가 미영 씨에게 수금 때문에 못 갚은 돈이 700만 원이 넘어요."

아마도 수금액이 많은 김옥녀 씨를 제외한 3명의 할머니 설계사들인 모양이다. 현대자동차 고객은 전부 계좌번호를 받아서 자동이체로 수금하기 때문에 이런 문제가 생길 일이 없다.

"……."

"소장님께는 죄송합니다."

"알았어요. 제가 내일 영업소 가서 해결할게요. 지난달 급여도 드리겠습니다. 그러니까 출근하세요. 젊은 소장 한번 믿어 봐 주세요."

이제야 지난 6개월 동안 새울산영업소의 수금이 다른 영업소에 비해 아무 문제가 없었던 이유를 알 것 같았다. 미영 총무가 미수금 되는 돈을 설계사에게 빌려줘서 입금시키고 수금률을 맞춰서 영업국에 칭찬받고 본인은 그 이자로 월급보다 많은 금액을 챙겨 왔던 것이다. 본인이 급여를 직접 지급하기 때문에 가능한 일이었다. 그렇게 수금을 진행하니 영업소나 본인은 좋지만, 설계사들은 영업해서 빚만 늘었다. 새울산영업소 수금률이 항상 89%인 이유를 알 것 같았다. 다른 영업소는 85~86%다.

"미영 씨, 설계사들에게 돈놀이해요?"

"무슨 말씀이세요?"

아침에 출근하자마자 미영 씨를 소장실로 불렀다.

"수금 빵구 난 설계사들 상대로 돈놀이한다면서요?"

"어제 홍 여사 만나셨어요?"

"네. 만나서 얘기 다 들었습니다."

"영업소 수금관리를 위해서 하는 일입니다."

"뭐라고요?"

박 소장의 목소리가 조금 올라갔다.

"소장님은 수금을 몰라서 그러시는데, 수금률 89% 맞추기가 쉬운 줄 아세요?"

"그래서 설계사 상대로 사채놀이한 게 잘했다는 겁니까?"

"사채놀이라뇨? 소장님 말 가려서 하세요. 다른 소장님들 수금 때문에 수시로 영업국 불려갈 때, 소장님은 수금 때문에 욕먹은 적, 한 번도 없잖아요. 칭찬은 못 해 줄망정, 너무하신 거 아니에요?"

미영 씨도 목소리를 높였다. 이제 몇 달 전 박 소장에게 가졌던 은근한 눈빛은 없어졌고 살기가 가득했다. 그러나 수금 때문에 욕먹은 적 없다는 말은 사실이다.

"미영 씨가 영업소 수금관리를 위해 그랬다는 거, 인정합니다. 그러니까 이번 달부터는 그러지 마세요. 수금률 떨어지면 내가 욕을 먹을 테니까. 내가 책임집니다."

"소장님 참 순진하시네요. 저 할머니 설계사들이 진짜 활동을 많이 해서 그 업적을 하는 줄 아세요? 천만에요. 50% 이상은 '가라계약'이에요."

'가라계약'은 진짜 계약이 아니고 설계사 본인이나 친척 이름으로 본인이 보험료를 입금시키는 계약으로 가짜 계약을 말한다.

"가라계약요?"

"네. 본인들 계약이니까 본인들이 계속보험료를 납부해야 하는데 이렇게 제가 관리하지 않으면 수금이 안 됩니다. 그러면 할머니들은 계속 신계약을 넣었다 뺐다 반복해서 유지율이 개판됩니다. 알고 얘기하세요."

'유지율'은 계속보험료가 매월 입금되는 비율인데 영업국에서 관리하고 있는 평가 지표다. 미영 씨 말은 할머니 설계사들이 활동력이 없기 때문에 '가라계약으로 업적을 하고 수당을 받아서 다시 업적을 하고'를 반복하니 계속보험료 납부 여력이 없다는 말이다. 사실이면 맞는 말이다. 신계약에서는 할머니들 비중이 많이 줄었지만 수금액에서는 아직도 할머니 설계사들의 비중이 높은 것이 사실이다.

"무슨 말인지 알겠습니다. 그러나 이번 달부터는 설계사들과 돈거래는 하지 마세요. 그리고 수금 안 되는 계약들은 전부 연체나 실효시키세요. 그리고 지금부터 입력되는 모든 신계약은 자동이체 수금만 가능하고 방문수금 계약은 신계약 입력을 금지합니다. 유지율 개판 나서 누가 뭐라 하면 내가 시켰다고 하시고. 그리고 할머니 설계사들 계약 중에 가라계약은 이번 달 안으로 싹 다 해약하라 하세요. 앞으로 새울산영업소에 그런 가라계약은 필요 없습니다."

"소장님, 소장님 말대로 하면 어떤 폭풍이 일어나는지 알고나 하는 말씀이세요?"

미영 씨가 비웃듯이 말했다.

"폭풍이 아니라 태풍이 닥쳐도 새울산영업소 소장은 납니다. 내가 책임질 테니까 닥치고 시키는 대로 하세요."

"꽝."

미영 씨의 비웃는듯한 미소에 박 소장이 마침내 폭발하여 책상을 손으로 내리치며 고함을 쳤다. 그러자 미영 씨가 소장실 문을 거칠게 닫고 나갔다.

"너, 지금 뭐 하는 짓이야?"

"무슨 말씀이신지?"

"이 새끼 이거, 국장님이 잘한다고 오냐오냐하니까 눈에 뵈는 게 없냐? 시발놈아. 보험영업이 장난이야?"

관리과장이 소리를 질렀다. 수금마감 후 소장실로 올라온 것이다. 교육과장이 관리과장에게 말했을 것이다. 수금률 75%로 마감했다. 전달 대비 14%나 떨어졌다.

"과장님 그게 아니라…."

"뭐가 아냐. 새꺄! 새울산 때문에 영업국 수금률이 3%나 떨어졌어. 네가 책임질 거야? 내 보험영업 10년 넘게 했지만 수금률 75%는 처음 본다. 너 미쳤냐?"

"과장님, 다음 달까지만 이해해 주십시오. 다음 달까지 부실계약 전부 털어 내고 나면 다시 수금률 올라갈 겁니다."

"뭐, 다음 달까지? 너 돌았어? 좀 컸다고 눈에 뵈는 게 없냐?"

"과장님, 할머니들 가라계약 털어 내면 정상화됩니다. 믿어 주십시오."

"무슨 가라계약? 그 사람들 10년 넘게 그런 식으로 영업해 왔던 사람이야. '가라'고 나발이고 돈 입금되면 다 똑같은 계약이야. 시발놈아. 영업 시작한 지 1년도 안 된 놈이 네가 언제부터 정도영업했다고 지랄이야?"

"……."

"그리고 너 이번 달부터 방문수금은 신계약 입력 안 시킨다며?"

"네."

"영업국 전체 계약에서 방문수금이 50%다. 50% 계약을 포기하라는 거냐? 미쳤냐?"

"과장님, 수금문제가 불거지는 건 방문수금이 과도하게 많기 때문입니다. 자동이체로 전환하면 이런 수금문제는 자동으로 없어집니다. 그리고 가라계약도 신계약에서 자동으로 차단됩니다."

"야, 박 소장! 너는 여기 있는 소장들이나 과장이 핫바지로 보이냐? 그걸 모르는 사람이 어딨어? 병신 새끼야!"

"……."

"네 말대로 해서 업적목표 달성할 수 있을 것 같아? 달성할 수 있냐고? 그리고 나이 있는 설계사들 모두 탈락하면 네가 책임질래?"

새울산도 전달 1,500만 원 업적 대비 300만 원이 떨어졌다. 전단지영업 업적이 800만 원으로 상승했지만 김옥녀 씨를 제외한 나머지 할머니 설계사들은 업적이 '0'이었다.

"제가 어떻게 하면 되겠습니까?"

"전부 저번 달로 원복 시켜. 방문수금도 풀고, 가라계약도 풀고."

'원복'은 원상복구의 줄임말이다.

"안 됩니다. 저는 원칙을 지키면서도 영업이 잘된다는 걸 꼭 보여 드리겠습니다."

"이 새끼, 미친놈이네. 네 맘대로 해. 새캬!"

관리과장은 그렇게 고함을 치고 소장실을 박차고 나갔다. 박 소장은 혼란스러웠다. 잠깐 '내가 잘못하고 있나?' 생각도 들었지만 바로 정신이 돌아왔다. 이제 나이 28세에 벌써 세상과 타협하며 살고 싶지는 않았다. 그러나 이 사태를 해결할 방법이 생각나지 않아서 혼란스러웠다.

"소장님, 많이 혼나셨어요?"

"아닙니다. 영업하다 보면 욕도 먹고 그런 거죠. 하하하."

관리과장이 소장실을 나가자 걱정이 되었는지 김옥녀 여사와 3명의 할머니 설계사들이 소장실로 들어왔다.

"우리가 다음 달부터는 수금계수 맞추도록 할게요. 소장님 혼나는 거 안쓰러워서 못 보겠어요."

홍 여사가 걱정스러운 표정으로 말했다. 홍 여사는 다시 출근했고 미영 씨가 지급하지 않았던 급여도 박 소장 돈으로 지급했다.

"괜찮다니까요. 걱정 마세요."

"우리는 소장님 그렇게 하신 거 좋아요. 저번 달에는 업적이 좀 부진했지만 이번 달부터는 열심히 해서 업적도 더 할 겁니다. 수금 스트레스도 없고, 미영 총무에게 돈 빌릴 일도 없어졌으니 얼마나 좋아요. 그런데 미영이 저년이 소장님, 엄청 험담하고 다닌다는데, 관리과장에게 영업소 일도 다 고자질하고. 소장님, 힘드시면 관리과장 말대로 한다고 하세요."

"아닙니다. 저는 원칙을 지킵니다. 저번 달처럼 똑같이 계속합니다. 어쨌든, 새울산의 기둥이신 여사님들 응원에 힘이 납니다. 저는 여사님들 뿐입니다."

"박 소장, 뭐해?"

"소장님, 어쩐 일로 이렇게 친히 내려와 주시고."

신정영업소 이영범 소장이 소장실 문을 열고 들어왔다.

"박 소장, 얘기 다 들었는데, 관리과장 말 들어. 인마."

"소장님까지 왜 이러십니까?"

"너는 잘 모르나 본데, 여기 울산 토박이들 텃세를 모르지?"

"예? 텃세는 무슨? 저도 울산이 고향입니다. 고등학교까지 울산에서 나왔습니다."

"인마, 그런 거 말고 울산영업국 텃세 말이야. 관리과장이나 신울산소장, 밖에 있는 미영 씨까지 울산영업국에만 10년 이상 근무한 사람들 말이야."

"그 사람들이 왜요?"

"박 소장은 국장이나 나도 그렇고, 왜 조용조용하게 살고 있는 줄 아냐?"

"왜요?"

"토박이 카르텔이 너무 견고해서 깨기 힘드니까 그래 인마. 국장님도 못 깨."

"……."

"나도 처음 발령받아 왔을 때 고향 왔다고 좋아했는데 지내다 보니까 이 사람들하고 보이지 않는 벽이 있어."

"……."

"지금 네가 하려고 하는 거, 그거 저 사람들 카르텔을 깨는 거야. 그게 저 사람들의 영업방식이고 그런 식으로 10년 이상 잘 먹고 잘 살았는데 감히 막내 소장이 그들의 영업방식을 바꾸자고 덤비는 꼴이잖아. 그럼 그 사람들 다 죽는데 가만있겠냐? 나도 몇 번 시도하다가 포기했어."

"……."

"너 자꾸 이렇게 버티면 날아가는 거야."

"아쉬울 것 없습니다. 집에 가죠. 저는 제 방식대로 살 겁니다."

"박 소장, 그러지 마라. 너는 내가 볼 때 영업에 소질이 있어. 이미 새울산이 본사 영업기획부나 영업관리부에도 알려졌어. 신임소장의 교본으로 삼아야 된다고."

본사 영업기획부와 영업관리부는 영업을 총괄하는 부서다. 기획부와 함께 본사의 넘버3 부서로 통한다. 이 소장은 본사에 근무했기 때문에 본사 소문을 들었을 것이다.

"그렇습니까?"

"지금 이 고비만 타협하고 잘 넘기면 넌 울산영업국을 금방 먹을 수 있을 거야. 진급도 빠를 거고."

"아까도 말했지만 저는 그냥 제 방식대로 살랍니다. 타협이고 뭐고 할 것도 없어요. 각자 방식대로 영업해서 누가 잘되는지 나중에 판단이 되겠지요."

"박 소장?"

"예."

"내가 이 말을 할까 말까 고민을 많이 했는데……."

신정영업소 소장이 계속 말을 망설이면서 말끝을 흐렸다.

"뭔데요?"

"박 소장, 내가 국장님하고 같이 본사에 근무해서 개인적으로 친한 거 알지?"

"네. 알죠."

본사에서 근무하는 부서는 달랐지만 두 사람은 본사로 빨리 올라가고 싶은 공통된 욕망을 가지고 있었다.

"국장님이 얼마 전에 고민거리를 말씀하셨는데, 그게……?"

"제가 뭐, 국장님 고민거리도 알아야 됩니까?"

"박 소장 건이야."

"저요? 왜요? 업적이나 수금 때문에요?"

"아니, 국장님께 박 소장 투서가 들어왔는데, 그게 여자 문제야."

"소장님도 참. 제가 여자 문제가 어딨어요? 저번에 소장님이 조심하라는 2가지 중에 하나인데 명심하고 실천하고 있습니다. 그런 거 없어요."

"투서에 사진이 동봉되어 있다고 하더라. 박 소장하고 오선숙 씨가 오선숙 씨 집으로 들어가는 장면을 사진을 찍어서 보냈다고 하더라."

"예?"

박 소장은 깜짝 놀랐다. 오선숙 씨와는 아침 일찍 현대자동차 전단지영업을 마치고, 집이 근처인 오선숙 씨 집에서 아침을 몇 번 얻어먹었던 것이다.

"국장님은 이걸 2달 전에 받았는데, 이걸 조사하면, 이 바닥 잘 알잖아. 소문 금방 날 거고, 묻으려고 하니 얼마 전에 본사 감사팀에 찌르겠다고 했다는 거야."

"……."

"누구 집히는 사람 없어?"

그 투서를 받은 시점이 2달 전이면 미영 씨가 그랬을 가능성이 제일 높다. 그렇지만 미행하며 사진을 찍을 만큼 용의주도한 사람은 아니다.

"없습니다."

"겉봉투에 글씨체가 남자 글씨라는데?"

"네? 남자요?"

"그래. 보통 설계사들끼리 질투가 나서 소장이 누구 설계사와 눈이 맞았네 하고 투서를 많이 하는데, 남자라니까 나도 모르겠다."

"여자가 남자에게 대필시킬 수도 있잖아요."

"야, 새울산 설계사들 다 할머니인데 무슨 대필이냐? 나머지는 신입이고."

"그럼 이거 소문나면 어떻게 됩니까?"

"어떻게 되긴 뭐가 어떻게 돼? 둘 다 옷 벗어야지. 국장님은 이게 본사 감사실까지 가면 본인이 서울 가는데 차질이 생길 거니까 조용히 해결하려고 할 건데."

"……."

"이게 그냥 편지만 있는 것 같으면 그런 사실 없다 부인해 버리면 되는데 사진이 있으니까 이건 어떻게 할 수가 없잖아. 본사로 들어가면 100% 감사팀 내려온다."

"……."

"국장님이 그래도 박 소장 살리려고 2달 동안이나 뭉개고 있었는데."

"제가 외통수에 걸렸네요. 하하하."

박광호 소장은 그렇게 허탈하게 웃었다.

"오늘이 새울산영업소에서 저의 마지막 조회입니다. 취임사에서 여러분들을 모두 부자로 만들어 드리겠다는 약속을 못 지켜 드려서 죄송합니다."

퇴직하는 날 아침 조회시간이다. 설계사 이름을 한 명 한 명 호명하며 포옹하고 조회사를 끝냈다. 모든 설계사들이 흐느껴 울었고 특히 오선숙 씨는 대성통곡을 했다.

그렇게 10개월간의 동아생명 생활은 불명예 퇴진으로 끝을 맺었다. 불명예 퇴진이다.

나중에 투서의 진실도 알았다. 금반지 시책 사건 이후로 신울산 소장이 박 소장 뒤를 캐다가 오선숙 씨와 같이 있는 사진을 찍어서 보관하다가 투서를 보낸 것이다. 박 소장이 정도영업 방식을 철회했다면 투서도 보내지 않았을 것이고 투서를 보냈어도 관리과장이 그들을 설득해서 무마할 수도 있었다고 들었다. 그렇게 10개월 만에 동아생명과 작별을 고했고 박광호의 역마살은 계속되고 있었다.

제3장

나는 누구인가?
- 주임, 대리 시절

* * *

“여보세요?”

“박 주임? 나, 김 부장이야.”

“부장님. 토요일 아침에 웬일이십니까?”

“미안해. 쉬는데 전화해서.”

“아닙니다.”

“박 주임! 미안한데, 지금 김포로 좀 와 줘야겠어.”

“예? 김포요? 무슨 일 있으세요?”

“좀 급한 일이야.”

“지금 눈이 엄청 내리는데 괜찮을까요?”

거실 TV에서는 첫눈이 폭설이 되어서 서울시내 교통이 마비되고 있다고 뉴스 속보로 방송하고 있었다.

“사고 안 나게 조심해서 와. 미안해. 쉬는데 불러내서.”

“아닙니다. 바로 출발하겠습니다.”

김영백 부장. 나이 45세로 동국생명보험 계약부 부장이다. 박광호와는 대학교 선후배 사이로 같은 부서는 아니지만, 지방대 출신 중에서 서울 본사에 근무하는 사람이 적어서 자주 연락하면서 지낸다. 김 부장은 보험회사 입사 후 영업소장 2년을 빼면 계속 본사 계약부에서 근무한 '언더라이팅' 전문가다. '언더라이팅'이란 보험회사가 보험계약자의 가입 유무를 선택하고, 보험상품의 위험도를 판단하는, 보험회사에서는 중요한 업무다.

그렇다. 박광호는 동아생명을 퇴사하고 '배운 게 도둑질'이라고 보험 영업소장까지 경험했으니 결국 보험회사에 다시 취직을 했다. 그것도 경력사원이 아니라 신입사원으로. 1년 경력이 안됐기 때문이다. 동국생명은 동아생명보다는 규모가 더 큰 보험회사였다. 입사시험도 어렵지 않게 통과했고 신입사원 연수평가에서 2등을 해서 지금 근무하는 영업기획부에 배치받았다. 이미 동아생명에서 배운 내용이고 영업소장 경력의 현장 경험까지 갖추었으니 평가 내용이 너무 쉬웠다. 서울대 경영학과 졸업한 동기가 1등 해서 기획부로 발령 났고 연대 수학과 출신이 3등하고 상품부로 발령이 났다. 입사동기 135명 중 본사 발령은 성적순으로 15명이었다. 드디어 소원하던 서울 근무가 실현된 것이다.

'영업기획부'는 본사 부서 중 넘버2 부서다. 영업에서 중요한 업무는 모두 영업기획부에서 한다고 보면 된다. 설계사 수당, 영업관리자 평가, 설계사 및 영업관리자 시책, 보험제도의 기획 및 시장조사를 통한 발전방향 제언 등이다. 영업기획부는 영업기획과, 시장개발과, 외무지원과 등 3개의 과로 구성되어 있었다. 영업기획과는 보험영업과 관련한 모든 제도를 기획하는 곳이고 선도 부서다. 시장개발과는 보험시장의 영업 트렌드를 조사하고 영업방향을 제시하는 부서이고 외무지원과는 설계사수당 등 영업조직에게 지급되는 모든 비용을 실제로 산출하고 지급하는 부서다.

박광호는 영업기획과에 2년을 근무하면서 전국의 영업국, 영업소의 일

일 영업통계를 매일 작성해서 임원들에게 제공하는 일을 수행했다. 그러나 역마살이 있는 놈이 하루 종일 사무실에 앉아서 보고서나 통계자료에 묻혀 사는 게 너무 힘들었고, 업무 실수도 잦았던 터라, 3년 차부터 시장개발과에서 보험시장의 트렌드를 조사하고 보험영업의 변화 방향을 제시하는 업무를 맡았는데, 이 업무가 외부 출장도 많고 재미도 있었다. 그러나 본사 내에서는 아무도 관심을 두지 않는 업무였고 진급에도 전혀 도움이 안 되는 부서였다.

"부장님, 죽는 줄 알았습니다."

박광호 주임이 김포 풍무동 한아름아파트 1201호에 들어서며 말했다. 김 부장 집이다.

"고생했다."

"평소 같으면 1시간이면 오는데 오늘은 3시간이나 걸렸네요. 오다가 보니까 김포 많이 변했습니다. 제가 군대 생활을 여기서 했거든요."

"그랬냐? 일단 점심부터 먹고 얘기하자. 이리 와서 앉아라."

"근데 이런 폭설에 무슨 일입니까?"

김 부장처럼 고지식한 사람이, 개인적인 일 때문에 휴일에 쉬는 직원을 부르지는 않았을 것이다. 더구나 같은 부서도 아닌데. 도저히 감이 잡히지 않았다.

"서두르지 말고 밥부터 먹고 얘기하자. 샤부샤부 괜찮지?"

그렇게 점심을 먹고 난 후, 거실에서 차를 마시며 김 부장이 말했다.

"사실은 말이야. 어제 저녁에 회장님으로부터 지시가 떨어졌어."

"……."

"내가 직접 받은 건 아니고 융자부 이영섭 부장 알지? 그 양반 통해서 지시가 내려왔는데 말이야."

"……."

이영섭 부장은 부산대 출신으로 회사의 대출을 총괄하는 부서장이다. 창업자이신 선대 회장과 아는 집안이라고 소문만 들었다. 김 부장과는 입사 동기로 서로 친하다.

"월요일 아침에 나하고 이 부장하고 회장님께 바로 보고를 해야 돼."

"무슨 보고요?"

"나는 TM영업 셋업과 전망에 관해서, 이 부장은 대출영업 활성화 방안에 대해서 브리핑하라는 지시다."

'TM'은 텔레마케팅의 영어 약자다. 한마디로 전화로 보험을 판매한다는 건데, 현재 대한민국의 보험영업은 99.9%가 설계사를 통한 방문영업이다.

"아니, 부장님은 언더라이팅 전문가이신데 무슨 TM을 브리핑하라는 겁니까?"

"그러게 말이다. 이 부장이 나를 추천했단다. 방법을 생각하다가 박 주임 생각이 나더라. 그래서 너를 불렀잖아. 지금 회사에서 TM영업에 대해서 조금이라도 아는 사람은 너밖에 없잖아. 나도 많이 찾아보고 결정한 거야."

"……."

박광호 담당업무가 시장개발과에서 보험영업 트렌드를 조사하는 일이라 얼마 전 TM영업과 CM영업(사이버 마케팅)의 미래 전망에 관한 보고서를 올렸지만 영업기획부 부장에게 욕만 먹고 컷 당했다. 찾아가서 애

걸복걸해도 계약이 될까 말까 하는데 누가 전화로 보험을 가입하겠냐는 논리다. 쓸데없는 짓 하지 말라는 소리까지 들었다. 그걸 김 부장이 아는 것이다.

"그래서 네가 TM영업에 대해서 브리핑 자료를 내일까지 작성해 줘야겠다."

"내일까지요?"

"그래. 이건 회사 내에 알려지면 안 되는 일이라 회사 들어가서 자료를 가져오지도 못한다. 회장님의 비밀 지시다. 그러니까 박 주임이 얼마 전 작성한 TM 브리핑자료 다 기억하지?"

"네. 대충요."

일주일 동안 수십 번 수정하면서 작성한 브리핑 자료라 기억하기가 어렵지는 않았다.

"회장님이 취임하신지 이제 1년이 넘어가니까 뭔가 회사의 영업방향에 변화를 모색하시는 것 같아. 우리가 하는 일도 그 일환인 것 같고."

이진호 동국그룹 회장. 나이 39세. 선대 회장님의 사망으로 기업을 물려받은 재벌 2세다. 미국 유학파인데다 나이도 젊어 회장으로 취임하자마자 그룹의 주력기업인 동국생명에 폭풍우가 몰아칠 거라 예상했지만 취임한 지 1년 넘은 지금까지도 회사는 너무 조용했다.

"선배님, 근데 보험영업에서 TM영업이 진짜 될까요? 제가 TM영업에 대해서 보고서를 작성해서 올리긴 했지만, 우리나라 보험영업 현실에서 설계사들이 온갖 봉사품을 고객에게 갖다 바쳐도 보험계약이 될까 말까 한데."

박 주임도 영업기획부장과 같은 의견이다. TM영업의 성공에 대해서 확신은 없는 것이다. 아마 보험회사에서 영업을 좀 했다는 사람들은 누구나 그렇게 생각할 것이다.

"나도 그렇게 생각하는데, 미국은 TM영업이 보편화되어 있다는 거야. 그리고 우리나라도 지금은 직장인들만 핸드폰을 가지고 있지만 몇 년 안에 주부나 학생들까지 모든 국민들이 핸드폰을 소유하는 시대가 올 거라고 하네. 그러면 전화 연결이 훨씬 쉬워져서 TM영업의 시대가 온다고 미리 회사 차원에서 준비를 하자는 거겠지."

"무슨 말인지 알겠습니다. 회장님이 미래를 생각해서 준비하자는 것이면 나쁘지 않네요."

"그리고 박 주임이 브리핑 자료 작성에 참여한다고 내가 이영섭 부장에게 말했거든. 내년에 대리 진급 연차라고도 말했어."

"……."

"그러니까 이번 브리핑 잘되면 내년 초에 진급될 수도 있을 거야. 주임 진급에서 1년 밀린 거 만회해야지."

"……."

김 부장의 말이 사실이다. 지금까지 회사에서 주임 진급은 자동으로 되는 직급이었는데 영업기획부장에게 잘못 보여서 입사 동기 135명 중 2명이 주임 진급을 못했는데 그중에 한 명이 박광호였다. 이듬해 진급하긴 했지만 회사일에 흥미를 잃어 가고 있었고 그래서 시장개발과로 전보되었던 것이다. 그리고 대리 진급은 5년 차에 하지만 통상 10명 이내만 진급한다. 영업을 특출나게 잘하는 사람과 본사는 많아야 3명이다. 대부분은 6년 차에 50% 정도가 진급한다. 그런데 이번 브리핑이 잘되면 바로 대리 진급을 시켜준다는 건 동기들보다 한발 앞서갈 수 있다는 얘기다. 이영섭 부장의 힘이면 대리 한 명 진급시키는 건 일도 아닐 것이다.

"그런 거 아니라도 박 주임이 생각하는 TM영업의 미래를 잘 그려내 봐. 내가 언더라이팅만 알지 TM영업은 전혀 모르니까 박 주임이 작성하는 리포트 그대로 가져갈 테니까. 제대로 최선을 다해 보자."

"네. 알겠습니다."

박 주임은 회사 생활에서 몇 번 안 되는 기회라고 생각했다. 회사의 말단 주임 나부랭이가 여러 단계를 거치지만 그룹 회장의 비밀 지시사항을 직접 수행할 기회가 주어졌다는 건 행운이다. 보고서 작성이 늦어져서 토요일, 일요일 이틀을 꼬박 밤을 새우고, 새벽 5시에 끝났다. 2박 3일을 거의 밤샘 작업으로 겨우 보고서를 완성했다. 박 주임이 보고하는 자리에 참석하는 것이 아니므로 출근시간 전까지 김 부장에게 보고서 내용을 브리핑했고, 강조해야 할 부분과 무시해야 할 부분을 체크하고 예상 질문도 10개를 뽑아서 답변도 미리 준비해서 주었다. 김 부장은 상당히 긴장하고 있었다. 이렇게 그룹 회장과 독대로 보고하는 것은 처음일 것이다.

"박 주임, 잠깐 1층 커피숍으로 내려와."

"네."

회장에게 보고 후 약 4주가 지나갈 무렵이다. 그동안 김 부장으로부터 피드백이 없어 잊어버리고 있었는데 김 부장의 전화가 왔다. 성탄절 다음 날이라 광화문 사거리에는 연말 분위기가 물씬 풍기며 캐럴송이 거리마다 울려 퍼지고 있었다. 연말이면 모든 사람들이 들뜬 시기는 아니다. 특히 직장인들은 12월 31일에 인사발령이 있는 회사가 많기 때문이다. 집에 가는 자와 승진하는 자가 갈리는 시기다.

"회장님 지시가 떨어졌다."

"……."

"TM영업을 지시하셨다."

"그래요? 융자부는 대출 영업조직을 지난주부터 만들고 있던데, TM은 늦었네요."

"그래, 그날 보고하는 자리에서 융자부는 바로 OK가 떨어졌는데 TM은 좀 생각해 보겠다고 하셨는데 어제 지시가 내려왔다. 방금 사장에게 보고하고 내려오는 길이다."

"그럼 뭐부터 하죠?"

"일단 조직개편에서 'TM영업부'가 생길 거다. 내가 부장으로 가고 네가 대리로 승진하면서 발령이 날 거다."

"감사합니다."

"감사는 무슨, 네가 보고서 작성을 잘한 거지. 그리고 조직을 갖추려면 사람이 더 필요해서 계약부 조서진 과장을 데려갈 거야. 본사 과장급 대상으로 전보 희망자를 모집했는데 아무도 지원하는 사람이 없었어. 어쩔 수 없이 같이 근무했던 조 과장을 내가 잘 아니까 강제로 차출했다. 그리고 여사원은 한송이 씨를 데려가는 걸로 확정됐다."

과장 중에서 아무도 지원자가 없었다는 건 모든 부서에서 TM영업에 대한 전망을 비관적으로 보고 있다는 말이다. 조 과장은 잘 알지는 못하지만 관련부서 회의에서 몇 번 인사했기 때문에 안면이 있는 정도다.

"네. 조 과장님은 알고 있고 여사원은 나중에 인사하죠. 뭐."

"그래. 박 주임이, 아니 1주일 후면 대리니까 박 대리가 잘해 줘야 된다. 전부 TM영업에 대해서는 문외한들이니까 잘 알려 주고."

"저도 잘 모릅니다. 저뿐만 아니라 대한민국에서 보험 하는 사람 중에 TM영업 접해 본 사람 없잖아요. 같이 배워 가면서 하는 거죠."

"그래도 박 대리가 리더를 해야 돼. 너만 믿는다. 나도 어떻게 보면 직장생활 승부수야. 잘되면 임원 다는 거고, 안되면 집에 가는 거고."

"잘돼야죠. 부장님."

김 부장은 임원 승진을 위한 승부수가 맞다. 내년에도 임원이 되지 못하면 어차피 옷을 벗어야 한다. 직장인의 운명이다.

"그리고 사무실은 영등포 사옥으로 결정됐다."

"예? 영등포요?"

"왜? 문제 있어?"

"이 좋은 본사 건물 놔두고, 지은 지 30년 된 옛날 건물로 들어간다는 게 좀."

"TM센터를 만들기에는, 여기는 임대료가 너무 비싸잖아."

"그래도 그렇죠. 교통이 불편해서 설계사 리크루팅도 쉽지 않을 것 같은데요."

동국생명 영등포 사옥은 12층 건물로 10여 년 전에는 본사로도 사용했다지만 영등포역이나 영등포시장역에서 1킬로나 떨어져 있어, 전철역에서 걸어가기도 애매하고 택시 타기도 애매한 거리에 있었다. 옛날에 지은 건물이라 서울 건물 중 화장실에서 한강이 보이는 유일한 건물이라고 농담하는 것을 들었다.

"그래도 지금 와서 어쩔 수 없다. 이미 결정됐어."

"알겠습니다."

"일단 31일 날 발령이 나면 1월 2일부터 영등포 사옥으로 출근해. 7층이다. 총무부에는 책걸상이나 집기 비품 같은 건 이미 얘기해 놨으니까 1월 1일 날 세팅해 놓을 거야."

"알겠습니다."

"서로 간에 인사는 그만하면 됐고 이제 본격적으로 TM영업을 어떻게 구축할 건지 얘기해 보자."

1월 2일 아침 회의실에서 부서원들 간의 첫인사를 나누고 난 후 김 부장이 말했다. 영등포에서 근무는 처음이라 사무실이 낯설다. 7층 사무실은 입구에 회의실이 있고 안쪽 창가에는 부장 책상이, 부장 책상 앞에 조 과장과 박 대리 책상이 마주 보고 있었고 송이 씨는 입구에 책상이 있었다. 사무실 옆으로는 영업장소로 50평 정도가 비어 있었다. TM센터를 만들 자리다. 첫 출근하는 사무실도 낯설고, 날씨도 찌뿌둥하다.

"먼저 업무분장으로, 조 과장은 지원업무를 맡아라. 본사 각 부서들과 커뮤니케이션이 원활해야 하니 조 과장이 맡고, 박 대리는 TM영업과 관련된 모든 일을 맡는다. 그리고 송이 씨는 여직원 업무를 하면 된다."

"예."

이미 알고 있는 업무분장이다. 김 부장이 말을 계속 이었다.

"회장님께서는 TM센터 구축안을 1월 내로 보고하라고 하셨다. 그리고 6개월 내로 TM영업을 개시하라고 지시하셨다. 박 대리! 어때? 가능하겠나?"

김 부장은 걱정스런 표정으로 박 대리를 바라보며 말했다.

"6개월 내에 영업을 시작하라구요?"

"그래."

"빡빡한데요."

"그래도 해야 된다. 그러기 위해서 지금부터 준비해야 되는 것이 무엇인지, 박 대리가 대략적으로 말해 봐라."

"네. 지금은 아무것도 없는 상황이니까 영업의 모든 것이 필요한데요. 일단 영업소에서 설계사가 영업하기 위해 필요한 건 모두 필요하고, 거기다 TM 시스템을 플러스하면 됩니다. 저기 옆에 비어 있는 사무실에 30석 TM센터를 만들기 위해서는 전산부와 총무부의 협조가 있어야 하고, TM 전용 보험상품이 개발되기 위해서는 상품부와 계약부의 협조가 있어야 하고, 설계사들 수당규정 만드는 건 영업기획부 협조가 있어야 합니다. TM영업부에서는 설계사들 리크루팅을 해야 하고, 그리고 TM영업에서 가장 중요한 것, 영업할 DB도 구해야 합니다."

"음."

김 부장이 아무 말 없이 신음 소리만 내고 있었다.

"제가 상품개발과 설계사 리크루팅과 수당규정, 그리고 TM영업관리를 맡겠습니다. 조 과장님이 TM센터 구축 관련 업무와 DB 개발을 맡아 주십시오."

"센터 구축은 총무부하고 전산부 협조를 구하면 될 것 같은데, DB개발은 뭐냐?"

조 과장이 눈을 크게 뜨고 묻는다. 조서진 과장. 39세. 과장 말호봉이다. 내년에 차장 진급 대기 1순위다. 경희대 석사 출신으로 2년을 손해 봤다. 석사라도 호봉은 대졸과 같은 것이다. TM으로 억지로 끌려오기는 했지만 성격은 서글서글하니 좋다.

"영업소 설계사들은 본인들이 고객을 창출해서 계약하잖아요. TM은 회사에서 고객 데이터베이스를 설계사에게 줍니다. 그 DB에 있는 사람에게 전화해서 계약하는 거죠. 그러니까 고객정보를 많이 가지고 있는 인터넷 쇼핑몰이나 카드사, 은행, 홈쇼핑, 통신사 이런 회사들과 고객정보를 제공하겠다는 계약을 맺고 DB를 가져와야 영업이 가능합니다."

"그 회사들이 미쳤어? 우리에게 자기들 고객정보를 주게?"

"공짜로 달라고 하면 당연히 안주죠. 그러니까 우리가 그 회사에 그만한 댓가로 돈을 줘야죠."

"그게 가능해?"

"저도 가능한지는 잘 모르겠는데 돈을 왕창 주면 가능하지 않을까요? 어쨌든 DB 없이는 TM영업이 불가능합니다. 최우선 해결 과제입니다."

"……."

조 과장은 지금 TM으로 넘어온 걸 후회하고 있는지도 모른다. 난감함이 얼굴 표정에 그대로 나타난다.

"처음부터 너무 어렵게 접근하지 말고 차근차근하자고. 회장에게 보고할 TM 셋업플랜은 나하고 박 대리가 작성하고, 일단 센터를 먼저 만들어야 하니까, 조 과장은 TM센터 구축 비용이 얼마나 드는지, 총무부하고 전산부하고 협의해 봐. 그리고 저녁에 회식이 있는 거 잊지 마."

김 부장의 지시를 끝으로 회의는 끝났다. 부서원들 모두 얼굴에 수심이 가득하다.

"자 여기 있는 우리 3명이 동국생명 역사를 한번 써 보자. 아니, 보험업계의 역사를 한번 써 보자. 건배!"

"건배!"

1차로 삼겹살에 소주를 마시고 송이 씨는 귀가하고 김 부장과 조 과장, 박 대리가 룸살롱에서 양주를 마시고 있었다.

"룸이 어째 좀 후집니다. 하하하."

술이 몇 순배 돌고 나서 박 대리가 농담을 던졌다.

"옛날에는 영등포에서 제일 좋은 룸살롱이었어. 내가 5년 전엔가 전산 부장하고 여기 왔었는데, 아무래도 4대문 안에 있는 룸살롱보다는 못하지. 내일부터 빡세게 일해야 하니까 오늘 아가씨들은 부르지 말고 우리끼리 그냥 마시자. 불만 없지?"

"네."

조 과장은 걱정이 많은지 말이 없다.

"조 과장, 인상 펴고 술이나 마셔. 걱정한다고 될 일이 아니다. 닥치면 다 해결하게 되어 있어. 어서 마셔."

김 부장이 조 과장에게 폭탄주를 건네면서 말했다.

"부장님, 부장님은 잘될 거라 보십니까?"

"그럼. 회장님 지시사항이고 이영섭 부장도 관련된 일인데 잘돼야지. 본사 부서들 협력 이끌어 내는 데는 어렵지 않을 거야."

"본사 부서 협력이야 회장님 지시사항인데 잘되겠죠. 본사 부서가 협력한다고 TM영업이 잘되는 건 아니잖아요."

"조 과장, 뭐가 걱정이야?"

"박 대리 말을 들어보면 외부에서 DB를 가져와야 영업을 할 수 있다는데, 제가 아무리 생각해 봐도 쉽지 않을 것 같아서요. 그냥 영업소에서 영업 경력 있는 오프라인 설계사들 리크루팅 해서 영업하게 하면 안 될까요? 그게 빠를 것 같은데."

"하하하. 조 과장도 소장해 봐서 알겠지만 그렇게 하려면 뭐 하러 TM영업부를 만드냐? 그냥 영등포영업국에 영업소 하나 더 만들면 되지."

"그러네요."

"술이나 마셔. 인마."

김 부장은 조 과장이 걱정하는 걸 모르지 않겠지만 지금 걱정한다고 될 일인가? 둘은 같은 부서에 오래 근무해서 격의가 없었다.

"박 대리, 본사 부서들 협조 구하는 건 어렵지 않을 것 같은데 조 과장 말처럼 DB를 구한다던가, TM설계사 리크루팅, 이런 게 쉽지 않을 것 같기는 하다. 어때?"

김 부장이 폭탄주를 한잔 마시고 조 과장 말이 걸리는지 박 대리에게 물었다.

"제가 볼 땐 DB 구하는 건 어렵지 않을 것 같습니다. 요즘 기업들이 불경기라 수익원 다양화, 이런 측면에서 돈을 좀 넉넉히 지불하면 관심을 가질 것 같아요. 정 안되면 전화번호부 사용하면 되죠."

"전화번호부? 그러네. 전화번호부가 있었네. 왜 그 생각을 못 했지? 하하하. 역시 박 대리는 대안을 가지고 있구만."

박 대리 말에 김 부장은 얼굴의 주름을 활짝 펴고 웃으며 말했다.

"전화번호부는 최후의 선택입니다. 거기에는 전화번호하고 가게 상호나 사람 이름밖에 없잖아요. 우리가 구해야 하는 DB는 이름, 주민번호, 전화번호, 주소 같은, 보험계약할 때 입력해야 하는 항목들이 모두 있어야 영업의 효율이 올라갑니다. 거기다 결재정보인 계좌번호까지 있으면 금상첨화죠."

"그래? 역시 쉽지 않겠군. 리크루팅은 어때? TM으로 보험영업을 해 본 설계사가 없을 건데?"

"저도 리크루팅이 더 어려울 것 같습니다. 이게 보험영업을 해 본 설계사 출신을 뽑느냐? 아니면 콜센터에서 콜 경험이 있는 사람을 뽑느냐? 아니면 이도 저도 경험 없는 초짜를 데려다 교육해서 투입하느냐? 저도 고민입니다."

"……."

"더 큰 문제는 영업할 애들을 교육하고 관리할 실장을 찾아야 하는데, 영업소에서 설계사들 팀장 같은 사람요. 아무래도 보험은 교육하면 되니까 콜센터에서 상담원 관리를 해 본 경험자를 찾아야 하는데, 이것도 참 난감합니다."

박 대리 말에 김 부장과 조 과장은 서로의 얼굴을 보면서 눈만 껌뻑였다. 오프라인 영업소에서도 큰 영업소는 설계사 5명~10명을 데리고 있는 조장 같은 팀장 제도를 운용하고 있었다.

"그런 사람을 어디서 찾아?"

"구인광고 내서 찾아보고 안 되면 보험사 콜센터에서 찾아야죠. 경험자가 없으니까 광고 보고 오는 애들 중에서 조직 관리력이 있고 지식 습득이 빠른 아가씨나 아줌마를 만나야 하는데, 특히 생활비가 많이 필요한 사람이면 더 좋죠. 예를 들면, 애 키우는 돌싱이라든가 그런 아줌마요. 지금은 미지를 개척해야 하기 때문에 돈이 절실히 필요한 사람을 뽑아야 합니다."

"그래, 그건 일반 설계사나 TM 설계사나 같은 논리지. 궁하면 통한다는 말도 있잖아. 설계사뿐만 아니라 우리도 마찬가지야."

"네. 맞습니다."

"박 대리가 내일부터 찾아보기로 하고 오늘은 술이나 마시자. 마셔."

김 부장이 잔을 내밀며 말했다. 조 과장은 술을 마셔도 여전히 걱정이 많은 얼굴이다.

"어이? 지배인. 여기 계산서 가져와."

술이 거의 바닥을 보이자 김 부장이 화장실을 갔다 오며 지배인을 불렀다.

"뭐야? 100만 원? 어디서 사기를 치고 있어?"

지배인은 오지 않고 남자 종업원이 가져온 계산서를 받고 김 부장이 놀라면서 소리쳤다. 양주 1병에 맥주 6병과 안주 하나를 먹었는데 100만 원이 적혀 있었다.

"야, 여기 지배인 오라 그래."

박 대리가 김 부장에게서 계산서를 받아 들고 옆에 서 있던 남자 종업원에게 소리쳤다.

"아니 술을 마셨으면 계산을 하셔야지, 행패를 부리시면 안 됩니다."

종업원이 험악한 인상을 지으며 고압적인 목소리로 말했다.

"지배인 데리고 오라고. 새꺄."

박 대리가 종업원에게 고함을 쳤다.

"시발놈들 안 되겠네."

"뭐? 시발놈?"

박 대리가 종업원의 말을 듣자마자 오른발로 배를 강하게 내리쳤다. 그러자 종업원이 복도까지 밀리며 넘어졌다.

"손님한테 시발놈? 다시 말해 봐. 새꺄?"

"퍽."

박 대리가 복도까지 따라 나와 넘어져 있는 종업원의 멱살을 잡고 주먹으로 얼굴을 강타했다.

"박 대리 왜 이래? 그만해!"

김 부장이 따라 나오며 소리쳤다. 옆에 같이 따라 나온 조 과장도 얼굴이 창백해져 있었다.

그러자 순식간에 딱 봐도 조폭 같은 사내 5명이 다른 룸에서 나오며 복도를 채웠다. 사내들이 입구 쪽을 막고 있었기 때문에 나갈 수도 없는 상황이 되었다.

"야, 복도에 불 켜!"

누군가 큰 목소리로 말했을 때 어두컴컴하던 복도가 갑자기 환해졌다. 앞에 있는 사내들은 누가 봐도 조폭들 모습이었다.

"어떤 새끼가 남의 영업장에서 행패를 부리냐? 죽을라고 환장한 놈이네."

사내들 뒤쪽에서 한 사내가 큰 소리로 소리쳤다.

"시발놈들이 사기 칠 게 없어서 술값을 사기 치냐. 이 양아치 같은 새끼들아. 지배인 오라니까 지배인은 안 오고 양아치들만 우르르 왔구만. 대빵 새끼가 누구냐?"

"이 새끼가 돌았나?"

앞에 있던 사내가 눈을 부라리며 말했을 때 뒤에 있던 사내가 앞으로 나오고 있었다.

"내가 대빵이다. 왜? 돈 없으면 없다고 말을 해라. 술값으로 매질 좀 하고 보내 줄 테니까."

"지랄을 해라."

김 부장과 조 과장은 박 대리 뒤에서 어쩔 줄 모르고 있었고 박 대리는 사내 5명과 대치하면서 언성을 높이며 욕을 하고 있었다.

"이 새끼 배포 하나는 맘에 드네. 면상이나 한번 보자."

대빵이라는 사내가 맨 앞으로 나서며 말했다. 그리고는 박 대리 얼굴을 정면에서 보더니 깜짝 놀라는 표정을 지으며 움찔했다.

"혹시 해병대 박광호 병장님 아닙니까?"

"……."

"맞죠?"

"……."

"저 모르시겠습니까? 형님에게 박살 났던 박봉식! 제가 부대에도 찾아가서 만났잖아요."

군대시절 영등포에서 한판 붙었던 영등포 깡패 박봉식을 말하는 거였다. 박 대리도 눈을 크게 뜨고 정면을 바라보니 박봉식이 맞았다.

"근데 네가 왜 색시집이 아니고 여기에?"

"맞네. 아, 형님! 반갑습니다. 얼마 만입니까? 오늘 여기서 간부들하고 회의 겸 술 한잔하려고 왔는데 밖이 시끄러워서 나온 겁니다."

박봉식은 그때보다 덩치가 더 불어 있었고 특히 얼굴은 두 배가 되어 있었다. 그래서 바로 알아보지 못했다. 박 대리도 얼떨떨했다.

"박봉식 맞구나. 반갑다."

박 대리가 손을 내밀자 박봉식이 두 손을 내밀며 고개를 90도 숙이고 악수를 했다. 뒤에 있던 사내들도 얼떨떨한 얼굴을 하고 박봉식을 따라서 90도로 고개를 숙였다.

"근데 너희들 양주 하나에 맥주 6병 마셨는데 100만 원이나 받냐? 아직도 양아치 짓 하냐?"

"아이고 죄송합니다. 애들이 사람 봐 가면서 해야지. 이 새끼들이 정말. 형님! 술값은 됐습니다. 용서해 주세요."

박봉식이 뒤의 사내들을 돌아보며 인상을 구기면서 말했다. 김 부장과 조 대리는 얼떨떨한 표정을 지으며 룸살롱을 나섰다.

"누구냐? 너 조폭 조직에 있었냐?"

"아닙니다. 저 해병대 후임입니다."

김 부장의 물음에 박 대리는 그렇게 둘러댔다. 둘을 먼저 보내고 박 대리는 다시 룸살롱 안으로 들어왔다. 박봉식의 간곡한 부탁 때문이다.

"형님, 근데 여기는 어쩐 일이십니까? 서울 올라오셨어요?"

"그래. 영등포시장 쪽에 동국생명 건물 있지? 거기 근무한다."

"그래요? 서울 오셨으면 제가 어디 있는지 알면서, 좀 찾아오시지 않고."

"새꺄. 이 나이에 색시집이나 가라고?"

"하하하."

"근데, 너야말로 여긴 웬일이냐? 색시집이 너 나와바리 아니냐?"

"형님도 참. 옛날 얘기하시네. 그건 젊을 때 얘기구요. 지금은 제가 영등포 전체를 다 먹었습니다. 신도림하고 여의도까지 제 나와바리입니다. 하하하."

"출세했네."

"근데, 형님이 월급쟁이 하실 줄 몰랐습니다. 그 주먹이면 이 바닥에서도 성공할 수 있는데, 아깝네요. 무슨 일 하시는데요?"

"여기 보험회사야. 전화로 보험 판매하는 거, 뭐 그런 업무 하고 있어."

"저도 합법적인 업체를 몇 개 가지고 있습니다. 유흥업소들뿐만 아니라 인력파견 업체랑 흥신소도 운영합니다. 요새는 조폭들도 합법적인 사업으로 영역을 확장하거든요.”

“깡패 새끼들이 합법은 무슨?”

“형님도 참, 지금은 삼청교육대 시절 깡패가 아니라니까요. 사업자 내고 세금도 내면서 사업합니다. 하하하.”

“오늘은 너무 늦었다. 다음에 다시 올게.”

“아쉽네요. 다음에 꼭 연락 주시고 오세요. 그때는 영등포에서 젤 이쁜 애로 대기시키겠습니다. 하하하.”

그렇게 두 사람은 서로 명함을 주고받고 헤어졌다. 새벽 3시가 넘어 있었다.

회장님께 보고는 무사히 끝났다. 영업개시 1년 내에 월납 1억을 목표로 제시했고 회장님도 OK 하셨다. TM 시스템 구축에 3억, 영업사무실 인테리어, 리크루팅, DB 구매 비용 등 기타비용이 2억 예상되어 인프라 투자에만 5억 예산을 책정했다. 누적 손익분기점도 48개월 차에 달성하고 당월 손익도 24개월에는 달성하겠다고 보고했다. 목표는 거창하게 잡았다. 회장님 보고 후 TM센터 셋업 작업이 속도가 더 빨라졌다. 관련 부서의 협조도 순조로워서 TM센터 공사는 윤곽이 나오고 있었고 TM 전용상품도 조 과장의 노력으로 내부 결재만 받으면 될 정도로 진도를 나가고 있었다. 그러나 DB를 구하는 것과 리크루팅 작업은 업무 진척이 느렸다. 리크루팅은 광고 후 계속해서 면접을 봤지만 ‘실장감’이라고 생각할 만한 사람이 없었다.

“배미옥 실장님 맞으시죠?”

"네. 박광호 대리님?"

"반갑습니다."

남영동 커피숍에서 박 대리가 의자를 빼고 앉으며 말했다. 배 실장이 먼저 와서 기다리고 있었다.

배미옥 실장. 현재 MK생명 콜센터 실장이다. 나이 33세, 충남대를 졸업했고, 돌싱이고, 유치원 다니는 딸이 있다. 박 대리를 보고 인사한다고 일어서는 모습을 보니 단정한 정장 스커트 차림에 얼굴은 검붉은색을 띠는 게 건강한 미인형이다. 보험회사 콜센터 실장 경력이 2년이면 콜 관련 프로세스도 잘 알 것이고, 보험상품이나 보험회사 영업 프로세스도 잘 알 것이다. 박 대리는 리크루팅 광고로 적임자 찾는 것은 실패했고 결국 본인이 잘하는 '전단지 리크루팅'을 했었다. 리크루팅 전단지를 서울시내 보험사 콜센터가 있는 건물 입구에서 아침 출근시간에 출근하는 여성들에게 집중적으로 배포했다. 전단지 배포 후 8일 만에 배미옥 씨가 연락이 왔고 이력서를 받아 보니 박 대리가 찾는 '생계형 실장감'이라는 확신이 들었다. 오늘은 면담이자 면접이다.

"사진보다 실물이 훨씬 미인이십니다."

"감사합니다."

박 대리가 보험 영업소장 6개월 짬밥으로 배운 멘트를 날렸는데 반응이 나쁘지 않았다.

"박 대리님, 정확히 무슨 영업을 하는 거죠? 전단지에는 그냥 '콜 영업'이라고만 되어 있던데요."

"네. 혹시 TM영업이라고 들어 보셨어요?"

"TM영업요?"

"네. 지금 배 실장님이 콜센터에서 하는 업무는 인바운드 콜이잖아요."

"그렇죠. 저희들은 걸려오는 전화만 받으니까요."

"네. 저희들은 전화로 아웃바운드 영업을 하려는 겁니다."

'아웃바운드 영업'은 고객에게 전화를 걸어서 영업활동을 하는 적극적 마케팅이다.

"아웃바운드로 보험영업이 될까요? 그렇게 하는 회사가 있어요?"

"조그만 미국계 대리점이 하고 있지만 우리나라 보험회사에는 없는데요. 미국에서는 보편화되어 있다네요. 저희 회사가 이번에 대규모 투자를 해서 새로운 영업형태를 만드는 것이고 그것이 TM영업입니다. 우리나라 최초입니다."

"리스크가 너무 큰 거 아니에요?"

"물론 리스크가 있습니다. 처음 하는 거니까요. 하지만 우리가 TM영업을 성공시키고 다른 회사들도 따라 한다면 배 실장님은 '우리나라 최초의 TM영업 실장'이라는 타이틀을 갖게 됩니다. TM영업의 개척자가 되는 겁니다."

"……."

"또한, 그런 리스크를 감안해서 실장님의 수당을 파격적으로 책정했습니다. 300만 원 베이스에 영업 성과에 따라 플러스알파입니다."

"기본급이 300만 원이라구요?"

"네."

배 실장이 큰 눈을 더욱 크게 뜨고 놀란 표정으로 박 대리를 바라보았다. 콜센터 상담원 급여는 100만 원, 실장은 150만 원 고정급이 통상적인 급여 수준이다. 2배를 준다는데 놀라는 게 당연하다. 거기다 영업 성과에 따른 플러스알파는 상한이 없다.

"동국생명이 큰 회사라서 그런가, 급여도 많이 주네요."

MK생명은 신생 보험사다.

"많이 주는 만큼 많이 부려먹습니다. 하하하."

"그런가요? 하하하."

박 대리는 분위기 전환을 위해 농담을 던졌지만 사실이다. 일단 분위기는 화기애애하다.

"그럼 제가 한 가지 여쭤봐도 되겠습니까?"

"네. 말씀하세요."

"배 실장님은 이 바닥에서 학력도 좋으시고 경력도 좋으신데, 회사를 옮기 실려는 이유를 알 수 있을까요?"

콜센터 관리직이라도 지방 국립대 정도의 학력을 가진 사람은 드물다. 대부분 고졸이다.

"사실은 저희 회사 콜센터가 곧 외주업체로 바뀝니다. 동국생명 콜센터도 외주업체가 운영하죠? 저희는 규모가 작은 회사라 직영으로 지난 2년을 운영하다가 얼마 전에 외주로 변경되는 게 결정됐어요."

그랬다. 박 대리도 동국생명 콜센터에서 인력을 구해 볼까 했는데 외주업체라 접촉 자체가 불가능했다. 대형보험사는 대부분 콜센터를 외주업체에서 운영하고 중소보험사도 따라가는 추세였다."

"인력 승계가 안 되나요?"

"아뇨. 회사에서는 소속만 바뀐다고 하는데 저나 상담원들은 생각이 다릅니다. 아무래도 급여도 조금이지만 줄고 관리도 빡세다고 다들 불안해하고 있습니다."

"……."

"그래서 말인데요. 박 대리님께서 저뿐만 아니라 제가 데리고 있는 상담원들도 받아주시면 안 되나요?"

"몇 명이죠?"

"25명입니다."

25명이면 박 대리가 목표로 하는 인원이다. 박 대리는 횡재했다는 마음이지만 얼굴은 표정 변화가 없다.

"25명 다요?"

"아직 얘기해 보진 않았지만 아마 50% 정도는 저를 따라올 겁니다."

"저야 감사하죠. 그러시면 콜센터 가셔서 면담을 해 보시고 인원이 정해지면 저에게 알려 주세요."

"네. 알겠습니다. 박 대리님. 앞으로 잘 부탁드립니다."

"제가 잘 부탁드려야죠. 배 실장님."

그렇게 말했지만 박 대리 표정이 마냥 밝지만은 않았다. TM영업은 전화로 하는 것이지만 엄연히 보험영업이다. 적극적인 마인드로 임해도 힘든 게 보험영업인데 콜센터는 소극적인 인바운드 전화만 받는데 익숙해져 있는 상담원들이라 아웃바운드 TM영업에 적응할 수 있을지는 미지수다. 그러나 지금 똥오줌 가릴 처지가 아니다. 그래도 보험사 콜센터에 근무했으면 보험지식은 충분할 것이다. 영업마인드만 심어주면 된다. 며칠 후 배 실장은 13명을 데리고 오겠다고 연락이 왔다. 박 대리는 TM영업을 개시하기 위한 큰 산을 하나 넘었다고 생각했다. 나머지 인원은 채용업체를 통하면 될 것이다. 채용업체에 25명을 보내 달라고 의뢰해 놨기 때문에 20명 정도는 보내 줄 것이다. 교육기간 중 탈락 인원을 대비해서 최소 30명 이상은 교육 입소를 시켜야 하기 때문이다. 문제는 DB 확보다.

"이사님, 쇼핑몰 고객들 중에서도 보험에 관심을 두고 계신 분들이 많을 겁니다. 이사님 회사는 고객DB 제공으로 수익 창출하시고 고객분들은 '금융 서비스'를 받으시는 겁니다."

박 대리는 '금융 서비스'를 강조했다. 결국 보험 가입이지만 그럴듯했다.

"글쎄, 무슨 말인지는 아는데, 고객DB를 회사 밖으로 반출하는 게 영 꺼림직해서 말입니다."

여기는 강남역에 위치한 '우리쇼핑몰' 회의실이다. 옆에는 조 과장이 앉아 있고 맞은편에 우리쇼핑몰 창업자 남편이 앉아 있다. 그동안 조 과장이 수많은 기업에 전화를 해 봤지만 고객정보 제공이 가능한 기업은 없었다. 이런 전례가 없었기 때문에 담당자들이 결정하기는 어려울 것이다. 그러다 대기업들은 포기하고 중소쇼핑몰을 공략했다. 중소쇼핑몰은 고객정보를 많이 가지고 있으면서 임원이면 대부분 소유주와 특수 관계인이 많기 때문에 의사결정이 빠를 것이라 생각했다. 오늘 면담 중인 '우리쇼핑몰'은 여성의류 쇼핑몰로 보유고객이 30만 명 정도이고 월평균 신규 가입자가 3만 명이나 되는 급성장 중인 쇼핑몰이다. 많은 이벤트로 고객 모이는 속도는 빠르지만 이벤트 비용 충당에 어려움을 겪고 있고, 아직 재무상태는 적자였다.

"그런 걱정은 안 하셔도 됩니다. 고객DB는 우리쇼핑몰 전산서버에서 동국생명 전산서버로 보내면 됩니다. 전산에서 전산으로 옮겨가기 때문에 다른 사람 손 탈 일이 없습니다. 그리고 영업하는 상담원들도 모두 전산으로만 조회되기 때문에 상담원들이 빼돌릴 가능성은 제로입니다. 그리고 저희 회사 전산서버에는 보험계약이 된 정보를 제외하고 모두 3개월만 보관하고 3개월 이후는 삭제합니다. 저희 동국생명 같은 대기업 금융회사가 고객정보로 장난치지는 않습니다. 안전은 걱정하지 않으셔도 됩니다."

박 대리는 절박한 심정으로 열변을 토했다.

"얘기를 듣고 보니 이해는 갑니다."

"긍정적으로 검토해 주시면 감사하겠습니다."

"제안서에 보니 DB 건당 1,000원이고, 월 5만 건이 필요하다고 되어 있던데, 맞죠?"

사전에 보낸 제안서에 DB 가격과 월 필요수량을 제시했었다. 월 5만 건은 상담원 30명 기준으로 한 달 동안 영업 가능한 DB 개수다.

"네. 맞습니다. 저희들과 제휴계약이 성사된다면 월 5천만 원씩 저희들이 우리쇼핑몰에 지급하게 되는 겁니다."

월 5천만 원이면 우리쇼핑몰 이벤트 비용과 5명 직원의 급여도 충분히 커버할 것이다.

"알겠습니다. 제가 와이프와 상의해서 연락드리겠습니다."

'개소식'은 성대하게 치러졌다. 이진호 동국그룹 회장이 직접 참석했기 때문이다. 동국생명 사장과 임원들이 모두 참석했다. 회장의 축사와 사장의 개소사를 시작으로 많은 내 외빈들의 인사말이 이어졌고 회장은 개소식이 끝나자 배 실장에게 100만 원이 든 금일봉을 전달하고 자리를 떠났다. 그룹 내에서 회장이 금일봉을 전달한 일은 이번이 최초라고 한다. 그만큼 회장이 기대감을 가지고 있다는 표시다. 인터넷신문 몇 군데서

취재도 나왔다. '보험업계 영업혁명, 동국생명 앞장서다.' 이런 제목으로 인터넷에도 올랐다. 모두의 기대와 축하를 받고 드디어 TM영업이 시작된 것이다. 그럴수록 스텝들의 부담감은 커져만 갔다.

"도대체 문제가 뭐야? 아무리 영업 첫 달이지만 25명의 설계사가 150만 원 마감이 말이 된다고 생각하냐?"

김 부장의 목소리에 화가 많이 묻어 있다. 첫 달 목표가 월납 1,000만 원이었기에 실망감을 넘어 분노의 표출이다. 영업 첫 달 마감하고 회의실에 배 실장과 내근직원 전원이 모여서 회의를 하고 있었다. 분위기는 무거웠다.

"한 달에 고정비용으로 얼마 나가는 줄 아냐? 설계사 수당으로 5천만 원, DB 비용으로 5천만 원, 내근직원 인건비와 시스템 등등 포함하면 한 달에 1억5천에서 2억이 고정비용으로 나간다. 그런데 마감 150만 원 했다고? 이거 아무리 첫 달이라고 해도 너무 한 거 아니냐?"

"……."

김 부장의 목소리가 높았지만 모두 침묵하고 있었다.

"배 실장! 말해 봐. 뭐가 문제야?"

배 실장도 난감한 표정이다. 콜센터 관리만 하다가 빡센 영업세계에 입문하면서 새로운 경험을 하고 있는 자신을 후회하고 있을지도 모른다.

"상담원들이 모두 열심히 했습니다만 모두가 영업에 익숙하지 않아서 영업에 적응하는 시기라 업적이 기대보다 적게 나왔습니다. 다음 달에 더 많이 하겠습니다."

배 실장은 아직도 김 부장 앞에서 말하는 게 어려운지 원론적인 대답을 했다.

"배 실장! 영업 처음 해 봤지. 영업에서 내일은 없어. 보험회사 영업은 한 달 인생이야. 마감에 목숨을 걸어야 하는 게 보험회사 영업이야. 알겠어?"

"예."

김 부장은 원론적인 대답에 더 목소리가 높아졌다. 배 실장도 얼굴이 붉어졌다.

"내가 배 실장 탓하자는 게 아니라 업적을 더 하기 위해서 뭐가 문제인지 알아야 조치를 할 거 아냐. 말해 봐."

배 실장의 당황하는 얼굴을 보았는지 김 부장 목소리 톤이 조금은 내려왔다.

"부장님, DB에 있는 고객 전화번호로 전화하면 통화연결이 안 됩니다. 통화연결률이 30%밖에 안 돼요. 전화가 연결이 돼야 보험 얘기라도 할 텐데 10건 전화하면 3건밖에 통화가 안 되니까 영업이 한계가 있습니다. 그리고 통화된 사람도 우리쇼핑몰을 모르는 사람이 50% 가까이 됩니다. 스크립트 도입부에 '우리쇼핑몰 우수고객에게 전화했다'라고 하는데 우리쇼핑몰을 모른다니까 더 이상 통화를 이어 나갈 수가 없습니다."

배 실장이 울분을 토하듯이 말했다.

"조 과장! 배 실장 얘기가 맞아?"

"네. 알고 있습니다. 박 대리에게 얘기 들었습니다."

조 과장이 DB 담당이었지만 실질적 협의는 박 대리가 했기 때문이다.

"박 대리, DB 문제 어떻게 할 거야? 배 실장 말이 사실이면 다음 달에도 업적이 나아지지 않을 거란 거잖아. 말해 봐!"

"저희들이 받아온 DB가 쇼핑몰에 회원만 가입한 DB라서 그런 것 같습니다. 저희들이 DB 속성까지 챙기지 못한 불찰입니다. 그래서 지난주에 우리쇼핑몰 측에 얘기해서 이번 달부터는 쇼핑몰에서 구매 이력이 1건이라도 있는 고객DB를 받기로 했습니다. 구매 이력이 있기 때문에 연락처나 집 주소가 정확할 겁니다. 그러면 통화연결률은 개선될 것으로 봅니다."

"배 실장! 박 대리 말 들었지? DB 문제만 해결하면 되나?"

"네. 박 대리님 말씀대로 DB가 바뀌면 이번 달은 나아질 겁니다. 다만 저도 그렇지만 상담원들이 모두 콜센터 출신이라서 영업이 아직 서툴러서요. 익숙해지려면 시간이 좀 걸릴 듯합니다."

왠지 배 실장의 목소리에 자신감이 없다.

"제가 볼 땐 배 실장이 말하는 이게 진짜 문제입니다. 제가 그동안 배 실장하고도 계속 얘기를 했던 사항인데 개선이 안 되고 있습니다."

박 대리는 매일 아침 배 실장과 영업회의를 하고 있었다.

"그게 뭔데? 박 대리가 구체적으로 얘기해 봐."

김 부장이 박 대리와 배 실장을 번갈아 보면서 말했다.

"상담원들이 오전 10시에 출근해서 오후 6시 퇴근시간까지 점심시간이나 간식시간 빼고 총 6시간이 업무시간입니다. 근데 25명 평균 콜시간이 1시간 15분밖에 안 나옵니다. 상담원 1인당 1일 표준 콜시간은 3시간입니다. 한마디로 말하면 열심히 콜을 안 하는 거죠. 50% 이상이 하루 콜시간 1시간이 안 됩니다. 사실 이게 가장 심각한 문제입니다."

박 대리가 심각한 표정으로 말했을 때 배 실장은 난감한 표정이다.

"아니 전화로 영업하는 곳에서 전화를 왜 안 하는 거야? DB가 없어서 못하나?"

"DB는 여유분이 충분합니다. 이게 아까 배 실장이 말했던 인바운드 콜센터 출신들의 한계가 아닌가 생각합니다. 고객에게 전화 받는데 익숙한 사람들이라 고객에게 전화를 먼저 걸어서 보험을 판매하는 것이 익숙하지 못하기 때문입니다. 쉽게 말하면 오프라인 신입 설계사가 고객 방문을 무서워하는 것이나 같은 거죠."

신입 설계사들이 제일 싫어하는 것이 모르는 고객 방문하는 것이고 제일 무서워하는 것이 고객 거절이라는 말이 있다. 이것을 극복하는 데 3개월 이상이 걸리고 극복 못 하면 퇴사하게 된다.

"그렇다면 대안은 뭐야?"

김 부장도 심각한 표정으로 박 대리를 보면서 말했다.

"다음 달부터 설계사 출신들을 리크루팅 해야 할 것 같습니다. 영업하는데 익숙해져 있는 설계사들에게 콜 교육을 해서 투입하는 게 효율이 좋을 것 같습니다. 그리고 지금 있는 상담원들도 150만 원을 3개월 보장해 주는 조건이기 때문에 아마 3개월 지나면 대거 퇴사할 가능성이 큽니다. 배 실장님 맞죠?"

"네. 지금은 150만 원 급여가 보장되니까 퇴사 인원이 없는데 3개월 지나면 아마 반 이상은 퇴사할 가능성이 큽니다. 지금도 저를 따라온 걸 후회하는 인원이 상당수 있습니다. 다시 콜센터로 되돌아가고 싶어 합니다."

"음……."

배 실장 말이 끝나자 김 부장은 깊은 한숨을 쉬었다. 새로운 영업채널이 쉬울 것이라 생각하지는 않았지만 예상보다 난관은 높았다.

"그래, 나도 처음부터 대박 날 거라 생각지는 않았다. DB나 상담원이 무엇이 문제인지 알았으니까 하나씩 해결해 나가도록 하자. 박 대리가 상담원들 영업 마인드 교육을 매일 실시하도록 하고 설계사 출신들 다음 달에 투입할 수 있도록 리크루팅 준비하고, 배 실장은 상담원들 잘 다독거려 주도록 하고, 조 과장은 시스템 버벅거리는 거 전산팀 닦달하고 계약심사 프로세스 계약부하고 협의해서 해결하도록 하고, 모두가 잘해 보도록 하자."

김 부장은 역시 노련했다. 첫 업적에 충격을 받은 모습에서 벗어나 구성원들을 독려하면서 영업을 만들기 위해 노력하는 모습으로 변해 있었다. 그렇게 회의는 끝나고 회의실에는 박 대리와 배 실장 2명만 남았다.

"실장님. 드릴 말씀이 있습니다."

"뭔데요?"

박 대리의 표정이 심각하다.

"콜시간을 늘리기 위해서는 강제성이 필요합니다. 영업에 익숙하지 않은 상담원들이 스스로 콜시간을 증가시키는 건 한계가 있어요. 그래서 말인데 이번 달에는 업적 말고 콜시간으로 시책을 합시다."

첫 달에도 업적 기준으로 시책을 폈지만 시책 수령자가 아무도 없었다. 예상보다 업적이 10% 수준이였으니 당연한 결과다.

"대리님, 이 사람들 콜시간 늘리는 게 업적 하는 것보다 더 힘들어요. 그건 제가 잘 압니다. 전화 받는 데만 익숙한 사람들이라 이해해 주셔야 합니다. 제가 계속 교육하고 있으니까 서서히 나아질 겁니다. 좀 기다려 주세요."

"실장님, 영업 안 해 보셨죠? 영업은 기다릴 수 없는 곳입니다. 영업은 '서서히'라는 말을 제일 싫어합니다. 지금 바꾸지 않으면 우리는 기다릴 수 있을지 몰라도 회사는 못 기다립니다. 영업은 습관이 중요합니다. 영업하는 루틴이 중요하다구요. 전화로 보험 판매하는 곳에서 전화 수화기를 들지 않는 것은 직무유기입니다. 제가 당장 통화시간 3시간을 바라는 게 아닙니다. 최소한 평균 2시간 이상은 나와야 합니다. 그래야 전화로 영업하는 곳입니다. 지금 통화시간 하루 1시간은 여자들 하루에 전화로 수다 떠는 시간도 안 되는 거예요."

"누가 모르나요? 그렇지만 익숙하지 않은 것을 강제한다고 되겠어요? 너무 몰아붙이지 마세요. 저도 영업세계가 익숙하지 않은데 상담원들은 오죽하겠어요?"

"이번에 업적 1등한 친구 있죠? 김영숙 씨. 그 친구가 콜시간도 2시간 25분으로 1등입니다. 수당도 유일하게 보장급 150만 원을 넘겼어요. 결국 콜시간 증가가 업적증가와 비례한다는 것이 증명된 거예요. 그러니까 배 실장님은 콜시간 증가시키는 거에 목숨을 걸어야 합니다. 그 과정에서 탈락자가 나와도 상관없어요. 다음 달에 설계사 출신들로 리크루팅 할 거니까. 그래서 이번 달 시책은 업적기준은 없습니다. 전부 콜시간 기준으로 할 겁니다. 그렇게 아세요."

"……."

"센터 가셔서 영업 시작하세요. 그리고 김영숙 씨 회의실로 보내주세요."

시책 권한은 박 대리에게 있기 때문에 배 실장도 관여할 수 없다. 배 실장은 아무 말 없이 회의실을 나갔다.

"대리님. 찾으셨어요?"

"네. 김영숙 씨. 앉아요."

김영숙 씨가 회의실로 들어서며 말했다. 김영숙. 나이 24세. 성신여대

졸업과 동시에 콜센터 취직한 지 3개월 된 신입인데 배 실장을 따라 입사했다. 고향이 전북 정읍 시골이라 대학 4년 동안 알바해서 학비와 생활비를 충당했다고 들었다. 센터에서 막내다.

"이거 받으세요."

"이게 뭔데요?"

박 대리는 봉투를 영숙 씨 앞으로 내밀었다. 50만 원이다.

"저번 달 콜타임 1등이 영숙 씨입니다. 시책비 50만 원입니다."

"그런 시책 없었잖아요? 업적시책만 있었는데."

영숙 씨가 놀란 눈으로 봉투를 보면서 말했다.

"네. 업적시책 대상자가 없어서 집행을 못 했는데, 이건 열심히 하는 영숙 씨에게 제가 드리는 격려금이라 생각하면 됩니다."

"대리님. 감사합니다."

김영숙 씨가 감격한 표정으로 봉투를 받았다.

"영숙 씨! 영업하기 힘들죠?"

"저는 여기가 콜센터보다 좋아요. 제가 영업한 만큼 한도 없이 돈을 벌 수 있다는 게 얼마나 좋은 거예요. 첫 달은 배우는 게 많고 익숙하지 않아서 콜시간이 2시간 조금 넘겼지만 이번 달부터는 대리님께서 말씀하신 하루 3시간은 넘길 겁니다. 3시간 안 되는 날은 3시간 채우고 퇴근하겠습니다."

"전화 거는 게 무섭지 않아요?"

"대리님도 참, 무서울 게 뭐가 있어요? 고객이 때리는 것도 아닌데. 하하하."

"영숙 씨 같은 상담원들이 30명 있어야 되는데. 하하하."

"대리님. 저는 실장님보다 대리님하고 친하게 지내고 싶어요. 여기 와서 보니까 TM영업에 대해서 제일 많이 아시는 분이 대리님이더라구요. 저는 빨리 대리님이 가지고 계신 TM영업 지식을 배우고 싶습니다. 저 돈 많이 벌어야 하거든요. 그리고 저보다 열 살이나 많으신데 말씀 놓으세요. 제가 불편합니다."

김영숙은 돈 벌어서 시골에 소를 사서 넣어야 하고, 동생들 학비도 보태야 한다고 했다. 시골 부모님이 소를 키우는 농장을 하신다.

"지금처럼 열심히만 하면 내가 책임지고 영숙 씨 돈 벌게 해 줄게. 그리고 경력이 쌓이면 실장, 센터장도 할 수 있는 거고."

"정말요?"

"이렇게 열심히만 하면 몇 년 안에 영숙 씨가 월급 1,000만 원 이상 벌게 해 줄게. 그러니까 내가 가르쳐 주는대로 잘 따라만 주면 되요."

"월급 1,000만 원요? 대기업 임원들도 그만큼 못 받는데, 제가요?"

"영업의 세계는 수당의 한도가 없어. 수천만 원을 받을 수도 있고 한 푼도 못 받을 수도 있는 곳이 보험영업이야. 내가 볼 때 영숙 씨는 영업에 소질이 충분해. 콜센터 경력도 얼마 안 돼서 선입견도 없고, 기본적으로 돈을 벌어야 하는 동기부여도 충분하고. TM영업이 이제 시작단계니까 조직이 확장되면 그만큼 자리도 많아지게 되고 그러면 돈이야 따라오게 되는 거지."

"저 진짜 열심히 할 겁니다. 대리님께서 잘 이끌어 주세요."

"그래. 내가 영숙 씨 지켜볼게. 이제 영업하러 가야지."

"네."

그렇게 김영숙은 봉투를 들고 회의실을 나갔다.

DB를 바꾸고 상담원을 설계사 출신들로 바꿔서 업적이 오르긴 했다. 2회차 마감 350만 원, 3회차 마감 510만 원으로 증가했으나 주위의 기대업적에는 한참 미흡했다. 더구나 3개월 이후 기존의 상담원들 25명 중 20명이 탈락했다. 150만 원 급여 보장이 끝났기 때문이다. 이후 설계사 출신들로 충원했지만 설계사 출신 상담원들은 하루 종일 앉아 있는 것을 힘들어했다. 보험에 대한 영업지식은 풍부했지만 외근 영업에 익숙한 사람들이라 하루 종일 앉아서 전화만 하는 업무에 적응하지 못했다. 20명 충원 인원 중 13명이나 한 달 내에 탈락했다. 탈락자만큼 채워야 하니 그만큼 리크루팅 비용은 커져만 갔다. 3개월이 지나자 회사에서 TM영업에 대한 시각이 기대에서 실망으로 변했고 6개월이 지나도 업적 1,000만 원을 넘기지 못하자 경영진은 분노의 감정을 숨기지 않았다. 김 부장은 본사 회의가 있는 날이면 항상 표정이 굳어져 줄담배만 피웠다.

"박 대리, TM영업 이거 되겠어?"
"……."

김 부장이 회의실로 박 대리만 불러서 물었다. 김 부장은 방금 본사 영업전략회의에 갔다 왔고 사장에게 엄청 깨졌다고 본사 동기에게 들었다. 6개월 차 마감업적이 760만 원이었다. 예상업적의 20% 수준이다. 김 부장 표정에 절망감이 묻어 있다. 영업초기의 의욕적인 모습은 이제 찾아볼 수 없다. 그동안 김 부장 특유의 성실함으로 아침 7시 출근해서 저녁 10시까지 일에 파묻혀 살았지만 결과가 나오지 않은 것이다.

"역시 전화로 보험영업하는 건 안 되는 건가? 박 대리. 니도 그동안 죽도록 일만 하고 고생했는데 결과가 이러니 내가 할 말이 없네."

"부장님. 우리 센터 업적이 6개월 동안 5배 상승했습니다. 이게 성과가 적다고 할 수 있나요? 그동안 DB속성에 대한 시행착오도 극복했고, 상담원들 시행착오도 이제 극복되어 가고 있습니다. 물론 기대에는 미치지 못하지만 경험치가 없는 상황에서 이 정도면 선방하고 있는 겁니다. 경영진하고 회의하실 때 이런 논조로 말씀하셔야 합니다."

"그렇게 얘기했지. 근데 초기에 우리가 1년 안에 1억 한다고 보고한 게 있잖아. 임원들은 1억에만 꽂혀 있어서 먹히지가 않아. 지금처럼 영업해서는 손익분기점 달성이 어렵다고 봐야지. 뭔가 돌파구가 있어야 되는데……."

"김영숙 씨 보세요. 이번 달에 급여가 500만 원을 넘겼습니다. 업적도 100만 원을 했구요. TM영업이 되는 영업이라니까요. 아직 김영숙 씨 같은 상담원을 더 키우기에는 시간이 부족했을 뿐입니다. 김영숙 씨 같은 상담원 100명 만들면 업적 1억 하는 게 불가능한 숫자가 아닙니다."

"언제 김영숙 같은 사람 100명을 키우냐? 그때까지 회사가 기다려 줄 것 같냐? 너 영업소장 해 봤다면서? 회사는 업적을 기다려 주지 않는다는 거 알 텐데."

"……."

"외국계 대리점 한 군데가 TM영업 한다고 하던데 거긴 잘되냐?"

"거기도 잘 안되는 것 같습니다. 상담원이 50명이나 된다는데 업적은 1천만 원 정도 한다고 합니다. 거기 담당자도 만나 봤는데 고민하는 게 우리하고 비슷합니다. DB하고 상담원이 문제라고 합니다. 특히 전화영업하는 상담원 인력풀이 없기 때문에 리크루팅이 힘들다고 하더라구요. 우리랑 비슷합니다."

"뭔가 돌파구를 마련해야 하는데……."

김 부장은 심각한 표정이다. 지금처럼 영업을 지속하면 업적 1억은 고사하고 TM영업부가 언제 문을 닫을지도 모른다.

"부장님. 저에게 한 가지 방법이 있긴 합니다만 이게 과연 실현될 수 있을지……."

"뭔데? 뜸 들이지 말고 말해 봐."

김 부장이 호기심 어린 표정으로 의자를 당겨 앉으며 말했다.

"홈쇼핑에 보험광고 해 보는 게 어떻겠습니까?"

"홈쇼핑 광고?"

"네. 홈쇼핑에서 일반상품 팔듯이 보험상품을 광고해서 파는 겁니다. 얼마 전 홈쇼핑을 보는데 여행상품을 팔더라구요. 여행도 무형의 상품이고 보험도 무형의 상품이잖아요."

"야, 박 대리. 너 보험은 비자발적 가입 상품이란 거 안 배웠어? 전화로 온갖 감언이설을 해도 가입 안 하는데, 광고 보고 사람들이 자발적으로 전화해서 보험을 가입한다고? 말이 되는 소리를 해라. 그리고 광고하면 보험의 필요성을 느끼는 사람들이 전화하겠지. 보험이 필요한 사람들이 누구겠냐? 아픈 사람들이지."

즉 보험 가입이 안 되는 아픈 사람들만 문의 전화가 온다고 말하는 것이다.

"보험이 비자발적 상품이란 거 알죠. 근데 TM영업이 잘 안되는 이유 중에 우리나라 국민들이 설계사 통해서 보험가입 하는 건 익숙한데 전화로 보험가입 하는 건 익숙하지 않아서 그런 것도 있습니다. "이거 사기 아니야?" 이런 생각인 거죠. 근데 홈쇼핑 고객들은 이미 홈쇼핑 통해서 전화로 상품 구입하는데 익숙한 사람들입니다. 전화상담이 쉽게 이루어질 수 있다는 거죠."

"그럼. 홈쇼핑하고 제휴해서 홈쇼핑 고객 대상으로 아웃바운드 영업하면 잘되겠네. 안 그래?"

"네. 그래서 제가 5대 홈쇼핑 모두 찾아가서 DB 좀 팔아라고 접촉해 봤는데 욕만 먹었습니다. 가능성 제로라고 합니다. 광고를 한다면 검토는 해 보겠다고 했습니다."

"광고비가 얼만데?"

"광고비는 시간대별로 다양한데요. 저녁 9시부터 11시까지 피크타임은 1시간에 7천만 원이랍니다. 그 외는 5천만 원, 4천만 원, 3천만 원 이렇게 시간대별로 책정하더라구요."

"7천만 원? 조선일보 전면 광고비가 7천만 원이다. 그리고 우리 한 달 동안 사용하는 DB값이 5천만 원인데, 1시간 홈쇼핑 광고에 7천만 원? 미쳤냐?"

"부장님, 신입사원들이 회사에 바라는 1위가 뭔 줄 아세요? 회사에서 광고 좀 해 달라는 겁니다. 보험계약이 안 되면 회사 광고하는 셈 치면 되잖아요."

"야 인마. 보험회사에 광고가 왜 필요해? 그 돈 있으면 설계사들 시책비로 사용하는 게 영업에 훨씬 도움 된다. 설계사들이 전부 인맥으로 지인 영업하는 데 광고를 왜 하냐? 보험회사 중에 광고하는 회사 봤어?"

실제로 광고하는 보험사는 없었다. 보험사의 모든 영업이 설계사를 통해 이루어지기 때문에 광고의 필요성을 못 느끼는 것이다.

"부장님. 홈쇼핑 주 시청자 층이 주부들입니다. 우리 보험사 고객층과 일치하잖아요. 그 사람들에게 회사광고, 보험상품 광고하는 게 밖에서 고생하는 설계사분들 영업에도 도움이 될 것 같은데요."

"박 대리. 우리가 죽을 판인데 무슨 외야 설계사들 걱정을 해. 7천만 원 주고 홈쇼핑 광고하자고 결재 올리면 아마 바로 결재판 집어던질 거다."

"……."

"홈쇼핑 DB로 아웃바운드 하자고 홈쇼핑 업계에 계속 접촉해 봐."

"네. 알겠습니다."

그러나 돌파구는 없었다. 업적은 1천만 원에서 더 이상 상승하지 않았다. 그러는 사이에 연말 인사시즌이 돌아왔다. 본사에서는 TM영업부가 없어질 거라는 흉흉한 소문이 계속 들렸다. 결국 소문은 사실로 나타났다. 김 부장과 조 과장이 '연수역'으로 발령난 것이다. '연수역'은 용인에 있는 회사 연수원에서 교육강사 역할이지만 통상 회사에서 밀려난 사람들의 퇴사전 대기 장소로 활용되고 있는 것이다. 이제 TM영업부에는 박 대리와 송이 씨만 남았다. 연말은 직장인에게 가혹한 시간이거나 희망을 주는 것, 즉 집에 가는 사람과 승진하는 사람이 교차하는 시기다. 그렇게 김 부장과 조 과장은 한순간에 사라졌다. 직장생활의 끝은 항상 이렇다.

"여기가 TM영업부 맞지?"

"누구시죠?"

김 부장과 조 과장이 연수원으로 떠난 후 낯선 남자 둘이 사무실 문을 열고 들어왔다.

"네가 박 대리구만. 반갑다. 나 윤경수 부장이야. 옆에는 이기백 부장이고, 내일 TM영업부로 발령 날 거야."

"예?"

"앞으로 잘해 보자구."

보자마자 하는 반말이 귀에 거슬렸지만 윤경수 부장이라는 사람이 손을 내밀었기에 박 대리는 엉거주춤 일어나서 악수를 했다. 본사에서 아무런 연락을 받지 못했기 때문에 더 당황했다.

"잠깐만요. 제가 본사에 전화해 보겠습니다."

박 대리는 정신을 차리고 본사 인사팀 동기에게 전화를 걸어서 확인했는데, 이 사람들이 하는 말이 모두 맞았다. 윤경수 부장은 TM영업부 부장이고 이기백 부장은 제휴영업부 부장이라고 했다. 그리고 TM영업부가 TM영업본부로 확대 개편되고 본부 산하에 TM영업부와 제휴영업부를 신설하는 조직개편도 내일 공문이 뜬다고 했다. 두 사람 외에도 5명이 더 발령이 나는데 모두 외국계 회사에서 회장이 직접 스카우트한 사람들이라고 한다. 회장이 직접 데려왔다는데 따를 수밖에 없다.

"잠깐 회의실에서 얘기 좀 하지."

"네."

점령군 같은 반말에다가 고압적인 태도가 눈살을 찌푸리게 했다.

"센터 현황에 대해서 좀 들어보자. 박 대리가 실질적으로 모두 세팅했다며?"

이미 TM영업부 얘기는 듣고 온 모양이다.

"네. 현재 센터는 실장 1명, 상담원 25명이 근무 중입니다. 내근직원은 저하고 여직원 1명이 근무 중이고 DB는 우리쇼핑몰 DB를 사용하고 있습니다. 월간 업적은 1천만 원 정도 합니다."

"실장, 상담원? 이거 용어 정리부터 해야겠구만."

"네?"

"박 대리, 지금부터 실장은 슈퍼바이저, 상담원은 TMR로 명칭 통일해. TMR은 텔레마케터의 약자야."

"네."

"그리고 내일 TM영업의 전문가가 센터장으로 오니까 앞으로 박 대리는 센터 관리하는 일에서는 손 떼고 사무실에서 후선업무를 하면 됩니다."

"……."

지금 박 대리 모습은 패장이 점령군에 붙잡혀 머리 숙이고 있는 꼴이다. 시키는 대로 할 수밖에 없다. 김 부장과 같이 집에 가라는 소리 안 나오는 것만도 다행이라 여겼다.

"그리고 DB는 여기 이기백 부장이 계약체결률 5%짜리 좋은 DB를 제휴해서 다음 달부터 투입할 거니까 거기 쇼핑몰 DB는 다음 달부터 제휴 중지하도록."

계약체결률 5%짜리면 엄청난 계약률이다. 우리쇼핑몰은 계약체결률이 1.2%였다. 손익분기점에 도달하려면 2.5%는 넘어야 하는데 손익분기점의 2배나 높은 계약체결률 DB면 진짜 대박 DB다. 이들이 말하는 게 전문가답게 전문용어가 술술 나왔다.

"그럼 센터에 있는 실장과 상담원들은 어떻게 됩니까?"

"그 참. 실장, 상담원이 아니고 슈퍼바이저, TMR이라니까. 내일 새로운 센터장이 오면 개별 면담해서 선별작업할 거니까 박 대리는 오늘부로 센터관리에서 손 떼도록 해."

"……."

"그리고 인사부에 전화하면 거기 우리 명단 있으니까 우선 부장 2명하고 내일 오는 센터장하고 3명, 법인카드 내일까지 발급해서 가져오라고 해. 여직원 시키든가."

"네."

"인사총무부에는 얘기해 놨는데 이번 달 안으로 바로 위 8층을 100석짜리 센터로 만들 거니까 박 대리가 본사 부서들하고 협의해서 진행시키도록 해. 협조 안 해 주는 부서 있으면 얘기해. 회장님께 바로 보고해 버릴 거니까."

"네."

박 대리는 너무 많은 변화에 당황한 걸 넘어 공황상태에 빠졌다. 본사에서 들은 바로는 이들이 미국 유학 출신들이고 우리나라에서 유일한 TM영업 전문가로 회장이 직접 스카웃 해 온 것도 맞다. 동국생명에 근무하면서 이렇게 경력사원으로 입사하는 것을 처음 봤기 때문에 그 충격은 박 대리뿐만 아니라 본사직원 전체가 술렁였다. 다음 날 인사발령 공문이 정식으로 떴을 때 본사에서 많은 사람들이 박 대리에게 어떻게 된 건지 물었지만 박 대리도 아는 게 없었다. 박 대리를 집에 보내지 않은 건 아마도 새로 온 사람들과 각 부서 간 가교역할이라도 하라고 남겨 놓았다고 들었다.

"박 대리님 반갑습니다."

"백정태 과장 아닙니까?"

다음 날 오전 사무실 문을 열고 백정태 과장이 들어왔다. 백정태 과장은 미국계 보험대리점에서 센터장을 하고 있어 박 대리와는 몇 번 만나서

TM영업에 대한 대화를 나눈 사이다.

"오늘부터 센터장 맡은 부장입니다. 하하하."

"아~ TM영업 전문가라는 분이 백 과장님? 아니 백 부장님이신 겁니까?"

박 대리는 어리둥절한 표정으로 백 과장과 악수했다.

"이 자리에 앉으면 되지? 오늘부터 말 놓을게."

백 부장이 며칠 전까지 김 부장이 앉았던 책상을 가리키면서 말했다.

"네. 그러시죠. 미리 전화라도 주시지."

"회장님이 비밀을 지키라고 해서 연락을 못했어. 앞으로 잘해 보자고. 그리고 TM영업부와 제휴영업부는 본사 사무실로 출근할 거니까 그리 알고."

"네. 잘 부탁드리겠습니다."

"일단 내가 슈퍼바이저와 TMR들 개별 상담할 거니까 준비해 주고 100석 추가로 만든다는 얘기 들었지? 내가 20명 정도는 데려올 거니까 60명 정도 추가로 리크루팅 해야 하니까 박 대리가 진행해."

"예? 저는 서포트만 하라고 어제 오신 부장님들이 그러던데요."

"오늘부터 내가 여기 센터장이니까 내가 지시하는 것만 하면 됩니다. 박 대리님!"

"……."

지난달까지 만나서 동등한 위치에서 TM영업의 애로사항을 나누던 사람이 갑자기 부장으로 와서 고압적인 표정을 하고 있었다. TM영업 관련 지식이나 업적이 박 대리보다 많다고 생각하지 않았는데 갑자기 전문가로 변신해서 상관으로 모셔야 되니 박 대리의 표정에 난감함이 묻어났지만 조직에서는 직급이 깡패다. 이후 실장과 상담원 개별 면담을 통해 실장 포함 TMR 20명을 퇴사시켰다. 그러자 나머지 5명도 모두 퇴사해 버렸다. 결국 박 대리가 1년 동안 쌓아온 영업조직은 제로가 되었고 이들이 데려온 실장과 TMR 20명과 신규 리크루팅한 80명으로 영업조직을 꾸렸다. 그렇게 배미옥 실장과 김영숙 씨는 하루아침에 회사를 나가야 했다. 그들은 퇴사하면서 오히려 박 대리를 더 걱정했다. 참고 견디면 좋은 날이 올 거라면서 절대 퇴사하지 말라고 나를 위로하면서 떠났다. 점령군처럼 영입된 이들이 진짜 전문가인지는 업적으로 곧 판명 날 것이다. 영업은 말로 하는 곳이 아니다. 업적이 곧 전문가이고 인격인 것이다.

그날 이후 박 대리는 본사 업무 협의만 진행하는 것으로 제한되었고 TM센터 영업 관련 업무에서는 완전히 배제되었다. 새로 들어온 이들도 기존 본사 직원들과 어울릴 생각은 전혀 없어 보였다. 법인카드를 얼마짜리로 받았는지 모르지만 본인들끼리 매일 술자리를 가졌고 업무와는 무관하게 자기들끼리만 정보를 주고받았고 본사 부서와의 협조는 일사천리였다. 회사 내 최고의 권력집단으로 TM영업본부가 군림하고 있었다. 그러나 박 대리는 그 조직원이면서도 조직원이 아니었다. 그들에게서 철저히 아웃사이드였다.

그러나 영업 관련 보고서는 박 대리가 작성했으므로 영업 돌아가는 건 모두 파악되었다. 예상했던 것보다 업적은 부진했다. 계약체결률 5%가 나온다는 DB는 1.5%도 겨우 나왔다. 100명이 영업해서 업적이 3천만 원 정도이니 인당 생산성은 오히려 박 대리가 데리고 있던 조직보다 부진했다. 4개월 차 마감이 끝나자 본사에서도 투자 대비 효율에 대한 불만이 나오기 시작했다. 외인부대에 직접 말하지 못하니 모두가 박 대리에게 전화로, 미팅으로 엄청난 질책을 가했다. 아무런 권한도 없는 박 대리는 아무것도 실행한 것 없이 TM영업본부 욕받이 역할을 하고 있었던 것이다.

회사 전체 월 마감업적이 30억이었으니 3천만 원은 의미 없는 숫자에 불과했다. 1개 영업국 업적에도 못 미치는 업적이다. 그러나 투입비용은 고정비와 TMR 수당을 제외하고도 매월 5억이 넘었다. 동국생명 회사 속성으로 볼 때 이런 상태가 지속되면 어떤 일이 벌어질지 박 대리는 예상하고 있었다. 회장의 인내심이 어디까지인지 궁금하기도 했다. TM영업이 지지부진하는 동안 회사는 설계사 영업조직에 대한 엄청난 구조조정을 단행하고 있었다. 전국 600개가 넘던 영업소가 300개로 대폭 축소되고 그에 따라 인력 구조조정도 대규모로 단행되었다. 박 대리가 입사했을 때 내근직원이 3천명을 넘었으나 6년차에 1,300명으로 줄었다. 2명 중 1명은 퇴사했다는 뜻이다. 회사의 이런 구조조정 태풍속에서도 TM영업본부는 무풍지대였다. 업적은 부진했지만 회장님의 비호하에 있는 TM영업본부를 손델 수 있는 간 큰 인사부 직원은 없었다. 그러나 본사 직원들은 회사가 대규모로 영업조직을 구조조정하는 와중에 영업이 지지부진한 TM영업을 제외시키고 오히려 투자를 지속하는 것에 대한 불만이 여기저기서 표출하고 있었다.

"부장님. 부르셨습니까?"

"박 대리. 오랜만이야. 앉아."

이영섭 부장이 불러서 오랜만에 광화문 본사에 들어왔다. 구석진 회의실에 박 대리와 이 부장이 마주 보고 앉았다.

"김영백 부장님은 어떻게 되셨는지 여쭤봐도 됩니까?"

"김 부장은 당분간 쉬겠다고 하네. 내가 괜히 TM으로 천거를 해서 이렇게 된 게 아닌가 생각되기도 하고 말이야."

김 부장은 저번 달 명예퇴직자 명단에 올라 저번 주에 퇴사했다. 연수역으로 발령받은 지 6개월 만이다.

"요새 TM영업은 어때? 잘 굴러가나?"

"……."

"괜찮아. 얘기해 봐. 영업 숫자는 알고 있는데 외부에서 TM으로 새로 온 친구들에 대해서 말이 많고 해서 물어보는 거야."

"아시겠지만 업적은 여전히 부진합니다. TMR들의 퇴사율도 높고요. 문제는 그것보다 저들이 비용을 너무 많이 쓴다는 겁니다. DB비용도 시장가보다 상당히 높아요. 자세한 건 모르지만 접대비도 직급에 비해 많이 사용한다고 여직원에게 들었습니다."

"그래? DB 비용이 높다는 게 무슨 말이야?"

"TM영업을 하려면 DB를 구매해야 하는데, 김 부장님 계실 때 DB 건당 1,000원에 구매했는데 저들은 DB를 건당 3,000원에 구매합니다. 이게 계약체결률이 3배가 높으면 그만한 가치가 있는 것인데 지금 영업현장에서 계약체결률은 제가 영업할 때와 비슷합니다."

"저들이 올린 보고서를 보니까 경험이 쌓이면 계약체결률이 약속한 5%까지 올라간다고 되어 있던데."

"DB는 속성에 따라서 다른 것이지 DB에 익숙해진다고 계약체결률이 몇 배나 올라가지는 않습니다. 지금 1.5% 정도에서 엄청난 노력을 기울이면 2% 정도까지는 가겠지만 5%까지 올리는 것은 불가능합니다. 5%짜리 DB를 가져와야 가능합니다."

"그런 DB가 있어?"

"아직 다른 회사들도 아웃바운드에서 5%짜리는 없습니다. 5% 정도의 체결률을 보이려면 아마도 은행고객이나 카드고객이나 홈쇼핑 구매 고객들 정도는 그 정도 나오지 않을까 예상합니다. 지금처럼 쇼핑몰 고객 DB로는 힘들지 않을까 생각합니다."

"그럼 DB의 본래 가치보다 비싸게 구매했다는 거구만."

"그럴 가능성이 높습니다."

"알고 그랬을까? 모르고 그랬을까?"

"그건 모르겠습니다."

"그건 그렇고 박 대리가 김 부장에게 홈쇼핑 광고하자고 했다면서? 김 부장에게서 들었어."

"네. 김 부장님이 결재받기 힘들다고 하셔서 포기했습니다."

"홈쇼핑 광고하면 업적이 나올까?"

"저도 알 수는 없습니다. 그러나 최소한 손해 볼 것 같지는 않습니다. 최악의 경우 TM업적 1원도 못하더라도 회사 광고비로 한 달에 3억 정도 사용한다면 외야 설계사분들 영업에는 3억 이상의 광고효과가 있을 거라 봅니다. 홈쇼핑 주 시청자가 주부들이니까요."

"업적이 나올지는 모르지만 최소한 광고효과는 있을 것이다?"

"그렇습니다."

"근데 홈쇼핑 쪽에서 보험광고 하려고 할까?"

"아웃바운드 DB 구하려고 몇 번 접촉해 봤는데 DB 제휴는 어렵지만 광고는 검토해 볼 수 있다고 들었습니다. 홈쇼핑은 콜이 나오든 안 나오든 상관없이 어차피 1시간 방송에 7천만 원 받으니까 본인들은 손해 볼 게 없는 거죠."

"그렇구만. 바쁜데 와 줘서 고마워."

"아닙니다."

"또 보자고."

"네. 그럼 가 보겠습니다."

이 부장은 아직도 회사에서 실세 부장으로 통한다. 회장과 수시로 남산 둘레길을 산책한다고 들었다. 그런 이 부장이 TM에 관심을 가져주는 것만으로도 박 대리는 감사했다. 최소한 회사에서 "TM영업본부를 없애버리지는 않겠구나." 생각이 들었다. 회사 구조조정 시기에 회사원은 살아남는 게 중요했다. 이 부장의 눈에 띄면 최소한 회사에서 잘리지는 않을 것이란 안도감이다.

"안 대리님 오랜만입니다."

"네."

여기는 문래동에 있는 CS홈쇼핑 상담실이다. CS홈쇼핑을 타깃으로 접촉하는 건 단순히 영등포 사무실과 가깝기 때문이다. 차로 가면 10분이면 간다. 박 대리가 안서준 대리를 만나러 왔다. 안서준 대리는 CS홈쇼핑에서 방송 MD를 맡고 있다. 고려대 출신이고 나이는 박 대리보다 4살 어리다. 홈쇼핑 MD는 상품기획자로 고객들이 원하는 상품이 무엇인지를 찾아내 상품을 기획, 개발하고 방송 유무를 결정하는 중요한 위치의 사람이다. 홈쇼핑회사 상담실은 안 대리 같은 MD를 만나기 위해 상품 샘플을 들고 대기하는 사람들로 항상 붐비는 곳이다.

"바쁘신데 시간 내 주셔서 감사합니다."

"박 대리님이 하도 전화하셔서 나오긴 했습니다만 시간이 30분밖에 없습니다. 다음 미팅이 예약되어 있어서요."

안 대리는 지극히 사무적인 말투로 응대했다.

"이거 맛 좀 보세요. 이것 드리려고 왔습니다."

"이게 뭔데요?"

"네. 과메기입니다. 날씨가 쌀쌀해지면 소주 안주로 과메기가 최고 아닙니까?"

"우리는 이런 거 못 받게 되어 있습니다."

"아이고 안 대리님. 이건 무슨 뇌물도 아니잖아요. 제가 방송하는 것도 없고 제휴한 것도 없는데요. 포항에서 어렵게 공수해 온 겁니다. 그냥 가지고 가셔서 막방 끝나고 출출할 때 방송팀하고 간단하게 드시면 최고입니다."

"포항에서 올라온 거라구요?"

"네. 제가 해병대 출신이라 포항에 사는 동기에게 부탁해서 가져온 겁니다."

안 대리의 사무적인 표정이 많이 부드러워졌다. 흔히들 말하는 포항을 대표하는 해병대, 포항제철, 과메기, 3개 중에 2개를 말했기 때문일 것이다. 포항에서 가져왔다는 건 거짓말이다. 노량진 수산시장에서 사 왔다. 안 대리가 포항 출신이라는 것을 알고 둘러댄 말이다.

"박 대리님 성의를 봐서 잘 먹겠습니다. 근데 저번에 말씀하신 DB 제휴는 어렵습니다. 홈쇼핑이 상품을 팔아서 돈을 벌어야지 DB 팔아서 돈 번다는 소리를 들으면 업계에서 욕먹습니다."

"네. 예상하고 있었습니다. DB 제휴가 힘들면 보험 광고방송 해 보는 건 어떻습니까?"

"보험을 홈쇼핑에서 판매를 한다고요?"

"네. 보험도 상품인데 못 팔 이유가 있을까요?"

"보험을 방송 보고 가입한다는 소리는 첨 들었습니다. 그리고 보험은 무형의 상품인데 방송에서 보여줄 게 없잖아요."

"본래 MD가 상품개발하는 거라면서요? 안 대리님이 보험상품 한 번 개발해 보시죠. 보여 줄 만한 건 없지만 "보험 가입해서 보험금으로 가족 해체되는 걸 막았다." 뭐, 이런 보험 니드를 끄집어 낼 수 있는 감성적인 걸로 접근하면 가능할 것 같은데요."

"프라임 타임에 1시간 광고비가 7천만 원인데 괜찮으시겠어요?"

"저도 아직 위에 보고한 게 아니고 검토 단계라서 뭐라고 말씀드릴 수는 없는데 저희도 7천만 원의 리스크를 감수해야 된다고 생각합니다."

"홈쇼핑이야 방송하고 7천만 원 받으면 그만이니까 동국생명이 굳이 방송하겠다고 하면 거부하지는 않을 겁니다. 대신 리스크는 모두 동국생명이 책임지셔야 합니다."

"어떤 리스크가 있죠?"

"홈쇼핑 최대의 리스크는 콜이 안 나오는 거죠. 콜 안 나와도 홈쇼핑에게 책임을 전가하지 않는다면 추진할 수는 있습니다."

"그건 저희들이 책임져야죠."

"박 대리님 시간이 다 됐네요. 과메기 잘 먹겠습니다."

"안 대리님. 회사 내부적으로 확정되면 다시 연락드리겠습니다. 많이 도와주십시오."

"네. 그럼."

오늘이 안 대리와 3번째 미팅인데 가장 부드러운 대화였다. 과메기 효과다.

제4장

한참 일할 때
- 과장 시절

* * *

외인부대가 TM을 장악하고 9차월 마감을 끝냈을 때 부장 3명을 포함한 외인부대 모든 직원들은 퇴사 처리되었다. 나중에 안 일이지만 이 부장은 TM에 대한 감사를 은밀하게 진행하고 있었고 박 대리와 면담도 감사의 일환이었다. 약 한 달 후 감사 결과는 회장에게 보고되었고 회장의 지시로 모든 외인부대의 퇴사를 지시했고 일부 죄질이 나쁜 부장은 형사고발을 했다고 들었다. 그러나 TM영업본부는 또다시 회사에서 공중에 붕 뜬 영업조직이 되었다. 2년의 시행착오로 지금 없어져도 이상하지 않을 영업조직이 되어 있었고 회사에서는 회장님의 빽만 아니면 벌써 없애 버렸을 조직으로 전락했다.

"박 대리. 2년 동안 고생했어. 나하고 1년만 더 해 보자고."

"예? 부장님께서 TM영업으로 오십니까?"

"그래. 내일 발령 날 거야. 내가 TM에 대해서 아는 게 없는데 회장님께서 마지막이라고 나보고 1년만 맡아 보라고 하시는데 내가 어떻게 거절하겠어."

"부장님 고생만 하실 텐데요."

"회장님이 내 맘대로 해 보라고 하셨으니까, 박 대리가 저번에 말한 홈쇼핑 광고, 그거 해 보자고. 어제 나간 도둑놈들이 지난 1년 동안 워낙 해 먹은 게 많아서 광고비 몇억 정도는 쉽게 허락하셨어. 업적 안 나와도 광고효과가 남는 거니까 밑지는 장사는 아니라고 박 대리가 말한 대로 그대로 회장님께 말씀드렸더니 OK 하셨어."

"그래도 업적이 안 되면 부장님 책임 추궁이 있을 텐데 괜찮으시겠습니까?"

"그건 박 대리가 걱정할 건 아니고. 내가 TM에 대해서 저번 김 부장보다 더 모르니까 박 대리가 하고자 하는 게 있으면 나를 설득시켜 봐. 그러면 뭐든지 박 대리 원하는 일을 추진할 수 있게 밀어 줄 테니까."

"그럼 저도 1년 뒤 성과가 안 좋으면 잘리는 겁니까?"

"박 대리. 직장인은 말이야. 미래를 예측하는 것만큼 미련한 게 없어요. 내일 잘릴 수도 있고 아닐 수도 있는 것이고. 미래를 예측하기보다는 지금 현재에 충실하면 미래도 따라오는 거야. 그러니까 지금 우리가 해야 하는 일에 집중하자고."

"……."

"결과에 대한 책임은 내가 질 테니까 박 대리는 그런 걱정 하지 말고. 마지막이다 생각하고 TM영업을 성공시켜 봐."

"알겠습니다. 한번 해 보겠습니다."

"그래. 우리 잘해 봅시다."

"믿어주셔서 감사합니다."

영등포 회의실에 마주 앉은 이 부장과 박 대리의 표정은 무거웠다. 회장의 강력한 지원 속에서 보낸 TM영업 2년의 실패는 이제 종착점으로 가느냐 아니면 새로운 도약을 하느냐 기로에 선 것이다. 회장의 승낙이 있었다지만 실패했을 때도 용인하겠다는 뜻은 아닐 것이다. 직장인은, 특히 영업맨은 항상 작두의 칼날 위를 걷는 것과 같다는 생각이다.

"지금 보여 주신 이 상품으로는 방송하기가 어렵습니다."

"예?"

동국생명과 CS홈쇼핑 양쪽 모두 결재가 끝났다. 방송 회당 7천만 원이고 방송시간은 가장 프라임 타임인 저녁 10시 30분~11시 30분으로 총 4회 방송하기로 계약서를 작성했다. 1회 방송은 안 된다는 것이 홈쇼핑 쪽 의견이었다. 최소한 4회는 방송해야 계약이 가능하다고 했다. 한 달에 3억 가까운 비용을 광고비로 지출하는 것이다. 동국생명 역사상 최고 비용의 광고다. 눈이 띄는 계약서 단서조항도 있었다.

"을은 방송 결과에 따른 책임을 갑에게 묻지 않는다."

계약이 완료됨에 따라 방송 준비를 위해 CS홈쇼핑 상담실에서 박 대리와 안서준 대리가 첫 미팅을 하고 있었다. 근데 박 대리가 가져간 암보험 상품 팜플릿을 펼쳐 보던 안 대리의 안색이 어둡다.

"이 암보험은 보장이 너무 많습니다. 이러면 상품 설명하는 데 한 시간 모두 사용해야 하는데 그러면 콜을 당길 시간이 부족합니다. 홈쇼핑 방송에 내보낼 상품은 간단해야 합니다. 시청자들이 상품이 복잡하면 바로 채널 돌립니다."

박 대리가 가져온 암보험은 현재 판매 중인 상품이었다. 암진단금 2,000만 원, 암수술비 200만 원, 암입원비 1일당 10만 원, 암통원비 1일당 5만 원을 보장하는 상품으로 동국생명 주력 암보험이고 TM센터에서도 판매되고 있는 암보험이다. 박 대리가 가져온 팜플릿에는 암 진단부터 암 통원까지 '암종합보장보험'이라고 되어 있었다.

"보통 암보험이 거의 이렇게 보장합니다."

박 대리는 퉁명스럽게 대답했다. 홈쇼핑 직원이 보험회사 직원 앞에 두고 보험상품에 대해서 훈수 두는 게 마땅찮은 표정이다.

"박 대리님, 방법을 찾아보세요. 상품이 준비되지 않으면 방송 날짜를 잡기 힘듭니다. 제가 왜 이런 말씀드리냐 하면 저번 달에 모 외국계 보험사에서 다른 홈쇼핑에 이런 비슷한 보장의 암보험으로 홈쇼핑 방송을 이미 했습니다. 근데 콜이 700콜밖에 안 나왔어요. 제가 모니터링해 봤는데 1시간 내내 보장내용 설명하는데 바빴습니다. 콜을 당기는 시간이 없는데 콜이 나올 리가 없죠."

"700콜요? 그럼 우리 방송은 콜 목표가 몇 콜이죠?"

"위에 보고하기는 1,500콜을 목표로 보고했습니다. 저쪽 홈쇼핑 보다 2배는 나와야 하니까요."

안 대리 말에는 회사에 대한 자부심이 묻어 있는 것 같다.

"그럼 상품을 어떻게 구성했으면 좋겠습니까?"

"제가 보험은 잘 모르지만 이번 방송을 준비하면서 보험상품들 쭉 훑어봤는데 다른 보험사 포함해서요. 암보험 보장내용이 박 대리님 말씀하신 것처럼 모든 회사들이 대동소이한 건 맞습니다. 근데 보험 소비자 입장에서 보면 저렇게 진단비, 수술비, 입원비, 통원비로 나눠주는 것보다 그냥 한꺼번에 주면 좋을 것 같거든요. 복잡한 절차 없이 그냥 암 걸리면 얼마 준다고 하면 훨씬 임팩트가 있을 것 같습니다."

사실, 안 대리가 이야기하는 상품 구성은 박 대리가 처음 TM 전용상품을 만들 때 상품부와 계약부에 제안한 내용이었다. 암 걸리면 나머지 보장내용은 모두 삭제하고 암 진단금만 7,000만 원을 지급하는 보장내용으로 제안했었다. 그러나 상품부와 계약부에서 리스크가 너무 크다고 거절했었다. 그걸 안 대리는 마케팅의 핵심적인 내용으로 말하는 것이다. 홈쇼핑 MD 마케팅 안목이 대단하다고 박 대리는 느꼈다.

"알겠습니다. 그럼 자잘한 보장내용은 모두 빼고 암 진단비만 7천만 원 지급하는 상품을 가져오겠습니다."

박 대리는 이 부장이면 충분히 상품부와 계약부의 반대를 극복할 수 있다고 믿었기 때문에 확답을 줄 수 있었고 실제로 가능했다.

"바로 가능해요? 그것도 진단비 7천만 원이나요?"

"네. 가능합니다. 현재와 동일한 보험료를 기준으로 할 때 나머지 보장내용을 모두 없애면 진단금을 그만큼 올리는 게 가능합니다."

"저는 진단비 5천 정도 생각했는데 7천이면 훨씬 임팩트 있을 겁니다."

"다만 상품 인가 받으려면 2주 정도 걸립니다."

"2주면 상관없습니다. 지금부터 방송 준비하는 데 3주가량 걸리거든요."

"3주나 걸리나요? 우리 임원들은 다음 주에 방송하는 줄 아는데?"

"홈쇼핑은 전부 생방송이라서 준비가 철저하지 않으면 방송사고 납니다. 일단 암보험에 대한 니드를 환기시킬 인서트 몇 개를 만들 거구요. 이건 저희들이 만듭니다. 그리고 박 대리님은 상품내용에 대한 판넬을 10개 정도 준비해 주시면 됩니다. 내용은 저희들이 드릴 거예요. 그리고 쇼호스트와 PD도 배정해야 하니까 방송 날짜는 다음 주에 알려 드리겠습니다."

"근데 인서트가 뭡니까?"

"방송 중간에 들어가는 동영상입니다. 보험 니드를 환기시키고 동국생명 소개하는 동영상인데 보통 3분짜리 동영상을 최대 2개까지 저희들이 제작할 겁니다."

"홈쇼핑 방송이 간단한 게 아니네요. 하하하."

"저희들이 7천만 원 공짜로 먹는 거 아닙니다. 하하하."

미팅 후 상품인가는 예상대로 이 부장의 압력으로 무사히 인가를 받았다. 그러나 여전히 사내에서는 TM영업에 대한 불신이 팽배한 상황이라 홈쇼핑 방송에 기대를 하는 임직원은 아무도 없었다. 사실 이 부장이나 박 대리도 기대보다는 3억원을 사용한 후 사내의 후폭풍을 더 걱정하고 있다는 것이 맞을 것이다. 회장님의 1년 유예가 1달 유예로 끝날 수도 있는 상황이라 방송을 앞두고 긴장하는 사람은 두 사람뿐일 것이다.

"박 대리, 내일 방송인데 방송 준비는 잘 진행되고 있나?"

"네. 방송 준비는 끝났습니다. 생방송이니만큼 저는 내일 저녁부터 홈쇼핑에 들어가서 마지막 미팅을 하면서 방송 준비사항을 점검할 겁니다."

"나도 내일 방송시간에 홈쇼핑으로 가서 참관하려고 하는데 괜찮지?"

"네. 그럼요. 근데 굳이 오셔도 부장님이 스튜디오에 들어갈 수가 없어서 밖에서 모니터로 방송 보셔야 하는데 괜찮으세요?"

"나도 편하게 집에서 방송 보고 싶은데 방송 끝나면 회장님께 바로 보고드려야 될 것 같아서 말이야."

"회장님도 홈쇼핑을 보신다구요?"

"회장님이 평소에 홈쇼핑을 보시겠냐? 우리 방송이니까 보시겠다는 거지. 잘해야 될 텐데 걱정이다. 회장님이 광고 쪽에 관심이 많은 거 알지?

그래서 이번 홈쇼핑 광고도 승인하신거야. 회장님은 콜 수보다 방송 내용을 보시겠다고 하더라."

"너무 걱정하지 마십시오. 동영상 편집한 거 봤는데 느낌이 좋습니다."

"내용이 뭔데?"

"암 걸린 아버지가 병원비 때문에 가족들 걱정하고 있는데 암 보험금 7천만 원 받아서 암을 완치하고 가족이 더 행복해졌다는 내용입니다."

"너무 상투적인 거 아닌가?"

"저도 그렇게 생각했는데 홈쇼핑 애들은 주 시청자가 여자들, 특히 주부들이라 상투적인 게 더 먹힌다고 하더라구요."

"그래? 전문가들 말을 믿어야겠지?"

"저희들이야 홈쇼핑이 처음이니까 그쪽 애들 말을 믿을 수밖에 없죠."

"영업준비는 어때?"

"네. 사무실 옆 30석 좌석에 20명 배치했습니다. 목표 콜 수가 1,500콜이라서 20명이 2일이면 충분히 소화할 것으로 예상됩니다."

"그래. 어쨌든 박 대리도 수고했어. 방송 준비한다고 한 달 동안 12시 전에 퇴근해 본 적이 없지?"

"집에 안 가도 상관없습니다. 콜만 많이 나온다면요. 하하하."

"박 대리도 너무 긴장하지 마라. 어차피 이 방송의 결과는 내가 책임지는 거니까 니는 맘 편하게 방송 준비나 잘해."

"네. 알겠습니다."

저녁 6시에 홈쇼핑 스튜디오가 있는 문래동에 도착했다. 방송 시작까지 4시간 넘게 남은 시간이다. 긴장 때문인지 저녁을 먹는 둥 마는 둥 건

너뛰고 6시 30분부터 시작되는 방송전 미팅에 참석했다. 미팅에는 MD인 안 대리를 포함해서 김인철 PD, 그리고 쇼호스트 2명도 참석했다. 회의는 김 PD가 주도적으로 진행했고 쇼호스트들이 대본 리딩을 시작하고 보험상품에 대한 질문이 나오면 박 대리가 대답해 주는 형식으로 1시간 만에 끝났다. 김 PD는 방송 준비사항 체크하러 스튜디오로 갔고 쇼호스트들은 분장실로 갔다.

"안 대리님. 잘되겠죠?"

"저도 콜이 1,500콜만 넘었으면 좋겠습니다. 저희 MD들도 콜 수가 인사고과에 반영되는 거라 콜 수에 따라 목숨이 왔다 갔다 합니다."

"안 대리님 부럽습니다. 근무환경이 끝내주네요. 아까 쇼호스트들 보니까 연예인 얼굴이던데. 분장실 왔다갔다 하는 모델들도 그렇고."

"처음 보면 그런데요. 매일 보면 그냥 그렇습니다. 쇼호스트들도 프로야구 선수들처럼 매년 실적에 따라 연봉 계약하는 사람들이라 그 사람들은 더 목숨 걸고 방송합니다."

"직원 아니에요?"

"네. 직원 아닙니다. 보험회사로 치면 보험설계사들 같은 신분이지요."

"안 대리님 보험지식이 상당하십니다. 하하하."

"저도 이번 방송 준비하면서 보험공부 진짜 열심히 했습니다. 처음에는 쉽게 생각하고 공부했는데 보험상품 사업비까지 공부하니 정말 어려운 금융상품이 보험이란 걸 알았습니다."

"대단하시네요. 보험상품 사업비 구성은 보험회사 다니는 사람들도 대부분 모르는데."

"제가 보험을 공부하고 김인철 PD도 공부하라고 시켰거든요. 담당 PD

가 방송하는 상품을 몰라서는 안 된다고 재촉했는데 3일쯤 공부하더니만 포기하더라구요. 너무 어렵다고. 그 친구도 나름 연세대 나온 친구인데. 홈쇼핑 내에서는 대박 치기로 유명한 PD입니다."

"고맙습니다. 그렇게 유능한 PD를 배정해 주셔서."

"이번 방송은 동국생명 경영진도 관심이 많겠지만 우리 경영진도 관심이 높습니다. 그래서 저도 엄청 부담됩니다."

"에이~~ 홈쇼핑은 방송이 망하든 흥하든 고정 금액으로 7천만원 입금되잖아요."

"보통 신규 상품이니까 고정 금액으로 계약하는 거지 일반적으로 검증된 상품은 전부 판매액 대비 수수료율로 계약합니다."

"아~ 그럼 신규상품은 방송해 보고 잘 안되면 몇 번 하고 방송 스톱하고 잘되면 판매액을 기준으로 수수료를 받는다는 거네요."

"그렇죠. 다른 사람이 볼 때는 홈쇼핑은 손해 볼 일이 없지 않느냐고 하는데 그 시간에 잘 팔리는 상품을 못 파니까 기회비용을 날리는 거죠. 그리고 저는 좆나게 깨집니다. 인사고과 개판되구요."

"안 대리님 말을 들으니까 우리가 같은 운명이네요. 동지가 있다는 게 긴장감이 좀 줄어듭니다. 하하하."

"본래 고객사와 MD는 공동운명체입니다. 저희도 이번에 투자를 많이 했습니다. 인서트 2개 제작하는데 5천만 원 투자했으니까요."

"그 짧은 동영상 만드는 데 비용이 그렇게 많이 듭니까?"

"그만큼 위에서도 기대를 하고 있다고 봐야죠. 그렇지 않고는 그만한 금액을 결제해 줄 리가 없습니다. 여기 홈쇼핑은 그냥 단순하게 생각하면 장사꾼 마인드라고 보면 됩니다. 돈이 될 가능성이 있으면 투자하고 가능성이 없으면 생 까는 거죠."

"그런 말을 들으니까 뭔가 잘될 것 같네요. 방송 끝나고 안 대리님이나 저나 모두 웃으면서 다음 방송을 준비했으면 좋겠습니다."

"뭐 박 대리님이나 저나 열심히 준비했으니까 이제는 김 PD 능력을 믿는 수밖에 없습니다. 그리고 방송 30분 전에 스튜디오에 입장하셔야 합니다. 첫 방송이니까 저도 갈 겁니다. 우리는 그냥 구경만 하면 됩니다. 비상대기조라고 보시면 됩니다."

"네."

"저녁 안 드셨죠? 스튜디오 옆에 순댓국집 맛있는데 같이 가시죠. 12시 넘어야 방송이 끝나기 때문에 배는 든든하게 채워 놓아야 합니다."

"네. 그러시죠."

방송시작 30분 전! 스튜디오의 두꺼운 문이 닫혔고 PD는 열심히 여러 대의 카메라를 체크했고 쇼호스트들은 마지막 리허설을 하고 있었다. 안 대리와 박 대리는 PD 뒤의 구석진 곳에 자리를 잡고 앉았다. 안 대리가 이곳으로 자리를 잡았는데 정면에 방송화면은 잘 보이지 않고 유독 밝은 디지털시계같이 생긴 네모반듯한 전자기기만 잘 보였다.

"왜 이리 구석진 곳에? 저쪽에 넓은 곳도 많은데요."

"우리는 방송내용은 볼 필요 없구요. 어차피 방송 녹화된 거 내일 모니터링할 겁니다. 우리는 저것만 잘 보면 됩니다."

안 대리가 그렇게 말하고 디지털시계같이 생긴 전자기기를 가리켰다.

"저게 뭔데요?"

"콜 수 표시입니다. 실시간으로 콜 수가 표시됩니다."

"아~~"

정확하게 10시 30분이 되자 김인철 PD의 Q사인과 함께 생방송이 시작되었다.

"지금 이 시간에는 색다른 상품을 고객님들께 소개시켜 드리겠습니다. 보험상품을 준비했는데요. 고객님들은 결재하실 필요 없이 전화번호만 남겨 주시면 저희들이 내일부터 상담전화 드리겠습니다."

남자 쇼호스트의 방송 시작 멘트다. 이 멘트를 시작으로 1시간의 생방송이 시작되었다.

박 대리는 안 대리가 말한 콜 계기판을 열심히 보고 있었지만 콜 수는 미미했다. 안 대리는 핸드폰을 보고 있었다.

"안 대리님, 콜이 별로 없네요."

박 대리가 실망한 표정으로 나지막하게 안 대리를 보면서 속삭였다.

"지금은 콜을 당길 시간이 아닙니다. 지금 쇼호스트들이 10시 50분까지 열심히 상품설명 할 겁니다. 그리고 콜은 10시 50분부터 11시 20분 사이에 대부분 들어옵니다. 그 시간까지 기다려 보세요."

"그렇군요."

쇼호스트들은 열심히 상품설명을 하고 있었고 김 PD는 스튜디오를 왔다갔다 하며 많은 지시를 쏟아내고 있었다. 박 대리는 거의 5분마다 문자로 콜수를 이 부장에게 보내고 있었다. 이 부장은 방송 1시간 전에 도착해서 대기실에서 방송을 지켜보고 있었다. 이 부장이 홈쇼핑 방송이 잘못되면 본인이 책임지겠다고 했지만 아마도 지금 가장 긴장하면서 방송 보는 사람은 이 부장일 것이다. 방송 한 시간 동안 담배를 한 갑이나 피웠다고 나중에 들었다.

"터졌어요. 터졌어!"

"예? 뭐가요?"

그동안 옆에 앉아서 핸드폰만 보던 안 대리가 갑자기 박 대리의 손을 덥석 잡으면서 낮고 강한 어조로 말했다.

"콜 계기판 보세요. 이미 오늘 목표 1,500콜 넘었어요. 넘었어."

박 대리가 한눈판 사이에 갑자기 콜 수가 미친 듯이 올라가고 있었다. 시계를 보니 11시 3분을 가리키고 있었다. PD는 계속 팔을 열심히 돌리고 있었다.

"PD는 지금 뭐하는 겁니까?"

"쇼호스트는 상품설명 하지 말고 계속 판넬 화면, 인서트 화면 보내라는 표시에요. 콜 당길 때 사용하는 표시입니다."

안 대리의 목소리는 이미 흥분이 가득해져 있었다. 스튜디오 밖이었으면 소리를 지를 기세다. 얼떨떨한 박 대리는 이 부장에게 콜 수 보내는 것도 잊고 있었다. 10시간 같은 1시간의 방송이 끝났다. 최종 콜수는 무려 13,212콜이었다. 목표 콜 대비 10배에 가깝다. 한마디로 대박이 난 것이다.

"터졌어. 터졌다고!"

안 대리는 방송이 끝나자마자 김인철 PD와 쇼호스트 2명에게 달려가면서 고함을 치고 있었다. 그들도 박수를 치면서 서로 안아 주고 스튜디오 안에서는 갑자기 난리가 났다. 박 대리도 안 대리를 뒤따라 가서 PD와 쇼호스트들에게 수고하셨다고 인사말을 전했다.

"박 대리님. 대박 났는데 술 한잔 사셔야 하는 것 아닙니까?"

박 대리가 인사를 건네자 김 PD가 한 말이다.

"당연히 술 한잔 마셔야지요. 안 대리님. 백미팅 끝나고 술 한잔하러 갑시다."

백미팅은 방송 끝나고 30분 정도 하는 피드백 미팅이다.

"마셔야지요. 이런 날 술 안 마시면 언제 마시겠습니까? 하하하."

안 대리는 평소와 다르게 흥분이 최고조다. 웃음소리가 스튜디오 안을 가득 메웠다.

"참, 지금 대기실에 저희 부장님이 와 계셔서 보고드리고 오겠습니다. 백미팅 하시고 스튜디오 앞에서 뵙겠습니다."

"그러시죠."

박 대리는 급하게 스튜디오를 나와서 대기실로 뛰어갔다.

"부장님. 13,212콜 나왔습니다."

"뭐? 1,300콜이 아니고? 13,000콜이라고?"

이 부장이 놀란 눈을 하고 박 대리를 바라보았다.

"네. 지금 홈쇼핑 애들도 대박 났다고 난리들입니다."

"수고했어. 박 대리. 수고했다. 여기서 방송을 봤는데 회사 홍보도 많이 들어가 있고 전체적으로 좋더라.

"부장님. 콜 많이 나왔다고 홈쇼핑 애들이 술 한잔하자고 합니다. 제가 법인카드가 없어서……."

"응. 그래그래. 내 카드 줄 테니까 좋은 데 가서 술 대접해 줘라."

"감사합니다."

"가만있자. 내가 이러고 있을 때가 아니지. 바로 회장님께 보고드려야겠다."

이 부장은 지갑을 꺼내서 법인카드를 박 대리에게 건네주고 나가라고 손짓했다. 회장과 통화하겠다는 표시였다.

"일찍 출근했네."

"잠깐 집에 들렀다 왔습니다."

박 대리는 어제 저녁 방송팀과 새벽 3시까지 마셨다. 방송팀들은 늦은 저녁 방송하는 사람은 다음 날 오후에 출근한다고 들었지만 박 대리는 2시간만 자고 출근했다. 영업 걱정 때문이다.

"그래. 피곤하겠지만 오늘부터 영업을 어떻게 해야 할지 걱정이네."

"그래서 일찍 출근했습니다. 콜이 너무 많이 나와서 일단 8층에 있는 TMR 전부 방송DB로 영업해야 할 것 같습니다. 80명이 5일 동안 풀로 영업해야 할 듯합니다."

"그럼 당분간 아웃바운드 영업은 못 하는 건가?"

"네. 그래서 빠른 시간에 인바운드 할 TMR들 리크루팅을 해야겠습니다. 센터를 추가로 만들어야 하는데. 걱정입니다."

"그건 걱정하지 마. 영업소 구조조정으로 지금 여기 건물 2개 층이 비었으니까 우선 1개 층에 센터 100석을 만들라고 하지."

"네. 알겠습니다. 오늘부터 홈쇼핑 DB는 바로 영업 들어가겠습니다."

"그래. 어제 회장님께 방송 보고드렸는데 회장님도 아주 좋아하셨어. 회사소개도 좋았고 더구나 콜도 예상의 10배나 많이 나왔다고 엄청 칭찬하셨어. 이제 콜 수가 업적으로 연결되면 최고의 작품이 되는데 말이야."

"아웃바운드 계약체결률이 1.5% 정도 나왔는데 홈쇼핑 방송DB는 최소한 10% 이상은 나올 겁니다. 그러면 1,300건 계약된다고 보면 업적이 6천만 원 정도 예상됩니다."

"아웃바운드로 한 달 업적이 3천만 원인데 방송 한 번으로 그 배의 업적을 한다고?"

"네. 영업 들어가 봐야 알겠지만 체결률이 20% 이상 나올 수도 있습니다."

"그래? 그러면 TM영업이 생기고 나서 월 마감목표 업적 1억을 한 번도 한 적이 없는데 이번 달에 1억 돌파가 가능하다는 말이지?"

"이번 달 방송이 3번 더 남았으니까 단순 계산하면 업적이 2억은 나와야 합니다."

"그래그래 박 대리가 고생 많았다. 월 마감이 2억을 넘긴다고?"

"네. 그리 예상됩니다."

"어제 방송팀과 회식하면서 분위기는 어때?"

"방송팀 모두가 대박 터졌다고 술을 엄청 마셨습니다. 하하하."

"앞으로도 접대 자리 많을 테니까 내가 인사팀에 얘기해서 박 대리 법인카드 발급해 주라고 할게. 대리가 법인카드 소유하는 건 아마 박 대리가 처음일 거야."

"감사합니다."

"나는 오늘 회장님하고 점심 식사하면서 방금 박 대리가 말한 내용을 보고해야 하니까 박 대리는 영업에 차질 없도록 해라."

"네. 알겠습니다."

이 부장도 몹시 흥분한 모습이다. 회장의 지시로 TM을 만든 2년 동안 지지부진하던 업적이 이 부장 부임하고 홈쇼핑이라는 새로운 영업채널을 개발하고 대박을 쳤으니 회장님께 능력을 인정받을 가능성 100%이기 때문이다. 박 대리는 이 부장이 외출하고 나서 분주히 움직였다. 실장들에게 홈쇼핑 DB의 영업방법에 대해 교육하고 사장에게 보고할 방송 결과 보고서도 작성해야 했다. 어제 마신 술이 깨지도 않은 상태에서 몸은 천근만근이지만 마음만은 깃털처럼 가벼워졌다. TM영업부에 오고 나서

3년 만에 처음 느끼는 기분이다.

예상대로 계약체결률이 15%를 넘었고 첫 방송DB로 업적은 6,000만 원을 넘겼다. 아웃바운드 영업으로 한 달 동안 피똥 싸며 이룬 업적보다 방송 한 번으로 한 달 업적을 넘어 버린 것이다. TMR들은 하루 종일 계약 녹취하느라 퇴근시간에는 파김치가 되었지만 누구도 싫어하는 표정이 아니었다. 회사에서는 계속 박 대리를 찾는 전화가 빗발쳤다. TM부서로 옮길 것을 타진하는 직원부터 같이 술 마시자는 직원, 외야 영업관리자들은 방송 자료 좀 보내 달라고 사정을 했다. 회사 창립 이래 처음으로 회사 소개 광고와 보험상품을 광고했으니 영업조직에서는 홈쇼핑 방송에 환호했다. 설계사들 영업에도 엄청난 플러스로 작용하는 것이다. 설계사조직과 서로 윈윈의 효과가 나타나서 그동안 TM이 홈쇼핑 방송하는 것에 대해 삐딱한 시선으로 바라보던 본사를 비롯한 회사 전체가 하루아침에 우호적인 여론으로 바뀌었다.

그렇게 추가 3번의 방송이 이어졌고 첫 방송만큼은 아니지만 평균 1만 콜의 DB를 받았고 한 달 마감업적이 TM영업 개시 이후 최초로 목표했던 1억을 훨씬 넘어 2억 3천만 원을 달성한 것이다. 광고비 3억을 사용하면서 그 10배의 이익을 회사가 챙겼다. 이미 보험업계에 근무하는 TMR들에게도 소문이 나서 동국생명 TM에 입사하려는 TMR들이 줄을 서서 대기하는 기현상이 발생하기도 했다.

"요즘 바쁘시죠?"

"네. 덕분에 정신없습니다."

문래동 한정식집에서 박 대리와 안 대리가 만났다. 안 대리가 저녁이나 먹자고 연락했기 때문이다. 보통은 홈쇼핑 상담실에서 만났는데 긴히 할 얘기가 있는 것 같았다. 이제 박 대리가 법인카드를 가지고 있었으므로 비싼 집에서 만나도 부담이 없었다. 이 부장이 한도 100만 원짜리 법인카드를 박 대리에게 주었기 때문이다.

"저도 보험방송 터져서 사내에서 엄청 대우받고 있습니다. 동국생명과 좋은 관계가 지속되었으면 좋겠습니다."

"그야 당연하죠. 방송을 잘 만들어 주신 덕분입니다."

잘 차려진 15첩 반상이 나왔고 박 대리는 안 대리에게 술을 따라주었다.

"박 대리님이 형이신데, 제가 먼저 따라야 되는데…."

"무슨 말씀을! 엄연히 갑과 을이 유별하거늘. 하하하."

"별말씀을 다 하십니다. 요즘 갑과 을이 어딨나요? 서로 이익이 되면 모두 갑이죠."

"저는 그냥 계속 을 하겠습니다. 을이 속 편합니다. 하하하."

이제 박 대리와 안 대리는 농담도 스스럼없이 주고받을 정도로 친해졌다.

"방송 계속하실 거죠?"

"당연하죠."

"그래서 말인데, 재계약을 해야 할 것 같습니다."

"당연히 그래야죠."

"이번에는 광고비 정액 계약이 아니라 수수료 베이스로 계약을 해야 할 것 같습니다."

"수수료요?"

"지난번에 한 번 말씀드렸는데?"

"아~ 잘되는 상품은 수수료율로 계약한다는 거요?"

"네. 기억하시네요."

"그렇게 하시죠. 홈쇼핑 거래 관행이 그렇다면 그렇게 따라야죠."

"근데, 이게 참. 수수료율을 어떻게 책정해야 되는지 난감합니다."

"왜요? 일반상품은 수수료율로 판매액의 40% 전후를 받는다고 들었는데."

"보험은 일반상품처럼 수수료율을 적용하기가 그렇습니다."

"왜요?"

"에이~ 박 대리님 왜 이러십니까. 제가 보험상품 사업비 공부했다고 했잖아요."

"……."

"일반상품이야 원가 얼마, 판매금액 얼마, 그러면 수수료 얼마 받아야 되겠다고 답이 나오지만 보험상품은 사업비가 월 보험료의 10배 정도로 알고 있는데 일반상품하고 똑같이 수수료율을 적용할 수는 없는 거죠."

수수료율 이야기가 나오자 두 사람 얼굴이 굳어졌다.

"그러면 몇 퍼센트를 책정하시려고?"

"그게 저도 사업비를 100% 이해한 게 아니라서 애매합니다. 얼마가 좋을지?"

"그러지 마시고 홈쇼핑이 본래 받던 7천만 원을 안정적으로 넘는 선에서 결정하면 되지 않을까요?"

"수수료율로 하려면 업적에 연동을 해야 하는데 보험영업은 홈쇼핑이 관여하는 사항이 아니라서요. 업적은 콜 수도 영향이 있겠지만 영업하시는 분들 역량도 있을 거고……. 하여튼 저도 어떻게 책정해야 할지 난감합니다. 그래서 박 대리님 의견을 참고하려고 뵙자고 한 겁니다."

"제가 솔직하게 말씀드릴게요. 보험상품 사업비를 공부하셨다니 제가 하는 말을 대충은 이해하실 겁니다. 보험상품 예정사업비 중에서 마케팅 비용으로 사용되는 재원은 '신계약비' 계정에서 사용하는데 보장성보험은 보통 월 보험료의 1,000%라고 보시면 됩니다. 여기서 TMR들 수당 주고 시책비도 사용하고 DB 비용도 지출하고 회사 이익도 확보합니다. 그러면 저희들이 TMR수당으로 300%를 주고 있으니까 홈쇼핑에도 300%를 책정하는 게 적당합니다. 시책비 같은 기타비용으로 100%를 사용하고 그러면 회사 이익도 300% 정도가 됩니다. 홈쇼핑과 보험회사가 이익을 동일하게 가져가는 거죠."

"300%요?"

"네. 이번 달 기준으로 하면 광고비 2.8억 받으셨는데 수수료 기준으로 하면 약 7억 정도 됩니다. 금액으로 치면 따블이 넘죠."

"그러네요. 그럼 그렇게 하시죠."

안 대리는 상당히 만족한 표정이다. 광고비보다 2배 이상 받을 수 있다는 말이 귀에 박혔을 것이다.

"그럼 저도 그렇게 보고하겠습니다."

"역시 박 대리님은 시원시원하십니다."

"별말씀을요."

"혹시 다른 홈쇼핑에서 연락 못 받으셨습니까?"

첫 방송 이후 4곳 홈쇼핑에서 매일 연락이 오고 있었다. 자기들 하고도 방송 런칭을 하자는 얘기였다.

"전화가 너무 많이 와서 귀찮아 죽겠습니다. 하하하."

"혹시 뭐라고 답하셨는지?"

"뭐라긴요. CS홈쇼핑과 죽을 때까지 방송할 거라고 말했죠."

"하하하."

안 대리의 표정이 순간적으로 풀리면서 크게 웃었다.

"사실 홈쇼핑으로도 보험사들이 전화 많이 옵니다. 돈을 더 주겠다고 자기들 상품도 방송하자고요."

"이러다 안 대리님 보험사에서 유명인 되는 거 아닙니까?"

"박 대리님도 이미 홈쇼핑 업계에 유명 인사입니다."

호탕하게 웃으면서 두 사람은 그렇게 소주를 마셨다. 그러나 안 대리도 아마 위에서 다른 보험사와의 제휴를 검토하라는 지시가 있었을 것이다. 박 대리에게도 다른 홈쇼핑과의 제휴를 검토하라고 지시가 내려왔기 때문이다. 이 바닥이 본래 뭐 하나 잘되면 너도 나도 뛰어드는 레드오션 시장이라서 그런 것이다. 보험 세계나 홈쇼핑 세계나 사기업에서 이익이 되는 곳에 파리떼처럼 모이는 걸 나쁘다고 볼 수는 없다. 아마도 머지않아 그렇게 되겠지만 지금은 안 대리도 박 대리도 서로의 눈치를 보면서 시장 확대의 문이 열리기만을 기다리고 있을지도 모른다. 한 번 계약했다고 죽을 때까지 같이 가는 그런 비즈니스는 없다. 필요할 때 서로 윈윈하고 필요 없으면 뒤도 돌아보지 않고 헤어지는 게 비즈니스 세계인 건 누구나 아는 사실이다.

"예? 지금 이 시간에요?"

"네. 좀 급한 일입니다. 지금 바로 문래동 사무실로 와 주셔야겠습니다."

안 대리 전화다. 뭔가 목소리가 강압적이다. 박 대리는 수화기를 내려놓고 벽에 걸린 시계를 보니 저녁 10시가 넘어가고 있었다. 아무도 없는 텅 빈 사무실에 박 대리 혼자 남아 있었다. 내일이 홈쇼핑 수수료 지급일이라 문서 작업을 해야 하고 TMR들 수당 지급일이기에 오늘도 12시 넘어서 귀가할 작정이었다. 근데 갑자기 전화 와서 문래동으로 오라니. 어쩌겠는가? 갑이 오라면 을은 가야 한다. 문래동 홈쇼핑 상담실에 도착했을 때는 11시 가까운 시간이었다. 시간이 늦은 만큼 상담실에는 사람의 그림자가 한 명도 보이지 않았다.

"이 늦은 시간에 무슨 일입니까?"

"앉으세요."

상담실 문을 열고 들어서자 안 대리와 정은철 팀장이 같이 앉아 있었다. 안 대리 직속상관이다. 나이는 30대 중반으로 박 대리와는 비슷한 연배다. 방송회의 할 때 2번 정도 본 것이 다다. 두 사람 표정이 무겁다.

"박 대리님. 늦은 시간에 오시라 해서 미안한데 급한 일이라 어쩔 수 없어요."

"무슨 일인데요?"

정 팀장 목소리가 가라앉아 있었다.

"이번 달 수수료 명세서 받았는데 금액이 안 맞는 것 같아서요."

"금액이 안 맞다니요?"

"이번 달 수수료뿐만 아니라 그 전 수수료 방송 첫 달 명세서부터 저희가 알아본 것하고 금액 차이가 많이 납니다."

"예? 수수료는 전산으로 산출하기 때문에 저희들이 맘대로 조작할 수가 없습니다."

"저도 그런 줄 알고 있었고 동국생명을 믿고 진행했는데요. 보내 주신 수수료 명세서 데이터에서 지금까지 재방송 자료들이 모두 누락되어 있는 것을 발견했습니다."

"재방송자료요?"

"네. 저희들이 그달에 재방송으로 한 달에 8회 방송했고 총 3,587콜이 나왔는데 보내 주신 자료에는 재방송 콜 통계가 전부 누락되어 있었고, 이번 달 보내 주신 수수료에서도 누락되어 있습니다."

"재방송은 홈쇼핑에서 서비스로 해 주신 것 아닌가요?"

방송수수료 산출은 CS홈쇼핑 인바운드센터 점포코드로 입력된 모든 계약건을 전산에서 뽑아서 수수료 산출해 주는데 재방송 콜 DB는 방송에서 무료로 준다고 했기 때문에 다른 점포코드로 계약이 입력된 것이다.

"정액방송일 때는 무료방송이지만 수수료방송에서는 지급수수료에 포함시키셔야죠."

"아니, 그럼 미리 그렇게 말을 해야지요. 이제 와서 한밤중에 사람 불러다가 이렇게 말하는 경우가 어딨습니까?"

박 대리도 흥분하고 있었다.

"지금 말하고 있잖아요. 재방송 콜 수수료 포함해서 다시 보내주세요."

"다음 달부터 수수료 산출 시에 포함시키겠습니다."

"안 됩니다."

"예?"

"그리고 또 잘못된 게 있습니다. 저번 달부터 업적하고 수수료하고 계산이 안 맞습니다. 10%, 20%씩 모자랍니다. 이거 회사에서 고의적으로 뺀 거 아닙니까?"

정 팀장이 그러면서 수수료명세서 페이퍼를 박 대리 앞으로 던졌다. 박 대리는 그 명세서를 자세히 살펴보았다. 수수료는 업적에 300%를 곱해서 산출하는 데 계산식에는 전혀 문제가 없었다. 다만 보험료가 입금되지 않은 건이거나 해지 건들은 이미 지급한 수수료에서 차감하고 산출한 것이다. 정 팀장이 말한 게 무슨 말인지 알 것 같았다.

"팀장님. 보험회사에 보험을 계약한 후 중간에 빠져나가는 사람들이 있습니다. 청약철회도 15일 내에 할 수 있고 품질보증으로 3개월 내에 계약을 해지할 수도 있습니다. 이런 계약들은 당연히 수수료 계산에서 빼야 하고 계약서에도 적시되어 있습니다."

"계약서에요?"

"계약서에 수수료 산출 기준이 되는 보험료가 '정산보험료'라고 명시되어 있습니다."

"우리는 정산보험료가 그런 의미인 줄은 몰랐습니다."

"이건요. 저희 회사만 사용하는 용어가 아니고요. 모든 보험사가 보편적으로 사용하는 용어입니다."

"하여튼 이건 인정할 수 없습니다."

"아니, 뭐를 인정 못 한다는 겁니까? 보험계약이 없어졌는데 그 건을 수수료로 달라는 건 억지입니다. 다른 보험사 잡고 물어보세요. 뭐가 맞는지?"

박 대리 목소리 톤이 올라가고 있었다.

"박 대리님 흥분하지 마시고요. 재방송 콜 건하고 미유지계약 수수료 차감 건인데 내일 수수료 지급일이라 지금 결론을 내야 할 것 같습니다. 그러니까 박 대리님이 결정하기 힘들면 결정권자를 불러주세요. 결정권자가 누굽니까?"

안 대리가 난감한 표정으로 말했다.

"예? 지금 이 시간에요?"

박 대리는 시계를 보니 새벽 1시가 넘어가고 있었다. 새벽 1시에 결정권자를 오라고 하는 것이다. 물론 결정권자는 이 부장을 말한다.

"내일 아침에 협의합시다."

박 대리가 단호하게 말했다.

"안 됩니다. 오늘 안으로 결정해야 합니다. 저희 임원도 지금 사무실에서 결과를 기다리고 계십니다."

박 대리는 난감했다. 홈쇼핑 임원도 사무실에 대기하고 있다는 건 무언가 잘못되었다는 걸 직감했다. 그렇다고 새벽 1시가 넘은 시간에, 지금 전화해도 자고 있으면 전화를 못 받을 가능성도 있는데. 박 대리가 일그러진 표정을 지었지만 정 팀장의 표정은 단호했다.

"이거 너무 갑질 아닙니까?"

"갑질이라뇨? 오늘 중으로 결론 내지 못하면 다음 방송부터 중지하겠습니다. 알아서 하세요. 저는 사무실 올라가서 보고하겠습니다. 오시면 전화 주세요. 그럼."

정 팀장은 그렇게 말하고 안 대리를 데리고 상담실 문을 열고 나가 버렸다. 박 대리는 새벽 1시가 넘은 시각에, 인적이 없는 길거리에 나와 담배를 물었다. 매연이 가득한 서울 밤하늘에 담배 연기만 퍼져 나갔다. 더러워서 당장 제휴계약을 때려치우자고 하고 싶지만 그럴 수는 없다. 핸드폰으로 이 부장의 번호를 눌렀다.

"부장님. 접니다. 새벽에 죄송합니다."

"어. 괜찮아. 무슨 일이야?"

이 부장은 잠결에 박 대리의 전화를 받고 12월의 찬바람을 뚫고 새벽 3시가 넘어서 문래동에 도착했다. 자초지종을 들은 이 부장은 무덤덤한 반응이었다. 예상외였다.

“박 대리는 한숨도 못 잤겠네.”

“괜찮습니다. 그리고 죄송합니다. 부장님까지 가지 않고 제 선에서 해결했어야 했는데.”

“괜찮아. 회사생활 하다 보면 이런 일 저런 일 다 경험하는 거지 뭐. 이놈들 방송 채널 하나 가지고 있다고 위세가 대단하더구만. 하하하.”

“…….”

“오늘 오전 중으로 TMR들 수당 지급하고 스폰서들 수수료 지급 완료되면 오후에 퇴근해라. 홈쇼핑 이 새끼들 보험을 팔더니만 완전히 돈독이 올라서 그런 거니까 박 대리가 삭혀라.”

“네.”

새벽 5시에야 협상이 끝났다. 재방송 콜 건은 추가로 수수료 산출해서 지급하기로 했고 실효해약건 수수료 차감은 3개월 차 청약철회, 실효해약건까지 산출 수수료에서 차감하고 지급하기로 합의했다. 2시간의 협상 과정에서 서로 언성이 높아지기도 했지만 결국 그렇게 타협을 보았다. 협상이 끝나고 박 대리와 이 부장은 그 새벽시간에 나와서 같이 사우나하고 근처 기사식당에서 아침을 먹고 사무실에 출근해서 믹스커피를 마시면서 얘기하는 중이었다.

“이참에 잘됐다. 우리도 다른 홈쇼핑하고 제휴해서 방송 확대하면 오히려 전화위복이야. 자기들이 다른 보험사 컨택 한다고 했으니까 우리는 오히려 족쇄가 풀린 거지.”

“알겠습니다. 그렇잖아도 홈쇼핑사들 저희 보험상품 방송하자고 줄 서 있습니다. 오늘 당장 2군데 홈쇼핑하고 제휴하겠습니다.”

새벽 협상에서 홈쇼핑은 다른 보험사와도 제휴를 확대하겠다고 통보했다. 그렇다면 우리도 다른 홈쇼핑과 제휴하는 것을 허락하는 것이다.

"아 참. 그리고 내가 경황이 없어서 박 대리에게 말을 못 했는데 다음 달 1일 자로 박 대리가 과장 진급할 거야. 그리 알아."

"네? 저는 내년에 과장 진급 대상입니다."

"알아. 이번에 TM영업 성공 공로를 회사에서 인정해서 특별진급 시키기로 했어."

"감사합니다."

박 대리처럼 대리 4년차에 과장 진급하는 사례는 거의 없었다. 영업소장으로 업적이 특출난 경우를 제외하면 대부분 대리 5년, 6년차에 과장 진급한다. 동기들 중 가장 먼저 과장 진급을 하는 것이다. 주임 진급 누락으로 동기들 중 꼴찌였는데 과장은 가장 먼저 진급하는 것이다.

이후 제휴 홈쇼핑을 기존 1개에서 3개로 확대했고 방송횟수도 3개 홈쇼핑에서 1주일에 5회 방송으로 확대되어서 인바운드 홈쇼핑 센터만 3개를 보유하게 되었다. 그뿐만 아니라 2개 홈쇼핑과 아웃바운드 제휴 계약을 체결했고 각각 100명의 센터를 운영했다.

5개월 후 동국생명 TM영업본부는 총 8개 센터, 30개실, TMR 550명을 보유한 명실상부한 영업본부로서의 면모를 갖췄다. 첫 달 2억 3천만 원의 마감업적은 3개월이 지나자 5억 원을 돌파했고 6개월 차에는 업적 10억을 돌파했다. 회사 내에서 TM영업본부의 마감업적 점유율은 30%를 훌쩍 넘었다. 더구나 TM영업본부에서 하는 업적은 100% 보장성보험이므로 실질적 업적의 가치는 20억 이상의 가치가 있는 업적이다. 불과 6개월 전 찬밥신세의 미운 오리 새끼에서 회사 내의 모두가 선망하는 영업본부가 된 것이다. 이 공로로 이 부장은 상무 승진과 함께 회사 영업을 총괄하는 본부장이 되었다.

“상무님. 축하드립니다.”

“그래. 고맙다.”

박 과장이 광화문 본사에 회의차 방문했다가 이영섭 상무에게 인사차 들렀다.

“본사에 회의가 있어서 들어왔습니다.”

“그래. TM은 잘되고 있지?”

“상무님께서 잘 아시잖아요.”

“그래. 지난달 마감도 12억을 넘겼더라. 박 과장이 고생이 많다.”

“아닙니다. 모두 상무님께서 잘 만들어 주신 덕분입니다.”

“참, 이철근 부장 잘하고 있나? 한 달이 지났으니 업무 파악은 끝났겠지?”

“네. 영업을 오래 하신 분이라 그런지 감이 빠르신 것 같습니다.”

이영섭 상무가 상무로 진급하면서 후임 TM영업부 부장으로 발령 난 사람이 이철근 부장이다. 박 과장은 처음 만나는 사람이지만 사내에서 영업소장과 영업국장으로 이름을 날린 유명한 사람이었다. 회사에서 영업 비중이 높은 부산과 대구에서 영업소장과 영업국장을 오래 했고 전국 영업 순위에서 항상 1등을 놓치지 않는 최고의 영업맨이라고 소문난 사람이다. 직급이 차장이었는데 부장 승진을 시키면서 TM으로 발령이 났다.

“그래. 내가 TM 후임 부장을 누굴 세울까 고민 고민하다가 데려온 사람이다. 아무래도 외야 영업 경험이 풍부하고 영업 성적도 특출한 사람을 고르고 골랐다. 영업소장으로 특진을 두 번이나 한 사람이니까 영업은 잘할 거야.”

“저는 잘 모르지만 그런 것 같습니다.”

“박 과장이 잘 서포트 해 줘라.”

“제가 도와드릴 게 있나요? 워낙 영업 감각이 뛰어나셔서 금방 파악하시던데요.”

“그러면 다행이고. 그래 본사에는 무슨 회의로 왔지?”

“네. 상품부에서 사차손익 관련 회의를 하자고 해서 왔습니다.”

‘사차손익’은 받은 보험료보다 암 보험금이 적게 나가면 ‘사차이익’이고, 많이 나가면 ‘사차손해’가 발생한다. 이를 ‘사차손익’이라 한다. 사차손익은 보험회사에서 중요하게 생각하는 평가지표다. 회사 보장성보험의 대부분을 TM영업본부에서 판매하기 때문에 박 과장을 부른 것이다.

“왜? 벌써 사차손해가 발생한 건가?”

“아닙니다. 아직 회사 사차이익이 너무 많이 납니다. TM의 계속보험료가 많이 증가하는 데 비해 그 사차이익의 증가율이 줄어들고 있다고 해서 상품부와 계약부와 같이 회의를 한 겁니다. 별일 아닙니다.”

“박 과장이 영업관리하랴, 손익관리하랴 바쁘겠구나. 하하하.”

“상무님은 영업을 총괄하시는데 제가 바쁜 건 아무것도 아니죠.”

“박 과장. 박 과장은 내가 키우고 싶은 우리 회사의 핵심인재야. 내 생각이 그래.”

“과찬이십니다.”

“과찬은 무슨? 지금 TM이 승승장구하는 건 회장님이나 내가 밀어 준 것도 있지만 영업이란 게 밀어 준다고 다 잘되는 게 아니거든. 박 과장이 만든 거야. 그러니까 자부심을 가져도 좋아. 앞으로 직원 인사고과에서 박 과장은 항상 S등급을 받을 거야. 그만한 자격이 있어."

"상무님. 좋게 봐 주셔서 감사합니다."

직원들은 1년에 2번 인사고과를 S A B C D로 등급을 매긴다. 과장이 S등급을 받으면 다음 반기에 부장급 월급을 받게 된다. 반대로 D등급을 받은 과장은 주임급 월급을 받게 된다. 직장을 정글로 만드는 제도다. S등급은 직급 총인원에서 5%만 받는다. D등급은 10%다. 1년에 두 번 D등급을 받으면 회사를 나가라는 무언의 압력이나 마찬가지다. 실제로 회사의 구조조정 수단으로 이용되었고 D등급을 받은 많은 직원들이 퇴사했다. 그러나 박 과장은 이런 성과급제가 생기고 나서부터 계속 S등급만 받았다. 부장과 같은 월급을 받고 있었던 것이다. 박 과장이 정글세계의 승자처럼 보였다.

"박 과장이 진짜 고생 많이 했더라."

"아닙니다. 저보다는 상무님이 고생하셨죠."

한 달 동안 업무 파악을 마친 이 부장이 회의실에서 박 과장과 회의를 하고 있었다.

"저번 달에 마감업적 12억을 넘겼잖아. 마감업적을 이렇게 단기간에 올리는 건 아마 우리 회사 역사에 처음일 거야."

"이제 부장님이 새로 오셨으니까 20억을 목표로 해야겠습니다. 하하하."

"당연히 그래야지. 역시 박 과장은 영업감이 있어. 내가 왔으면 당연히 기존 업적의 2배는 해야지."

"저도 부장님 영업을 한 수 배우겠습니다."

"그런데 말이야. TM은 마감회의 안 하나?"

"마감 회의요? 아~ 영업소나 영업국에서 월말에 하는 마감 회의요? TM은 특별히 마감회의가 필요하지 않습니다. TM은 마감 날이라고 해서 특별히 푸쉬를 하지 않습니다. 푸쉬한다고 더 나올 계약도 없고요."

설계사 영업조직에서는 마감 날 업적이 거의 한 달 업적의 1/4 이상이 입력된다. 많은 곳은 한 달 업적의 반 이상을 하는 영업소나 영업국도 있다는 걸 박 과장도 잘 안다. 그러나 TM은 '가라계약' 자체를 금지하고 있기 때문에 마감날이라고 해서 특별히 업적을 푸쉬하지는 않는다. 물론 마감날 업적이 평일보다는 많이 입력된다. 그것은 TMR들이 본인 수당을 맞추기 위해서 열심히 콜을 해서 얻은 업적이다.

"박 과장? 영업소장 안 해 봤지?"

"예?"

"박 과장 인사카드 보니까 본사에서만 계속 근무했더라고."

"네."

박 과장은 동국생명에 신입사원으로 입사했기 때문에 전 회사 경력은 아무도 모른다. 이 부장이 박 과장 인사카드를 봤을 것이다.

"보험영업은 말이야. 마감이 꽃이야. 알겠어? 그것이 설계사 영업이든 TM영업이든 마찬가지야. 내가 보기에 TM 업적은 지금 영업조직 체력으로 충분히 더 할 수 있는 여력이 있단 말이야."

"……."

"이제까지 박 과장이 TM 프로세스로 영업했다면, 그것에 설계사 조직의 마감 프로세스를 접목시켜서 업적을 극대화하는 작업이 필요하단 말이야. 내가 TM으로 온 이유도 TM에 설계사 영업정신을 심으라고 상무님이 생각해서 보낸 거라 생각한다."

"네. 알겠습니다."

박 과장은 이 부장의 생각에 동의하지 않지만 윗사람이 말하는데 반박을 할 수는 없었다.

"그래서 말인데 내일모레가 마감날이잖아. 내일 오후 4시에 마감 회의를 할 테니까 센터장들 집합시키도록 해."

"네. 알겠습니다."

기존에도 마감 회의는 했었다. 그러나 업적 관련 내용보다는 TMR들 이동이나 DB 관련 이슈들을 점검하고 센터장들이 DB의 퀄리티를 변경 요청하는 것이 주요 내용이었다.

다음 날 이 부장이 소집한 마감 회의에 8명의 센터장들과 박 과장이 참석했다. 이 부장은 마감날 업적의 중요성을 30분에 걸쳐서 열변을 토했고 각 센터장에게 예상 마감업적을 받았다. 받은 예상 마감 업적이 기대에 못 미치자 각 센터장을 지목하며 강한 질책을 가했다. 보험영업하는 사람들이 목표달성 의지가 부족하다는 게 주요 내용이었다. 박 과장을 비롯한 대부분의 센터장들은 평소와 다른 마감 회의 분위기에 당황했다. 그도 그랬던 것이 마감일 업적을 일주일 업적만큼 목표를 주었기 때문에 센터장들이 모두 당황했고 정말 이 업적을 해야 하는지 나중에 박 과장에게 묻는 센터장들이 다수였다. 그렇게 이 부장의 일장연설과 일방적인 마감회의가 1시간 만에 끝났다. 술만 안 먹었지 몇 년 전 동아생명에서 보았던 마감회의 모습과 똑같았다.

2년의 세월이 흘렀다.

작년에 TM영업본부 최고 업적인 16억을 넘겼으나 그 후 업적은 15억

이하에서 머물고 있었다. 15억도 대단한 업적이 틀림없다. 회사 전체 업적의 35%를 차지하고 있었고 더구나 TM 업적은 100% 보장성보험이라 설계사 조직의 30억 업적과 견줄 수 있는 가치가 있었다. 회사에서 TM 영업본부의 위상은 설계사 영업조직의 구조조정으로 인한 상대적인 가치 부각과 새로운 영업채널로서의 확장성 기대로 인해 선망의 영업부서가 되어 있었고 무엇보다 영업소장 후보자들이 선망하는 부서가 되어 있었다. 그래서 박 과장이 친한 입사 동기인 송대오 소장을 TM 센터장으로 데려오기도 했다. 이는 설계사 영업조직에서 본인 돈을 까먹을 수 있는 우려가 TM에서는 없기 때문이다. 그러나 TM도 급성장하던 업적이 정체를 보이자 설계사 영업을 접목하려는 이철근 부장의 '푸쉬 영업'이 서서히 자리 잡고 있어서 센터장이나 실장들의 스트레스가 가중되고 있었다.

박광호 과장은 이철근 부장 부임 이후 영업관리에는 한발 물러섰고 제휴 스폰서 관리와 TM제도 기획 및 변경에 업무가 집중되었다. 이미 모든 보험회사들이 TM영업을 운영 중이었고 홈쇼핑 방송도 보험회사들의 치열한 경쟁으로 수수료가 초기와는 비교할 수 없을 정도로 상승해 버렸다. DB를 보유하고 있는 제휴업체들도 보험회사의 과당경쟁으로 인해 '슈퍼갑'의 반열에 올라 있어서 추가 제휴가 쉽지 않았다. 박 과장은 보험업계의 TM관리자들 모임을 만들어 홈쇼핑을 비롯한 제휴업체들 횡포를 막고자 하였으나 업적에 눈이 멀어 있는 보험회사들 때문에 수수료 단합 시도는 항상 실패했다. 제휴 환경은 훨씬 어려워졌지만 그러나 박 과장의 회사 내 위상은 몇 년 전과 비교할 수 없을 정도로 올라 있었다. 인사고과 평가에서는 항상 'S'를 받았고 급여는 이철근 부장보다 많았다. 회사 내에서 TM과 관련한 모든 사항은 모든 본사 부서에서 박 과장만 찾았다. 그래서 출근하면 회의만 하다 하루를 보내는 날이 잦아졌다. 그러나 박 과장은 남들과 다른 스트레스에 시달렸다. 그것은 새로운 도전 목표가 점점 희미해져 갔기 때문이다. TM을 셋업 할 때나 업적을 급증시킬 때의 긴장감과 환희는 점점 사라지고 일반 월급쟁이들이 그렇듯 아무 감흥 없이 아침에 출근하고 저녁에 퇴근하는 생활이 매너리즘이라는 이름으로 박 과장에게도 다가오고 있었다. 먹이를 찾아 헤매는 하이에나처럼 새로운 일거리를 찾아 세상을 헤매는 게 적성에 맞는 박 과장은 일상의 생활에 젖어서 그냥 그런 샐러리맨의 세상에 적응해 버릴까 봐 두려웠고 TM영업을 만들고 6년이 넘어가자 목표를 상실할까 봐 박 과장 스스로가 두려워했다.

"박 과장. 지금 회의실에서 잠깐 나 좀 보자."

"네. 알겠습니다."

이철근 부장이 나른한 오후의 침묵을 깨고 말했다. 그동안 이철근 부장과 박 과장은 서로의 업무영역에 대해서는 거의 터치하지 않았다. 조직에서 상하관계가 엄연하지만 이 부장도 박 과장을 인정해 주고 있었고 박 과장도 직속상관인 이 부장에 대해서 좋은 게 좋다는 생각으로 대해 주고 있었다.

"박 과장. 다음 달이 추석인데 우리 본부에 배정된 상품권이 얼마지?"

"네. 1500만 원입니다. 제가 어제 총무부에서 받아서 가지고 있습니다."

매년 명절 때면 제휴 스폰서에 백화점 상품권을 명절 선물로 전달한다. 업계의 관행이다. 초기에는 선물을 구입해서 집으로 배송하기도 했는데 손이 많이 가기도 했지만 그보다는 받는 사람들이 상품권을 직접 받기를 더 원했기 때문이다. 보통 임원은 50만 원권, 팀장이나 부장은 30만 원권, 담당자는 20만 원권을 전달한다. 업적 비중이 큰 홈쇼핑사 같은 대형 스폰서는 그 기본금액에서 따블까지 올려서 전달했다. 물론 실행은 박 과장이 했다.

"박 과장. 내 말 오해 없이 들어라."

"무슨 말씀이세요?"

"이번에 나온 상품권을 좀 줄이자."

"예?"

"전달하는 금액을 좀 줄여서 전달하자는 말이다. 이번만 전부 기본으로 다 깔고 500만 원은 나한테 줘라."

스폰서가 10곳이니까 기본금액으로 하면 1,000만 원이 소요되고 500만 원이 남는다.

"부장님. 이게 매년 명절마다 똑같은 금액을 전달하던 거라서요."

"아는데, 이번은 그렇게 하자. 적게 주는 스폰서 애들에게는 회사 비용 구조조정 차원에서 접대비 예산을 삭감해서 그렇다고 하면 되잖아."

"네. 그건 그런데, 부장님 개인적으로 사용하실 건 아니실 거고, 특별한 용도가 있으세요?"

"박 과장도 알겠지만 내 법인카드 한 달 사용한도가 200만 원이잖아. 이거 가지고 센터장, 실장, TMR들하고 술 두세 번 먹으면 없어. 영업조직이 총 800명이나 되는데 명색이 영업부서장이 설계사 조직의 영업소장보다 사용할 수 있는 금액이 적으니까 내가 미치겠다. 그래서 해결책이 이 방법밖에 없더라."

TM영업부 부장의 법인카드 한도액은 200만 원이다. 영업 초기 만들어진 규정인데 영업조직이 몇 배나 증가했지만 그대로였다. 설계사 조직에서 영업국장은 한 달에 수천만 원을 영업지원 금액으로 활용할 수 있었다. 술을 먹거나 시책비로 사용하거나 영업국장의 마음이었다. 다만 영업성과로 평가만 받으면 된다. TM영업부는 설계사들 독려를 위한 비용을 별도로 책정하지 않았었다. 독려가 필요 없다고 박 과장은 생각했기 때문이다.

"……."

"내가 명색이 영업부장인데 센터장들에게 얻어먹어서야 되겠냐?"

맞는 말이다.

"네. 알겠습니다. 500만 원은 부장님께 드리겠습니다."

"고맙다."

"아닙니다."

"그리고 말이야. 박 과장."

"네. 부장님."

"외야 소장들 중에서 TM영업을 해 보고 싶다는 애들이 많이 연락 오고 있거든."

지금 설계사 영업소장들 사이에서 TM센터장은 선망의 대상이 되어 있었다.

"……."

"이참에 10명 센터장 중에서 3명을 소장 출신으로 바꾸려고 생각 중이야."

"아~ 네. 그야 부장님 생각대로 하시면 되죠."

"그래서 말인데 지금 센터장 3명을 교육팀을 만들어서 배치하려고 하거든. 영업국에 교육과장이 있는 것처럼 말이야. 교육팀을 신설하는 TM 직제개편안을 만들어서 결재 올리도록 해."

"예. 알겠습니다."

"누구를 보직 변경할 건지 안 물어보냐?"

"그야. 부장님께서 업적 부진한 애들 위주로 바꾸시겠죠."

이철근 부장이 이렇게 묻는 건 10명의 센터장 모두를 박 과장이 데려오거나 키운 사람들이기 때문이다. 이 부장이 이제껏 센터장에 대한 인사 문제를 언급한 적이 없었는데 센터장 인사이동을 시킨다는 건 아마도 친정체제를 구축하겠다는 의도일 것이다. 박 과장은 상관없었다. 이미 1년 이상 같이 근무하면서 센터장들 성향을 파악했을 것이고 센터장들이 1,2년에 한 번씩 이동하는 게 과거에도 그래왔었고 무엇보다 박 과장이 TM 영업 초기보다는 영업조직과는 의도적으로 거리를 두고 있었다. 이철근 부장에 대한 예의이기도 하지만 그것보다는 관심이 적어졌다는 것이 맞는 표현일 것이다. 물론 센터장과 실장들로부터 영업 현장에서 일어나는 많은 일들에 대해서는 이런 얘기 저런 얘기 많이 듣고 있었다. 그래서 영업현장의 분위기는 파악하고 있었다.

"이번에 데려오는 소장 출신 3명은 영업에 특출한 친구들이니까 기대해도 좋아."

"넵. 기대하겠습니다."

책상의 전화가 요란하게 울렸다.

"예. 박광호입니다."

"과장님. 저 서미란 센터장인데요. 교육실에서 지금 뵐 수 있을까요?"

"오~ 미란 센타장. 오랜만이야. 급한 일이야? 나 지금 결재 올릴 게 있어서 말이야."

"그럼. 저녁 약속 없으시면 제가 저녁 대접할게요."

"조금 늦어도 괜찮아? 8시쯤 끝날 것 같은데."

"네. 괜찮습니다. 그럼 8시에 뵐게요."

지금이 오후 5시니까 몇 시간 남지도 않았다. 서미란 센터장은 동국생명 TM영업부 4년 차 센터장이다. 센터장 중에 제일 고참이다. 나이는 38살이고 아들 2명을 키우는 엄마다. 승부욕이 강하고 영업에 저돌적이고 가장 업적을 많이 하는 센터장이다.

"내가 늦진 않았지?"

미란 센터장이 먼저 와서 기다리고 있었다. 여기는 사무실에서 조금 떨어진 영등포 공구 골목에 있는, 방치탕으로 유명한 곳이다. 박 과장이 도착한 시간이 8시가 넘은 시간이라 손님이 두 테이블밖에 없었다.

"뭔 TM영업부 일은 과장님 혼자 다하는 것 같아요. 밥 한번 먹으려고 해도 대통령보다 만나기 힘드네요."

미란 센터장과 박 과장은 TM 초기부터 같이 고생한 터라 서로 허물이 없는 사이이다.

"그러게 말입니다. 이제 영업 쪽은 손을 놓았는데도 이리 바쁜 거 보면 내가 머리가 나쁜가 봐. 그렇지?"

"뭐 드실래요?"

"여기 오면 방치탕 먹어야지."

"소주 한잔하실 거죠?"

미란 센터장이 박 과장 대답을 듣지도 않고 방치탕 2개와 수육을 시켰다. 소주도 2병을 시켰다.

"미란 센터장하고 오랜만에 술 먹네. 내가 영업 쪽에 손 떼고 처음인가?"

"박 과장님. 제발 영업 쪽에 관심 좀 가져주세요."

"관심이야 항상 있지."

"지금 영업에서 무슨 일이 일어나고 있는지 아세요?"

"영업 잘되고 있잖아."

"그렇게 보여요?"

"아니란 말야?"

수육과 소주가 나오자 미란 센터장이 능숙하게 소주 뚜껑을 열고 박 과장 앞에 있는 소주잔을 채웠다. 박 과장도 미란 센터장 앞에 놓인 술잔에 잔을 채웠다.

"진짜 몰라서 그런 거예요?"

"뭘?"

"이번에 업적 2등, 4등, 5등 하는 센터장이 교육실로 발령 났는데, 아시죠?"

"공문 봤어."

저번에 이철근 부장이 영업소장 출신 센터장을 데려오겠다고 얘기했지만 기존의 어느 센터장을 뺄 건지는 말하지 않았다. 그런데 인사 공문을 보니 영업을 잘하는 센터장을 교육실로 이동시키길래 의아했지만 부장의 인사권한을 과장이 참견할 수 있는 건 아니다.

"부장님이 과장님하고 미리 협의했을 거 아니에요?"

"미란 센터장. 회사에서 부장하고 과장은 하늘과 땅 차이야. 무슨 상의를 해!"

"그럼 부장님이 독단으로?"

"독단은 무슨? 당연한 인사 권한을 행사한 건데."

"내, 이럴 줄 알았어."

"뭐가?"

"부장님이 하신 인사인 줄 알았다고요."

"그럼 부장이 인사하지 송이 씨가 인사하냐?"

송이는 TM영업부 여직원 이름이다.

"농담할 기분 아닙니다."

"뭐가 문제야?"

미란 센터장이 소주 한 잔을 입으로 털어 넣고 있었다. 박 과장은 빈 잔을 채워 주었다.

"이번에 이동한 3명 센터장이 모두 부장님한테 잘못 보인 애들입니다."

"나름 영업 잘하는 애들인데 뭘 잘못 보였길래?"

"부장님이 한 달 내내 센터장들 돌아가면서 저녁 술자리 가지는 거 아시죠?"

"본래 이철근 부장이 술로 보험영업 탑에 오른 사람 아니냐. 영업조직 독려 차원에서 영업관리자들과 술자리 하는 게 당연한 거 아냐?"

이철근 부장은 매일 센터를 지정해서 순번제로 저녁에 술자리를 가졌다. 해당 센터의 센터장과 실장들 독려 차원이었다. 전형적인 설계사 영업독려 방식이었는데 문제는 접대비가 없다 보니 센터장이 모든 비용을 부담한다. 물론 센터장들 급여가 부장보다 훨씬 많기 때문에 비용부담에 대한 거부감은 없었다.

"문제는 항상 2차로 노래방을 가는데 이번에 인사이동 난 3명의 센터장

공통점이 부장이 노래방 가자는 걸 거절한 3인방이라는 거예요. 거기다 목표 달성을 못했다는 딱지를 붙이면서요."

"……."

"그것만 문제가 아니라 부장님이 개인적으로 이쁜 실장을 따로 불러서 술 먹는다고 회사 내에 이미 소문이 무성합니다. 여자들 조직에서 이런 소문이 퍼지면 어떤 결과를 초래하는지 과장님이 잘 아시죠?"

물론이다. 박 과장도 잘 안다. 과거 소장할 때 조회시간에 절대로 이쁘고 젊은 설계사와 눈을 마주치지 말라는 선배 소장의 충고를 기억하고 있을 뿐만 아니라 TM 조직은 설계사 조직과는 비교가 되지 않을 만큼 젊은 여자들의 조직이기에 설계사조직보다 이런 스캔들 관련 소문은 1만 배 더 민감하게 반응한다.

"그 이쁜 실장이 누구냐? 나도 만나 보고 싶네."

"과장님!"

미란 센터장이 눈을 치켜뜨며 박 과장을 째려보고 있었다.

"농담이다. 그만 눈 깔아라. 부장이 설마 그렇게까지 하겠어? 아니면 그냥 따로 불러서 소주 한 잔 사줬겠지. 직접 본 것도 아니잖아."

"부장님 집은 지방에 있고 혼자 상경해서 사시는 건 아세요?"

"그래? 난 몰랐는데."

"그봐요. 실장, 센터장들하고 술 마시는 자리에서 그랬다는 거예요. 혼자 상경해서 외롭다. 집이 엉망이다. 여자 하나 있었으면 좋겠다. 그런 얘기를 입에 달고 다닌다는데."

"아~ 그런 얘기 듣고 실장하고 연애한다고 오바한 거구나."

"진짜인지 아닌지는 저도 확인을 못 해 봤기 때문에 모르지만 TM영업

책임자와 관련된 스캔들은 사실 유무와 상관없이 심각한 거예요. 지금이야 영업이 잘되니까 센터장이나 실장들이 수긍하고 가만있지만 영업이 조금만 꼬꾸라지면 바로 타사로 옮길 겁니다. 동국생명 TM센터 관리자들이 타사 스카웃 타겟인 건 아시죠?"

그랬다. TM영업 경험이 업계에서 가장 많은 회사라 TM업력이 얼마 되지 않은 보험사들이 실장, 센터장을 스카웃하려고 눈에 불을 켜고 찾고 있었다.

"미란 센터장은 몸값 올라서 좋겠다. 부럽다."

"농담 마시고 시간 되실 때 부장님께 말씀 좀 해 주세요. 그런 말을 할 사람은 과장님밖에 없어요."

"알았어. 역시 동국생명 TM영업센터는 우리 서미란 센터장님이 계셔서 든든합니다. 이렇게 회사 생각을 해 주다니 눈물이 앞을 가립니다. 하하하."

"과장님만 믿습니다. 이런 소문 더 퍼지면 관리하기 힘들어요."

"알았습니다. 자자 술이나 마시자. TM영업부를 위하여!"

그래서일까? 15억 전후에서 놀던 TM영업부 업적이 14억 전후로 1억이나 내려왔다. 그럴수록 영업관리자인 센터장, 실장에 대한 부장의 '푸쉬 영업'은 강화되고 있었다. 심지어 마감회의에서 '가라계약'을 넣으라고 강조하기 시작했다. 이 부장은 TM영업부 부장으로 부임하면서 TM업적 20억 플랜을 이 상무에게 보고했다고 들었다. 스스로 초조할 것이다.

"박 과장. 제휴 업체들에게서 받아 오는 DB가 과거에 비해 퀄리티가 많이 떨어진다고 센터에서 말이 많아. 그리고 홈쇼핑 방송도 콜 수가 예전만 못하고."

이철근 부장이 심각한 표정으로 박 과장을 불렀다.

"네. 영업하시는 분들 의견을 종합해서 업체들하고 수시로 미팅을 하고 있습니다. 근데 아무래도 DB 사용량이 있으니까 퀄리티 개선하는 것이 한계가 있습니다."

"새로운 영업할 수 있는 DB를 구해야 하는데. 이 상태로 가면 업적이 감소하는 게 눈에 보이는데 방법이 없네. 박 과장! 좋은 방법 없어?"

"글쎄요. 저라고 뾰족한 수가 있겠습니까?"

"평소에 생각한 게 있을 것 아냐? 말해 봐."

이 부장이 부탁하는 말투와 강압적인 말투가 섞였다.

"제가 생각한 게 한 가지 방법이 있기는 한데요. 이게 난관이 많을 것 같아서……."

박 과장은 말끝을 흐렸다.

"뭔데, 말해 봐."

이 부장이 의자를 탁자로 당겨 앉으며 말했다.

"외야 설계사들 13차 정착률이 20%가 안 되잖아요. 10명의 설계사 중에 1년 안에 퇴사하는 설계사가 8명이나 된다는 건데, 그러니까 탈락한 설계사들이 모집한 계약자들 수가 어마어마할 겁니다. 탈락설계사들 계약자, 즉 '고아계약자' DB를 우리 TM영업부가 가져올 수만 있으면 대박 날 겁니다."

"그렇지. 바로 그거야. 고아계약자 숫자가 많다는 건 내가 영업국장을 오래 해 봐서 잘 알지. 역시. 박 과장이야."

"근데 영업관리부에서 동의할까요?"

영업관리부는 설계사 영업조직을 총괄하는 부서다.

"그건 걱정하지 마라. 내가 상무님께 보고해서 영업부와 협의하지."

이영섭 상무의 힘을 빌리겠다는 의미다.

"고아계약자 DB가 아무리 적어도 몇십만은 될 겁니다. 그것만 가져오면 TM영업부 몇 년 먹거리는 됩니다. 또 기계약자이기 때문에 체결률도 훨씬 높을 겁니다."

"알았어. 박 과장이 고아계약자 활용방안을 간단하게 보고서 하나 작성해 봐. 내가 바로 상무님 찾아 갈 테니까."

"네. 알겠습니다."

"TM은 진짜 영업만 잘되면 천국이야. 안 그래?"

"예?"

"그렇잖아. 내가 설계사 조직에서 20년을 영업했는데 평균 연령이 환갑인 할머니들 상대한다고 얼마나 힘들었겠냐. 여기 오니까 평균 연령이 35세야. 설계사 영업조직들에 비하면 여기가 천국 아니냐고. 영업소장하다 온 세 놈들도 몇 달이 지났는데도 그래서 정신을 못 차리는 것 같아. 박 과장이 그놈들 가끔 만나서 TM영업 노하우 좀 알려 주고 그래."

"네. 알겠습니다."

"지금은 이제 추가 제휴도 힘드니까 박 과장 시간도 좀 나잖아. 그 세 놈들하고 친하게 지내도록 해. 이놈들이 아직 TM영업의 포인터를 모르는지 적응을 못하는지, 그렇게 영업을 잘하는 놈들인데 여기서는 맥을 못 추네."

영업소장 출신 3명이 부임 후 그 센터의 업적이 계속 뒷걸음질 쳤고 더구나 설계사조직에서 했던 것처럼 계속 술 독려 영업을 하면서 센터 내에 안 좋은 소문까지 돌고 있는 상황이었다.

“네. 알겠습니다. 저 보고서 바로 작성해서 드리겠습니다.”

“그래. 그래. 수고 좀 해줘.”

‘고아계약자’ 활용건은 영업관리부의 강한 반대에 부딪혀 결국 성사되지 못했다. 이영섭 상무가 힘으로 밀어붙이려 했지만 아직까지 보험회사의 주력 영업조직인 설계사들의 반발을 무마시키기 어려웠다. 그렇게 영업관리부와 한 달여의 협의 과정은 허무하게 끝났지만 영업관리부에서 별도 영업조직을 구성해서 자체적으로 ‘고아계약자’를 활용하겠다고 나섰다. 죽 써서 개 준 꼴이 되었다.

“박광호 과장님. 시간 있으면 나하고 차 한잔하시죠.”

“그러시죠.”

여기는 충무로 뒷골목이다. 한 달에 한 번 생명보험사 TM동업사 회의가 있는데 이번 달에는 DK생명에서 회의를 개최했고 회사 뒤 인쇄 골목에서 동업사 10여 명의 사람들과 삼겹살을 먹고 자리를 일어날려던 참이었다. 박 과장을 부른 사람은 DK생명 김길태 부장이다. DK생명은 TM영업 규모가 작았고 김태길 부장은 TM으로 발령받은 지 얼마 되지도 않은 TM 초보 부장이다.

“박 과장님! 동국생명은 TM영업 잘되시죠?”

“뭐, 그럭저럭요.”

삼겹살집을 나와서 다른 사람을 모두 보내고 둘이 근처 커피숍에 자리를 잡았다.

“저는 어리둥절합니다. 아직 적응이 안 되네요.”

"부장님도 참. 시간이 해결해 줍니다. 하하하."

"그럴까요? 우리는 TMR 인원이 100명도 안 되는데 왜 이리 일이 많은지 모르겠습니다."

"부장님이 새로 오셨으니까 앞으로 늘리시면 되죠."

"제가 TM으로 부임하고 나서 직원들에게 물어보니까 TM 업계에서 박 과장님 짬밥이 제일 많다고 해서 이렇게 가르침을 받으려고 따로 자리를 만들었습니다."

김길태 부장이 진지한 표정으로 말했다.

"부장님. 그런 거라면 비싼 술집에서 만나자고 해야죠. 커피 한 잔에? 너무한 거 아닙니까? 하하하."

"죄송합니다. 그러면 제가 비싼 술집 잡을 테니까 나오실랍니까? 박 과장님이 시간만 내주시면 언제든지 잡겠습니다."

"어찌 사내가 술을 거절하겠습니까? 하하하."

"약속하신 겁니다."

"그럼요."

김 부장은 진짜 일주일 후에 약속을 잡았다.

"어서 오세요."

"반갑습니다."

"오늘 작정하고 잡았습니다."

김길태 부장이 반갑게 맞이한 이곳은 선릉역 근처 단란주점인지 카페인지 모를 고급진 술집이었다.

"제가 말씀드릴 내용이 술값만큼 안 될 텐데 걱정입니다. 하하하."

"별말씀을요."

"부장님! 말 놓으세요. 안정호 과장에게 물어보니까 저보다 8살 많으시던데."

"그래도 초면에?"

"그럼, 저 여기서 술 못 마십니다."

"알았어요. 박 과장님. 아니 박 과장."

"네. 편하게 대해 주세요. TM 경험이야 제가 많지만 보험업계 선배님이시잖아요."

"역시! 박 과장은 인성도 좋네."

"저 성질 더럽습니다. 하하하."

이때 이쁜 아가씨가 술과 안주를 들고 들어왔다. 양주였다. 이제야 서로 긴장감이 풀리는 느낌이었다.

"내가 필요할 때 부를게. 나가 있어!"

김길태 부장이 양주 뚜껑을 따면서 말했다.

"아니 무슨 중요한 말씀을 하시려고 강남 이쁜이들도 물리치시고. 하하하."

"술 취하면 얘기 못 할까 봐서 그래요."

"무슨 중요한 말씀을 하실라고? 무섭습니다."

"다름이 아니라 박 과장. 혹시 회사 옮길 생각 안 해 봤어요?"

"예?"

"이직 생각 없으시냐고?"

"아니 부장님 TM 노하우 배우시려고 저 부른 게 아니었어요?"

"뭘 노하우를 배워. 노하우 가진 사람을 데려오면 되지."

"하하하. 말 되네요. 지금 저 스카웃 제의하시는 겁니까?"

"그래요. 박 과장 데려가고 싶어서 술자리 마련했어요."

"부장님. '요' 자는 빼시라니까."

"알았어. 박 과장. 같이 일합시다."

"갑자기 이렇게 들이대시면 제가 당황스럽죠."

"그럴 테지. 당장 오라는 게 아니고 생각을 해 보라는 거니까. 부담은 갖지 말고."

엄청난 부담이었다. 박 과장은 한 번도 회사를 옮긴다는 생각을 해 본 적이 없기 때문이다. 더구나 DK생명으로 갈 생각을 추호도 없었다.

"이거 제가 잘못하면 술만 얻어먹고 튀는 놈이 될지도 모르겠습니다. 저는 부장님께서 TM영업 관련해서 이것저것 물어볼 거라고 생각해서 많이 준비하고 왔는데, 갑자기 머리가 띵 해집니다."

"박 과장에게 부담 주려고 이러는 거 아니니까 걱정 말고. 박 과장 정도 능력이면 더 큰 꿈을 이룰 수 있는 터전이 필요할 것 같아서 하는 말이야. 박 과장이 동국생명 TM영업을 지금만큼 키웠지만 앞으로 회사 내에서 더 키우기에는 한계가 있을 거야. 내가 볼 땐 동국생명 TM 업적은 지금쯤이 한계일 거라 보거든. 내가 기획실 있을 때 동업사들 영업채널 분석을 좀 했어."

김길태 부장은 기획부장에서 TM영업부 부장으로 전보된 사람이다. 동국생명 TM영업이 지금이 한계일 거라는 예측에 박 과장도 상당 부분 동의하고 있었다. 그러한 분석을 한 김 부장의 통찰력에 놀랐다.

"그렇다고 해서 DK생명이 동국생명보다 더 좋은 밭은 아니라고 저는 생각합니다."

"나도 그렇게 생각해."

"예? 아니 부장님도 그렇게 생각하시면서 더 좋은 밭으로 스카웃하신다니? 그럼 더 좋은 밭이 DK 아니었어요?"

"응. 아니야."

"예?"

"하여튼 TM영업 밭이 좋은 회사가 있어. 더는 묻지 말고. 나는 박 과장하고 같이 일하고 싶은 거야. 박 과장이 이직 결심이 서면 그때 내가 알려줄게."

"저, 좀 비싼데요."

"알고 있어. 평가에서 계속 'S' 받아서 나보다 연봉 높은 거."

"헐!"

"헐은 무슨? 사람을 스카웃하는데 조사도 안 하고 하나?"

"문제없다. 이 말씀이네요."

"걱정하지 마."

"근데, 지금은 제가 회사 옮길 생각이 없습니다."

박 과장은 정색을 하고 말했다. 이제 농담할 분위기가 아니었다.

"알고 있어. 지금부터라도 박 과장이 진지하게 생각해 준다면 술값은 한 거니까 걱정 마."

"아시면서 이렇게 비싼 양주를?"

"박 과장 가치에 비하면 양주야 새 발의 피지."

"부장님이 저를 몇 번 보지도 않았는데 너무 과대평가하시는 거 아닙니까?"

"박 과장이야말로 자신을 과소평가하지 마. 이미 업계 사람들 통해서 박 과장에 대해서 평판조회 끝났어."

"저 지방대 나오고 촌놈 출신입니다."

"나도 촌놈 출신이야. 우리 때에 촌놈 아닌 놈이 얼마나 되겠어?"

"하여튼 좋게 봐주셔서 감사합니다."

"부담 갖지 말고 술이나 마시자."

"그럼 부담 없이 술 얻어먹겠습니다."

"그래. OK. 아가씨들 부르자."

술자리를 마치고 석 달 후 만났을 때 김길태 부장은 '대동생명 신채널 영업본부장, 상무'라고 새겨진 명함을 박 과장에게 내밀었다. 더 이상 이직에 대한 언급 없이 서로 안부만 묻고 헤어졌다.

"본사 오랜만에 들어왔네. 영업하느라 바쁜 사람을 본사까지 오라 가라고 지랄인지 모르겠다."

"저는 그냥 꼽사리 부장님 따라왔네요."

광화문 본사 회의실이다. 강세강 기획실 부장이 소집한 회의다. 회사 실세 부장 중 한 명이다. 참석자는 계약부, 상품부, 기획실, TM영업부장이 참석하는 회의인데 이철근 부장이 사업비 관련 내용을 잘 모른다고 박 과장도 참석하라고 해서 부장들 회의에 참석했다.

"이 부장 오랜만이야."

강세강 부장이 회의실을 들어서면서 이철근 부장을 보고 말했다. 강 부장이 부장 중 최고참이다.

"네. 부장님 오랜만에 뵙습니다."

"내가 부장 회의라고 공지했을 텐데?"

강 부장이 박 과장과 이 부장을 번갈아 보면서 말했다.

“네. 알고 있습니다. 제가 사업비에 대한 이해도가 살짝 짧아서 박광호 과장을 동반 참석시켰습니다.”

“영업부서 부장이 사업비에 대한 이해도가 짧아? 말이 돼?”

“제가 외야 영업하는 데만 있다 보니 그렇습니다. 공부하고 있습니다.”

강 부장이 이 부장을 거의 아랫사람 대하듯 했다. 옆에 앉아 있는 박 과장도 불편했다.

“다 온 것 같으니까 바로 회의 시작합시다. 계약부장이 자료 설명해 봐.”

강 부장이 상석에 앉아 참석자들을 훑어보며 말했다.

“네. 저희 계약부에서 분석한 자료입니다. 지금 TM영업부에서 판매하고 있는 암보험이 사차손해의 리스크가 상당히 큰 것으로 나와서 이참에 상품을 개정했으면 합니다. 지금까지는 그래도 사차손해까지는 아니지만 점점 사차이익이 줄어드는 추세여서 빠른 상품 개정으로 사차손해를 막아야 한다고 봅니다.”

이제까지 TM에서 판매한 암보험이 보험회사가 받은 보험료보다 지급될 암 보험금이 증가할 가능성이 높다는 말이었다.

“TM영업부. 들었지? 암보험 사차손해 리스크가 크니까 상품 개정하자는 데 동의하지?”

강 부장이 이철근 부장을 보면서 말했다.

“상품 개정을 한다는 건 보장내용을 축소하자는 것 같은데 어느 영업부서가 동의하겠습니까? 지금 암보험금 7천만 원 보장하는데 다른 회사는 1억까지 지급하는 회사도 많습니다.”

“야, 이 부장. 영업 왜 하는데? 회사 돈 벌려고 하는 거 아냐? 손해 볼 가능성이 높은 상품이라는데 그래도 계속 팔자고? 회사가 땅 팔아서 장사하냐?"

강 부장이 이철근 부장을 째려보면서 말하자 이 부장은 침묵했다.

"부장님. 제가 한 말씀 드려도 되겠습니까?"

박 과장이 강 부장에게 이 부장 대신 대답했다.

"뭐?"

"자료에 보면 TM영업부에서 4년 동안 거둔 사차이익 규모가 1,200억입니다. 그리고 아직까지 사차손해가 발생한 것도 아닙니다. 이런 상황에서 벌써 상품 보장내용을 축소하면 다른 회사들에 비해 영업 경쟁력이 떨어져서 힘들어지는 것도 기정사실입니다. 좀 더 시간을 갖고 현장의 의견을 들어주셨으면 합니다."

"이런 추세로 가면 6개월 내에 당기 사차손해가 발생할 가능성 100%다. 그걸 그냥 보고 있으라고? 영업이 돈을 벌어야지. 손해 보는 장사를 왜 하지?"

"부장님께서 말씀하신 사차손익 추이는 동의합니다. 그래서 시간을 좀 더 가지고 보장내용을 재구성하자는 게 저희 TM영업부 의견입니다."

박 과장이 최대한 조심스럽게 말했다. 이 부장은 옆에서 이리저리 눈동자만 굴리고 있었다.

"과장 나부랭이의 동의는 필요 없고, 회사 전체의 손익을 관리하는 우리 기획실의 입장은 당장 상품을 개정해야 한다는 거야."

박 과장은 '과장 나부랭이'란 강 부장의 말에 순간 얼굴이 달아올랐지만 목소리를 최대한 억누르면서 대답했다.

"부장님. 저희 TM에서 판매하는 암보험이 나중에 사차손해가 나더라도 비차이익에서 충분히 커버 가능합니다. 비차이익은 지금도 사차이익

만큼 나고 있고 이는 앞으로 계속보험료가 증가하는 속도만큼 더 커질 겁니다. 사차손익만 놓고 상품을 개정하자는 건 저희 TM영업부에서는 억울합니다."

'비차손익'은 보험상품 이익의 근원으로 신계약비, 유지비, 수금비로 이루어지는데 대부분의 보험회사 이익의 80% 이상을 차지한다. TM에서 판매하고 있는 암보험에서 나오는 비차이익이 5년 누적으로 1,000억을 넘었다. 향후 3년 내에는 2,000억이 넘을 것으로 예상하고 있었다.

"억울하긴 뭐가 억울해? 우리 회사 생긴 이래로 사차손해가 발생한 일이 없어요. 사차손해가 TM에서 발생하면 회사 50년 창립 이래 최초야 인마. 그리고 비차손익하고 사차손익하고는 회계계정 상 엄연히 분리해서 관리하는 게 당연하지. 뭔 소리를 하는 거야?"

"설계사들이야 저축성 보험만 판매하니까 사차손해가 날 가능성이 제로 아닙니까? 설계사 영업채널에서 나는 사차이익 해 봐야 한 달에 10억도 안 되는데 50년 동안 저축성 상품만 팔았으니까 사차손해도 없듯이 사차이익도 없는 거잖습니까. 우리 회사가 보장성 보험을 TM에서 7년 전부터 최초로 판매를 시작했는데 벌써부터 사차손익으로 상품 보장을 축소하면 영업 현장은 다 죽으라는 소리입니다."

박 과장 목소리 톤이 어느새 올라가 있었다.

"어이. 이철근이. 저 새끼 왜 달고 왔어? 헛소리 그만하게 당장 내보내!"

"예?"

"여긴 부장회의야. 어디 과장 나부랭이가 목소리를 높이고 있어. 당장 내보내. 새꺄!"

강 부장의 큰 목소리가 회의실 밖에까지 울렸고 회의실 밖의 직원들이 이쪽 눈치를 살피고 있었다.

“죄송합니다. 부장님들. 과장 나부랭이인 제가 오버한 것 같습니다. 말씀대로 제가 나가겠습니다.”

“저 새끼가?”

박 과장은 그렇게 말하고 부장들에게 목례로 인사하고 회의실 밖으로 나왔다. 복도에 나온 박 과장에게 몇몇 직원들이 무슨 일이지 물었으나 박 과장은 아무 말 없이 광화문 본사를 빠져나왔다.

제5장

책임감을 느낄 때
- 부장 시절

* * *

"박 과장 오랜만이야."

"사무실이 여의도세요? 저희 사무실 있는 영등포에서 가까워서 좋네요."

여의도 앙카라공원 근처 한정식집에서 두 달 만에 김길태 상무를 만났다. 대동생명으로 옮긴 지 석 달째라고 했다.

"이 근처야. 사무실 구경 갈래?"

"제가 뜬금없이 남의 사무실에 왜 들어갑니까?"

"곧 박 과장 사무실 될 거니까!"

"와! 상무님 아직 포기 안 하셨네요. 하하하."

"내가 포기를 왜 해? 박 과장을 기다리고 있었을 뿐이야."

"아니 근데 상무님은 TM으로 오자마자 임원으로 옮기셨네요. 대단하십니다."

"여기 대동생명 사장님하고 개인적인 친분이 좀 있어서."

"그러시구나."

"박 과장도 알다시피 대동생명은 은행 계열 신생 보험사잖아. 그래서 지금 대동은행에서 방카슈랑스 영업만 하고 있거든. 다른 영업채널이 아무것도 없단 말이야. 그렇다고 설계사 영업채널인 FC영업부를 만들기에는 돈과 시간이 너무 많이 들어갈 거고. 그래서 사장님이 나를 부른 건 방카슈랑스 말고 TM이라든가 AM영업 같은 신채널영업을 만들어 달라고 부르신 거야. 보험회사가 방카만 영업하면 그게 보험회사야? 구멍가게지. 은행이나 카드사의 위상만큼 계열 보험사도 키우려고 하시는 거지."

'방카슈랑스'는 은행에서 보험상품을 판매하는 영업채널을 말하는 것이고, 'AM'은 'AGENCY MARKETING'의 줄임말로 보험사 직영설계사 영업이 아닌 대리점을 통한 보험영업 채널을 말한다.

"아니 상무님은 기획실 출신이신데 신채널을 세팅하라고요?"

"임원이 꼭 영업 전문가일 필요는 없지. 전문가 부장을 데려오면 되잖아."

"근데, 대동생명은 아무것도 없다면서요. 제가 가도 맨땅에 헤딩해야 되는 건데, 또다시 맨땅에 헤딩하기 싫습니다. 워낙 맨땅에 헤딩을 많이 해서 머리카락이 얼마 없습니다. 하하하."

"내가 박 과장 이런 유쾌한 모습을 좋아한다니까. 하하하."

"심각한데?"

"박 과장이 뭘 걱정하는지 알아. 근데 말이야. 대동금융그룹 계열사들 중에 박 과장도 알겠지만 은행, 카드회사가 시장점유율 3위 안에 드는 회사거든. 내가 신채널영업 관련해서 그룹에서 회의를 했는데 은행고객이 2,500만 명이고 카드고객이 1,500만 명이라고 하더라고. 이 고객들 중에서 10%만 먹어도 대박나는 거 아냐?"

대동금융그룹은 대동은행이 시장점유율 3위의 은행이고 카드도 시장점유율 3위의 카드사다. 그만큼 고객 DB 확보는 어렵지 않다는 얘기를 김길태 상무가 말하고 있는 것이다.

"근데 상무님. 은행하고 카드사가 아무리 계열사라고 하더라도 고객

DB를 줄까요? 지금 일부 보험사가 전업계 카드사와 제휴해서 TM으로 영업하는 곳이 있는 건 아는데 은행계 카드사나 은행하고 제휴해서 보험영업하는 곳은 없는데요."

"내가 그룹에 가서 다 얘기했다니까. 박 과장이 부장으로 대동생명으로 출근하는 날짜만 잡아주면 은행 DB든, 카드 DB든 원하는 DB가 대기하고 있을 거야."

"진짜요?"

"이 사람이 속고만 살았나? 그렇지 않고서야 사장님이 왜 영업도 전혀 모르는 나에게 신채널을 만들라고 하겠어? 나도 사장님에게 그런 확답받고 여기로 옮긴 거야. 대동생명에서 TM영업은 제휴 같은 건 필요 없고 박 과장의 TM영업 스킬만 발휘하면 누워서 떡 먹는 영업환경이야."

"……."

"사장님께 박 과장을 이미 말씀드렸어. 한번 보자고 하시는데, 언제 시간 돼?"

"역시 상무님은 언제나 성질 급하시네요. 하하하."

"박 과장도 이제는 부서장이 돼서 스스로 본인의 색깔에 맞는 TM영업부를 한번 만들어 볼 때가 됐다고 보는데. 이제 그럴 나이가 됐잖아."

"본인의 색깔이라……."

김길태 상무도 적지 않은 나이에 회사를 옮긴 걸 보면 그런 확신 없이 옮겨 오지는 않았을 것이다. 김 상무의 말이 사실이라면 박 과장이 꿈꾸던 TM영업부를 만들 수 있는 환경을 갖춘 보험사는 맞다는 생각이 들었다. 박광호 과장도 곧 40대에 들어서는데 지금 아니면 이직이 어려울 것이다.

첫눈이 내리던 12월 1일. 최악의 교통정체를 뚫고 박광호는 여의도로 첫 출근했다.

앙카라공원 근처의 사무실은 23층 건물에서 2개 층 만을 대동생명이 사용하고 있었다. 임직원수를 다 합쳐도 100명이 안되는 소규모 신생 보험사였기 때문이다. 그중 영업부서가 사용 중인 15층에 내렸다. 방카슈랑스 영업본부가 거의 15층 2/3를 차지하고 있었고 신채널영업본부는 구석에 자리하고 있었고 AM영업부와 TM영업부 팻말이 보였다.

"박광호 부장. 반갑습니다. 앞으로 잘 부탁합니다."

"박광호입니다. 제가 잘 부탁드리겠습니다. 사장님."

사장실에 김길태 상무와 박 부장이 들어서자 신병수 사장이 반갑게 맞아 주었다. 신병수 사장과는 한 달 전에 외부에서 김길태 상무와 함께 만났었다. 그때 사장님 말씀을 듣고 이직에 확신이 생겼고 그날 이후로 이직 절차를 밟았다. 동국생명 이영섭 상무와의 마지막 면담에서 이 상무의 간곡한 만류가 있었지만 결국 꿈을 찾아 떠나려는 박광호의 뜻을 꺾지는 못했다. 사표는 1주일 후에 수리되었고 14년간의 동국생명 직장생활은 그렇게 막을 내렸다. 동국생명은 박광호에게 친정 같은 회사였다. 시원섭섭하다는 말이 이때 사용하는 게 맞을 것이다.

"오늘 박 부장 첫 출근날인데 첫눈이 오네. 좋은 징조야. 앞으로 TM영업이 잘될 것 같은 생각이 드는구만."

"열심히 해서 사장님께 보답드리겠습니다."

"그래그래. 앞으로 김 상무하고 박 부장하고 합심해서 우리 회사를 종합보험회사로 만들어 봅시다. 이제야 보험회사의 구색이 맞추어지는 건가? 하하하."

"TM에 많은 지원 부탁드리겠습니다. 사장님."

"그야 당연하지. 일하다가 어려운 일 있거나 그룹 계열사들하고 문제가 생기는 게 있으면 언제든지 내 방으로 와. 신채널영업본부는 나하고 운명을 같이하는 조직이니까."

"감사합니다. 사장님."

"김 상무!"

"네. 사장님."

"김 상무가 다른 임원들한테 박 부장 소개시켜 주고 조만간 신채널영업본부 부장들하고 같이 저녁이나 한번 하지. 날 잡아서 알려 주게."

"네. 알겠습니다."

사장실에서 나와 다른 임원들에게 인사를 마치고 김길태 상무 방에 들어왔다.

"상무님. 임원 중에 서양 놈도 있네요. 저 영어 못하는데."

"놀랐지? 우리 회사가 합작사야. 대동금융그룹하고 네덜란드계 보험사하고 50:50이야. 사장하고 방카 담당 임원하고 나 빼고 모두 그쪽 애들이야."

"외국사 다니는 애들 얘기 들어 보면 엄청 깐깐하다고 하던데. 상품도 갱신형 상품만 만들어서 팔고."

"사장님하고 내가 다 커버되니까 걱정 말고. 참, AM영업부 부장하고도 인사해야지. 배영준 부장이라고 AM 쪽 전문가야. 사장님이 데려온 사람이야. 나보다 한 달 먼저 왔어."

김 상무가 전화로 AM 부장을 호출했다. 배영준 부장이 곧 상무방 문을 열면서 들어왔다.

"배영준입니다."

"박광호입니다."

"배 부장이 박 부장보다 한 살 많은데 한 살은 같은 연배니까 친하게 지내."

"한 살 차이는 그냥 친구죠. 하하하."

배 부장이 넉살 좋게 웃으며 말했다.

"배 부장은 대동에 온 지 이미 6개월 차라서 벌써 좋은 보험대리점 발굴해서 다음 달부터 영업개시 들어간다. TM 부장도 왔으니까 이제 AM과 TM이 방카 업적 따라잡아야지. 그리고 배 부장이 박 부장 데리고 다른 부서장들에게 인사시켜 줘라."

"알겠습니다. 나는 TM을 잘 모르지만 박 부장님 보니 인상이 좋으셔서 왠지 잘될 것 같습니다. 박 부장님, 우리 둘이 같이 잘해봅시다."

"고맙습니다. 부장님. TM영업부도 많이 도와주십시오."

"내가 도울 게 있나요? 위층에 있는 지원부서 새끼들 지랄하는 거 있으면 나하고 박 부장이 공동전선으로 깨 부셔야 합니다. 하하하."

"첫 출근한 사람에게 부담 주지 말고 너희들 저녁에 약속 없지? 박 부장 첫 출근 기념으로 한잔해야지."

"좋죠."

그렇게 출근 첫날이 정신없이 지나갔다.

"과장님들! 만나서 반갑다. 잘 부탁한다."

"저희들이 잘 부탁드리겠습니다. 저는 오성식 과장입니다."

"저는 조정은 과장입니다."

TM영업부 회의실에서 두 명의 과장과 마주 앉았다. TM영업부 구성원이 박 부장과 과장 2명이 전부다. 인사카드를 보니 오성식 과장은 34세.

3개월 전에 대동으로 왔고 TM업무 경험은 별로 없다. 조정은 과장은 35세로 TM영업 업계 1위 보험사인 진한생명에서 TMR과 교육실장을 하다 6개월 전에 대동으로 왔다. 내근직원 경험이 여기가 처음이었다. 자녀가 1명 있는 애 엄마다.

"그래. 같이 근무하게 돼서 반갑고, 두 사람과 같이 TM영업부를 멋지게 셋업 해 봅시다. 인사는 이쯤하고 바로 업무 얘기합시다. 각자 무슨 일하는지 얘기해 보세요."

"저는 설계사 관리와 영업관리 업무를 하고 있습니다."

조 과장이 조금 긴장한 듯 낮은 목소리로 말했다.

"설계사 관리? 영업관리? TM영업부에 설계사가 있어?"

"네. 설계사 3명이 영업하고 있습니다."

"무슨 영업을 하는데?"

"광고 보고 인바운드 콜 오면 전화를 받아서 영업합니다."

"무슨 광고?"

"삽지광고를 합니다."

'삽지광고'는 통신사나 아파트 관리비 요금 고지서에 광고하는 것을 말한다.

"그래서 3명이 지난달에 업적 얼마 했는데?"

"25만 원 했습니다."

"3명이서 25만 원 했다고?"

"……."

"25만 원 한 걸 조 과장이 한 달 동안 관리했다고?"

"……."

조정은 과장 얼굴이 홍당무처럼 달아올랐다. 한 달 25만 원 업적을 관리했다고 말하는 게 본인도 멋쩍었을 것이다.

"오 과장은 무슨 일 하지?"

"저는 제휴업무와 본사 지원부서들과 협의하고 보고서나 품의 진행을 하고 있습니다."

"제휴업무는 광고계약?"

"네."

"한 달에 삽지 광고비 얼마 줘?"

"월 100만 원입니다."

"대동은행이나 대동카드사와 제휴 협의는 어디까지 진행되고 있지?"

"예?"

"은행이나 카드 DB 제휴 안 했어?"

"상무님하고 2달 전에 은행 기획실에 들어가서 협의 한 번 하고 왔습니다."

"그게 다야?"

"상무님이 별도로 협의하신 사항이 있는지는 모르겠습니다."

"……."

입사하기 전 김길태 상무가 말한 것하고는 온도가 확연히 달랐다. 은행이나 카드사와 제휴 문제가 전혀 진척되지 않은 것이다.

"알았어. 조 과장은 내일까지 지금 하고 있는 영업현황 나에게 보고해 주고 오 과장은 광고계약 이번 달은 집행됐을 거고 다음 달부터 중단시켜."

"네?"

오 과장이 놀란 눈으로 박 부장을 쳐다본다.

"업적 25만 원하는데 한 달에 광고비 100만 원에, 설계사 수당 3명에 최소 400만 원은 나갈 거고 그럼 한 달에 500만 원 나간다는 건데. 이걸 계속해야 되는 이유가 있나? 이제 이런 영업 안 할 거니까, 그리 알고 조치해. 그리고 조 과장은 설계사 3명 어떻게 처리할 건지도 보고내용에 넣어서 올려."

"알겠습니다."

과장 두 명과 미팅 이후 박 부장 걱정은 더 깊어졌다. 오 과장은 사람은 좋아 보이는데 TM영업에 관한 경험이 없고 조 과장은 현장에서 영업경험만 있지 관리자의 경험이 전무한 사람이었다. 더구나 입사 전 김길태 상무의 말과는 전혀 다르게 DB에 대해서 협의가 되어 있지 않았다. 입사 첫날부터 하늘이 노란 것을 경험했다.

"상무님. 오 과장 말로는 은행이나 카드하고 제휴된 게 없다는데요. 어떻게 된 겁니까?"

박 부장이 과장들과 회의를 마치고 바로 김 상무 방으로 들어왔다.

"박 부장. 일단 거기 앉아 봐. 그게 어떻게 된 거냐면 말이야. 사장님하고 내가 은행 기획실에 가서 우리가 계열사DB 사용하게끔 해 달라고 3번이나 들어가서 말했는데도 이 새끼들이 꿈쩍도 안 하네. 이 새끼들 완전히 공무원이야. 뭔 말을 하면 '공문 보내라.' 이 지랄한다니까. 그래서 공문 보내면 함흥차사고."

"결국은 진행된 게 없다는 거네요."

"그래서 말이야. 은행이나 카드와 제휴하려면 시간이 좀 더 필요할 것 같아서 내가 DK생명 있을 때 제휴 논의했던 닥서넷하고 얘기해 놨어."

"무슨 얘기요?"

"닥서넷 DB를 받기로. 거기가 회원도 많고 금융정보를 공유하는 곳이다 보니까 고객들이 기본적인 금융지식을 가지고 있는 사람들이니까 영업하기 괜찮을 거야."

"닥서넷은 주식이 메인 아닌가요?"

"주식이 메인이지만 주식뿐만 아니라 보험이나 연금, 부동산 정보도 공유하는 곳이야."

"주식하는 사람과 보험 가입하는 사람은 상극인데요."

"그게 무슨 말이지?"

"주식은 당장 일확천금을 노리는 사람들이 모이는 곳인데 보험은 먼 미래를 대비하는 금융상품이잖아요. 정확한 통계가 나와 있는 건 아니지만 주식하는 사람들은 보험가입률이 확 떨어진다는 게 영업 쪽에 정설이거든요."

"그런 게 어딨냐?"

"통계는 없습니다."

"그런 쓸데없는 소리 말고 다음 주에 나하고 같이 가서 제휴계약 하자고. 박 부장 오기 전에 얘기 다 해놨으니까 가서 도장만 찍으면 돼."

"알겠습니다. 근데 은행이나 카드 제휴는 얼마나 걸릴 것 같습니까? 내일이라도 저하고 같이 한번 들어가시죠? 그쪽 얘기 좀 들어 보게요."

"내일 은행하고 약속 있거든. 박 부장 같이 들어가자."

"알겠습니다."

다음 날 김 상무와 박 부장이 은행 기획실을 방문했다. 기획실이 계열사 간 협업과 시너지 향상을 위한 방안을 추진하는 부서였다. 은행 기획실에서는 보험사가 은행이나 카드 계열사와 제휴해서 보험영업을 추진하는 것이 법적 리스크가 없는지 권위 있는 법률자문서를 제출하라고 요구했다. 본인들이 법적 근거 없이 나서기 어렵다는 이유다. 그래서 우리나라 최고의 로펌에서 거금을 들여서 법률자문을 받았다. 거기 결론은 은행 DB 사용은 불가능하고 카드 DB는 몇 가지 조건을 충족하면 사용 가능하다는 답변이었다. 법률자문서를 은행 기획실에 전달하고 카드사에도 이 내용을 공유해 달라고 부탁했다. 그러고 나서 보험사에서 카드사와 협의하겠다는 뜻을 전했다. 그러나 그 후 카드사와 수차례 접촉했지만 카드사와의 협의는 지지부진했다. 은행 기획실은 대동생명과 계열사 간의 DB 제휴를 추진하려는 의사가 확실했고 따라서 카드사에 많은 압력을 가했지만 카드사가 꿈적도 하지 않았다. 시간이 더 필요해 보였다.

영업계획을 작성해야 했다. 새로운 영업부서가 신설됐으니 당연한 일이다. 입사하기 전에 카드사와 제휴를 기반으로 머릿속에 잡은 사업계획은 포기해야 했고 새로운 제휴처를 발굴해서 영업을 시작해야 했다. 박 부장이 대동생명에 입사한 것은 TM영업을 만들기 위해 왔기 때문에 카드 DB가 안 된다고 주저앉아 있을 수만은 없었다. 사업계획에 1년 내에 월업적 3억 달성, 2년 차에 월업적 5억, 3년 차에 월업적 7억, 4년 차에 월업적 10억을 달성하겠다고 목표를 정했다. 그리고 사장님을 비롯한 임원진에게 보고를 완료했고 은행 기획본부 임원에게도 같은 내용으로 보고했다. '5년 차 TM영업부 수입보험료 1조 달성'이라는 목표를 아무도 믿지 않았고 심지어 조롱하는 임원도 있었지만 박 부장은 지금 업적 '0'인 TM영업부에서 자신감이라도 내 보이고 싶었다. 어차피 목표는 '목표'일 뿐이다.

김 상무가 추천한 닥서넷과의 제휴는 일사천리로 진행되었다. 김 상무 말처럼 1주일 만에 제휴계약서에 도장을 찍었고 DB도 우리가 원하는 퀄리티 높은 DB를 추출해서 주기로 협의를 완료했다. 문제는 상품이다. 대동생명은 방카슈랑스 영업만 하는 보험사여서 일반 설계사들이 판매하는 상품이 없었다. 동국생명에서는 초기에 기존 설계사들이 판매하는 상품을 판매하면서 시간을 벌고 TM 전용상품을 개발할 수 있었지만 대동생명은 TM에서 판매할 상품이 아예 없었다.

"부장님. TM용 상품개발 부탁드리려고 왔습니다."

"네. 그렇잖아도 연락하려고 했습니다."

박 부장이 상품 협의를 위해 상품개발부장을 찾아왔다.

"동국생명 암보험 보장내용 아시죠? 그대로 개발해 주시면 됩니다."

"박 부장님 오시기 전에 TM영업 한다고 해서 TM업계 판매 상품을 조사했습니다."

"그러면 됐네요. 동국생명 암보험하고 비슷하게 개발해 주세요."

"근데 부장님. 우리 회사 상품개발은 네덜란드 본사의 지침을 따라야 합니다. 그래서 동국생명 암보험같이 리스크가 큰 상품은 개발이 어렵습니다."

상품개발과 리스크 관리는 네덜란드 본사 담당업무라고 했다.

"예? 그럼 보장내용이 안 된다는 겁니까? 암보험 자체가 안 된다는 겁니까?"

"모든 보장성보험은 5년 갱신형이 본사의 기본지침입니다. 보장급부도 국내사들처럼 많이 올리기 힘듭니다. 박 부장님이 이해해 주세요."

"부장님. 부장님도 5년 갱신형으로는 영업 안 된다는 거 아시잖아요."

"저도 압니다만 본사 지침이라 제가 어쩔 수가 없습니다."

"여기가 지점입니까? 본사가 어딥니까? 여기 대동생명이 본사 아닙니까?"

"네. 그렇긴 하지만 상품은 네덜란드 본사의 지침을 따라야 해서, 저도 어쩔 수 없습니다."

"그럼 TM영업 못 하는 거네요. 상품이 없는데 어떻게 영업합니까?"

"5년 갱신형이 아닌, 개발 가능한 보장성보험이 있기는 합니다."

"그래요? 어떤 상품인데요?"

"보장성보험 중에서 사차손해의 리스크가 가장 적은 상해보험입니다."

"상해보험요? 상해보험이 TM에서 팔릴 거라 보십니까?"

"그건 제가 판단하는 게 아닙니다."

"상해보험은 TM시장에서 안 먹힙니다. 암보험 80세 만기로 해서 보장금액은 좀 유동적이더라도 본사하고 협의 좀 해 주세요."

"이미 사장님께서 여러 차례 본사와 협의했는데 결론은 어렵다는 겁니다."

"죽어도 암보험은 안 된다?"

"네. 합작을 파기하지 않는 한 어려울 겁니다."

"상해보험 말고 개발 가능한 상품이 뭐 있는지 좀 알려 주세요. 리스트를 주시면 가져가서 고민해서 말씀드리겠습니다."

"리스트라고 할 것도 없이 보장성은 상해보험만 20년 만기로 개발이 가능하고 저축성보험은 얼마든지 개발 가능합니다."

"상해보험과 저축이나 연금보험 중에서 선택해라? 다른 보장성보험은 죽어도 안 되는 건가요? 죽어도?"

"죄송합니다. 제 권한이 거기까지입니다."

박 부장은 난감했다. 아니 절망했다. 대동카드 제휴도 언제 될지 모르는 상황에서 '잡DB'를 사용하게 생겼는데 상품까지 막혀 버리니 과연 TM영업을 할 수 있을지 근본적인 의문이 생겼다. 현재 모든 보험사 TM영업은 보장성보험을 판매하고 있는데 어쩌란 말인지, 상품부장 면담하고 나오는 길이 온통 안갯속에 파묻힌 것 같았다. 김 상무에게 보고했고 사장에게도 보고했지만 네덜란드 본사의 상품 지침은 요지부동이었다. TM영업을 시작하려면 박 부장 생각을 바꾸는 방법밖에 없었다.

"부장님. 상의드릴 게 있어서 왔습니다."

"네. 박 부장님. TM영업 하려면 IT가 반드시 필요하시죠?"

IT부장을 박 부장이 방문했다. IT부장 말처럼 TM영업에 IT의 협조가 없으면 영업이 불가능하고 영업 중에도 IT 부서의 협조가 지속돼야 영업을 안정적으로 운영할 수 있다.

"부장님께서 TM영업에 대한 이해도가 높으시네요."

"저도 전직사에서 잠깐 TM시스템을 담당했었습니다. 여기서 박 부장님이 TM영업 하려면 하나부터 열까지 다 챙기셔야 할 겁니다. 우리 회사에는 영업을 위한 시스템 자체가 아예 없거든요. 방카슈랑스 영업만 하니까 보험계약 입력은 은행에서 하잖아요. AM도 보험계약 입력은 대리점에서 하니까 우리 회사에서 보험계약을 직접 입력할 시스템이 전혀 필요가 없거든요. 그런 시스템 자체가 없습니다. 근데 갑자기 TM영업을 한다고 하길래 저희 IT에서도 난감하다니까요."

"직영 영업조직이 없으니까 이해는 갑니다."

"IT조직도 큰 회사에 비하면 정말 소수의 인원입니다."

"그러면 부장님이 잘 아시니까 말씀드리는 건데, 그럼 지금 우리 회사 역량으로 TM시스템을 개발할 수는 있습니까?"

"그만한 인력도, 역량도, 돈도 없습니다."

"예?"

"우리 회사 IT는 방카 영업하는 은행하고 기간계 연결만 운영하고 있고 AM도 마찬가지로 대리점하고 연결만 하고 있거든요. 만약 자체시스템 개발하려면 당장 10억 이상 비용이 들어갈 겁니다. 시간도 1년은 잡아야 되구요."

동국에서 초기 TM 만들 때 IT 개발비용이 5억이 들었지만 자체 인력으로 모든 것을 개발하고 운영했었는데, 역시 큰 회사와 작은 회사는 천지 차이라는 걸 새삼 느낀다.

"1년요?"

"큰 회사에서 옮겨 오신 분들이 초반에 많이 놀랍니다. 회사 전산 인프라를 보고요. 여기는 신생 보험사라서 전산 인프라가 거의 없다고 보시고 플랜을 짜야 할 겁니다."

"난감하네요."

"저도 TM영업을 한다는 얘기 듣고 여러 가지 방법을 생각해 봤는데 회사 자체적으로는 해결이 불가능하다는 결론입니다. 우리 회사에 사람도 없고 돈도 없어요."

"부장님! 살려주세요. IT가 안 되면 TM영업은 '나가리'입니다. 저는 전산에 대해서는 모르지만 TM영업에 꼭 필요하다는 건 알거든요. 부장님이 IT 전문가시니까 방법을 찾아봐 주세요. 제가 평생 술 대접하겠습니다."

"약속 지키세요. 박 부장님."

"그럼요. 방법이 있습니까?"

"한 가지 방법이 있습니다."

"뭡니까?"

"부장님은 'ASP'라고 들어 보셨어요?"

"처음 듣는 말입니다. ASP가 뭡니까?"

"ASP는 'Application Service Provider'의 약자인데 쉽게 말해서 소프트웨어 임대서비스입니다. 근데 요즘은 소프트웨어와 하드웨어를 묶어서 임대를 합니다."

"좀 쉽게 말씀해 주세요."

"TM영업 초기에 고정투자비가 많이 들어가잖아요. TM영업 프로그램도 개발해야 하고 서버 같은 하드웨어도 구입해야 하고 영업할 공간도 임차해야 하고 그 임차한 건물에 인테리어도 해야 하고, 그렇게 하려면 초기에 몇 십억 예산이 투입돼야 가능하잖아요. 그런 회사들을 상대로 전산시스템 일체와 사무실 세팅까지 해서 임대해 주는 회사들이 최근에 많이 생겼습니다. 본래는 콜센터를 대상으로 주로 영업했는데 지금은 TM 쪽으로도 사업영역을 확대한다고 들었어요."

"그런 게 있어요?"

"네. 우리 회사같이 조그만 회사들은 신사업 초기에 대규모 투자를 할 돈이 없잖아요. 물론 전산인력도 없구요. 그런 회사들에게 딱이죠."

"그럼 부장님께서 알고 계시는 ASP 업체를 소개해 주세요."

"당연히 필요하면 제가 연결해 드리겠습니다. 근데 이게 단점이 뭐냐면 매월 임대료가 나가기 때문에 영업 초기부터 영업이 잘되면 상관없는데 보험영업이라는 게 자리 잡는 데 최소 1년 이상 걸리잖아요. 1년이 넘는다고 잘된다는 보장도 없구요. 초기에 영업이 잘 안되면 금방 손익 마이너스가 눈에 확 드러난다는 겁니다. ASP로 하시려면 영업 잘하셔야 합니다. 하하하."

"제가 지금 똥오줌 가릴 처지가 아닙니다. 영업 개시도 못해 보고 쫓겨날 판입니다."

"박 부장님도 참. 뭐 그렇게까지야. 하여튼 앞으로 TM영업 하는데 전산 문제가 걸림돌이 되지는 않도록 제가 협조하겠습니다."

"고맙습니다. 부장님. 고맙습니다. 내일이라도 날 잡아서 한잔하시죠."

IT부장의 협조로 전산은 ASP로 운영하기로 했다. 대동생명 같이 조그만 회사에 딱 맞는 방식인 거다. IT부장은 그 뒤로도 TM영업에 상당히 협조적이었다.

"다들 오랜만이야."

박 부장이 여의도 국회의사당 맞은편에 있는 한정식집에서 동국에서 같이 생활했던 센터장, 실장 몇 명과 저녁을 먹으러 왔다. 회사를 퇴직하면서 영업조직에게는 전혀 알리지 않고 나왔다. 10년 넘게 있었던 회사에 폐를 끼치는 게 싫었다. 퇴사 후 센터장, 실장들이 너무하다고 워낙 닦달을 해서 저녁 자리를 마련했다. 미란 센터장과 교육실로 발령 났던 2, 3, 5등 센터장 그리고 김영숙 실장이 참석했다. 김영숙 실장은 동국생명 TM영업 초기 외인부대에 의해 퇴사하고 나서 홈쇼핑DB 아웃바운드로 입사시켰고 2년 전부터 실장으로 일하고 있었다.

"여의도로 진출하시더니 얼굴이 좋아지셨습니다."

미란 센터장이 인사했다.

"다들 잘 지내지? 영업들은 잘되고?"

"말도 마세요. 과장님 나가시고, 아니 이제 부장님이지. 부장님 나가시고 나서 이철근 부장이, 박 부장님이 조직 빼갈까 봐 엄청 단속하고 있어요."

"영업 시작도 안 했는데 무슨?"

"그러게 말입니다. 오늘 여기 오는 것도 아무에게도 말 안 했습니다. 혹시 오해 살까 봐서요. 부장님하고 친했던 사람들 엄청 감시하는 분위기에요."

"송 센터장도 잘 있지?"

"집중 감시대상자라 오늘 못 나왔습니다. 하하하."

박 부장 입사 동기라 김 부장의 감시가 심해서 못 왔다는 말이다.

"그러니까 만나지 말자니까. 괜히 친정 같은 동국 식구들에게 폐 끼치고 싶지 않다."

"아무리 그래도 어떻게 저희들에게 말도 없이 갑자기 나가실 수 있어요? 다들 너무 놀랐잖아요. 저희들은 부장님이 동국에 뼈를 묻을 줄 알았는데."

"잔뼈 몇 개는 묻고 나왔지. 하하하."

"부장님, 술 마시기 전에 드려야 될 것 같아서요. 이거 받으세요."

미란 센터장이 귀하게 포장된 봉투를 내밀었다.

"이건 뭐야?"

"여기 참석한 저희들이 부장님께 드리는 이별 선물이에요. 별거 아니에요. 백화점 상품권 몇 장 들었습니다."

"나는 그냥 술 마시러 왔는데 뭐냐? 부담스럽게."

"부담 갖지 마세요. 부장님이 저희들에게 해 주신 거에 비하면 약소하니까.”

“미란 센터장은 말도 많이 늘었다. 하하하.”

“이제 술 드시죠!”

그렇게 술잔이 몇 순배 돌았다.

“부장님 언제 영업 시작해요?”

그동안 구석에서 술만 마시던 김영숙 실장이 말했다.

“김 실장, 부장님 영업 스타일 모르지? 부장님은 일단 국은 쏟아부어 놓고 수습하시는 분이니까 아마 내일이라도 영업 시작할걸? 하하하.”

미란 센터장이 웃으면서 말했다.

“영숙 실장이 이제 촌티를 완전히 벗었네. 얼굴이 예뻐졌다.”

“부장님은? 제가 언제 촌티가 났다고 그러세요? 영업 안 해요?”

“곧 할 거다.”

“실장 필요하시잖아요.”

“당연하지.”

“저 데려가실 거죠?”

“뭔 소리고?”

“저는 부장님 따라가려구요. 부장님이 입사시켰고 TM을 가르쳐 주셨으니 책임지셔야죠.”

“이놈 봐라. 난 영숙 실장 손도 잡은 적 없는데 무슨 책임을 지라는 거냐?”

모두가 술잔을 들다가 웃었다.

“농담 아닌데?”

“여긴 아직 신생 보험사라서 초기에 오면 고생만 실컷 할 거니까. 그냥 동국에서 뼈를 묻어라. 영숙 실장을 내가 아끼니까 하는 말이다.”

"부장님. 이제 홈쇼핑 DB도 재탕, 삼탕, 사탕으로 사용해서 단물 다 빠졌어요. 영업 힘들어요."

영숙 실장 말이 아니더라도 요즘 홈쇼핑 방송과 DB가 주력인 동국생명이 홈쇼핑 경쟁이 치열해지면서 업적이 많이 빠지고 있다고 박 부장이 들어서 알고 있었다.

"영업이야 항상 힘들지. 힘내라."

"대동생명은 대동카드 DB 사용한다면서요? 대동카드가 아직 보험영업 한 번도 안 했으니까 처녀 DB인 거잖아요. 제가 사용해 볼게요."

"아직 결혼도 안 한 처녀가 '처녀 DB'? 영숙 실장도 세상 물이 많이 묻었구나. 하하하."

"상품은 뭐 팔아요?"

"아직이다. 내가 여기 온 지 한 달도 안 됐다."

"대동은행이 워낙 저축하는 은행 이미지잖아요. 전 국민들이 저축하면 대동은행을 떠올리니까 대동생명도 저축보험이나 연금보험 같은 저축성 보험상품을 팔면 대박 날 것 같아요."

"잉? 뭐라고?"

김영숙 실장 말에 갑자기 박 부장의 얼굴에 긴장감이 돌았다.

"우리도 지금 부장님 나가시고 나서 암보험 보장내용이 대폭 축소돼서 영업이 어렵습니다. 맨날 사차손해가 나니 마니 하고, 이제 많은 보험사가 보장성보험을 워낙 많이 팔아서 고객들에게 먹히지가 않아요. 근데 부장님 회사는 고객DB 성향도 저축하는 사람들이고 상품도 저축성보험이나 연금보험이면 연결이 되잖아요. 니드가 있는 사람에게 니드에 맞는 보험상품을 팔아라고 부장님이 저에게 맨날 말씀하셨잖아요."

"근데 3~4만 원짜리 암보험 팔다가 20~30만 원짜리 저축보험을 팔 수 있겠냐?"

"그건 생각하기 나름인 것 같아요. 3만 원짜리나 30만 원짜리나 어차피 판매 프로세스는 똑같고 판매자도 겁만 먹지 않으면 문제없다고 생각됩니다."

"와. 영숙 실장 그동안 TM영업을 보는 안목이 많이 높아졌다. 대단한데."

박 부장은 진심으로 놀라고 있었다. 아직 어느 보험사도 TM으로 저축성상품을 영업하지 않고 있었다. 전화로 20만 원, 30만 원짜리 보험상품을 판매한다는 게 쉽지 않을 거라는 선입견이 있기 때문이다. 그런데 그게 선입견일 뿐이라는 걸 말하고 있고 무엇보다 DB의 속성과 상품을 연결시키는 생각을 해 내다니. 박 부장이 놓치고 있었던 것이다.

김영숙 실장의 아이디어에서 힌트를 얻어 상품은 주식 시세와 연동하는 저축보험으로 인가를 받았다. 사차손해의 리스크가 전혀 없는 상품으로 네덜란드 본사의 반대는 없었다. 닥서넷 고객들이 주식에 관심이 높은 고객들이고 향후 대동카드 고객들도 대부분 저축에 관심이 높은 고객이기 때문에 보험상품 타겟팅이 절묘했다. DB는 닥서넷과 제휴해서 월 10만 건의 DB를 받기로 했다. 전산과 영업공간은 IT부서에서 협조해 준 ASP 업체와 계약을 맺고 한꺼번에 해결을 했다. 이제는 영업조직만 구축하면 바로 영업을 시작할 수 있다. 영업실장을 구하는 게 문제다. 김영숙 실장이 오겠다는 걸 박 부장이 만류했다. 대신 추천을 받았다. 동국생명에 근무한 적 없는 실장으로 추천받았다. 이재경 실장이다. 나이는 40대 중반이지만 TM 셋업센터에 근무한 경험이 풍부했다. 리크루팅 업체를 통해 본격적인 리크루팅을 시작했다. 역시 첫 영업하는 회사라 능력 있는 경력자들은 모이지 않았지만 25명의 경력 TMR을 리크루팅 했다. 50석 좌석에 25명이 초라해 보이지만 첫 시작에 이만한 인원이면 대박은 아니더라도 중박은 된다.

드디어 2월 11일 대동생명에서 TM영업을 개시했다. 박 부장이 입사한 지 3개월 11일 만이다. 미란 센터장 말처럼 일단 시작을 해 놓고 수습하는 박 부장의 스타일 그대로다. 초고속 TM영업 오픈이다. 개점식에는 사장님을 비롯한 모든 임원과 부서장들이 참석했다. 대동생명 최초로 직영 설계사조직이 탄생한 것이다. 회사 역사에도 기념비적인 날일 것이다. 그리고 박 부장이 25명의 TMR과 이재경 실장 앞에서 첫 조회를 시작했다. 지점장은 당분간 조직이 50명 이상 될 때까지 박 부장이 맡기로 했다.

[반갑습니다. 당분간 지점장을 맡은 박광호 부장입니다.

오늘은 대동생명 역사에 길이 남을 하루가 될 것입니다. 대동생명 첫 직영 영업조직이 탄생하는 날이기 때문입니다. 우리 대동생명은 보험회사 업력은 얼마 안 되지만 자산 250조 원, 보유고객 2500만 명을 가진 대동은행의 계열사입니다. 그만큼 무궁무진한 가능성을 가진 보험회사이고 수많은 보험회사들 중에서 가장 성장성이 높은 보험사가 될 것입니다. 그 성장의 열매는 여기 계신 대동생명 1기 TMR 여러분에게 모두 돌아갈 것입니다. 오늘부터 시작하는 영업에 확신을 가지십시오. 여러분 뒤에는 대동금융그룹이 있습니다. 그리고 이 자리에 앉아 계신 모든 TMR분들을 모두 부자로 만들어 드리기 위해 제가 노력하겠습니다. 저는 TM영업부의 부서장으로 '3C' 영업철학으로 여러분들과 함께 성장해 나가고자 합니다.

첫째는 'Change.'입니다. 변화를 두려워하지 않겠습니다.

둘째는 'Creation.'입니다. 창조적으로 생각하겠습니다.

셋째는 'Challenge.'입니다. 항상 도전하는 청년정신으로 영업에 임하겠습니다.

제가 10여 년 전 동국생명 TM센터를 처음 만들면서 그때 함께 했던 1기 TMR들을 지금도 기억하고 있습니다. 누구는 센터장이 되어 있고 누구는 실장이 되어 있고 누구는 가정주부가 되어 있지만 지금도 1년에 한 번씩 모여서 옛날 얘기를 하면서 추억에 빠져들곤 합니다. 이제는 앞에 계신 여러분들을 한 명 한 명 모두 기억하겠습니다.

지금 이 시간 이후부터 영업이 시작되면 고객의 거절을 두려워 마시고 도전하는 여러분이 되시길 바랍니다. 변화를 두려워하지 마십시오. 뒤에서 제가 도와드리겠습니다.

우리 모두 파이팅 합시다. 파이팅!]

그렇게 첫 영업은 시작되었다. 그러나.

"뭐가 문제야?"

"여러 가지가 아직 미흡합니다."

첫 달 마감이 끝나고 김길태 상무와 AM 부장과 박 부장이 상무방에서 회의 중이다. 저번 달 AM은 처음으로 마감업적 1억을 돌파했고 TM은 첫 달 마감업적 980만 원을 했다. 첫 달 영업치고 선방했다고 생각했지만 기대에는 한참 못 미치는 업적이었다.

"980만 원이 뭐냐? 1,000만 원에서 20만 원 빠지는 이런 마감업적 자체가 문제 있는 것 아니냐? 박 부장! 왜 이래?"

김 상무가 마감업적 숫자에 민감한 반응을 보였다.

"첫 달에 그 정도 했으면 잘한 거네요. TM도 6개월 정도는 지켜봐야죠."

배 부장이 박 부장을 거들었다.

"배 부장도 마찬가지야. 입사한 지 9개월이 됐는데 아직 제휴대리점이 2개밖에 안 된다는 게 말이 된다고 생각해? 지금 TM 걱정할 때가 아니야."

"다음 달에는 1억 5천 하겠습니다."

"박 부장! 뭐가 문제야? 뭐가 미흡한데?"

"일단 TMR들이 저축보험을 처음 판매하다 보니까 한 달 만에 익숙해지기가 쉽지 않을 겁니다. 그리고 전산이 이틀에 한 번씩은 에러가 발생해서 실제 영업시간이 충분하지 못했고요. 그리고 가장 문제는 DB입니다. 일단 통화연결률이 너무 낮고 통화된 사람들도 3분 이상 통화를 못해요. 평균 통화시간이 2분 30초밖에 안 나옵니다. DB 교체를 검토해야 할 것 같습니다."

"한 달 사용하고 DB를 바꾸자고?"

닥서넷 DB는 김 상무가 추진해서 가져온 것이기에 민감하게 반응했다.

"이게 TMR들이 적응 못해서 그럴 수도 있는데 통화연결률이 30%밖에 안 나오는 건 적응의 문제가 아니고 DB의 문제입니다."

"그럼 DB 숫자를 더 받으면 될 것 아닌가?"

"그럼 TMR들 지쳐서 나가떨어집니다. 통화성공률이 최소 40%는 나와야 하고 50% 이상 나오면 그 다음부터는 TMR의 역량이 좌우합니다."

"대안 있어?"

"빨리 대동카드와 제휴가 돼야 합니다."

"우리가 카드하고 제휴하기 싫어서 안 하는 거 아니잖아. 박 부장도 나하고 일주일에 한 번씩 카드 들어가서 그쪽 애들 만나봐서 알잖아."

"네. 압니다. 카드 애들이 계속 별 이유 없이 차일피일 미루고만 있는 것 아는데, 그래도 방법을 빨리 찾아봐야 할 것 같습니다. 이 상태로는 어렵습니다."

박 부장은 김 상무에게 카드 제휴를 재촉했다.

"언젠가 제휴되겠지. 그렇다고 그때까지 기다리면서 놀 수는 없잖아. 비록 잡DB지만 이걸로 사용하다가 카드 DB로 바꾸면 폭발하겠지. 그러니까 닥서넷 더 사용해 보자고."

이미 김 상무가 입사 전 박 부장에게 카드 DB를 즉시 사용 가능하다고 얘기했던 것은 까맣게 잊은 모양이다.

"네. 지금으로서는 TMR들 교육을 더 강화하는 수밖에 없습니다. 매일 아침에 제가 남대문지점으로 가서 저축보험과 DB에 대해서 교육하겠습니다. 그리고 혹시 모르니 제휴할 DB에 대해서도 알아보겠습니다."

"그래. 지금은 교육을 강화하는 것밖에 답이 없다. 박 부장. 올해 3억이 사업계획 목표야. 잊지 마!"

3개월 사용하고 결국 DB를 교체했다. 김 상무가 강하게 반대했지만 박 부장이 밀어붙였다. 신규 DB는 박 부장이 동국에서 접촉했던 제휴업체로 보험영업을 위해 DB를 수집하는 '이즈넷'이라는 업체다. 실명이 확인된 고객 DB이기 때문에 통화성공률이 45%까지 나왔다. 그러나 DB 숫자가 따라주지 못했다. 매월 마감이 끝나면 50%의 TMR이 탈락했고 그만큼을 리크루팅 하기를 벌써 4개월째 반복하고 있었다. 영업인원을 더 늘릴 수도 있었지만 DB 숫자가 영업TMR 30명 수준이었다. 그래도 마감업적은 3천만 원까지 상승했다. 그러나 이는 DB의 퀄리티 상승으로 인한 업적이 아니었고, 카드 DB를 사용한다는 희망을 가지고 대동생명 TMR로 입사했지만 잡DB의 영업에 지친 TMR들의 조기 탈락과 대규모 리크루팅이 반복되면서 6개월 동안 리크루팅 비용만 엄청나게 소모되었다. 결론은 DB 문제를 빨리 해결해야 한다는 것이다. 박 부장이 직접 방법을 찾아야 했다.

"실례합니다."

"누구시죠?"

"저 대동생명 박광호 부장입니다."

박 부장이 대방동 현대아파트 1004호 앞에서 초인종을 눌렀다. 대동카드 정재근 팀장 집이다. 제휴담당 부서장이다.

"예? 대동생명요? 여보! 회사에서 사람이 왔는데요?"

부인이 남편을 부르는 걸 보면 정 팀장이 집에 있는 모양이다. 저녁 9시가 넘은 시간이니 퇴근해서 쉬고 있을 것이다."

잠시 후 문이 열리고 정 팀장이 운동복 차림으로 나왔다.

"아니 박 부장님. 밤늦게 웬일이십니까?"

"팀장님 밤늦게 죄송합니다. 제가 해병전우회 모임이 이 근처 해군회관에서 있어서요. 팀장님 댁이 이 근처라고 들은 것 같아서 잠시 들렀습니다."

정 팀장이 해병대 선배라는 정보를 이미 들었다.

"박 부장님 해병대 출신이세요?"

"네. 그렇습니다. 필승!"

박 부장이 경례를 올렸다.

"자자, 여기서 이러지 마시고 들어와서 얘기합시다."

"아닙니다. 해병전우회에서 선물을 주길래 이거 전해 드리려고 가져왔습니다."

박 부장은 그러면서 양손 가득 해병대 팔각모 모형과 스티커들, 그리고 신형 핸드폰 하나가 든 가방을 전달했다. 물론 해병전우회 참석은 거짓말이다. 용산역 앞 해병대 마크 상점에 가서 남자애들이 좋아할 만한 해병대 심벌을 구입했고 아들에게 핸드폰을 안 사 준다고 들어서 준비했던 것이다.

"아니, 이런 거는 부장님 집에 애들에게 주시지 않고요."

"저는 딸만 있어서요. 아들이 있다고 들었는데 남자애들은 좋아할 것 같습니다."

"뭐, 이렇게까지."

"그럼 전 이만 가 보겠습니다."

"벌써 가시게요?"

"밤늦게 너무 폐를 끼친 것 같습니다. 죄송합니다."

"아, 그럼 내일 사무실로 오세요. 11시에 오셔서 같이 점심이나 합시다."

"네. 알겠습니다."

다음 날 박 부장은 대동카드 회의실에서 정재근 팀장을 만났다.

"박 부장님은 해병전우회도 나가시나 보네요. 전 제대하고 한 번도 안 갔습니다."

"저도 안 갔었는데 아는 선배가 하도 가자고 하길래 끌려갔습니다."

"어디서 근무했어요?"

"네. 김포 2사단에 근무했습니다. 선배님. 편하게 말씀하세요. 해병대 기수로 보나 나이로 보나 선배님이신데요."

정 팀장이 박 부장보다 2살 더 많았다.

"그래. 난 백령도에 있었지."

"고생 많이 하셨겠네요. 백령도가 힘든 곳이라고 들었는데."

"그 시절 해병대 근무한 사람 중에 고생 안 한 사람이 있나? 다들 고생하던 시기지. 전두환 5공 시절 해병대였는데."

"그렇죠. 하하하."

"박 부장. DB 제휴 때문에 고생하는 거 아는데 내가 도와주고 싶어도 결정권자는 내 위에 부장님이거든. 실무자들이 계속 생명과 제휴 건에 대해서 보고는 올리고 있는데 피드백이 없단 말이야."

"선배님. 도와주십시오. 저희들은 급합니다. 방법을 알려 주세요."

"일단 은행에서 온 법률자문서도 봤는데 그것으로는 부족해. 거기에는 제휴가 법적 문제가 없다는 말은 없고 가능하다고만 되어 있거든. 여기는 거의 공무원 조직이라고 보면 된다. 가능성만 가지고는 결재를 받을 수가 없어요. 확실해야 하거든. 그리고 만약 문제가 생기면 대동생명에서 모든 법적 책임을 지겠다고 해야 움직일 거야."

"그럼 어떻게 해야?"

"일단 대동생명의 의사를 확실히 반영할 수 있는 법률자문을 받아. 돈 좀 주면 원하는 대로 적어 줄 거야. 로펌들이 그런 걸로 먹고사는 놈들 많아. 그리고 나서 대동생명 사장 명의로 공문을 보내. 문제가 생기면 대동생명이 다 책임질 테니까 걱정 마시라고."

"네. 알겠습니다. 바로 작업 추진하겠습니다."

"그전에 우리 부장님. 골프 좋아하시거든. 좋은 구장에서 같이 운동하면서 얘기하면 분위기가 잡히지 않겠어?"

"알겠습니다. 바로 부킹 잡겠습니다."

"김 상무님은 골프 잘 치시나? 박 부장은?"

"제가 같이 운동해 보진 않았지만 저희 상무님은 비기너는 아닌 것으로 압니다."

"그럼 됐네. 이 양반 골프 잘 치거든. 너무 실력 차이 나면 역효과 날 수도 있으니까 말이야. 나는 백돌이니까 걱정 말고."

"저도 백돌이입니다. 하하하."

"해병대 출신 중에 금융 쪽에 근무하는 사람이 드문데, 박 부장 만나서 반갑다. 내가 도와줄 일 있으면 힘닿는 데까지 도와줄 테니까 김 상무에게 가서 우리 부장님 비위 잘 맞춰 주라고 해라. 그게 아니더라도 계열사끼리 서로 돕고 살아야 되는데 말이야. 은행에서도 보험사 하나 만들어 놓았으면 먹거리를 준비해 줘야 하는데 이 새끼들은 애만 낳고 네가 알아서 살아라고 하면 무책임한 부모지. 안 그러냐? 하하하."

"아직 걷지도 못하는 신생 보험사인데 사람 노릇 할 때까지는 카드에서라도 좀 보살펴 주십시오."

"하여튼 운동하면서 분위기 맞추자고. 내가 옆에서 거들어 줄 테니까."

"감사합니다. 선배님."

"이제 밥 먹으러 갑시다. 해병대 후배님을 위해서 내가 안국역 근처에 한정식집 예약해 놨어."

이후 대동카드와의 제휴계약은 일사천리로 진행되었다.

이제 문제는 영업을 책임질 지점장을 구하는 것이다. 박 부장이 언제까지 지점장 역할을 할 수는 없었다. 박 부장은 아침 7시에 출근해서 지점 영업준비 체크하고 TMR들 아침 조회하고 지원부서 부서장들과 업무 협의하고 각종 회의 참석하고 외부의 업체들 만나고 하면 밤 10시가 넘어서야 일과를 끝냈다. 이러다 과로사할지도 모른다. 하루 종일 수많은 일이 일어나는 영업지점에 지점장이 상주하지 않아 즉각적인 대응이 필요한 수많은 일들이 처리되지 않았고 그만큼 영업에도 마이너스였다. 지점장을 찾아야 했다. 그것도 유능한 지점장을 찾아야 했다.

"잘 지냈냐?"

"형. 엄청 바쁘다고 알고 있는데 웬일이지? 술 마실 시간 있나 보네."

박 부장이 송대오 센터장을 여의도에서 만났다. 송대오 센터장은 박 부장과 동국생명 입사 동기로 TM 센터장으로 3년째 근무하고 있었다. 박 부장과 입사 동기지만 박 부장이 나이가 2살 많아 개인적인 자리에선 형이라 부른다. 온갖 잡DB를 가지고도 업적이 중간은 하는 영업맨으로 동국생명 TM영업부 내에서는 그렇게 눈에 띄지는 않는 존재다. 그렇지만 박 부장이 3년 전에 TM영업부로 데려왔고 TM영업에서 박 부장이 믿을 수 있는 소수의 사람 중에 한 명이다. 서강대 출신으로 영업맨 중 학벌도 좋다. 유일한 단점은 우유부단한 성격이다.

"바쁜데도 송 센터장 만나러 온 거니까 영광으로 알아라."

"영광입니다. 박 부장님~~~"

둘은 농담을 주고받을 정도로 친하다.

"오랜만에 니하고 허리띠 풀고 술이나 한잔하려고 왔다."

"스트레스 많이 받나 보네."

"시발. 10년 전에 했던 TM 세팅을 또 하려니까 골치가 아프다."

"밖에서 들리기로는 대동생명이 곧 대동카드 DB 센터를 오픈한다고 소문이 자자하던데. 영업 좀 하는 애들 중에 기다리는 TMR이나 실장들도 많고."

"그래서 인마. 내가 송대오를 만나러 왔다."

"뭐?"

"대동카드 DB 지점장, 네가 해라."

"무슨 소리고?"

"너 요새 영업 어렵다며? 또 재탕 DB에서 삼탕 DB로 변경됐다며?"

DB를 2번째, 3번째 사용하는 것을 말한다. 처음 받은 DB는 특별한 관리가 필요 없기에 중간 정도의 역량을 가진 관리자를 배치하고 영업 잘하는 관리자는 재탕, 삼탕하는 센터에 배치한다. 회사 입장에서는 한정된 DB를 최대한 효율적으로 사용하기 위한 방법이다.

"그거 형이 만든 원칙이잖아."

박 부장이 동국에 근무할 때 만든 센터장 배치 원칙이었다.

"그랬지."

"형 때문에 개고생하고 있어."

"그래서 인마. 네가 대동카드 처녀 DB 사용하라니까."

"……."

"체결률 2%도 안 나오는 잡DB 사용하면서 그동안 개고생한 경험으로 대동카드 DB 사용하면 체결률 10%는 나온다. 아웃바운드에서 체결률 10%면 꿈의 체결률 아니냐. 더구나 우리 저축보험으로 영업하는 거 알지? 업적 폭발하는 거야. 천하의 송대오를 개고생시킨 건 오늘 같은 날

써먹으려고 내가 생각한 큰 그림이야. 알았냐?"

"여의도로 가더니만 국회의원들처럼 뻥만 늘었어."

"이 새끼가 속고만 살았나? 닳고 닳은 MG카드 DB도 체결률 4% 나온다더라. 대동카드 고객DB는 아직 보험영업 한 번도 한적 없는 오리지널 처녀DB야. 10% 안 나오겠냐?"

MG카드는 카드사 중 처음으로 보험영업을 시작했고 여러 보험사와 제휴해서 DB를 3회전까지 돌려서 사용하고 있지만 지금도 4%의 체결률이 나온다고 매월 교환하는 동업사 자료에 나와 있었다.

"MG가 아직도 4% 나온다고?"

"송! 너는 인마. 단점이 뭔 줄 아냐? 영업 속에만 파묻혀 살지 말고 세상 돌아가는 소식도 좀 듣고 살아라. 걔들이 4% 나오면 대동카드 DB는 최소 10% 이상은 나오지. 더구나 천하의 송 선생님이 지점장 하시면 15%는 나와야 되는 거잖아."

"영업하기도 전에 부담부터 주고 시작하시네."

"시발! 영업을 부담 없이 하는 놈이 어디 있냐?"

"형. 알았어. 생각해 보께."

"생각은 무슨? 너는 항상 장고(長考)하고 악수(惡手) 두잖아."

"내가 무슨?"

"부장에게 평생 욕이나 먹으면서 살래? 아니면 맨날 놀면서도 업적 나오는 영업센터에서 나하고 웃으면서 살래?"

"……."

"차장 줄게."

"차장?"

송대오는 이제 과장 2년 차다. 동국에서 박 부장보다 진급이 3년 늦었다. 송 센터장이 진급이 늦었다기보다는 박 부장 진급이 빨랐다.

"그래 인마. 생각 오래 할 것 없이 지금 결정해라."

"그래도 마누라하고 상의는 해야지?"

"오늘 오전에 내가 의정부 가서 제수씨 만났다. 대동으로 데려간다고 하니까 제수씨가 너무 좋아하시던데."

"우리 마누라를 만났다고?"

박 부장은 송 센터장 부인을 만나 남편을 설득해 줄 것을 요청했다. 물론 값비싼 화장품 선물을 전달하면서.

"이제 제수씨한테 잔소리 듣기 싫으면 어서 OK 해라. 내가 이미 제수씨하고는 합의 다 봤다."

"와, 형 부장되더니 엄청 치밀해졌네."

"내가 인마. 부장을 고스톱 쳐서 딴 줄 아냐? 하하하."

얼마 후 송대오 지점장은 김길태 상무와 면접을 했고 사장의 면접도 통과했다.

그런데 첫 출근하는 날, 9시가 넘어도 송대오는 여의도 사무실에 나타나지 않았다.

"제수씨. 송 지점장 집에 있어요? 출근을 안 했는데?"

"그럴 리가요? 출근 첫날이라고 일찍 가야 한다고 아침 6시 반에 집에서 나갔어요."

송대오 전화기는 꺼져 있었다. 실종신고를 해야 하나 고민하고 있는데 송대오 와이프에게서 전화가 왔다. 아침 출근길에 동국의 이철근 부장

부하직원들이 출근하는 송대오를 여의도에서 속초로 데려갔다는 것이다. 이미 동국에서 퇴사절차가 완료된 것으로 알고 있었던 박 부장은 황당했다.

"박 부장. 송대오 내가 데려올 테니까 걱정 마라."

박 부장과 송대오와 동국 입사 동기인 성창현 전화다. 얼마 전 TM으로 발령 났다고 했다.

"뭐냐? 양아치도 아니고? 지금 영화 찍냐?"

"그게 아니고 철근 부장 그 새끼가 하도 지랄 지랄해서 밑에 애들이 설득하는 척하느라고 그런 거니까 네가 이해해라. 이 부장에게는 이렇게 납치해서 설득했는데도 안 되더라고 보고하면 되니까. 내일 거기로 출근할 거야. 하루만 봐줘라."

"시발놈들이 하다 하다 별짓을 다 한다. 진짜. 너희들 왜 그렇게 사냐?"

"미안타. 지금 속초에서 송대오하고 낮술 한잔하고 있는데 곧 서울로 돌아갈 거다."

"송대오 바꿔 봐."

"송 이 새끼, 너한테 미안해 죽으려고 하니까 내일 만나서 욕을 하든지, 패든지 하고 오늘은 내버려 둬라."

"아무리 부장이 지랄해도 그렇지. 이게 뭐 하는 짓이냐?"

"그래. 나중에 욕은 내가 먹을 테니까 서울 올라가서 보자."

"시발놈들 서울에서 보자. 동국생명이 친정이라 생각해서 좋게 좋게 지내려 했는데 이런 짓까지 한다니 기가 찬다."

"술 마셔야 된다. 끊는다."

박 부장은 이제 더 이상 동국생명에 대한 친정 같은 회사의 이미지는 버렸다. 그냥 많은 경쟁사 중 하나의 회사가 되어 버렸다.

"시발놈아. 나한테 간다고 언질이라도 줬어야 할 것 아냐?"

의정부 신곡동 송 지점장 아파트 정문 앞 호프집에서 송대오와 박 부장이 생맥주를 앞에 두고 있었다. 박 부장이 송 지점장 와이프와 통화해서 집 도착시간을 알았고 정문에서 송 지점장을 만났다. 저녁 9시가 넘은 시간이었다.

"죄송합니다. 부장님."

"부장님은 씨발. 네가 어린애도 아니고 그 새끼들이 가잖다고 따라 가냐?"

"사실은 동국 인사부에 사표만 내고 도망 온 거라서……."

"뭐? 나한테는 퇴사 절차 끝났다고 했잖아."

"인사부에서 퇴사 처리는 됐는데, 대동으로 옮긴다는 걸 이철근 부장이 어제 알아서 난리를 치는 바람에……."

송대오의 목소리가 점점 흐릿해졌다.

"야, 퇴사할 때는 확실하게 해야지. 담당 부장에게 면담은 못하더라도 통보는 해야지. 얘기도 안 하고 퇴사하는 놈이 어딨냐?"

"붙잡으면 뿌리치기 힘들 것 같아서요."

"참 나. 이 새끼 우유부단의 끝판왕이네. 그래 속초에서 정리는 확실히 한 거야?"

"속초에서 이철근 부장하고 통화해서 마무리했습니다."

"술 안 먹었네?"

"저는 차 몰고 와야 해서요. 자기들끼리 처먹던데요."

"씨발놈들! 자기들끼리 평일 날 낮술 먹으려고 속초까지 갔구만."

"죄송합니다. 내일부터는 이런 일 없을 겁니다."

"당연하지. 이런 일 다시 있으면 집에 가야지. 새꺄. 내가 김길태 상무에게 둘러대느라고 팔자에 없는 거짓말만 줏나 했다."

"죄송합니다."

"근데 아까부터 계속 존대? 부장님? 뭐냐?"

"이제 같은 직장에서 상사인데 예의를 차려야죠. 나이도 많잖아요."

"술 고팠지?"

"네. 자기들끼리 퍼마시는 것 구경만 했으니까요."

"호프 말고 술 마시러 나가자. 의정부에 좋은 데 어디냐? 오늘 나도 좀 마셔야겠다. 너 때문에 10년은 늙었다. 새꺄."

지점장 구인은 우여곡절 끝에 이렇게 마무리되었다. 송대오가 성격이 우유부단하지만 영업관리에서는 전혀 다른 사람이 된다. TMR들이나 실장들 관리에서는 칼 같은 성격이다. 박 부장이 그래서 송대오를 첫 지점장으로 낙점한 것이다.

"내일부터 남대문지점으로 출근해라."

"남대문지점으로요? 대동카드지점 따로 안 만들고요?"

회의실에 송대오 지점장을 불렀다.

"본사에서 2주 동안 답답했지? 본사를 벗어나고 싶잖아. 일단 남대문지점에서 이 공장 영업프로세스를 익혀야지."

"네. 알겠습니다."

"DB는 다음 달부터 공급받기로 했기 때문에 리크루팅이 급하다."

"너무 빠른데요?"

"준다고 할 때 빨리 스타트 해야지. 준비기간 많다고 좋은 언니들을 많이 모을 수 있는 건 아니다."

"이미 시장에 소문이 나서 리크루팅은 어렵지 않을 것 같습니다."

"그렇지? 일단 실장 1명은 김영숙이 데려오고 나머지 3명은 광고 내서 뽑자."

"영숙 실장이 좋아하겠네요."

"대동카드 DB 사용한다고 아마 영업 좀 하는 실장이나 TMR들이 지원을 많이 할 거다."

"저한테 이미 이력서 낸 친구들도 있습니다."

"영숙이 제외하고는 실력대로 뽑자. 실장이나 TMR들 3개월 평균급여 5백만 원 이상자들 중에서 당신하고 나하고 공통으로 OK하는 애들로 뽑자. 아는 언니들이라고 뽑으면 안 된다. 알았지?"

"알겠습니다."

"리크루팅 광고는 내일 본사에서 나갈 거고 이번 주 금요일에 면접 보고 그다음 주에 교육하고 그다음 주에 바로 영업 시작해야지."

"그렇게 빨리 준비가 되겠습니까?"

"그때까지 영업준비는 송 지점장이 하고 본사 영업준비는 내가 할 거니까 그때까지 아마 둘 다 집에 들어가기 힘들 거야."

"아~~ 네."

"표정이 왜 그래?"

"부서장 되시니까 일 추진하는 게 정신을 못 차리겠습니다."

"본래 유격훈련 올라가기 전에 엄청 굴리잖아. 왜 그런 줄 알아? 사람들이 여유가 있으면 엉뚱 생각하고 사고 치거든. 우리도 마찬가지야."

"적응하겠습니다."

"적응은 무슨? 당신도 영업조직들 그렇게 다뤄야 성공할 수 있어. 조직의 장이 언니들 앞에서 여유를 보이지 마라. 무섭게 몰아쳐야 잡생각을 안 하거든."

"네."

"영업시스템도 동국하고는 다르게 갈 거다."

"어떻게요?"

"메이저리그 시스템으로 운영할 거야."

"메이저리그요?"

"그래. 메이저리그에서 못하면 마이너리그로 내려가고 마이너리그에서 잘하면 메이저리그로 올라가는 시스템 말이야."

"TM영업에 그게 가능해요?"

"새로 만드는 아테나지점이 메이저리그야. 매 분기마다 평가해서 하위 30%는 마이너리그로 내리는 거지. 실장 1명도."

"마이너리그는 남대문지점?"

"그래. 남대문지점 인터넷 DB는 아테나지점 영업 3개월 차에 제휴 종료하고 카드 2차 DB 사용할 거야. 그러니까 마이너가 되는 거지."

"아~"

"남대문지점에서도 3개월 평가해서 실장 1명과 TMR 상위 30%는 아테나지점으로 이동하는 거지."

"실장이나 TMR들 박 터지겠는데요."

"본래 자본주의 사회의 최전방이 우리 같이 영업하는 곳이잖아. 한정된 DB를 가지고 최고의 성과를 내려면 어쩔 수 없어."

"아는 애들 봐 줄 수가 없겠네요. 하하하."

"이런 시스템이 정착되면 아는 애라고 봐주고 하는 것 자체가 아예 봉쇄되는 거지. 김영숙 실장도 데리고는 오지만 예외는 없어. 똑같이 적용되는 거야. 송 지점장도 마찬가지야. 너 이쁜 언니들에게 좋은 DB 몰아준다는 소문 있던데 여기서 그러다 나에게 걸리면 죽는다. 하하하."

"누가 그래요?"

"농담이다. 인마. 하여튼 잘하자. 이제 동국하고 인연도 완전히 끊어졌으니 갈 데도 없잖아. 그 새끼들 꼴 보기 싫어서라도 보란 듯이 성공시켜야지."

"당분간 죽었다 복창하고 일하겠습니다."

"당분간은 시발? 계속 그렇게 일해야지. 하하하."

"네. 하하하."

리크루팅 광고가 나가자 예상했던 것처럼 이력서가 쇄도했다. 실장 3명 선발하는데 21명이 지원했고 TMR 100명 뽑는 데 250명이 지원했다. TM 업계에서 영업 좀 한다는 사람들은 모두 지원한 것 같았다. 그것도 월평균 수당 500만 원 이상자로 제한한 인원이 이 정도였다. TM영업이 생긴 후 이렇게 진정한 '선발'을 하는 리크루팅은 처음일 것이다. 그동안 1인당 얼마의 돈을 주고 사람을 사 오는 리크루팅이 일반화되어 있는 TM 영업 리크루팅 시장에서는 신선한 충격이었다. 그렇게 우여곡절 끝에 박 부장이 대동생명 입사 9개월 만에 카드 DB로 영업을 시작했다.

"역시 카드 DB가 다르네. 박 부장 그동안 고생했다."

"이제 시작입니다."

김길태 상무방에서 신채널영업본부 마감회의 중이다. 배영준 부장과 함께다.

"영업 2달 만에 우리 AM영업부 업적을 넘겨 버렸네요. 박 부장 축하합니다."

아테나지점 영업 2개월 만에 TM영업부 업적이 2억5천만 원으로 마감했다. AM영업부 마감업적 2억을 뛰어넘은 것이다.

"배 부장님이 스텝 부서장들을 잘 눌러줘서 이렇게 된 겁니다. 제가 감사해야죠."

고객서비스부나 계약부에서 영업 프로세스 만드는 과정에 많은 태클이 있었지만 배 부장이 막아준 건이 많았다.

"박 부장이 올해 3억 마감하겠다는 약속은 지키겠네. 올 연말에 TM 3억, AM 2억이니까 신채널본부에서 5억을 마감하는 거잖아. 방카 업적은 연말에 거의 없을 거고. 이제 내년부터는 대동생명의 실질적인 주력 영업채널은 신채널영업본부가 되는 거네. 사장님이 좋아하시겠다. 박 부장, 배 부장, 고생했어."

"상무님. 말로만 하지 마시고 사장님께 말씀드려서 좋은 술자리 한번 하시죠? 박 부장 오고 나서 한 번하고 그 뒤로 사장님과 술자리가 전혀 없네요."

"당연하지. 그렇잖아도 예상 마감업적 보고드리니까 술자리 마련하라고 하셨다."

"상무님. 확신이 서지 않아서 망설이고 있었는데 이제 업적이 나오는 게 확인됐으니 남대문지점 DB를 바꿀 생각입니다."

"뭘로?"

"아테나에서 사용한 DB를 빼서 사용할 겁니다."

"그게 가능해?"

"네. 월 10만 건씩 받아서 아테나에서 사용하고 있는데 3개월 숙성 후 미계약 건을 남대문지점에 뿌리면 새 DB나 마찬가지입니다."

"지금 사용하는 DB는 어쩌고?"

"제휴 종료해야죠."

"그럼 남대문지점에서 영업하는 TMR들은 기분 나쁘지 않을까? 한 번 사용한 DB를 재탕하는 건데?"

"그래서 환산율을 아테나지점 대비해서 150%로 책정하려고 합니다. 그리고 승강급 시스템을 운영할 예정입니다."

"승강급?"

"네. 그게…."

배 부장이 박 부장의 말을 막았다.

"상무님. TM영업 하는 건 그냥 박 부장에게 맡겨두세요. 임원이 되셔 가지고 뭐 그런 것까지 꼬치 꼬치 묻고 그러십니까? 상무님은 사장님께 업적 보고하러 가셔야죠. 그리고 술 약속도 잡고 오세요."

"알았다. 그래. 가능하면 빠른 시일 내에 술자리 잡도록 하지."

"좋은 데로 가셔야 합니다. 하하하."

여의도 고급 일식집에서 신병수 사장과 김길태 상무, 박 부장과 배영준 부장이 앉았다. 신병수 사장은 TM영업부와 AM영업부가 제대로 된 업적이 나오는 모습에 흐뭇해하시며 두 명의 부장에게 계속해서 술잔을 채워 주셨지만 왠지 모르게 표정이 어두웠다.

"사장님. 앞에 있는 두 명의 부장이 열심히 노력해서 올해는 터를 마련했고 내년에는 TM과 AM이 우리 회사 주력 영업채널이 될 것 같습니다. 모두가 사장님께서 후원해 주시고 만들어주신 덕분입니다."

김길태 상무가 사장의 안면을 살피면서 말을 꺼냈다.

"이렇게 좋은 날인데 사장님 어디 편찮으세요? 안색이 안 좋으십니다."

"아니다."

"몸이 불편하시면 먼저 일어나셔도 됩니다."

"그게 아니고……."

신병수 사장은 말끝을 흐렸다.

"어차피 곧 알게 될 거니까. 말하마."

"……."

"내가 이번 달까지만 하고 사장이 바뀐다."

"예?"

사장의 말을 듣던 3명은 모두 술잔을 내려놓고 신병수 사장의 얼굴을 보았다."

"어제 은행에서 연락이 왔다. 임기연장이 안 된다고."

사장과 임원들 공식적인 임기는 1년이다. 연말이 인사시즌인 것을 까먹고 있었다.

"사장님. 무슨 말씀이신지? 이제 막 사장님이 씨를 뿌리신 신채널이 태동하는 단계인데 사장님이 가 버리시면 저희들은요?"

가장 충격이 큰 김길태 상무가 말을 이었다. 김길태 상무도 12월이 임기 만료인 것이다. 본인의 거취도 궁금했을 것이다.

"나만 임기만료로 퇴임하고 김 상무는 연장됐어."

김길태 상무의 얼굴표정이 순간 환해졌다 다시 일그러졌다.

"아니 사장님께서 왜 벌써 퇴임하셔야 합니까? 사장님께서 종합보험사 만든다고 추진하시던 일이 한두 가지가 아닌데?"

배 부장이 언성을 높였다.

"내가 떠나더라도 TM과 AM이 이렇게 자리 잡는 모습을 보니까 기분 좋게 나갈 수 있을 것 같다. 내가 없더라도 니들이 힘을 합쳐서 대동생명을 종합보험사로 만드는 데 게을리하지 마라. 내가 밖에서 지켜볼 테니까."

신병수 사장 말에 모두가 숙연해졌다.

"자자자. 여기 초상났냐? 모두 얼굴 표정이 왜 그래? 나야 나이가 환갑이 넘었는데 이제 손주 볼 나이가 됐잖아. 내 걱정하지 말고 니들 걱정이나 해라."

"그럼 혹시 후임 사장으로 누가 오는지 아세요?"

눈치 빠른 김길태 상무가 사장의 눈치를 보면서 말했다.

"동방생명 출신이라고 들었다."

동방생명이라면 생명보험업계 1위의 회사다. 대동생명과는 비교가 되지 않고 동국생명보다도 10배나 큰 회사다. 그러나 동방생명에는 설계사 영업채널만 운영한다. 업계 유일하게 TM과 AM영업을 하지 않는 보험사다.

"그럼 설계사 영업채널을 만들려고 하는 겁니까?"

기획통인 김길태 상무가 동방생명을 모를 리 없었다.

"아마도 그런 것 같다. 내가 대동생명에 사장으로 부임하고 나서 2년 동안 TM이나 AM이 지지부진하니까 보험을 모르는 은행 애들이 시장조사를 하고 그렇게 결정한 것 같다."

"아니 TM이나 AM이 이 정도 기간에 이 정도 업적이면 빠르게 정착한 겁니다.”

배 부장이 언성을 높였다.

“은행 애들이 그걸 알 리가 없지. 사장이 바뀌더라도 너희들은 너희들 계획대로 추진해라. 김 상무가 새로운 사장 오면 잘 설득하고.”

“사장님. 저희들은 걱정하지 마십시오. 제가 알아서 하겠습니다.”

김길태 상무가 비장한 표정을 지었다.

“그래도 내가 대동에 근무하면서 업계 최고 전문가인 여기 앞에 있는 2명의 부장하고 같이 일하게 돼서 너무 좋았다. TM은 이번 달에 3억을 넘긴다고?”

“네. 사장님.”

“박 부장이 그동안 나하고 대동카드나 은행에 쫓아다니느라 고생했지? 내가 TM에서 10억 하는 것을 보고 퇴임하려고 했는데 너희들 케어도 못하고 나가게 돼서 미안하네.”

“아닙니다. 사장님.”

“자! 건배 한 번 하자. 대동생명 발전은 여기 있는 사람들 하기에 달렸다. 세 사람이 똘똘 뭉쳐서 종합보험사 꼭 만들어라. 종합보험사를 위하여!!!”

“위하여!”

TM영업부 12월 마감업적은 예상대로 3억을 넘겼다. 대동생명에서 TM영업을 시작한 지 13개월 만에 이룬 성과다. 약속된 스케줄대로 대동카드 DB가 정상 공급된다면 올해 마감업적 6억을 돌파하는 것도 어렵지 않을 것이다. 올해 지점을 2개 더 오픈해서 4명의 지점장과 16명의 영업실장으로 영업조직을 확대하게 될 것이다. TM영업부가 대동생명의 확실한 주력 영업채널로 자리매김할 것으로 예상되지만 새해 첫 주부터 긴장감이 감돌았다. 새로운 사장이 부임해 왔기 때문이다. 특히 김길태 상무는 긴장한 모습이 얼굴에도 나타날 정도로 스트레스를 받고 있는 것이 틀림없었다. 새로 부임한 김재환 사장은 예상대로 취임사에서 FC설계사 영업채널을 만들겠다고 공언했다.

"박 부장. 거기 앉아."

"TM영업부 부장 박광호입니다. 잘 부탁드립니다."

새로 오신 김재환 사장의 호출이었다. 박 부장은 긴장했다. 부장들 중에서 가장 먼저 박 부장을 부른 것이다.

"어디 보자. 박 부장은 동국 출신이구만."

자리에 앉자 김재환 사장이 박 부장 이력서를 보면서 말을 이었다.

"네. 사장님."

"동국 거기 '가라영업' 많다고 들었는데."

"저는 TM에서만 영업해서 설계사영업 쪽은 잘 모릅니다."

"그런가? TM영업이 돈이 되는 건가? DB값 다 쳐주고 회사는 남는 거 없는 장사라고 들었는데?"

"업계에서 경쟁이 치열해서 그런 측면이 있지만 대동생명에서는 대동카드에 나가는 금액이 크지는 않습니다."

"계열사 덕을 보고 있다는 건가? 내가 이제껏 본 동국 출신 사람들 중에 영업 잘하는 사람 별로 못 봤는데, 박 부장은 일단 지켜보지."

김재환 사장의 말투에 기본적으로 동국생명과 TM영업에 대한 불신과 무시가 깔려 있었다. 동방생명에 비하면 소규모 보험사라 할 수 있기 때문에 그렇게 생각할 수도 있을 것이다. 어쩌겠는가. 거슬리지 않는 선에서 대답을 잘해야 한다.

"내가 왜 박 부장을 제일 먼저 부른 줄 알아?"

"모르겠습니다."

"방카가 업적은 제일 많이 하지만 그건 은행에서 하는 업적이고 AM도 마찬가지로 대리점에서 계약하는 거잖아. 그래도 직영조직에서 업적하는 곳은 TM이 유일하더구만. 직영 영업조직이 많아야 회사의 자산이 되는 거야. 무슨말이지 알겠지?"

"네. 알겠습니다."

"지점이 2곳이라고?"

"네. 아테나 지점과 남대문 지점입니다."

"두 지점 간에 거리가 머나?"

"아닙니다. 서대문 사거리 근처에 있습니다."

"그래? 그럼 지점장들하고 실장들 같이 점심 먹고 싶은데? 박 부장 어때?"

"오늘 말입니까?"

"그래. 지금. 지점장들에게 전화해서 나오라고 해."

지금이 오전 10시 30분이다. 박 부장은 바로 지점장에게 전화해서 11시 30분까지 지점 근처 안동국수집으로 예약하고 나오도록 연락했다. 그리고 박 부장은 사장님과 사장차를 같이 타고 서대문으로 이동했다.

"사장님. 김길태 상무님도 연락해서 오시라고 할까요?"

"뭐하러 번거롭게. 그냥 박 부장만 수행하면 되지."

"네. 알겠습니다."

박 부장은 사장과 지점장, 실장들과의 점심 식사를 마치고 사무실로 들어왔다. 사장과의 점심이 편하게 식사하는 자리는 아니었다.

"나한테 연락했어야 할 거 아냐?"

"사장님이 바로 나가자고 하는 바람에 못했습니다."

사무실로 복귀하자마자 김길태 상무가 불렀다.

"장난해? 담당임원이 버젓이 눈 뜨고 있는데 부장만 데리고 영업조직을 만나?"

김길태 상무는 상당히 화난 표정이었다. 본인이 패싱 당했다고 생각하는 모양이다.

"상무님이 사장님께 영업계획 보고 겸 해서 올라가 보시죠?"

"내가 미쳤냐? 지금 우리 회사 업적 70%는 신채널영업본부에서 하는데 답답한 놈이 부르겠지. 안 그러냐?"

"네."

"앞으로 사장에게 올라가는 보고는 내가 할 거니까 그리 알아. 그리고 앞으로 영업조직하고 하는 마감회의나 영업전략회의도 내가 주관할 거니까 박 부장이 그렇게 준비해!"

"영업회의를 직접 주관하신다구요?"

"왜? 내가 하면 안 되냐?"

"아닙니다."

그동안 영업조직과의 각종 회의나 술자리 같은 독려는 모두 박 부장 몫이었다. 초기에 몇 번 회의나 독려 자리에 참석하라고 말해도 돌아오는 대답은 "박 부장이 알아서 해. 임원이 그런 것까지 할 필요 있냐?" 였다. 그 뒤로 김길태 상무는 아예 지점에 실장이 누가 있는지도 몰랐다. 그랬던 사람이 갑자기 영업조직을 챙기겠다는 게 의아했지만 왜 그런지는 충분히 이해는 갔다.

"내일 영업전략회의 있지? 회의 끝나고 저녁도 먹고? 둘 다 내가 참석할 거니까 그리 알고 준비해."

"네."

박 부장은 김길태 상무 방에서 나오면서 고래 싸움에 새우 등 터질지 모른다는 불안감이 몰려왔다. 신병수 사장 있을 때야 부장 2명에게 일을 모두 맡기고 사장과 전략 논의만 하면 됐지만 김재환 사장 체제에서 임기 연장을 위해서는 본인의 존재감이 필요했을 것이다. 앞으로 피곤해질 것이 뻔했다.

그 이후 김길태 상무는 수시로 지점을 방문했다. 밥도 먹고 술도 마시고 지점장, 실장들과 저녁식사 자리가 잦았다. 지점이래야 2개밖에 없는데 임원이 자주 방문하니 지점장과 실장들은 의전에 힘들어했다. 지점장들이 김 상무 지점 방문을 좀 줄여달라고 박 부장에게 부탁했지만 부장이 임원에게 할 수 있는 얘기는 아니다. 그 후 사장에게 보고되는 신채널영업의 브리핑은 부장들이 빠지고 김 상무가 직접 챙겼다. 본인이 신채널 영업본부를 장악하고 있다는 것을 사장에게 어필하고 있는 것이다.

그렇지만 TM영업은 계획대로 상승곡선을 그리고 있었다. 3월에 월납 업적 4억을 넘겼고 6월에는 5억을 넘겼다. 그 사이 2개 지점을 추가로 오픈했고 박 부장이 만든 메이저리그식 승강급 시스템의 정착으로 지점은 치열한 영업전쟁의 터로 변해 있었고 그런 분위기가 업적으로 연결되고 있었다. 이제 대동생명의 주력 영업채널은 TM영업부라는 데 이의를 제기할 사람은 없었다.

"박 부장. 네가 FC채널 좀 도와줘라."

"제가 도와줄 게 있나요?"

3개월 전에 FC영업부 지점이 오픈했다. 동방생명에서 임원과 영업부장, 지점장과 설계사들을 스카웃해서 드디어 오픈한 것이다.

"사장의 특별지시다."

"아니 우리 TM은 FC와 영업방식이 완전히 다른데 어떻게 도와줍니까? 같은 회사니까 당연히 도와드리고 싶지만 FC지점에 내가 도움 될 게 없는데요."

"일단 지점장 한 명과 실장 한 명을 파견 보내서 FC들 교육 좀 시켜달란다."

"우리 영업은 어떡하고요?"

"틈틈이 가서 교육하면 되잖아. 사장이 도와달라는데 내가 어떡하냐? 도와주는 척이라도 하란 말야. DB에 대해서도 운을 떼던데."

"DB요? FC가 DB 영업한다는 소리는 처음 듣습니다."

"지금 FC영업 정착이 안 되니까 하는 소리겠지."

FC영업 지점은 오픈 3개월 동안 업적이 500만 원에 머물고 있었고 리크루팅도 부진했다.

"FC영업이 몇 달 만에 정상궤도에 오를 거라 생각하지는 않겠죠."

"일단 TM 업적은 확실히 당기자. 괜히 FC채널과 비교질 당하지 말고. 내가 매일 지점에 나가서 독려하고 있지만 업적은 부장이 챙겨야지."

"제가 볼 때 FC영업이 잘되려면 몇 년 걸릴 겁니다. TM처럼 DB만 공급되면 확 불붙는 영업도 아니고 결국 우량 FC설계사들을 스카웃해야 하는데 걔들에게 줄 수 있는 재원은 한정되어 있어서 쉽지 않을 겁니다."

TM영업이 DB 장사라면 FC영업은 사람 장사다. 즉 TM영업은 DB만 좋으면 영업력 있는 TMR들이 알아서 찾아와서 단기간에 업적을 올릴 수 있지만 FC영업은 유능한 설계사를 얼마나 확보하느냐에 따라 영업의 승패가 갈린다. FC영업은 유능한 설계사 리크루팅에 돈과 노력을 쏟아 부어야 하는데 이것이 말처럼 쉽지 않아서 시간과 돈이 많이 필요한 영업채널이라고 하는 것이다.

"그걸 내가 모르냐? 하여튼 사장 지시사항이니까 말 안 나오도록 조치해."

"알겠습니다."

"다른 사항 없지?"

"상무님. 제가 주제넘는 말 같지만 지점 방문을 좀 줄여 주시면 안 될까요?"

"뭐?"

"지점장이나 실장들이 영업 집중도가 좀 떨어지는 것 같다고……."

"지랄들 하고 자빠졌네. 이것들이 밥 사 주고 술 사 줘도 지랄들이야."

김 상무 목소리가 올라갔다.

"압니다. 상무님. 상무님은 영업조직을 위해 진심으로 독려하고 계시다는 것을요. 그러나 지금은 상무님 소장 하실 때와는 시대가 달라졌습니다. TM에서는 술 독려가 잘 안 통하는 조직입니다. 죄송합니다. 이런 말씀드려서."

"내가 알아서 할 거니까 박 부장이 참견할 일이 아니다. 요즘 TM이 업적 좀 나온다고 박 부장 너무 오버하는 거 아냐?"

"아닙니다. 오해는 마십시오. 그럼 전 나가 보겠습니다."

그 이후에도 김 상무의 스타일은 변하지 않았다. 김 상무도 거의 20년 전에 영업소장 2년 했던 경력이 있지만 아마도 그 시절은 모두 잊었을 것이다. 동국생명에서 이철근 부장 같은 시행착오가 일어나는 일은 막아야 했기 때문에 욕먹을 각오로 말할 수밖에 없었다.

"오랜만이다."

"대동생명 일은 부장님 혼자 다 하세요? 얼굴 뵙기가 왜 이리 힘들어요?"

"영숙 실장. 부장님 바쁘잖아. 이해해."

오랜만에 송대오 지점장과 김영숙 실장과 저녁자리를 마련했다. 김영숙 실장이 몇 달 전 대동생명에 와서 처음으로 수당 천만 원을 넘겼다고 자리 마련해 달라고 몇 번 연락했지만 시간이 안 맞았고 오늘에야 자리를 만들었다.

"우리 영숙 실장 계속 1등 실장이지? 축하해. 역시 내가 사람 보는 눈은 있단 말야."

16개 영업실에서 영숙 실장이 계속 업적 1등을 유지하고 있었다.

"부장님 덕분이죠. 요즘 지점에 너무 안 오시는 거 아니에요?"

"나 대신 상무님이 자주 가시잖아. 한 사람은 일해야지. 하하하."

"상무님은 이제 그만 오셔도 되는데. 1주일에 한 번씩 같이 술 마시기 힘들어요."

"노인네가 젊은 여자들 보는 낙으로 사시는데 니가 이해 좀 해 줘라."

"술만 마시면 이해하겠는데 꼭 2차로 노래방 가시는데 불편해하는 실장들 많아요."

"니들이 비위 좀 맞춰 줘라. 그 양반도 새로운 사장 와서 살아남으려고 얼마나 힘들겠냐? 나는 그 스트레스 이해한다."

"저야 괜찮은데, 싫어하는 실장들이 있어서요."

"영숙 실장 그 얘기는 그만하자. 부장님 오랜만에 모셨는데 술 좀 마셔야지."

송 지점장이 중간에 말을 끊었다.

"네. 죄송해요."

"다른 지점들, 지점장들은 요즘 어떠냐?"

"4명 지점장들이 잘 뭉칩니다. 다들 영업도 잘하구요. 상무님 자주 방문하시는 거 부담스러워하지만 뭐, 직장생활에서 윗사람 잘 모셔야죠. 하하하."

"그래도 지점장들이 잘 뭉친다니까 다행이네. 상무님 오면 지점장들이 잘해 드려라. 그 양반도 신 사장 나가고 나서 회사 내에서 외톨이나 다름없거든. 그런 형편을 우리라도 이해해 주자."

"알겠습니다."

"서대문지점이 업적이 좀 떨어지던데."

새로운 1차 DB 지점이 서대문지점이다.

"부장님. 서대문지점 실장 4명이 영업은 잘하는 것 같은데 내부적으로 경쟁이 엄청 심한가 봐요. 같은 지점 실장 4명이 융화가 잘 안된다고 하네요."

실장들 소식은 영숙 실장이 잘 알고 있는 듯 말했다.

"실장들끼리 융화할 일이 뭐가 있어? 자기 영업실만 잘 챙기면 되지."

"그래도 같은 공간에서 일하는 사람들끼리 잘 지내면 좋죠. 저희들은 실장들끼리 잘 뭉쳐요. 송 지점장님이 그런 분위기 조성을 해서 그렇지만. 그래서 업적도 항상 1등 하잖아요. 하하하."

"송 지점장하고 김영숙 실장이 잘하니까 그래도 내가 면이 서잖아. 니들이 개판치면 내가 1순위로 잘라 버릴 거니까. 그리 아세요. 하하하."

"부장님. 서대문지점이 분위기가 어수선한 게 다른 이유일 겁니다."

송 지점장이 머뭇거리며 말했다.

"다른 이유?"

"네. 상무님이 특별히 아낀다는 실장 때문에요."

"누구?"

"대동생명에서 젤 이쁘다는 문정아 실장요."

"아~~ 문정아? 이쁘긴 하더라. 그 나이에 그 정도면 훌륭하긴 하지. 얼굴도 이쁘고 업적도 그 지점에서 항상 1등하잖아. 이쁘고 영업 잘하면 최고지. 뭐가 문제야?"

"제가 봐도 이쁘시고 영업도 잘하는 것 같아요. 근데 거기 나머지 3명 실장들은 그렇게 생각을 안 하니까 문제죠. 문 실장님 뒷담화하는 거 다 들었어요."

"뒷담화?"

"네. 상무님이 문 실장에게만 좋은 DB 몰아줘서 업적 잘한다고 하더라구요."

"야. 영숙 실장. DB는 지점장이 분배하는데 무슨 소리 하고 있어?"

"부장님. 저도 알죠. 근데 상무님이 좋은 DB 주라고 서대문 지점장에게 그렇게 지시했다고 어쩌고저쩌고해요."

"증거 있어?"

"당연히 없죠. 자기들 업적 안 나오니까 핑곗거리 찾는 거죠."

"야. 여기 송 지점장이 있지만 기본적으로 DB 분배는 램덤이야. 어떤

DB가 계약할 DB인지는 하늘도 몰라. 어느 구름 속에 해가 들어 있는지 아닌지는 해가 밖으로 나와야 알 수 있는 것이거든. 그러니까 서대문 실장들이 영업 안 되는 핑계 대는 거지."

"부장님 말씀이 맞습니다. 누구에게 DB를 몰아주는 것 자체가 시스템적으로 불가능하죠. 지점장이 할 수 있는 건 DB 숫자를 조절하는 건데. 그건 바로 표가 나니까 그렇게 할 수는 없는 구조구요. 제가 내일 서대문 지점장에게 얘기하겠습니다. 부장님은 그냥 모른 척하세요."

"그래. 송 지점장이 얘기해 줘라. 이것들이 자기 실력으로 영업을 더 잘할 생각은 안 하고 잘하는 사람 깎아내리려고 공작질을 해? 당분간 지켜보는데 계속 그러면 싹 다 갈아 버릴 거니까."

"부장님. 오랜만에 영숙 실장이 술 한잔 산다고 모였는데 그런 얘기 그만하고 술이나 드시죠? 부장님께서 어렵게 만든 대동생명 TM영업인데 어떻게 하면 더 키울까 고민해야 하잖아요."

"야. 역시 송 지점장. 대동 와서 보는 시야가 많이 넓어졌어. 너희들 둘이 잘 합심해서 선두 지점이 돼서 업적을 리드해야 돼. 모범을 보이란 말야. 그래야 다른 지점이나 영업실에서 보고 배우고 따라할 것 아냐."

"열심히 하겠습니다."

박 부장은 가끔은 이들과 술자리를 해야겠다는 생각이 들었다. 이제 조직이 커진 만큼 박 부장 혼자 모든 사항을 케어할 수 없고 더구나 영업조직 내부의 경쟁관계가 자칫 과열될 경우 엉뚱한 일이 벌어지기도 하기 때문에 이들을 통해서 영업조직 내부의 돌아가는 사정을 알아야 했기 때문이다.

"아니 감사부장님이 웬일이십니까? 저를 다 보자고 하시고."

"부장님하고 차나 한잔하려구요."

박 부장은 감사부 부장과 회의실에 마주 앉았다.

"요즘 TM영업 잘되신다고 들었습니다."

"잘되긴요? 아직 멀었습니다. 방카나 AM 업적까지 TM이 만회해야죠. 아직 10억도 못 넘겼는데요."

"그래도 박 부장님 대단하신 것 같습니다. 인프라가 아무것도 없는 이 조그만 보험회사에서 그것도 짧은 기간에 그만한 업적 하기가 쉽지 않았을 텐데요. 저희 감사부가 도와드린 건 없지만요."

"뭔 말씀을요. 감사부는 가만있는 게 도와주는 거죠. 하하하."

"그런가요? 하하하."

"농담입니다. 아시다시피 우리 회사의 영업 인프라가 많이 부족하잖아요. 그렇기 때문에 영업이 정해진 프로세스대로 하기가 힘든 환경도 있습니다. 뭐라 해야 하나? 개인기에 의존하는 영업을 한다고 해야 하나? 차차 영업프로세스를 정립해 나갈 참입니다."

"박 부장님이 고생이 많으신 거 압니다. 근데 오늘 뵙자고 한 건 다름이 아니라 다른 건이 있었어요."

감사부장이 목소리를 줄였다.

"뭔 문제 있나요?"

"투서가 들어왔습니다."

"투서요?"

"네."

"뭔 투서요?"

"TM영업조직 중에 누군가가 감사부에 투서를 보내왔어요."

"누군데요?"

"익명입니다. 누군지는 모르겠어요."

"내용이 뭡니까?"

"자기가 불이익을 받고 있다는 내용입니다."

"불이익? 누구한테요?"

"글쎄 그게……. 박 부장님 담당 임원입니다."

"예? 김 상무님?"

"네."

"제가 그 내용 볼 수 있나요?"

타자로 타이핑된 A4용지 2장에 빼곡하게 적힌 내용은 얼마 전 들었던 서대문지점에서 일어났던 DB 관련 불만들이 대부분을 차지하고 있었다. 그리고 김 상무와 문정아 실장과의 관계에 대한 소문들도 적혀 있었다.

"박 부장님은 이 내용 알고 계셨습니까?"

"금시초문입니다."

박 부장은 모른 척해야 한다고 생각했다.

"누군지는 짐작 가시는지?"

"누군지 알 수가 없습니다. 다만 어느 지점인지는 짐작이 갑니다."

"그렇습니까? 부장님께서 누군지 찾아서 해결하시라고 제가 보자고 한 겁니다. 물론 소문 안 나게 비밀리에 알아보셔야겠죠. 사장님 지시사항입니다."

"사장님 지시사항요? 그럼 사장님께 이미 보고하셨어요?"

"당연하죠. 이런 투서가 들어오면 사장님께 보고합니다. 특히 임원이 관련된 사항은 더더욱 그렇습니다."

"그럼 김길태 상무에게는 알렸습니까?"

"아뇨. 비밀로 하라는 사장님 지시입니다. 박 부장님에게만 알려서 이 일을 수습하라고 지시하셨습니다."

"……."

"읽어 보셔서 아시겠지만 맨 마지막 줄이 걸립니다. 아무 조치도 없으면 지주회사에 투서를 넣겠다는 내용이요."

"……."

"사장님은 보험영업하다 보면 이런 일이 비일비재하다고 말씀하셨습니다. 다만 임원이 관련돼 있기 때문에 저도 조심스럽습니다. 그래서 더 이상 확대되지 않고 박 부장님이 비밀을 유지하시면서 이 일을 잘 수습하셔야겠습니다."

"아니 누군지 알 수도 없는데 어떻게 수습하라는 건지? 자필이면 필적이라도 대조해 볼 수 있을 텐데 전부 타이핑이라 알 수 있는 방법이 없습니다. 우체국 소인도 서울 중앙우체국 소인이고…. 참 난감하네요."

"저는 사장님 지시사항을 전달할 뿐입니다. 수습은 박 부장님이 알아서 하라고 하셨습니다. 비밀은 지켜주시고요. 특히 김길태 상무님께는 더더욱요. 은행 애들은 투서 이런 거에 민감합니다. 절대 상위기관으로 번지면 안 됩니다. 아시죠?"

"일단 무슨 말씀이신지 알겠습니다."

"사장님은 이 건이 확대되는 걸 원치 않으십니다. 그리고 TM영업에 지장이 생기는 것도 원치 않으십니다."

"고민해 보겠습니다."

회의실을 나서는 박 부장은 눈앞이 깜깜했고 화도 치밀어 올랐다. 동아생명에서 말도 안 되는 투서를 경험했기에 더더욱 그랬다. 영업에 매진해도 모자랄 판에 지점 내에서 이런 정치싸움이나 하고 있다는 것 자체가 이해할 수 없었다. 김 상무에게 알릴 수도 없고 지점 식구들에게 말도 못 하면서 어떻게 범인을 찾을 수 있을까? 설사 투서 당사자를 찾는다고 하더라도 어떻게 해야 하나? 답답하기만 했다.

"박 부장, 너는 그런 조치를 사장에게 보고도 없이 맘대로 하냐?"

"죄송합니다. 급박한 사항이라 담당 임원에게도 보고하지 않고 제가 처리했습니다."

김재환 사장이 불러서 사장실에 박 부장이 앉았다. 감사부장에게 그 투서 건을 들은 박 부장은 며칠 고민 후 서대문지점을 방문해 실장 4명 전원을 해촉 처리했다. 분명 투서의 범인은 3명의 실장 중 1명이지만 이런 영업 분위기를 만든 책임은 지점장과 실장 4명 모두에게 있다고 생각했다. 따라서 실장 4명은 영업부장 직권으로 당일 해촉 처리해서 퇴사시켰고 지점장은 인사부에 연락해서 대기 발령 내 달라고 통보했다. 영업조직에서 썩은 암조직은 다른 조직에 전이가 되기 전에 싹을 도려내야 한다는 게 박 부장의 오랜 영업 철학이다. 감사부장에게 전화로 결과 통보를 했는데 바로 사장에게 보고한 모양이다.

"지점에 영업실장을 전원 해촉하면 영업은 안 하겠다는 거야?"

"이미 다른 지점에서 영업실장 2명을 전보조치 했고 내부에서 2명을 실장으로 발탁했습니다. 따라서 영업에 지장은 없을 겁니다."

"내가 투서 범인을 찾아라고 했는데 박 부장 너무 나간 거잖아."

"투서한 사람도 잘못이지만 이런 일이 발생한 근본 원인은 지점 내 영업관리자들이 영업외적인 면에 집중해서 영업에 차질을 일으키는 데 원인이 있습니다. 그래서 다음 달 초에 서대문 지점장도 본사 대기발령 조치할 예정입니다."

"……."

"지금 싹을 자르지 않으면 투서건의 소문으로 다른 지점들도 영업에 지장을 받을 수 있습니다. 미리 말씀 못 드린 건 죄송하지만 신속한 처리가 필요했기에 불가피한 조치입니다."

"박 부장 보기보다 무서운 사람이네."

"아닙니다."

"영업조직을 너무 무자비하게 관리하는 거 아냐?"

"그렇지 않습니다. 사장님. 사장님께서도 영업을 오래 해 보셔서 아시겠지만 이런 영업 외적인 문제가 발생하면 조기에 진압하지 않으면 나쁜 습관이 다른 영업조직으로 전파되는 건 한순간입니다. TM영업 전체 조직을 위해서 불가피 했습니다."

김재환 사장도 동방생명에서 영업담당 임원까지 한 사람이기에 누구보다 보험설계사 영업조직 관리는 잘 알 것이라 생각했다.

"김 상무에게는 뭐라 말할 건가?"

"투서건에 대해서 말씀드릴 생각입니다. 화를 내시겠지만 제가 감당하겠습니다."

"박 부장. 자네 보험영업 얼마나 했지?"

"TM영업만 10년 이상 하고 있습니다."

"내가 박 부장에 대해서 알아보았는데 업계에서 TM영업 최고 전문가로 통한다고?"

"그 정도는 아닙니다."

"나도 동방생명에서 설계사 영업만 20년 한 사람이야. 영업조직의 생리는 누구보다 잘 알지. 지금 박 부장이 한 조치는 좀 과격하긴 하지만 영업의 데미지를 최소화 시키면서 고름을 도려 내는 최선의 방법이라고 나도 생각한다."

"그렇게 이해해 주셔서 감사합니다. 사장님."

"내가 그동안 FC영업 쪽에 집중하느라 TM영업 쪽에 관심을 기울이지 않았는데 내가 신경을 안 써도 TM영업이 잘 굴러가는 이유가 있었구만 그래."

"……."

"이번 연도에 TM 업적은 얼마를 예상하고 있지?"

"12월에 7억은 넘을 것 같습니다."

"내년도는?"

"특별한 변수가 없으면 월납업적 10억을 돌파하겠습니다. 수입보험료는 3천억 돌파가 예상됩니다."

"내가 지금부터라도 TM영업에 관심을 가지도록 하지. 그리고 박 부장도 지켜보겠네. TM영업하면서 회사 지원 사항이 있으면 나를 찾아와도 좋아."

"감사합니다. 사장님."

박 부장은 김재환 사장 부임 후 10개월이 지났지만 처음 독대했다. 형식적인 결재를 받기 위해 사장실을 방문할 때도 아무 말이 없었다. 김재환 사장은 FC영업부의 부장이나 임원과는 수시로 독대할 뿐만 아니라 전폭적인 지원을 했다. 얼마 전 있었던 TM영업 연도대상 시상식도 사장은 참석하지 않았다. 회사 내에서는 사장의 영업방향이 분명했으므로 당연히 FC영업에 대한 지원이 폭주했지만 영업 결과는 신통치 않았다. 반면 TM영업은 본사 지원에서 외면받고 있었지만 업적은 지속적으로 성장해 마감업적 6억을 돌파한 상황이었다. TM에 대한 사장의 무관심이 관심으로 바뀌면 예산 배정에 대한 제약이 없어지려나? 박 부장의 기대가 있었지만 이후에도 회사 내에 영업정책 변화는 없었다.

예상대로 김길태 상무는 박 부장의 실장 4명 해촉 건에 대해 노발대발 했지만 투서 건을 듣고서는 오히려 안절부절 했다. 곧 연말 인사 시즌이기 때문이다. 박 부장과 미팅을 급하게 끝내고 사장실로 올라갔다. 투서 내용을 알고 있는 사장에게 해명하러 갔을 것이다. 실제로 투서 내용이 거짓임이 분명하지만 대기업 조직에서 이런 거짓 루머로 사람 하나 매장시키는 건 옛날이나 지금이나 비일비재한 일이다.

TM영업은 순항하고 있었다. 11월에 이미 사장에게 약속한 월납업적 7억을 돌파했다. 12월초 열렸던 전사 영업전략회의에서 김재환 사장은 전에 없던 TM영업부를 칭찬하는 데 10분을 할애하기도 했다. 다른 영업부서가 TM영업부를 벤치마킹해야 한다고. 갑자기 변한 사장의 포지션에 적응이 어려웠다. 내년 1월과 4월에 계획대로 지점 2개를 신규 오픈한다면 상반기에 꿈의 업적, 월납 10억은 무난히 돌파할 수 있을 것이다.

"박 부장 신규지점 오픈 준비는 잘되고 있지?"

"네. 지금 서대문사거리에 120평 임차 완료했고 카드사에는 DB 요청서 보냈고요. 지점장과 실장 4명은 리크루팅 완료했고 담 주부터 TMR들 교육도 시작합니다."

김길태 상무가 박 부장을 방으로 불렀다.

"나 연장되겠지?"

"예? 무슨 말씀이신지?"

"12월이잖아. 인마."

인사 시즌이 도래했다.

"그야 당연하죠."

"투서가 걸린단 말야."

"에이~ 상무님도. 상무님 대동생명에 3년 근무하시면서 TM 업적이 7억을 넘었고 AM도 저번 달에 3억을 넘었잖아요. 합치면 10억을 넘었는데요. 이 콧구멍만 한 보험회사가 아무것도 없는 영업실적 제로에서 월납 10억짜리 영업채널을 만드셨는데 상무님이 나가시면 다른 임원들도 전부 보따리 싸야지요."

"박 부장도 나중에 임원 되면 알겠지만 임원은 '임시 직원'의 줄임말이야. 임원들 목숨이 꼭 업적으로만 결정되는 게 아니다."

"저는 임원 되고 싶지도 않고 그냥 이대로가 좋습니다. 사장님께서 상무님께 무슨 언질 없으세요?"

"요새 통 사장 얼굴 보기가 힘들어. 연말이라 바쁜 모양이야. 그리고 지금쯤은 이미 임원 인사 결정이 끝났을 거다."

"싫든 좋든 사장님이 목숨줄이니까 잘 말씀드려 보세요. 저 같은 부장 나부랭이는 업적으로 커버 할테니까요."

"박 부장, 나한테 섭섭한 거 많지?"

"무슨 말씀이세요? 저를 대동으로 데려오신 분인데."

"사실 신병수 사장 나가고 나서 지난 1년 동안 내가 좀 멘붕이 왔었어.

살아남을려고 김재환 사장에게도 다가가 보고 영업도 잘하고 싶어서 영업조직들 하고 술도 많이 마시고 했는데, 지금 생각해 보면 그냥 박 부장에게 잘해 줄 걸 하고 후회가 된단 말야. 하하하."

"내년에 잘해 주시면 되죠. 상무님 스트레스 받는 거, 저는 이해합니다."

"저번 달에 신병수 사장 만나서 저녁 먹었는데."

"사장님 잘 계시죠? 찾아뵙지도 못하고 죄송합니다."

"신 사장은 TM영업부가 잘되는 게 제일 흐뭇하다고 말씀하시더라."

"나중에 만나시면 죄송하다고 전해 주세요. 한번 모셔야 하는데……."

"내가 정기적으로 찾아뵈니까 괜찮아. 신 사장이 그러시더라. 김재환 사장이 부임할 때 나도 아웃시킬려고 했는데 신 사장이 그럼 TM과 AM영업이 무너진다고 강하게 반대하셨다고 하더라. 그래서 내가 유임된 거래."

"사실이잖아요."

"그때는 김재환 사장이 FC영업만 시작하면 TM/AM 다 없애 버리겠다고 은행에 브리핑했다네. 근데 지금 FC영업이 잘 안되니까 그저께 영업전략회의에서 TM영업부를 본받아야 된다고 말씀하시는 거 보고 놀랬다."

"김 사장님도 본인이 살려면 어느 영업채널을 더 지원해야 하는지 이제 알아차렸나 보네요. FC영업부 재들은 제가 보니까 밑 빠진 독에 물 붓기예요. 그러니까 FC채널이 자리 잡을 때까지는 상무님 아마 못 자를 겁니다. 걱정 마세요."

"말이라도 고맙다."

"말이 아니라 진짜입니다."

"지난 1년 동안 내가 좀 지랄맞게 행동한 건 박 부장이 이해해라."

"별말씀을요. 제가 내년에도 잘 보좌하겠습니다."

제6장

책임을 지는 자리
- 상무 시절

* * *

역시 김길태 상무의 슬픈 예감은 틀리지 않았다. 재계약이 안 됐고 12월 31일 자로 퇴임했다. 월급쟁이들의 12월 말일은 누군가에게는 기회이지만 누군가에게는 이별의 날이기도 했다. 김 상무는 대동생명에서 3년의 근무기간을 마치고 자연인으로 돌아갔다. 박 부장과의 동행도 끝났다. 박 부장을 대동생명으로 이끌어 주신 분이고 성격 좋고 나름 젠틀한 사람이었지만 최근 1년 동안은 박 부장에게 많은 스트레스를 주던 주범이었다. 그러나 이제는 추억으로 남아 있는 사람이 되었다.

새로운 임원이 부임해 왔다. 백동수 상무. 김길태 상무와 연배는 비슷했다. 깡마른 체격에 첫인상은 날카로웠다. 김재환 사장과 함께 동방생명에서 20년 이상 같이 근무했던 사장의 후배였다. 학벌은 보험업계에 귀하다는 서울대 출신이다. 동방생명 출신들에게 수소문해 보니 엄청 까칠한 일 처리로 아랫사람들이 힘들어했다는 후문이다. 또다시 새로운 상사와의 긴장된 시간이 도래한 것이다. 직장인들은 이때가 가장 힘들다. 떠나간 상사를 아쉬워할 시간도 없이 새로운 상사에 적응해야 하는 시간이다.

"반갑습니다. 내가 백동수입니다."

"TM영업부 부장 박광호입니다. 인사드리겠습니다."

어색한 상견례 자리다.

"박 부장. 사장님에게서 이야기 많이 들었습니다."

"잘 부탁드리겠습니다."

"내가 잘 부탁드립니다. 나에게 잘 보일 필요도 없어요. 임원에 대한 의전 같은 것도 필요없구요. 영업부서가 영업만 잘하면 됩니다."

"네. 알겠습니다."

"내가 영업소장 이후 20년 만에 영업을 맡아서 빨리 익숙해지려면 박 부장이 많이 도와주셔야 합니다. 더구나 TM영업은 처음이라."

"네. 알겠습니다."

"영업은 마감업적이 가장 중요합니다. 그러나 효율도 중요합니다. TM 영업이 대동생명에서 시작한지 2년이 지났기 때문에 유지율이나 정산율, 정착률도 이제 챙겨야 합니다."

"네. 알겠습니다."

"김재환 사장님이 나에게 TM과 AM영업을 맡으라는 건 앞으로 영업을 더 잘하기 위해서 영업체력을 튼튼히 하라고 보낸 것입니다. 나는 그리 알고 있어요."

"네. 알겠습니다."

"TM 업적이나 영업조직은 이미 페이퍼로 읽어 봤고 지점 방문은 천천히 할 계획입니다. 영업조직 관리는 박 부장이 전담한다 생각하면 될 겁니다."

"네. 알겠습니다."

"내가 긴급하게 도와줘야 할 사항이나 건의사항이 있습니까?"

"없습니다."

"TM영업전략회의가 내일이죠? 내일 봅시다."

"네. 알겠습니다. 상무님. 그럼 이만 나가 보겠습니다."

박 부장은 "네. 알겠습니다."만 반복하다가 상무방을 나왔다. 백 상무의 첫인상은 소문보다 훨씬 차가워 보였고 냉정해 보였다. 사장의 최측근인 백동수 상무가 온다는 건 그만큼 TM에 힘을 실어주기 위함이라 생각했었는데 오히려 TM영업 성과를 자신들 것으로 만들 생각이 아닌가 의심이 들었다. 이제 회사는 FC영업부뿐만 아니라 지원 부서의 실세 구성원들도 대부분 동방 출신들로 채워졌고 신채널영업본부도 백동수 상무가 접수한 것이다. 이제 회사 내에서 박 부장이 의지할 사람은 아무도 없었다. 젠틀한 신병수 사장도, 최근 1년간은 지랄 맞았지만 그래도 TM을 사랑했던 김길태 상무도 없어졌다. 그러나 박 부장이 의지할 사람은 500명의 영업조직이 있었다. 영업조직이 박 부장에게 의지하는 존재가 아니라 박 부장이 영업조직에게 의지하는 존재인 것이다.

TM영업부 영업전략회의는 긴장감이 도는 가운데 끝났다. 새로운 임원이 참석했기 때문일 것이다. 백 상무와 박 부장, 지점장 5명과 영업실장 20명이 참석한 회의지만 상석에 앉은 백 상무는 2시간의 회의 동안 한마디만 했다. 회의 끝나고 "수고하셨습니다." 이 말이 전부다. 박 부장의 영업전략 발표 때나 각 지점장의 지점 영업계획 발표 때도 열심히 필기만 할 뿐 침묵을 유지했다. 백 상무를 처음보는 영업관리자들은 모두 긴장할 수밖에 없었을 것이다.

"부장님. 새로 오신 상무님 너무 무서우신데요?"

"그래 보이냐?"

전략회의를 마치고 지점장 5명과 저녁자리를 했다. 충정로지점에 새로 부임한 손영민 지점장이다.

"네. 회의 마치고 강평이라도 하실 줄 알았는데 '수고하셨습니다.' 한마디 하고 일어서시는데 진짜 무서웠습니다."

"다치기 싫으면 영업 잘해라. 내가 볼 때는 무림의 초고수이신 것 같은데. 하하하."

"하하하."

지점장들이 다 같이 웃었다.

"나라고 상무님을 알겠냐? 지점장들이야 가끔 보겠지만 나는 매일 봐야잖아. 매를 맞아도 내가 먼저 맞겠지."

"TM영업 잘 굴러가고 있는데 부장님이 매 맞을 일이 뭐가 있겠습니까?"

"야 인마. 영업에서 꼬투리 잡으려고 맘만 먹으면 100가지는 잡을 수 있어. 당장 어제 첫 대면에서 백 상무가 나에게 그랬어. 업적도 중요하지만 효율도 중요하게 챙기겠다고."

"……."

모든 지점장이 침묵했다. TM영업은 영업효율 측면에 분명한 약점이 있었다. FC설계사 영업에 비해 유지율, 정산율, 정착률 모두가 뒤진다. TM영업에 대한 이해 없이 FC영업에 대한 기준을 들이대면 형편없는 영업채널이 되는 건 한순간이다. 지점장들이 모두 그것을 알기 때문에 침묵하는 것이다. '정산율'은 보험료가 출금된 계약건 대비, 15일 이내에 취소되는 계약건의 비율이다. FC영업은 설계사가 직접 방문해서 수금하고 계약서 사인도 받기 때문에 정산율이 100%에 가깝지만, 비대면 영업으로 전화 통화로만 이루어지는 TM영업은 영업 특성상 정산율 90% 이상 넘기기는 어렵다.

"부장님께서 상무님에게 TM영업 특성에 대해서 잘 좀 교육해 주셔야겠네요."

이런 말을 할 수 있는 건 송대오 지점장이다.

"뭐라고 교육해야 할까?"

"유지율이나 정산율은 TM계약이 아무래도 FC 대비해서 전화로 계약하는 것이니 고객 변심이 많아서 그런 것이고 정착률은 FC야 중요하지만 저희는 13차월 이상 되는 TMR들은 오히려 효율이 떨어지잖아요. 그런 걸 부장님께서 잘 어필해 주시면 어떨까요?"

"야. 송 지점장. 너 말 잘하네. 네가 가서 상무님 교육 좀 시켜 드려라."

"에이. 제가 주제넘게 나섰다가 제 목숨 재촉할 일 있습니까?"

"그럼 부장 목숨은 상관없냐?"

"아닌 거 아시면서. 하하하."

"글쎄다. 내가 시간 나면 그런 취지로 말은 해 보겠지만 교육이 될지는 모르겠다. 백 상무 인상 봤지? 더구나 서울대 출신이다. 경북대 출신 부장 나부랭이 말을 듣겠냐고?"

"저희들은 그냥 부장님 말만 들으면 되니까 상관없습니다. 부장님께서 상무님 교육시키시든 아니든. 하하하."

"이 새끼 봐라. 부장인 나만 뺑이 쳐라. 니들은 상관없다 이거냐?"

"저희 지점장들이야 업적으로 부장님을 보필하면 되죠."

"야. 전체 지점장 주목!"

"넵!"

"백 상무님이 효율 강조하시니까 유지율이나 정착률은 시간이 좀 걸리잖아. 그러니까 내일 지점에 가면 정산율부터 관리한다. 앞으로 효율은 정산율 중심으로 관리하도록 하자. 정산율 90%, OK?"

"예? 90%요?"

TM영업에서 정산율 평균이 85%에서 88% 사이를 왔다 갔다 한다. FC 설계사들은 정산율이 95%이상이다.

"목표라고 새끼들아. 목표! 몰라?"

"네."

"90% 목표를 가지고 노력하는 모습을 보여 줘야 면피라도 할 거 아니냐."

"알겠습니다."

"새로운 임원이 왔으니까 실장들에게도 긴장시키고, 첫인상에 찍히지 말자고. 무슨 말인지 다들 알지?"

"네. 알겠습니다."

"야! 다들 그런 얘기 그만하고 술이나 마시자."

당분간은 이런 긴장감을 즐기는 기간이 될 것이다.

"대동에서 쫓겨난 저를 웬일로 찾으셨어요?"

"심심할까 봐서, 백조 저녁이나 대접하려고."

"백수가 과로사한다는 말, 못 들었어요? 그동안 영업한다고 소홀했던 집안일하고 애들 뒷바라지하는 데 하루가 모자라요."

박 부장이 작년에 투서 사건으로 회사에서 잘린 문정아 실장을 대면하고 있었다. 서대문 이화여고 앞 한정식집에서. 김영숙 실장도 함께 불렀다. 남녀가 1:1로 만나는 건 무조건 피해야 하는 게 이 바닥 불문율이다.

"그냥 밥 사 준다고 하면 잘 먹겠습니다 하면 되지. 여전히 까칠 여사님이야. 하하하."

"부장님. 저하고 문 실장님하고는 친하지도 않은데 왜 같이 부르셨어요?"

"지금부터 둘이 친해지라고 불렀다. 문 실장이 한참 언니지만 나이 상관없이 영업 잘하는 사람들끼리 친하게 지내면 좋잖아."

"문 실장님 우리 회사에 다니지도 않는데요?"

"곧 다닐 거야."

"예?"

문정아 실장이 놀란 토끼 눈으로 쳐다본다.

"다음 달 오픈하는 2차 지점에 실장으로 컴백해."

"당사자에게 물어보지도 않고 부장님 맘대로시네요."

"지금 알려 주잖아."

"싫다면요?"

"싫어? 뭐 집안일이 적성에 맞나 보지? 내가 알기로는 집에 하루도 못 있을 사람인 줄 알았는데. 오라는 다른 보험사들 많았을 건데 이제껏 집에 있는 것 보면 오늘을 기다린 거잖아. 아냐?"

"부장님. 헛말이라도 모신다, 스카웃한다. 너의 능력을 산다. 뭐 이런 멘트 날리시면 서로 기분 좋게 합류할 수 있잖아요."

"문 실장은 아직 나를 잘 모르나 본데, 김영숙 실장에게 물어봐라. 평생 그런 단어 사용한 적 없는 사람이 나야. 앞으로 차차 알게 될 거야."

"……."

"나는 이쁜 사람, 아부하는 사람, 다 좋아해. 하지만 영업 잘하는 사람을 가장 좋아하고 영업 잘하는 게 돼야 그 다음에 이쁜 것도 좋고 아부하는 사람도 좋아하는 거지. 영업 잘하는 사람에게는 다시 기회가 주어져야지. 그래서 문정아 실장을 컴백하게 하는 거야. 다른 이유는 없어. 영업 못하면 다음 달에 바로 집으로 되돌아갈지도 몰라."

"근데 왜 2차 지점이죠?"

"2차 지점이라서 싫어?"

"아니 그런 건 아니지만……."

"3달 영업해서 1차 지점으로 승급할 수 있잖아. 그건 본인 능력껏 해야지."

"알겠습니다."

처음부터 꽃 보직 받을 생각 말고 본인의 능력과 노력으로 스스로 올라가라는 박 부장의 지침이다.

"김영숙 실장!"

"네. 부장님."

"너 요새 연애하지?"

"예? 어떻게 아셨어요?"

"어떻게 알긴 인마! 김 실장이 3개월 연속으로 1등을 못하고 있잖아. 그러면 연애한 지는 대략 4개월쯤 됐겠구만."

김영숙 실장은 대동생명 TM영업 오픈 이래 계속해서 1등실을 놓치지 않았지만 3개월 전부터 2등과 3등을 왔다갔다 하고 있었다.

"죄송합니다."

"나한테 죄송할 건 없고, 나는 김 실장에게 기대가 크기 때문에 다른 사람처럼 영업하면 실망은 배가 될 거야. 그리고 네가 연애를 하든 결혼을 하든 난 그런 것에는 관심 없어. 단, 영업에 지장을 주는 어떤 행위도 용납 못 해."

"아니 부장님은 처녀가 연애하는 것까지 뭐라 그러시는 겁니까?"

문 실장이 거든다.

"난 그런 거 관심 없다고 했잖아. 영업하는 우리는 숫자만 먹고사는 연놈들이야. 숫자에 목숨 걸어야 하는 것이 우리들의 운명이고 회사에서 월급 받는 값이야."

"알겠습니다. 부장님. 부장님 기대에 실망시켜 드리지 않겠습니다."

김영숙 실장의 얼굴에 굳은 결기가 보였다.

"내가 두 사람을 같이 부른 건 다른 이유도 있다."

"무슨?"

"두 사람도 알다시피 우리 TM영업부 업적이 계속 성장하고 있고 지점도 매년 2개씩 만들고 있잖아. 그래서 이번 동대문지점까지만 외부에서 지점장을 영입하고 이후에 신설되는 지점부터는 내부에서 지점장을 찾을 거다."

"내부에서요?"

"난 최우선으로 두 사람을 염두에 두고 있어."

"저희가요?"

두 사람의 눈이 커졌다.

"그래. 본사에서는 내근 출신 중에서 선발하려고 할 것이지만 난 영업 실장 중에서 영업 잘하는 사람을 승진시킬 생각이다. 회사에서 이제껏 전례가 없지만, 그건 내가 만들면 되는 거지."

"부장님, 저는 지점장 하기에는 나이가 아직 어리잖아요."

"김 실장, 영업을 나이로 하냐? 내 영업 철칙 몰라? 출신회사나 남녀나 나이에 상관없는 메이저리거식 영업 지상주의! 김 실장보다 영업 잘하는 사람이 나오면 당연히 그 사람을 지점장 시킬 거야."

"알겠습니다."

"그리고 두 사람이 협조해 줘야 되는 게 하나 더 있어."

"……."

"우리 TM영업부 조직이 이미 500명을 넘었다. 영업실장만 해도 20명이 넘었잖아. 조직이 이렇게 커졌기 때문에 내가 영업 초기처럼 모든 사항을 통제할 수가 없다. 특히 저번 투서사건 같은 일이 재발하지 않기 위해서는 500명의 TMR이나 20여 명의 실장들 사이에서 돌아다니는 수많은 루머들에 대해서 사실일 가능성이 50% 이상 되는 건들을 나에게 보고해라."

"여자들끼리 수다 떠는 것까지 부장님이 신경 쓰지 않으셔도 돼요."

"수다에서 소문으로 커지다가 투서까지 발전하는 거야."

"……."

"문 실장은 한번 당해 봤으니까 잘 알 거고. 1주일에 한 번씩만 페이퍼 1장으로 작성해서 내 메일로 보내고. 그리고 두 사람도 박 부장 사람이네 어쩌네 이런 소문 안 돌게 각별히 몸가짐 조심하고. 난 영업 잘하는 김영숙, 문정아를 좋아하는 거지. 인간 김영숙, 문정아는 별로 좋아하지 않습니다."

"부장님. 너무하시네요. 저라는 인간이 별로라는 건가요?"

역시 까칠한 건 문 실장이다.

"쓸데없는 소리! 우리가 연애로 만난 것도 아니고 어차피 영업으로 만난 사람들이잖아. 인간성 이딴 것들은 출근할 때 집에 두고 출근해. 회사에서는 영업 숫자만이 본인들 인격이 될거니까. 다들 알면서 왜 그래?"

"알지만 왠지 서글퍼지네요."

"지랄들 떨지 말고. 두 사람은 영업에 소질이 있으니까 능력껏 선의의 경쟁해. 괜히 오버하지 말고. 무슨 말인지 알지?"

"네."

"자 오랜만에 만났는데 술 한잔해야지?"

문정아 실장은 동대문지점 영업실장으로 복귀했고 3개월 동안 1등실을 만들어서 1차 지점으로 전보됐다. 김영숙 실장은 6개월 후 결혼을 했고 영업으로 문 실장과 1등을 다투는 선의의 경쟁자가 되었다. 앞으로 영업실장 두 명이 벌이는 선의의 경쟁이 더욱 치열한 영업 현장을 만들어 갈 것이다.

"TM영업부가 저번 달에 10억을 돌파했네. 박 부장 수고했습니다."

"감사합니다."

TM영업부는 올해 목표 10억을 8월에 넘어섰다. 올해 새로 런칭한 2개 지점이 빠른 정상화가 이루어졌고 '메이저리그식 승강시스템'으로 영업 현장은 치열한 영업 전쟁의 장으로 변모했기에 가능한 숫자일 것이다. 연말까지 전년대비 50% 이상 성장한 11억 돌파는 무난할 것으로 예상된다.

"배 부장! AM영업부는 더 분발해야죠?"

"네. 연말까지는 목표인 5억을 달성하도록 하겠습니다. 5억을 달성하려면 지금보다 수수료율을 좀 더 올려주셔야 합니다."

지금 대동생명 신채널영업본부 마감 후 회의 중이다. 백동수 상무와 TM영업부 박광호 부장, AM영업부 배영준 부장이 참석했다.

"AM 수수료율은 TM영업부 대비해서 300% 이상 높습니다. 지금도 손익이 TM에 비해 훨씬 안 좋고 방카에 비해서도 떨어집니다."

백 상무는 기획부 출신이라서 보험회사 손익계산에 익숙하다.

"상무님 죄송하지만 AM영업은 회사의 이익을 위한 영업채널이 아니라 물량 확보를 위한 영업채널입니다. 더구나 TM하고 비교하시면 안 됩니다. 다른 회사 AM영업부 수수료율과 비교해야 됩니다."

"보험회사의 어떤 영업채널도 회사 이익에 반하는 영업을 해서는 안 된다는 게 내 생각입니다만 배 부장 생각은 다른가 보네요."

"저번 달에도 대형 GA에 입점하려고 했는데 수수료율이 타사에 비해 터무니없이 낮아서 탈락했습니다. 상무님께서 사장님을 설득해 주세요. 부탁드립니다."

"배 부장! 우리는 상품 경쟁력이 있잖아요."

"상무님. 그러니까 수수료율을 조금만 올려주시면 저희도 내년에는 TM만큼 업적 할 수 있습니다."

"내일까지 AM영업 하는 타사들 수수료율을 정리해서 가져오세요. 사장님께 말씀은 드려 보겠습니다. 그러나 수수요율만 가지고 영업하시면 안 됩니다."

"알겠습니다."

"박 부장은 어떻게 생각해요? AM영업에 대해서."

백 상무가 갑자기 두 사람 대화를 조용히 듣고 있던 박 부장에게 의견을 물었다.

"제가 알기로는 AM영업이 회사가 직접 영업조직을 관리하는 리스크를 회피하는 대신 그만큼 수수료를 더 주는 영업방식인 것으로 아는데요. 배 부장님 말씀처럼 우리가 금융그룹 계열사이고 상품 경쟁력이 좋으니까 수수료율을 조금만 조정해 준다면 업적이 많이 올라갈 것 같습니다."

"그래요?"

"지금 우리 회사 FC영업하는 것 보면 영업조직 관리하는 데 돈이 얼마나 투입돼야 하는지 알 수 있잖습니까. 그런데도 영업성과가 안 나오면 더 난감해지죠. 근데 AM은 비용을 투입하면 즉각 성과는 나오는 채널이니까 검토가 필요해 보입니다."

FC영업은 김재환 사장 부임하면서 런칭했지만 아직도 마감업적 5천만원에 머물고 있었다. 백 상무도 TM/AM 영업은 처음이지만 FC영업 경험이 풍부하기 때문에 서로 비교하면 이해가 빠를 수도 있다.

"우리 회사 FC영업은 정상화가 아직이니 거기하고 비교하는 건 말이 안 되고. 무슨 말인지 알았습니다. 배 부장은 나가 보시고 박 부장은 잠깐 남으세요."

"네."

배 부장은 상무방 문을 열고 나갔다.

"박 부장! 지금 TM영업부가 업적 10억 돌파뿐만 아니라 회사 이익의 대부분을 내고 있는 것 아시죠? 사장님이 TM영업부에 거는 기대가 큽니다."

"상무님께서 지원해 주신 덕분입니다."

"내가 며칠 전에 전달해 준 팜플릿 검토해 봤어요?"

"네? 아~ 네."

백 상무가 저번 주에 사장 지인이 운영하는 봉사품 업체 팜플릿을 박 부장에게 검토하라고 건네 주었었다. 곧 있을 TMR들 추석 선물을 고를 때 참고하라는 것이었지만 사실상 지시나 다름없었다.

"말이 없길래~~~"

"상무님. 저희 TMR들 명절 선물은 다른 보험사들에 비해 단가가 높은 선물을 줍니다. 다른 회사들은 설계사들 선물로 건당 2~3만 원짜리 햄이나 비누세트 같은 것을 주지만 저희들은 최소 5만 원이상 입니다. 도매가로요. 시중가로는 10만 원이 넘습니다."

"내가 전달해 준 팜플릿에도 10만 원짜리가 몇 개 있던데."

"저도 오 과장에게 조사를 시켰는데요. 팜플릿에 있는 품목은 품질에 비해 단가가 터무니없이 비쌉니다. 저희는 매년 하나로마트 특판팀과 직거래하기 때문에 시중가 대비 50% 이상 단가가 싸거든요."

"아니 박 부장. 그래도 사장님이 추천하신 업체잖아."

처음으로 반말이다.

"상무님도 알다시피 저희 TMR들 거의 여자들이고 주부들입니다. 선물 받으면 이거 시중에서 얼마짜리고 퀄리티는 어떤지 바로 압니다. 1시간 내로 다른 회사에서 준 선물들과 비교가 바로 됩니다. 이제껏 한 번도 저희 회사가 지급한 명절 선물로 욕먹은 적이 없습니다."

"그럼 이 업체 물건은 욕먹는 물건이라는 거야?"

"네. 주고도 욕먹는 제품 맞습니다. 죄송합니다. 상무님께서 사장님께 말하기가 난처하시면 제가 사장실에 가서 말씀드리겠습니다."

"뭐야?"

백 상무 목소리가 올라갔다.

"상무님. 죄송하지만 오늘도 한 평이 안 되는 조그만 부스 안에서 열심히 고객들과 통화하며 영업하는 내 식구들에게 불량품을 명절선물로 줄 수는 없습니다."

"이 사람이?"

"제가 사장님께 가서 자초지종을 말씀드리겠습니다."

"됐어! 나가!"

박 부장은 추석 선물로 '고급기장멸치세트'를 선정해서 각 지점에 배포했다. 3,000만 원까지는 부장 전결이기에 가능한 일이다. 늘 하던 대로 하나로마트 특판팀과 직거래했기에 시중가 11만 원짜리를 49,000원에 구매할 수 있었다.

상무방을 나오자 배영준 부장이 불렀다.

"박 부장. 왜 그래? 백 상무 고함소리가 밖에까지 다 들렸어."

"말도 안 되는 소리를 해대니까 그렇지."

배 부장과 박 부장은 말을 터놓는 사이다.

"그래도 백 상무 비위 맞춰야지. 영업도 어려운데 저 양반까지 꼬장 부리면 어쩌려고 그래. 우리 수수료율 결재도 받아야 하는데."

배 부장은 방금 말한 AM 수수료율 결재를 걱정하고 있었다.

"설마 본인이 담당하는 영업부서를 본인이 초 치지는 않겠지."

"박 부장. 생각해 봐. 지금 회사는 사장부터 전부 동방 출신들이 장악하고 있는 거 알잖아. TM이나 AM이 영업하려면 그래도 사장 측근인 백 상무를 잘 이용해야지. 저 양반까지 돌아서 버리면 우리 둘은 회사에서 고립무원이야.”

“그걸 왜 모르겠어요. 그렇다고 자기들이 잘나가는 영업부서장을 죽이기야 하겠어?”

“물론 자기들도 매년 재계약하려면 우리 업적이 필요하겠지. 그래도 박 부장 살살하자고. 성질 좀 죽이고.”

“나도 아는데, 이번은 공적인 업무가 아니라서 그런 거니까 걱정하지를 마시오.”

“하여튼 앞으로 회사에서 비빌 곳은 당신하고 나밖에 없어. 지금이야 TM이나 AM영업이 잘나가니까 지랄 안 할지 몰라도 영업이란 게 언제 어떻게 될지 모르잖아. 잘될 때는 상관없지만 안되면 하이에나처럼 물어뜯긴다고. 알지?”

“당연하지.”

“소주 한 잔 콜?”

“콜.”

그 후 백 상무나 김재환 사장의 특별한 움직임은 없었다.

“부장님께서 바쁘실 텐데 웬일로 저를 찾아주시고?”

“같은 영업부서장인데 자리 마련이 늦었습니다.”

권태범 FC영업부 부장이 술자리를 마련해서 박 부장을 불렀다. 각종 부서장 회의나 영업부서장 회의에서 자주 만났지만 개인적으로 만난 적은 없었다. TM영업부 부장이 딱히 FC영업부와 겹치는 업무가 없기도 하다. 권 부장은 역시 동방 출신으로 FC영업 현장에 10년 이상 근무하다가 김재환 사장 권유로 대동생명으로 이직해 온 것으로 전해 들었다.

“박 부장님도 들어서 아시겠지만 지금 FC영업이 어렵습니다. 그래서 박 부장님께 조언도 좀 구하고요. 또 같이 영업하는 부서장끼리 이런 자리가 없었던 것 같아서.”

FC영업은 지점 2개를 더 오픈했지만 여전히 업적은 월 마감 5천만 원에 머물고 있었다.

“아이고 부장님도 참. 제가 조언할 위치나 됩니까? 저도 하루 벌어 하루 먹고사는 하루살이 부장입니다.”

“부장님. TM이 저번 달에 10억을 넘겼던데, 이 조그만 회사에서 업적 0원에서 10억 만든 건 대단한 겁니다. 제가 1년 넘게 해 보니 알겠던데요.”

“본래 영업조직을 새로 만들어서 운영한다는 게 어려운 건 맞습니다만 제가 부장님께 조언할 정도의 짬밥은 아닙니다.”

박 부장은 소규모 회사에서 영업을 새로 만들어야 하는 영업부서장의 애로를 알기에 권 부장에게 조금은 동병상련의 동지애를 느끼고 있었다.

“맞습니다. 저도 큰 회사에서, 기존의 영업조직을 유지하고 성장시키는 영업만 했지 새롭게 세팅하는 건 처음이라서 시행착오가 많습니다.”

“동방에서 영업했던 사람들 모두가 같은 입장이죠. 부장님만 그런 거 아니잖아요.”

“사장님이 어제 영업보고 받는 자리에서 그러셨어요. 박 부장님은 ‘야생 잡초’라고. 어떠한 기후변화나 혹한에도 살아남는 야생 잡초요. 저는 온실 속에서 자라난 채소라네요. 하하하.”

“야생 잡초 오래 하다간 어떤 놈에게 밟혀서 죽을지 모릅니다. 하하하.”

“그래서 사장님이 박 부장님이 가지고 있는 ”잡초 기질“을 배워 오라고 하셨어요.”

"사장님이요?"

"네."

"그럼, 사장님이 시켜서 자리 마련하신 겁니까?"

"아니, 뭐, 꼭 그런 건 아니고 겸사겸사죠."

"김재환 사장이 저에게 맨날 욕만 하시는 줄 알았는데 뒤에서 칭찬도 하시는군요."

"사장님이 공개회의 때는 좀 과하게 말씀하지만 뒤에서는 박 부장님 칭찬 많이 합니다. 특히 저에게는 여러 차례 TM영업 좀 배우라고 하셨어요."

"아이고. 부장님도 아시겠지만 TM과 FC는 영업 방법이 아예 다른데 배울 게 어딨어요? 그냥 각자의 방식대로 하는 거죠."

"보험영업이란 게 영업방식은 다르지만 결국 영업조직 관리잖아요. 이게 정답이 있는 게 아니니까 참 어렵습니다."

"본래 보험영업이 어렵습니다. 쉬운 게 어딨나요? 특히나 우리 회사처럼 영업 인프라가 전혀 없는 상황에서는 더 어려운 게 당연하죠."

"저는 전산이나 영업프로세스를 박 부장님이 먼저 오셔가지고 만들어 놓으셔서 잘 이용하고 있습니다."

"아직도 많이 미흡합니다. 권 부장님이 좀 다듬어 주세요."

"저는 지금 그럴 여유가 없습니다. 당장 영업 숫자가 급해요. 3개 지점에 설계사 30여 명에 마감 업적 5천만 원이니까 사장님의 기대에 한참 못 미치죠. 그래서 박 부장님의 고견을 듣고 싶습니다. 잘할 수 있는 방법요."

말하는 권 부장의 표정에 어둠이 깔려 있었다. 같은 영업하는 부장으로 그동안의 스트레스는 안 봐도 알 것 같았다.

"부장님. 지금 사장님부터 전사적으로 FC에 전폭적으로 지원하잖아요.

뭘 망설이세요? 저 같으면 당장 지점 5개, 10개를 만들겠습니다. 설계사들 급여보장도 업계 최고로 하는 것으로 아는데. 스카우트 비용으로 예산을 몰빵 하세요."

"저도 그러고 싶은데 오겠다는 설계사들이 없어요. 지난 1년 동안 지켜보던 설계사들도 영업이 잘 안되는 걸 보고 안 오겠다는 겁니다. 겨우 데리고 온 설계사들도 보장급만 빼먹고 도망가 버리고요."

"뭐 TMR이나 설계사나 돈 보고 움직이는 건 맞는데 그럴수록 '돈 지랄'을 더 해야죠. 영업 초기에는 돈으로 바르는 수밖에 없어요. 나중에 조직이 커지면 그때 옥석을 가리는 거죠."

"쉽지 않네요. 사장님께서는 투입 비용 대비 성과를 따지시는데 감당이 안 됩니다."

"사장님부터 동방출신 임원들이 많은데 그 양반들이 뒤에서 훈수만 두지 말고 본인들이 직접 나서서 영업조직 좀 데려오라고 하세요. 영업은 누가 한 사람이 나서서 되는 게 아니잖아요. 총력전인데."

"그렇게 말하기가 좀……."

"저는 TM만 감당하기에도 역량이 부족한 놈인데 다른 영업부서에 대해서 뭐라 하는 건 쓸데없는 오지랖이죠."

"그래서 제가 생각한 돌파구가 있긴 한데, 부장님 동의가 필요할 것 같아서요."

"예? 제가 무슨 동의를?"

"다른 게 아니라 TM에서 사용하는 DB를 저희 FC영업 설계사들도 사용하면 어떨까 해서요. 신인들 정착에 도움이 될 겁니다."

"예? TM DB를요? FC설계사들에게 달라구요?"

"네."

"부장님! 미쳤어요? 저희도 DB가 모자랍니다. DB 더 달라는 TMR들을 무마하고 있는데 FC에 줄 DB가 어딨어요? 말도 안 되는 소리, 하지도 마세요."

박 부장은 정색을 하며 목소리를 높였다. 권 부장 이놈이 오늘 술자리를 마련한 목적이 이것인 것이다.

"부장님. 그래서 양해를……."

"양해고 나발이고 다시는 그런 말 하지 마세요. 정 DB가 필요하면 은행 가서 달라고 하세요. 거기 2,500만 DB가 있으니까. 괜히 영업 잘하고 있는 TM DB 탐내지 마시고요. 저 먼저 일어납니다. 계산은 제가 합니다. 그럼!"

박 부장은 자리를 박차고 나갔다. TM DB를 달라는 FC부장의 말은 단순히 권 부장의 아이디어가 아닐 수도 있었다. 아니나 다를까 그 후 백 상무와 김 사장이 번갈아 가며 박 부장을 불러서 FC영업 활성화와 성장의 돌파구로 TM에서 사용하는 DB를 FC지점에 일부 넘겨 줄 것을 요구했으나 박 부장은 목숨 걸고 지시를 거부했다. 대기업에서 일개 부장이 사장의 지시를 거부하는 일은 있을 수 없으나 현재의 TM영업 DB 사용 한도가 여유가 있는 상황이 아니고, 더구나 TM영업부가 아닌 FC에서 DB를 사용하려면 대동카드와의 별도 계약을 체결해야 가능하다는 답변을 드렸다. 당연히 카드와 별도 계약이 어렵다는 건 김재환 사장이 더 잘 알기 때문이다.

박 부장은 송대오 지점장을 지점 회의실로 불렀다.

"무슨 일 있으세요?"

"그래. 급히 지시할 일이 생겨서."

"뭔데요?"

"복합TM 셋업 준비를 해야겠다."

"복합TM요?"

"그래."

"우리 기계약자 DB가 그만큼 쌓여 있는지 몰랐네요."

"기계약자 DB 10만 건이고 청약철회건 같은 해지건이 5만 건 정도 된다. 합하면 15만 건이니까 복합지점 1개는 충분히 운영하고도 남고 내년 상반기 되면 1개 더 오픈할 수 있는 수량이다."

"갑자기 추진하시는 이유가?"

"웬 놈들이 우리 TM DB를 노리는 놈들이 있어서. 조금 더 묵혀서 사용해야 하는데 그럴 시간이 없을 것 같다."

"누가요?"

"그건 알 필요 없고, 송 지점장이 복합TM 지점 지점장으로 가야겠다."

"제가요?"

"너 밖에 더 있냐?"

"여기는 어떡하구요?"

"여기 지점은 내가 생각한 사람이 있다."

"누구죠?"

"김영숙 실장."

"김 실장을 지점장으로요?"

"왜? 안 돼?"

"영업역량이나 조직관리 능력은 김영숙이 충분하지만 여자라서 본사에서 결재받기가 쉽지 않을 것 같은데요."

"그건 네가 걱정할 일은 아니고. 내가 오픈하기 전까지는 오프더레코드다."

"네."

"너는 이번 달 내로 실장을 선발해놔라. 여기 지점에 있는 실장을 데려가도 좋다. TMR들은 실장이 리크루팅 하라고 하고. 한마디로 조직을 만들어 놓으라는 말이다."

"몇 명이나요?"

"4개 실에 80명 정도."

"DB가 되겠습니까?"

"DB 숫자를 타사에 비해 줄일 거다. 인당 한 달에 100개만 주려고."

"100개요? 하루 5개면 너무 적은데요?"

"다른 회사들 복합TM 한 달에 200개 정도 주는 거 알고 있다. 근데 걔들 체결률이 10%가 안 나오거든. 우리 아웃바운드 체결률 정도지. 우리 복합TM은 최소 20% 이상 나올 거야. 많으면 30%까지도 가능해. 그래서 한 달에 100개면 충분하다."

"부장님은 언제 이런 계산까지 다 하신 겁니까?"

"시발놈아. 고스톱 잘 치면 계산이 쉬워. 하하하."

"저는 일단 실장부터 섭외할까요?"

"일단 실장부터 섭외하는 데 비밀리에 해라. 대동생명 복합TM 오픈한다고 하면 우리 회사 애들뿐만 아니라 다른 회사 애들까지 침 흘리고 달려들게 뻔하니까."

"알겠습니다."

"내가 본사에서 복합TM 셋업 결재 완료할 때까지는 비밀리에 진행해야 된다."

"네."

"다음 달이면 연말인데 닦고 조이고 기름 치자. 요즘 부진하더라."

"네네. 알겠습니다."

"그럼 난 간다."

"상무님 내년 사업계획 가져왔습니다."

"봅시다."

박 부장이 두툼한 PPT서류를 백 상무 앞으로 내밀었다.

"내년에 15억을 하겠다고?"

"네. 올해 보다 50% 증가한 목표를 설정했습니다."

"내년부터 카드에서 DB도 동결한다고 했는데 이게 가능하겠어요?"

대동카드에서 월 30만 건씩 주는 DB를 계획대로면 내년에는 40만 건으로 늘려야 하지만 DB수량을 올해 숫자로 동결하겠다고 지난달에 통보했었다. 더구나 백 상무는 FC영업부의 DB 건으로 박 부장에게 상당히 저기압 상태다.

"네. 복합TM 지점을 오픈할 계획입니다."

"복합TM이 뭡니까?"

"아웃바운드로 계약한 고객에게 추가로 업세일링하는 영업입니다."

"기계약자에게 추가로 다른 상품은 판다?"

"네. 그렇습니다. 이미 TM영업을 하는 타사들은 모두 하고 있는 영업형태입니다. 아웃바운드 TMR들은 본인 계약건에 대한 업세일링을 금지하고 있습니다. 오프라인 설계사들은 본인 계약자는 본인이 퇴사할 때까지 관리하는 것과 TM은 다릅니다."

"그게 업적이 5억이나 나옵니까?"

"나오게 만들 겁니다."

박 부장은 충분히 5억은 나올 것으로 예상하지만 영업의지 숫자도 포함되었음을 백 상무에게 어필했다.

"5억을 만들어 내겠다? 혹시 이 복합DB를 FC영업부 지점에 넘겨 줄 수는 없습니까? 저번에 말했던."

"상무님. 상무님은 신채널영업본부 본부장이십니다. 그건 이미 지나간 일이잖습니까? 그리고 TM에서 활용하면 5억의 업적을 할 수 있는데 FC영업부에서 1억도 못한다면 과연 누가 책임질 수 있습니까?"

백 상무가 멈칫했다.

"좋습니다. 내년에 TM영업부가 15억을 해 준다면 AM영업부에서 5억 정도 되니까 우리 신채널영업본부가 20억을 하게 되는 건데, 그러면 방카슈랑스 영업본부 업적을 넘어서는 건가?"

"회사 창립 이래 처음으로 방카슈랑스본부 업적을 넘게 됩니다. 종합보험사를 지향하는 회사의 목표에도 부합할 것이라 봅니다."

백 상무 얼굴에 이제서야 미소가 번졌다.

"계획대로만 해 준다면야 그렇게 되겠지."

"제가 책임지고 달성하겠습니다."

"하여튼 TM이 15억 한다니까 사장님도 좋아하시겠구만."

"……."

"그럼 이 복합TM하는 설계사는 나가서 고객을 만납니까?"

"아닙니다. 영업방식은 아웃바운드랑 같습니다. 사무실에서 녹취로 영업합니다. 다만 DB 속성이 다를 뿐입니다."

"그럼 그냥 TM영업이네."

"그렇습니다. 그리고 또 한가지 말씀드릴 게 있습니다."

"뭔데?"

"신설하는 복합TM 지점장에는 송대오 지점장을 배치하겠습니다."

"그렇게 하세요. 송 지점장 영업력이 좋으니까."

"그리고 송 지점장 자리에는 김영숙 실장을 지점장으로 승진시킬 계획입니다."

"김영숙 실장을? 그건 안 됩니다. 본사에 지점장 자리 노리는 직원들도 많고 TM에 대한 전문지식이 필요하면 외부에서 스카웃하세요. 남자로."

"상무님. 김 실장은 아시겠지만 대동생명 TM영업을 시작한 이래로 대부분 1등실을 유지하고 있는 유능한 영업 인재입니다. 이런 인재를 발탁해야 나머지 실장들에게도 비전을 심어 주게 됩니다."

"김영숙 실장이 영업실적이 뛰어난 건 나도 아는데 나이도 어리고 더구나 여자를 지점장으로 앉히기는 힘들어요. 박 부장도 알잖아."

"영업하는 곳은 전쟁터라는 건 상무님도 아실 겁니다. 전쟁터에서는 남자냐 여자냐, 나이가 많고 적은 건 문제가 안됩니다. 오직 싸움을 잘하는 사람, 전쟁에서 승리할 수 있는 사람이 필요합니다."

"그렇지만 전례가 없어요."

"네. 전례가 없다는 건 알지만 우리 회사 역사가 짧습니다. 저희들이 만들어 가는 게 곧 역사가 될 겁니다. 그리고 동방생명 같은 큰 회사들도 설계사 출신 중에 소장도 나오고 국장도 나오잖습니까?"

"그거야 그렇지만……."

동방생명 예시를 들자 백 상무 목소리가 줄어들었다.

"제가 책임지겠습니다. 절대 상무님께 누를 끼치는 일은 없을 겁니다. TM이 15억 업적을 하기 위해서는 김영숙 실장의 승진이 필요합니다. 재가해 주십시오. 상징적인 의미도 있지 않겠습니까?"

"상징적이라……."

"분명히 영업으로 일을 낼 친구입니다. 제가 보증하겠습니다."

"박 부장! 혹시 말이야. 내 말 곡해하지 말고 들어."

"네."

"혹시 그 친구 FC영업 지점장 시키면 안될까?"

"예?"

"FC영업부가 지점장을 못 구한다고 고민하는 것 같아서 말이야."

"상무님. TM영업 하는 애들은 절대 FC영업 못 합니다. 전화로만 영업하는 애들은 고객 만나는 것을 싫어하고 기피합니다. 상무님께서 힘든 FC영업부를 걱정하시는 건 알겠지만 TM영업 하는 사람 중에서 리크루팅하면 백이면 백, 망합니다."

"나도 알고 있는데 쟤들 하는 게 하도 답답해서 하는 소리야. 알았어요. 그렇게 합시다. 다음 달에 김영숙 실장을 지점장으로 승진 발령 내도록 하세요."

"감사합니다. 상무님."

역시 백 상무도 FC영업부를 도와주라는 사장의 명을 받은 게 분명했다. DB에 이어서 사람까지 노리다니. 그러나 박 부장은 그 자리에서 '복합TM 셋업 기획안'을 내밀었고 백 상무의 결재를 받았다. 그리고 김영숙 실장 승진 건도 결재를 받았다. 백 상무도 TM업적이 50% 신장한다는 데 반대할 이유가 없었다. 본인의 임원 연임이 걸려 있을 뿐만 아니라 TM업적 증가가 사장의 연임 결정에도 중요하므로 사장에게 말할 명분도 있을 것이다.

예상대로 복합TM 지점은 첫 달 마감부터 마감업적 3억을 넘겼다. 계약 체결률은 21%를 기록했고 향후 더 상승할 것이다. 2/4분기에 벌써 마감업적 14억을 돌파했기에 올해 목표 15억 돌파는 무난해 보였다. 그만큼 회사 내에서 TM영업부의 위상은 상승했다. 김영숙 지점장도 지점장 취임 후 첫 마감업적이 전월대비 5천만 원이나 상승했다. 회사 내에서 최초의 여성 지점장이면서 30대 지점장으로 금융지주 홍보팀에서 인터뷰도 했다. 김영숙 지점장은 지점장 승진에 대한 답례로 TM영업부 전체 워크샵 때 소를 한 마리 잡아서 워크샵 장소로 가지고 왔다. 시골 부모님이 키우시는 소를 잡았다고 했다. 50명 가까운 TM영업부 워크샵 참석자들이 소고기를 이렇게 배 터지게 먹은 건 처음일 것이다.

"황영식입니다. 반갑습니다."

"박광호입니다."

서대문 뒷골목 고급 일식집이다. 농엽에 근무하는 황영식 본부장이라고 본인을 소개했다. 과거 동국생명에 함께 근무하던 친구가 농엽으로 옮겼는데 그 친구가 몇 번을 부탁해서 오늘 날짜를 잡았다.

"바쁘신데 시간 내주셔서 감사합니다."

"아닙니다. 영호가 여러 번 부탁하는데 거절할 수가 없었습니다."

"영호 팀장하고는 어떤 관계신가요?"

"동국 입사 동기입니다. 같은 촌놈 출신이라서 친해졌죠."

"저도 촌놈 출신입니다. 하하하."

"그렇습니까?"

"자, 이렇게 만난 것도 인연인데 한잔하시죠."

"술 마시기 전에 용건 먼저 말씀하시죠. 술 마시고 얘기한 거 기억 안 난다고 할까 봐서요."

"듣던 대로 성격이 급하십니다. 하하하."

"제가 공사 구분은 확실합니다. 하하하."

"그럼 먼저 말씀드리겠습니다."

"……."

"내년도에 저희 농협이 은행과 보험사로 분리가 됩니다."

"네. 뉴스 봤습니다."

"이제까지 '공제'라는 이름으로 보험영업을 했는데 내년부터 정식으로 보험회사가 출범하고 보험상품을 판매하게 됩니다."

"그렇군요."

"박 부장님도 아시다시피 저희들은 공제 보유계약은 보험사로 치면 탑5 안에 들지만 보험사로 분리하면 영업채널을 전부 새로 구축해야 합니다."

"아~~ 그러고 보니 직영 설계사가 없네요."

"네. 그렇습니다."

"돈 많이 들겠네요."

"그것 때문에 저희들 고민이 많습니다."

"농엽에 돈 많잖아요."

"아시겠지만 영업조직 구축하는 게 돈으로만 되는 건 아니잖아요."

"그렇죠."

"그래서 박 부장님을 뵙자고 한 겁니다. 대동생명에서 단기간에 1,000명 가까운 직영 설계사 조직을 구축하셨고, 조직만 구축하신 게 아니라 업적도 10억을 넘게 하신다고 들었습니다."

"과찬이십니다."

"제가 보고받기로는 그렇습니다. 영호 팀장이 거짓말로 보고할 사람은 아니라는 건 박 부장님도 잘 아시잖아요."

"그렇죠."

"제가 내년에 설립되는 농엽생명에서 영업조직을 총괄하는 직책을 맡고 있습니다. 그래서 박 부장님의 도움이 필요할 것 같아서 이렇게 뵙자고 한 겁니다."

"제가 도울 게 뭐 있나요? 지금 제 코가 석자라서 다른 것 챙길 여유가 없습니다."

"박 부장님이 대동에서 이룬 성과를 저희들이 벤치마킹하고 싶습니다만."

"대동은 조그만 보험회사입니다. 농엽 같은 큰 회사와는 비교가 안 되죠. 벤치마킹이라니 당치도 않습니다."

"그렇죠. 그래서 벤치마킹 하지 말고 박 부장님이 저희 회사로 옮기시면 어떨까 합니다."

"지금 스카웃 제의하시는 겁니까?"

"네. 정확합니다."

"저, 비싼 사람입니다."

"알고 있습니다. 그만큼 대우해 드리겠습니다. 상무 직책으로 모시겠습니다."

"상무요? 임원으로?"

"네. 그렇습니다. 인사기획단하고는 얘기가 다 되었습니다. 각 영업채널별로 임원을 두는 시스템으로 영업조직을 구성하려고 합니다."

박 부장은 임원이라는 말이 귓가에 맴돌았다. 직장인 누구나가 임원을 꿈꾸지만 실제로 임원으로 승진하는 직장인은 1%가 되지 않는다. 대부분의 직장인은 임원 타이틀 근처에도 못 가 보고 퇴직한다. 꿈으로만 생각하던 임원이 눈앞에 있었다.

"저를 너무 과대평가하시는 것 같습니다."

"저는 사실대로 판단합니다. 대동보다 영업여건도 여기가 더 좋을 겁니다."

"어떤면에서요?"

"박 부장님이 현재 대동카드 DB를 사용하시고 거기서 창출한 기계약자를 대상으로 영업해서 이만한 업적을 이루셨잖아요."

"조사 많이 하셨네요. 하하하."

"저희들이 보유한 공제계약자가 약 300만 명입니다. 이 정도면 모르긴 몰라도 대동에서 이룬 성과보다 몇 배는 내실 수 있을 겁니다."

대동에서 복합TM이 10만 명의 기계약건으로 영업해서 한 달 만에 3억의 업적을 올렸는데 그 20배가 넘는 보유고객을 활용하면 그만큼의 업적이 따라 온다는 말이다.

"부럽습니다. 그 보유계약자수."

"박 부장님이 오셔서 영업하시면 됩니다."

"본부장님 좋은 말씀 잘 들었습니다."

"부탁드립니다."

"뭐 여기서 바로 답을 달라는 건 아니죠?"

"당연하죠. 제가 갑작스럽게 말씀드려서 조금 당황스러우실 겁니다. 고민해 보시고 연락 주세요. 가능하면 박 부장님 같은 유능하신 분들과 같이 일하고 싶습니다."

"그렇게 저를 과대평가해 주시는 게 기분 나쁘지는 않습니다. 고민해 보겠습니다."

"자 그럼. 지금부터 술 한잔하시죠."

"그러시죠."

박 부장은 일주일을 고민했다. 연봉이 2배는 될 것이고 공기업이기에 대동보다 직장 안정성은 훨씬 좋을 것이다. 그리고 무엇보다 다시 가슴 뛰는 도전정신으로 몰입할 수 있다는 것. 매력적이다. 과연 대동에서 박 부장이 임원으로 승진 가능성이 있는가를 생각해 보면 가능성 제로다. 동방 출신이 아니기 때문이다. 직장인으로 연봉 많이 받고 직장 안정성 높으면 최고의 직장이다. 그러나 박 부장은 일주일 고민 후 정중히 거절했다. 이유는 단 하나. 지금 TM영업부 약 800명의 직원과 지점장들과 실장들과 TMR들 때문이다. 대동에서 박 부장이 만든 TM영업부의 모든 구성원 한 명 한 명이 눈에 밟혀 도저히 이들을 두고 떠날 수 없다는 결론이다. 그들을 데리고 갈까도 생각했지만 이것도 그들에게는 의도치 않게 박 부장이 민폐를 끼치는 것이다. 결국 죽이 되든 밥이 되든 박 부장이 대동으로 데리고 온 식구들이니 끝까지 호구지책은 책임져야 한다는 것으로 결론을 냈다.

“박광호 부장입니다.”

“이재천 부장입니다.”

대동카드 회의실에서 초면에 악수를 나눴다. 대동카드 담당자들이 인사발령으로 모두 교체됐다. 새로운 담당자가 이재천 부장이다.

“전임자에게서 인수인계는 다 받았습니다.”

“잘 부탁드리겠습니다. 부장님.”

“자료를 보니까 우리가 1년에 100억 이상을 대동생명에게서 받고 있더라고요.”

대동생명은 카드에 제휴 수수료로 보험료의 200%를 주고 있었다. 작년에 처음으로 100억이 넘었고 앞으로 더 증가할 가능성이 높다.

“카드에서 협조해 주시는 덕분입니다.”

“저도 조사를 좀 해 보았는데요. 다른 카드사들은 보험사로부터 350%~400%를 받고 있었습니다. 그러니까 저희들은 그 절반만 받고 있는 셈이지요.”

“예?”

박 부장은 이재천 부장의 예상외의 멘트에 놀랐다. 그것은 사실이기 때문이다. 다른 보험사들과 카드사들 제휴 수수료를 정확하게 알고 있었다.

“부장님. 제 말이 틀렸어요?”

“아닙니다. 맞습니다. 다만 우리는 같은 지주사 소속으로 가족회사라 그렇습니다.”

“네. 그런 점 이해는 합니다. 그러나 아시겠지만 우리 카드사도 요즘 어렵습니다. 정부에서 카드수수료 통제가 심해서 카드수수료 수입이 급감했거든요. 그래서 전사적으로 보험 같은 부가 수수료 수입을 증대하라는 게 회사 방침입니다."

최근 정부에서 소상공인 대상 카드수수료를 대폭 낮추라는 압력이 있다는 건 언론 뉴스를 통해서 박 부장도 봤다.

"그럼 저희들이 어떻게 해 드려야 하죠?"

"수수료율을 좀 더 올려 주셔야 합니다."

"그건 제가 확답을 드리기가 곤란합니다."

"물론 회사 돌아가셔서 논의해 보세요."

"수수료율은 저희들끼리만 논의해서 결정된 게 아니고 지주사에서 관여해서 결정된 사항이기 때문에 지주하고도 논의를 해 봐야 됩니다."

"지주 애들을 끌고 오셔도 상관없습니다. 이미 연초에 이 부분을 지주에 얘기했습니다. 다른 카드사에 비해 수수료율이 낮다고요."

"그러시면 조만간 지주와 카드, 생명 이렇게 3자가 모이는 회의를 잡겠습니다."

"네. 그럽시다. 근데 이것보다 더 심각한 문제가 있습니다."

"어떤 문제죠?"

"작년에 보험업법이 개정된 건 알고 계시죠?"

"어떤 부분이죠?"

"카드사 보험대리점업 25% 룰 새로 생긴 것."

작년에 보험업법이 개정되어 카드사들은 한 보험사와 수수료 총액이 25%를 넘지 못하도록 규정한 것이다. 즉 최소 4개 이상의 보험사와 제휴하라는 것이다. 방카슈랑스에 적용되는 룰을 카드사 보험영업에도 적용한 것이다.

“네. 알고 있습니다. 다만, 기존에 영업을 진행하고 있는 곳은 계속 영업할 수 있다고 부칙에 있는 것으로 알고 있습니다.”

“네. 압니다. 그렇지만 수수료율 변경 계약서를 다시 작성하면 신규 제휴로 볼 소지도 있기 때문에 이 25% 룰도 적용을 해야 하지 않을까 검토 중입니다.”

“부장님. 25% 룰 적용하면 지금 저희들 업적에서 1/4토막 나는 건데, 그건 저희들 보고 죽으라는 것과 같습니다. 재고해 주십시오.”

현재 아웃바운드로 업적 10억을 하고 있는데 25% 룰을 적용하면 대동생명은 대동카드에서 2.5억의 업적만 하라는 것이다.

“저야 대동생명 사정을 생각해서 그렇게 하고 싶지는 않습니다만 아시다시피 법을 어기면서까지 영업할 수 없는 게 금융회사라는 거 잘 아시잖습니까?”

“저희들은 25% 룰 적용하면 회사가 문을 닫을지도 모릅니다. 수수료율을 올리는 건 검토할 수 있습니다. 25% 룰 적용은 절대 어렵습니다. 이해해 주세요.”

“저야 이해한다니까요. 그렇지만 나중에 금감원이 지랄하면 저만 뒤집어씁니다.”

“최초 계약할 때도 문구에 있지만 법률적인 문제가 발생하면 저희 대동생명이 모두 책임집니다. 그리고 금감원 관련 문제도 제가 100% 책임지겠습니다. 절대 대동카드에 피해가 가지 않도록 하겠습니다.”

“그래도 제 입장에서 찝찝한 건 바꿔야 합니다.”

“다시 말씀드리지만 법률적인 문제는 모두 대동생명과 제가 책임지겠습니다. 카드사에는 절대 폐 끼치지 않겠습니다. 그러니 25% 룰 적용은 안 됩니다."

"저도 지금 박 부장님께서 말씀하신 것을 위에 보고드리고 해법을 찾겠습니다. 그러니 박 부장님도 회사 돌아가셔서 이 사항을 논의해 주시고 필요하면 지주와도 상의를 해 주세요. 윗 사람들 이해가 없으면 왜 남들보다 수수료 적게 받냐고 물으면 저만 독박 쓸 수는 없잖아요. 저도 이해해 주세요."

"네. 알겠습니다. 카드에서 불편하지 않게 저희들이 조치를 취하겠습니다. 지주에도 이 사항을 알려서 카드 경영진에서 부장님께 그런 소리 나오지 않도록 조치하겠습니다."

"박 부장님! 부탁드립니다."

"제가 부탁드리겠습니다. 불편을 끼쳐 드려 죄송합니다."

사무실에 돌아오자마자 백 상무와 사장에게 미팅 내용을 보고했다. 그러나 결론은 박 부장이 지주와 카드사를 설득하라는 지시였다. 박 부장은 금융지주 담당 부장에게 여러 번 방문해서 현재 대동생명의 영업상황에서 카드의 요구를 수용하기 어렵다는 것을 설득했다. 그리고 지주와 카드와 생명의 3자 회의에서도 동일한 내용으로 설득했다. 결국은 카드의 요구사항 중에서 수수료율 인상은 기존의 200%에서 250%로 인상하기로 결정했고 대신 DB를 10만 개 증가시키는 걸로 합의를 보았고 법적인 문제는 대동생명에서 모든 책임을 지기로 했다. 아니 박 부장이 모든 책임을 지기로 했다는 것이 맞을 것이다. 수수료율 50%를 인상했지만 복합TM 업적은 수수료 산출 업적에서 제외되기 때문에 회사이익 측면에서는 타격이 거의 없었다. 이러한 협의가 석달이나 걸린 것은 김재환 사장이나 백동수 상무가 지주나 카드의 경영진과 이 내용에 대한 협의에 전혀 관여하지 않았기 때문에 실무자 협상만으로 진행해서 오래 걸렸다.

이제 카드와의 DB수수료 협상이 마무리되었고 TM영업도 안정화되었다. 업적은 15억을 돌파했으며 이것으로 대동생명 내에서 최고의 업적을 하는 영업채널이 된 것이다. 방카슈랑스본부가 매월 10억 정도 업적을 하고 있지만 영업이익 기여도는 TM영업부가 방카보다 10배가량 높았다. 영업사원인 TMR은 1,000명을 넘었고 영업실장과 지점장 등 간부사원들도 50명을 넘었다. 보험사 TM영업 업계에서도 대동생명이 탑3에 이름을 올리고 있었다. 대동생명 내에서 TM영업부의 위상은 독보적인 존재였다. 사장이 전사적 지원을 쏟아부었던 FC영업부는 영업시작 3년이 되었어도 여전히 마감업적 1억 전후에 머물고 있었다. 당연히 TM영업부의 위상은 높아졌고 금융지주에서도 대동생명의 주력 영업채널로 인식하게 되었으므로 사장 및 임원진이 TM영업부를 보는 눈빛도 달라져 있었다.

그러나 박 부장은 TM영업부의 성장 먹거리가 소진된 지금, 업적 증가에만 집중했던 기간 동안 상대적으로 소홀했던 영업 및 업무프로세스 보완에 집중했다. 기존의 영업현장에서 경쟁이 과열된 메이저리그식 승강급 시스템을 보완했고 본사에서의 지원 부분에서도 시스템적인 미비점을 개선했다. 박 부장이 없어도 TM영업부가 시스템화되어서 굴러가는데 문제가 없게 하기 위해서다. 이제부터는 사람에 의한 관리보다는 프로세스에 의한 관리가 익숙하도록 각종 프로세스 개선에 박차를 가했다. 관리 프로세스 개선이 어느정도 자리를 잡았을 때 박 부장은 다시 새로운 먹거리를 찾아야 했다.

"박 부장 오랜만이야."

"네. 사장님."

"오랜만에 박 부장하고 차나 한잔하자고 불렀어."

김재환 사장이 사장실로 박 부장을 불렀다. 사장이 부임하고 이런 부드러운 말투는 처음이다. 박 부장은 "이제야 TM영업부를 인정하시는구나." 하는 생각이 들었다.

"죄송합니다. 제가 자주 찾아봬야 하는데."

"아냐. 요즘도 TM영업 프로세스 개선한다고 본사 지원부서들을 닦달하고 있다지?"

"협조를 구하는 거죠. 그리고 사장님께서 많이 도와주셔서 잘 마무리되었습니다."

지난 몇 달간 프로세스 개선을 위해 많은 본사 부서들과 마찰이 있었지만 김재환 사장은 모두 박 부장의 손을 들어 주었다.

"나도 보험회사에서 30년을 생활했지만 박 부장처럼 열정적인 직원은 처음이야. 그렇게 했으니 TM영업부를 이 정도로 키웠겠지만."

"과찬이십니다. 사장님. 아시다시피 저희 대동생명이 워낙 조그만 회사이고 업력이 짧아서 회사 내에 모든 시스템이 거의 없는 것이나 마찬가지라서 제가 좀 나대는 것처럼 보였을 뿐입니다. 모두가 사장님 도움 덕분입니다."

"그래 TM은 앞으로 어떻게 운영할 생각인가?"

"프로세스적인 면을 보완했기 때문에 저는 이제 또다른 먹거리를 찾아야 할 것 같습니다. 영업은 지속적인 성장을 해야 하는 게 숙명이라고 알고 있습니다."

"기대가 되는군."

"지켜봐 주십시오."

"오늘 내가 박 부장 부른 건 다름이 아니라 박 부장 혹시 임원할 생각이 없는가 해서 말이야."

"임원요? 제가요?"

"그래. 상무로 추천할까 하는데."

"백 상무님이 계신데 제가 감히 어떻게?"

"저번 달에 금융지주 회장님이 바뀐 건 알고 있지?"

"네."

박 부장은 저 높은 금융지주에 회장이 누가 되건 관심이 없었지만 지난 달 갑자기 금융지주 회장이 새로 부임했다. 그것도 뉴스로 봤을 뿐이다.

"지주에서 연락이 왔는데 새로운 회장님의 지시로 계열사들 임원 인사 내신을 하라는 거야. 젊고 능력 위주로."

"……."

"그래서 대동생명은 박 부장을 천거했는데 이미 지주에서 박 부장을 상무 승진자로 지목하고 있더라고."

"예? 그럼 백 상무님은요?"

"이미 나하고 백 상무는 이번 달에 퇴임이 확정됐어."

"……."

"그러니까 그런 줄 알고 있어. 아마 인사발령은 다음 달에 뜰 거야."

"사장님. 죄송하지만 임원 하고싶지 않습니다."

"무슨 소리야? 남들은 무슨 수를 써서라도 임원 승진하려고 난리들인데."

"저는 임원이라는 타이틀보다는 현재 1,000명이 넘는 TM영업부 식구들 케어하면서 직장 생활을 마무리하고 싶습니다."

"어차피 박 부장이 신채널영업본부장이 될 건데 임원 위치에서 케어가 더 쉽지."

"아무래도 임원이 되면 사내 정치적인 이슈에 50% 이상의 역량을 쏟아야 하는데 사장님께서 아시다시피 저는 일만 하는 놈이라 사내정치는 전혀 소질이 없습니다."

"하하하. 그런 건 하다 보면 다 늘게 되어 있어. 처음부터 잘하는 놈이 어딨냐?"

"그렇지만……."

"이미 지주에서 결정된 것이니까 군소리하지 말고 앞으로 대동생명을 잘 이끌어 주시게나."

"……."

"난 말이야. 내가 5년을 대동생명에서 보내면서 후회하는 점이 딱 하나 있어. 부임 초기부터 TM영업에 지원을 많이 했더라면 우리 회사가 지금보다 훨씬 더 성장하지 않았을까 하는 후회 말야."

"……."

"그래도 지금은 만족하고 있어. 내가 환갑 넘어까지 직장생활할 수 있었던 건 누가 뭐래도 TM영업부가 업적을 지속적으로 상승시켜 준 공이 가장 컸다는 건 아니까."

"감사합니다."

"내가 직장생활 말년까지 사람 복이 있었나 봐. 박 부장 같은 사람을 아랫사람으로 두고 있었으니 말이야."

"……."

“나는 떠나지만 박 부장이 앞으로 대동생명을 명실상부한 종합보험사로 성장시켜 주시게. 그게 떠나는 내가 바라는 마지막 소원이야.”

“최선을 다하겠습니다.”

“오늘 얘기는 인사발령 날 때까지는 비밀을 지켜 주고, 백 상무도 아는 사실이니까 별도로 예기하지 않아도 되네.”

“알겠습니다. 사장님.”

“축하하네. 박 상무.”

“수고하셨습니다. 사장님.”

그렇게 박 부장은 직장인의 꿈인 임원으로 승진했다. 임원 방이 새로 생겼고 비서도 배정됐고 승용차도 나왔다. 한 달간은 정신이 없었다. 우선 대동생명에서 김재환 사장의 퇴진과 동시에 동방 출신 임원들이 모두 퇴진하고 박 부장의 승진을 제외하면 전부 외부 출신 임원들로 채워졌다. 외부 출신이라고 해 봐야 전부 은행 출신들이다. 새로운 임원들과 상견례 및 인사하는 것도 일이었다. 임원으로 승진했기 때문에 새로운 회장부터 보험담당 임원과 부장에게 인사치레를 위해 수시로 금융지주를 방문해야 했다. 그뿐만 아니라 TM영업부와 불가분의 관계사인 대동카드에도 인사를 위해 순회를 해야 했다. 그리고 새로운 회장과 금융그룹 전체에서 이번에 신규 임원으로 진급한 12명의 상무들은 1주일간의 임원연수를 받아야 했고 회장과의 만찬 등 외부 공식행사만으로도 한 달이 짧았다. 임원이라고 해서 특별히 업무가 달라지지는 않았다. 신채널영업본부장으로서 기존의 TM영업부 일이야 당연한 것이고 AM영업부 일이 추가되었을 뿐이다.

"상무님. 승진 축하합니다."

"갑자기 왜 이러세요?"

박 상무는 AM영업부 배영준 부장을 회의실로 불렀다.

"같은 부장일 때야 반말해도 되지만 지금은 제 직속상관인데 반말할 수야 없죠."

"어색하시죠? 하하하."

"어색해도 할 수 없죠. 익숙해지겠죠. 사무실에서는 당연히 존대할 것이지만 밖에서 만나면 평소대로 할 겁니다."

"그러시죠. AM은 제가 알아야 될 업무가 있습니까?"

"이제껏 상무님이 봐서 알겠지만 AM은 수수료 문제가 가장 걸림돌이죠. 요즘 GA들 환수 분쟁도 좀 있고."

"AM 업무는 배 부장님이 알아서 처리해 주세요. 내가 경영진 설득할 일이 있으면 말해 주시고. 그리고 AM도 이제 공격적으로 영업을 했으면 합니다. 수수료율도 현실화시키고 GA 제휴도 더 확대해서 지금 5억에 머물고 있는 업적을 10억까지 올려야죠."

"네. 그렇잖아도 제가 그 말씀을 드리려고 했는데. 박 상무님이 맡으셨으니 TM처럼 업적을 세게 당겨볼까 합니다."

"지금 TM이 업적 15억 하고 있으니 AM이 10억 하면 25억이 됩니다. 여기서 TM은 20억까지 끌어올리면 30억까지 할 수 있습니다."

"그러면 방카영업본부 업적의 2배를 하는 건데 박 상무님이 부사장 하셔야겠습니다."

방카영업 본부장 직급이 부사장이다.

"저는 그런 욕심은 없습니다. 다만 1,000명이 넘는 TM영업 식구들 밥

벌이에 지장이 없도록 만드는 게 중요하고, 이제 AM도 대리점들과 우리 회사와 서로 윈윈하는 영업을 하면 되는 거죠."

"다음 주부터 대리점들 방문 스케줄 잡겠습니다."

"그런 요식행위가 필요합니까? 괜히 임원이라고 폼 잡고 싶지는 않습니다. 대신 배 부장님이 대리점들 방문해서 회사에 요청사항이 있는지 취합해서 보고해 주세요. 대리점 요청사항들 보면 대충 업무 파악은 될 듯합니다.

"역시 박 상무님은 영업의 맥을 아십니다. 하하하. 그렇게 하겠습니다."

"그리고 지금은 신채널영업본부가 TM 위주로 되어서 제가 담당 임원이 됐지만 향후 AM이 업적 10억을 넘기면 그때는 영업본부로 독립해야죠. 그리고 배 부장님을 AM담당 임원 만드는 게 제 최종 목표입니다."

"말만으로도 동기부여가 됩니다."

"제가 그렇게 만들 겁니다."

박 상무는 AM영업부의 일에는 그 후에도 거의 관여하지 않았다. 사내에서 배 부장의 요청대로 AM 수수료율을 현실화시켰고 대형대리점과 제휴를 통해 AM 업적도 연말에는 8억까지 상승했다. 배 부장도 백동수 상무 때의 소극적인 영업 태도를 버렸고, 본래 가지고 있던 공격적인 영업맨으로 되돌아왔고, 10억 목표를 달성하지는 못했지만 노력한 만큼의 성과는 내고 있었다. 문제는 TM영업부였다. 업적이 15억에서 정체하고 있었고 복합TM 2개 지점 오픈 후 다른 성장동력을 찾지 못하고 있었다.

"박 상무, 요새 얼굴 보기 힘들어요."

"죄송합니다. 지점에 돌아다니다 보니 본사에 있는 시간이 짧습니다.

사장님께서 부르시면 눈썹이 휘날리도록 달려오겠습니다."

매주 월요일 아침 7시에 열리는 임원 회의를 마치고 사장실로 박 상무를 불렀다. 김재환 사장 후임으로 은행에서 오신 분이다.

"이제 부장이 아니고 임원이잖아요. 일은 직원들에게 맡기고 쉬엄쉬엄 하세요."

"저도 그러려고 하는데 아직 체질이 바뀌지 않았나 봅니다. 명심하겠습니다."

"새로 오신 지주 회장님께서 대동생명 임원 중에서는 박 상무를 주목하고 있다고 알고 있습니다. 신채널영업본부가 워낙 영업 성적이 탁월하니까 그럴 만도 하지만 회장님은 손님 같은 분이잖아요. 왔다가 또 언제 갈지 모르는."

"네. 새로운 회장님께서 저를 주목해 주시는 건 좋은데요. 저는 누구에게 주목받고 싶지도 않고 주목받으려고도 하지 않을 겁니다. 단지 1,000명이 넘는 신채널영업본부 식구들 호구지책을 유지하려면 제가 부지런히 움직일 수밖에 없습니다."

"알아요. 나도 여기 오기 전에 박 상무 명성은 익히 들었어요. 영업에 진심인 사람이라고 지주에도 소문이 자자합디다. 그렇지만 영업이 너무 성장 일변도로만 가면 파생되는 문제가 많아집니다. 당장 대외적으로 공표되는 불완전판매율 같은 것도 TM이나 AM이 높으니까 회사 전체가 높게 나오잖아요. 이거 지금 회장님이 박 상무를 너무 좋게 봐주니까 넘어가는 거지 그렇잖으면 물고 늘어질 사람들 많습니다."

"사장님. 우리 회사는 TM이나 AM채널의 업적 비중이 다른 보험사의 3배가 넘고, 회사 전체 업적의 70%를 넘습니다. 당연히 그 불완전판매율이 높을 수밖에 없습니다."

"나도 여기 와서 처음으로 왜 수치가 그렇게 나오는지 알았습니다만 은행일만 하던 지주나 다른 임원들은 그런 거 몰라요. "

"……."

"그러니까 내 말은 박 상무 너무 TM이나 AM 업적 올리는 데 올인하지 마시고 그냥 여기 계시는 임원분들하고 골프도 자주 하고 모임도 자주 갖고, 그러면 은행이나 지주 쪽에 인맥도 쌓을 수 있고 좋잖아요. 금융그룹 문화에 박 상무도 이제 적응을 해야지요."

"좋은 말씀 감사합니다. 지주 쪽 임원들은 모두 사장님 후배들이시죠? 사장님께서 잘 좀 말씀해 주십시오. 저는 그 시간에 영업에 매진하겠습니다."

"사람하고는. 하하하. 지금 신채널영업본부가 23억 정도 하는데 20억 정도에서 관리합시다. 너무 앞만 보고 달리면 넘어져요."

"사장님. 죄송하지만 영업은 성장 동력이 꺾이면 생명이 죽은 것이라 배웠습니다. 계속 성장이 있어야 조직이 확대되고 그래야 제가 데리고 있는 직원들 승진도 시켜 줄 수 있고 직원들 비전도 제시할 수 있지 않겠습니까. 사장님께서도 은행에서 영업점에 오래 근무하셨다고 알고 있습니다. 아시겠지만 자전거 바퀴는 멈추면 넘어집니다. 계속 굴려야만 합니다."

"박 상무의 이런 면이 나는 좋다니까. 하하하. 그렇지만 지주에 있는 애들은 그렇게 생각 안 할지도 몰라요. 다 박 상무 생각해서 하는 말입니다."

"소중한 말씀 감사합니다."

대동생명 임원들은 박 상무를 제외하고 모두 은행 출신들이다. 이들은 은행에서 본부장이나 부행장 하다가 보험사로 넘어와서 2년 정도 근무하고 또 다른 은행 임원에게 자리를 넘겨주는 것이 반복되고 있었다. 지금 사장은 '일을 벌이지 말라'는 얘기를 하고 있는 것이다. 적당히 자리 지키다가 후배에게 물려줘야 되는 자리인 만큼 사고 안 생기고 유유자적하면서 2년을 보내고 싶다는 말이다. 은행원들 특유의 공무원 스타일 일 처리는 박 상무도 익히 알고 있었지만 직접 체험은 처음이었다. 그러나 박 상무에게는 그런 말이 전혀 통하지 않았다. 차라리 전임 사장이었던 김재환 사장은 보험사 출신이라 보험영업에 대한 이해도나 애착이라도 있었다. 그러나 회사 내의 다른 임원들과의 마찰에도 불구하고 박 상무는 여전히 영업 성장정책을 지속적으로 추진했다.

"상무 되시고 얼굴이 많이 좋아지셨습니다. 하하하."

"지랄하고 있네. 그 얼굴이 그 얼굴이지. 좋아지긴 개뿔."

영업회의 후 지점장들이 저녁 자리를 마련했다. 벌써 지점장이 10명이다. 지점장들만 모였는데도 음식점 자리가 꽉 찼다.

"승진하시고 우리하고 제일 먼저 축하 자리를 마련해야 되는 것 아닌가요?"

문정아 지점장이다. 이번 달 영업실장에서 지점장으로 승진시켰다.

"아침에 조찬간담회 하러 호텔로 부르질 않나? 수시로 지주에 들어오라 그러질 않나? 무슨 교육은 그렇게도 많은지 모르겠다. 하여튼 늦었다."

"바쁘신 상무님 모시는 자리인 만큼 지점장님들 모두 승진하신 박광호 상무님께 축하의 박수를 보냅시다. 모두 박수!"

선임 지점장인 송대오 지점장이 설레발을 풀고 있었다.

"야. 그만 인사치레는 집어치우고 오랜만에 맘 편하게 허리띠 풀고 술 좀 먹어 보자. 시발, 높은 놈들하고 술 마시니까 긴장돼서 술이 안 취하더라."

"술이야 상무님 원하시는 만큼 드시도록 조치해 놨습니다. 하하하."

"그거면 됐다."

"근데 상무님!"

문정아 지점장이다.

"여기 막내 지점장도 발언권 있냐? 지점장 협의회가 이렇게 민주적이었나? 하하하."

"상무님. 제가 지점장은 막내여도 나이는 지점장 중에 제일 많습니다."

"그러세요? 갑장 지점장님. 나이 많이 먹어서 좋으시겠습니다. 나잇값하란 소리 안 나오도록 영업이나 잘하세요."

문정아 지점장은 박 상무와 나이가 동갑이다.

"이제 임원도 되셨는데 옷차림이 그게 뭐예요? 상무님은 양복이 2벌밖에 없어요? 상무님이 거느린 TMR이 1,000명이 넘어요. 그 사람들 모두 여자들이에요. 상무님 지점 방문하시면 알게 모르게 아래위로 다 스캔한단 말이에요."

"이것들이 영업에 집중해야지 그렇게 산만하단 말이야?"

"그게 아니잖아요. 상무님은 이제 혼자 몸이 아니라 저희 1,000명이 넘는 여자들을 대표하는 남자인데 맨날 후줄근한 양복 입고 다니시는 거 보기가 그래요."

"참. 별 거지 같은 소리 다 한다. 그런 건 지점장님께서 집에 가셔서 댁의 남편이나 그렇게 잘 챙기시면 되고요. 저는 그냥 생긴 대로 살랍니다. 그러니 꼬라지 얘기는 그만합시다."

"그래서 저희 지점장들이 준비했어요. 이거 받으세요."

문정아 지점장이 봉투 하나를 건네주었다.

"뭐냐?"

"양복 티켓 2장."

"지랄들 한다. 너희들 시키지 않은 짓은 하지 말라고 했을 텐데."

"상무님. 그냥 넣으세요. 자자 술 식겠다. 상무님 승진을 위해 건배합시다. 건배!"

송 지점장이 어색한 분위기를 서둘러 마무리했다. 그렇게 술잔을 몇 순배 주고받았다.

"술 더 취하기 전에 영업 얘기 좀 해야겠다."

박 상무가 술잔을 내려놓고 말하자 지점장들은 모두 조용해졌다.

"요새 업적이 조금씩 내려가던데, 송 지점장부터 문 지점장까지 지점장들이 좀 긴장감이 풀어진 건가?"

"그럴 리가 있겠습니까? 아무래도 DB가 손을 많이 타다 보니까 그렇습니다. 지점장들이 합심해서 더 분발하겠습니다."

송 지점장이 선임지점장으로 지점장들을 대변했다. DB 사용 빈도가 많아지면서 업적은 초기보다는 떨어지는 게 당연하다고 말하는 것이다.

"그걸 누가 모르냐? 그럴수록 영업력을 높여서 업적을 커버할 생각을 해야지."

"알고 있습니다. 그렇지만 영업력으로만 커버해서 업적을 올리는 것은 한계가 있지 않겠습니까?"

"당연하지. 그래서 말인데 5억 정도를 더 할 수 있는 먹거리를 개발해야 되는데…."

"그런 게 있습니까?"

"나도 모르니까 너희들에게 묻는 거잖아. 좋은 생각 있는 사람 없냐?"

"……."

지점장들이 모두 침묵했다.

"이제 지점장이면 영업센터에만 파묻히지 말고 바깥세상에 뭐가 있나 관심도 좀 가지고 살아라. 내가 언제까지 너희들에게 먹이를 물어다 줄 수 있을지도 모르는데 너희들 스스로 자생력을 가져야 될 게 아니냐."

"……."

"TM영업부 20억 업적만 찍으면 송 지점장에게 물려주고 나는 나갈 테니까."

"그러면 아이디어가 있어도 말 못 하겠는데요?"

"뭐?"

"저희들은 그냥 상무님 모시고 영업하는 게 편합니다. 20억 만들고 상무님 나가시면 안 되잖아요? 안 그래? 지점장들."

송 지점장이 농담 투로 말을 했다.

"송 지점장. 농담할 때가 아니다."

"상무님 혹시 '하이브리드'라고 들어보셨어요?"

구석에서 술잔만 잡고 있던 김영숙 지점장이 말했다. 김영숙 지점장은 지점장이 되어서도 아웃바운드 지점들 중 업적 탑을 유지하고 있었다.

"하이브리드?"

"복합TM은 기계약자를 대상으로 녹취로 영업을 하잖아요. 하이브리드 영업은 기계약자를 대상으로 밖으로 나가서 청약서 사인 받아오는 영업인데요. 일부 외국계 보험사에서 준비하고 있다고 들었습니다."

"그러니까 1차로 아웃바운드 영업을 하고, 거기서 나온 계약자로 2차

복합TM영업을 하고, 거기서 나온 계약자로 3차 하이브리드 영업을 한다. 이거지?"

"네. 맞습니다."

"역시! 김영숙 지점장이야. 김 지점장이 왜 항상 영업 1등을 하는지 알겠다. 좋은 생각이네. 기계약자를 활용하는 것이니 DB 비용은 제로이고 설계사 수당만 주면 되니까 회사에는 당연히 이익이 많이 날 것이고. TM 영업부의 이익도 극대화될 것이고."

"상무님. 근데 하이브리드 영업하는 데 한 가지 문제가 있습니다."

"뭔데?"

"이게 설계사가 나가서 고객에게 청약서에 자필서명을 받아야 하니까 필드 경험이 있는 사람이 필요합니다."

"그런 건 보완하려면 여러 가지 방법이 있지 않을까? 예를 들면 사무실에서 녹취로 끝내놓고 말 그대로 고객에게 가서 사인만 받는다든가. 그래도 나가기 싫으면 나가서 사인만 받을 예쁜 언니들 조직을 별도로 두든가. 방법은 많을 것 같은데."

"상무님은 역시 영업 쪽으로는 아이디어가 너무 많으시네요. 하하하. 후자가 좋은데요."

"송 지점장. 지금 복합TM 기계약자 몇 명 있지?"

"복합TM 보유계약자 10만 명 정도 됩니다."

"그 정도면 충분하네. 하이브리드 지점 3개도 만들 수 있겠다."

"하시게요?"

"그럼 해야지. 올해는 늦었지만 하반기에 하이브리드 만들기 시작해서 내년에는 20억 해야지. 됐네. 됐어."

박 상무는 업적 20억이 눈앞에 있다는 생각에 흥분한 목소리였다.

"좋은 아이디어 낸 김영숙 지점장에게는 내가 내일부터 월말까지 DB 좋은 걸로 더 주라고 오 과장에게 지시해 놓을게."

"상무님. 고맙습니다."

"자자. 이제 영업 얘기 그만하고 술 마시자. 오늘 지점장 모임 목적을 달성했다. 이제부터 허리띠 풀고 열심히 '주(酒)'님을 영접하자. 건배!"

박 상무는 즉시 하이브리드 지점 3곳을 추가하는 수정 사업계획을 사장에게 보고했다. 그러나 사장은 일언지하에 거절했다. 전에 말했던 대로 오히려 TM의 업적이 조금 줄어드는 현재의 상황을 유지하자고 했다. 박 상무는 한 달 동안 수차례 사장을 설득했지만 실패했다. 지금부터 TM 영업부 영업의 목적은 성장이 아니라 관리로 전환해야 한다는 충고도 덧붙였다. 사장이 반대하는 상황에서 박 상무가 하이브리드 지점을 신설할 방법은 없었다. 사장의 눈 밖에 난 것이다. 이후 회사 내에서 박 상무는 임원들 사이에서 왕따나 마찬가지였다. 공식적인 임원회의에서의 만남 외 개별적인 사적 모임에는 일절 박 상무를 부르지 않았고 신채널영업본부의 각종 품의는 타 임원들이 수시로 태클을 걸었다. 그러던 중 갑작스럽게 지주 회장이 사임하고 새로운 회장이 임명됐다. 외부 출신인 회장이 은행 출신의 임원들과의 정치 싸움에서 패배했다는 설이 회사 내에 파다했다. 금융그룹 내에서 유일하게 성장 지향적인 영업 성과를 인정해주던 지주 회장이 교체되면서 박 상무는 이제 회사 내뿐만 아니라 그룹 내에서도 많은 압력에 시달렸다.

"박 상무님. 오랜만입니다."

"부장님. 무슨 일인데 들어오라고 하셨어요?"

대동카드 이재천 부장이 급히 와 달라고 전화가 와서 박 상무가 광화문으로 달려왔다.

"다른 게 아니라 작년에 우리가 금감원 종합검사 받은 거 아시죠? 그때 대동생명과 제휴계약서를 문제 삼았는데요."

"그건 저번에 말씀하셨는데. 대동생명에서 책임지기로 하고 끝났다고 하셨잖아요. 그 뒤로 금감원에서 아무 연락도 없었습니다."

"네. 그랬죠. 근데 새로운 회장님 오시고 얼마 후 지주가 금감원 감사를 받았는데 지주에서 대동카드와 대동생명 제휴계약에 대해서 지주에서는 전혀 관여한 바 없다. 카드와 생명의 자의적 계약이라고 했다는 거예요."

"뭐요? 지주에서 우리 두 회사 중간에서 조율했고 사후 보고도 다 받았는데 무슨???"

"새로운 회장님 취임하시고 지주의 임원들이 전부 교체된 것 아시죠? 이거 아무래도 지주에서 저런 식으로 나오면 카드 입장이 난처해집니다. 다른 카드사들이 전부 보험대리점으로 등록하고 보험영업을 하고 있는데 저희들만 제휴계약으로 영업하는 건 대동생명에서 책임지겠다고 했지만, 저희들은 대동생명보다는 지주가 책임을 진다는 걸 믿었기 때문에 계속 영업을 했는데, 이제 어렵게 됐습니다."

"그래서 지금 보험대리점 등록하고 25% 룰 적용하시겠다는 겁니까?"

"저로서도 어쩔 수 없습니다."

"부장님. 그건 저희들 죽으라는 것과 같습니다. 그건 절대 받아들일 수 없습니다."

"지주에서 문제가 되니까 책임을 생명으로 떠넘긴 것 같습니다. 지주에서 이 계약을 용인해 주지 않으면 저희 카드사는 어쩔 수가 없습니다."

"부장님 몇 번 말씀드리지만 25% 룰 적용하면 저희 업적의 75%가 날아가게 생겼는데, 누가 동의를 해 준답니까?"

"박 상무님의 동의가 문제가 아니고 대동생명 사장님은 이미 동의하셨다고 들었습니다."

"우리 사장님이요?"

"저는 자세한 내막을 모릅니다. 어쨌든 지주에서도 보험대리점 계약을 다시 하고 25% 룰을 적용하라는 게 저희들에게 내려온 지시사항입니다. 저희는 지시사항을 따를 뿐입니다."

"제가 지주에 들어가서 설득하겠습니다. 그러니까 이 부장님은 조금만 기다려주세요. 괜히 이 부장님이 엮이지 않도록 할 테니까 부탁드립니다."

"네. 저도 골치 아픕니다. 빨리 결론이 나게 해 주세요."

"알겠습니다."

박 상무는 회사에 들어가서 사장과 면담을 진행했다. 25% 룰이 적용되면 TM영업부 업적의 75%가 줄어든다고 했지만 사장은 아무 상관없다는 태도였다. 지주에 들어가서 설득을 해 보았지만 바뀐 임원들은 아무도 박 상무의 말을 들어주려 하지 않았다. 회사 내에서든 회사 밖에서든 박 상무는 고립무원이었다. 계약을 변경하라는 지주와 카드사와 사장의 압력에도 박 상무는 6개월째 뭉개고 있었다.

박 상무 손으로 일으킨 TM영업 조직을 스스로 잘라 낼 수는 없었다.

"사장님. 부르셨습니까?"

"어서 오시게. 박 상무."

그렇게 또 몇 달이 지나서 사장이 박 상무를 사장실로 불렀다.

"요즘 여러모로 스트레스 많이 받고 있지?"

평소와 다르게 사장의 말투가 부드러웠다.

"아닙니다. 모두 제가 감당해야 할 일입니다."

"박 상무가 지주에 가서 그 난리를 치는 게 TM영업부 영업조직들 걱정해서 그런 거, 담당임원으로서 당연한 거라 나도 충분히 이해하고 있어."

"예?"

평소 사장의 태도와 너무 달라 박 상무가 당황했다.

"영업조직을 지킬 수 있는 방법이 있긴 한데……."

"그런 방법이 있습니까?"

"내가 인생 선배로써 얘기해 주는 건데, 새로운 회장님께서 취임하고 곧 계열사 임원 인사가 예정되어 있는데 말이야, 전임 회장님께서 임명한 임원들은 1차 물갈이 대상이라고 하더라고. 물론 나도 포함해서."

"사장님도요?"

"박 상무는 전임 회장님이 각별히 생각한 사람이니까 이번 임원 교체 대상에 당연히 포함되어 있을 거야. 그러니까 너무 힘 빼지 말라고."

"임원이야 '임시 직원'의 줄임말이니까 나가라면 언제든 나가야죠. 그러나 TM영업부 영업조직들이 제가 없어도 피해 보는 일은 없게 만들어 놓고 나갈 겁니다."

박 상무도 어림짐작으로 이러한 상황을 이해하고 있었다. 정권교체가 되면 정무직 공무원들이 일괄 교체되는 것과 같은 상황인 것이다.

"지주 수뇌부는 우리 같은 작은 계열사는 영업을 잘하든 못하든 별 관심도 없어요. 대동생명이 지주 전체 순이익의 1%도 안 되잖아. 그러니까 내가 누차 힘 빼지 말라고 하는 거야. 내가 가까이에서 박 상무를 지켜보니까 정말 영업을 사랑하는 사람이란 거 알아. 그렇지만 임원이라는 사람들은 자기 일만 잘한다고 잘되는 건 아니라는 걸 박 상무도 알아야 돼."

"저도 알고 있습니다. 근데 사장님. 방금 영업조직을 지킬 수 있는 방법이 있다고 하셨는데 어떤 방법인지요."

"박 상무나 나나 2달 후면 나갈 사람인데 일을 자꾸 크게 만드니까 지주 애들에게 눈 밖에 난 거야. 그러니 이쯤 해서 지주 임원들 성질 돋우는 일을 그만하면 내가 지주에 가서 대동생명 주력채널인데 유예기간을 좀 달라고 얘기해 볼게. 박 상무야 지주 애들 생면부지지만 나야 다 아는 후배들이니까 내 말을 무시하지는 못할 거야. 나도 생명에 뭔가 기여를 하고 퇴직해야지."

그동안 박 상무는 지주의 여러 본부를 돌아다니며 25% 룰 적용을 유예시켜 달라고 임원들과 언쟁을 계속해 왔다. 그러나 얻은 것은 없었다.

"그래 주시겠습니까?"

"박 상무나 나나 때를 잘못 만난 거야. 본래 금융그룹이 옛날에는 외풍을 안 탔는데 그룹 수뇌부의 정치적인 상황이 이렇게 급변할 줄 누가 알았겠어?"

"우리 애들만 잘 보전할 수 있다면 저는 즐겁게 나갈 겁니다. 임원까지 했는데 직장생활 무슨 미련이 있겠습니까?"

"박 상무는 예상과 다르게 쿨 하네. 하하하. 나야 직장생활을 끝낼 나이가 되었지만 박 상무는 아직 젊잖아."

"남들보다 빨리 젊은 나이에 임원까지 했고 또 젊을 때 다른 길을 찾는 것도 나쁘지 않습니다. 더 나이 먹으면 아무 일도 시작하기 힘들 겁니다.

하하하."

"역시 박 상무는 긍정적이군. 그동안 내가 박 상무에게 섭섭하게 한 것들은 다 잊어버리게. 조직생활하면서 각자의 위치에서 자기 역할 한 것이니까."

"네. 알고 있습니다. 제가 일하는 스타일이 좀 공격적이라서 적이 많지만 그래도 뒤끝은 없습니다. 아까 말씀하신 25% 룰 적용은 3년만 유예시켜 주십시오. 제가 마지막으로 부탁드리겠습니다."

"내 위치에서 최선을 다해 보겠네."

"감사합니다. 사장님."

박 상무는 결국 책임을 지는 자리에서 책임을 지고 사직했다.

박광호의 역마살은 아직 끝나지 않았던 것이다.

촌놈 전성시대

초판 1쇄 발행 2023년 5월 30일

지은이 박상호
펴낸이 이기봉
편집 좋은땅 편집팀
펴낸곳 도서출판 좋은땅
주소 서울특별시 마포구 양화로12길 26 지월드빌딩 (서교동 395-7)
전화 02)374-8616~7
팩스 02)374-8614
이메일 gworldbook@naver.com
홈페이지 www.g-world.co.kr

ISBN 979-11-388-1952-7 (03810)

• 가격은 뒤표지에 있습니다.

• 파본은 구입하신 서점에서 교환해 드립니다.